U0112261

宋代研究文萃丛书

包伟民　总主编

知宋
宋代之文学

王兆鹏　宋学达　主编

浙江人民出版社

图书在版编目（CIP）数据

知宋·宋代之文学 / 王兆鹏，宋学达主编． — 杭州：
浙江人民出版社，2024.7． — ISBN 978-7-213-11519-6

Ⅰ．I206.44

中国国家版本馆CIP数据核字第20246BR571号

知宋·宋代之文学

王兆鹏　宋学达　主编

出版发行：浙江人民出版社(杭州市环城北路177号　邮编　310006)

　　　　市场部电话：(0571)85061682　85176516

丛书策划：王利波　李　信　　　　营销编辑：张紫懿

责任编辑：朱碧澄　　　　　　　　责任校对：姚建国

责任印务：程　琳　　　　　　　　封面设计：毛勇梅　袁家慧

宋代研究文萃印章设计：高　阳

电脑制版：杭州天一图文制作有限公司

印　　刷：杭州钱江彩色印务有限公司

开　　本：710毫米×1000毫米　1/16　　印　　张：21.75

字　　数：308千字　　　　　　　　插　　页：6

版　　次：2024年7月第1版　　　　印　　次：2024年7月第1次印刷

书　　号：ISBN 978-7-213-11519-6

定　　价：79.00元

如发现印装质量问题，影响阅读，请与市场部联系调换。

"浙江文化研究工程成果文库"总序

有人将文化比作一条来自老祖宗而又流向未来的河，这是说文化的传统，通过纵向传承和横向传递，生生不息地影响和引领着人们的生存与发展；有人说文化是人类的思想、智慧、信仰、情感和生活的载体、方式和方法，这是将文化作为人们代代相传的生活方式的整体。我们说，文化为群体生活提供规范、方式与环境，文化通过传承为社会进步发挥基础作用，文化会促进或制约经济乃至整个社会的发展。文化的力量，已经深深熔铸在民族的生命力、创造力和凝聚力之中。

在人类文化演化的进程中，各种文化都在其内部生成众多的元素、层次与类型，由此决定了文化的多样性与复杂性。

中国文化的博大精深，来源于其内部生成的多姿多彩；中国文化的历久弥新，取决于其变迁过程中各种元素、层次、类型在内容和结构上通过碰撞、解构、融合而产生的革故鼎新的强大动力。

中国土地广袤、疆域辽阔，不同区域间因自然环境、经济环境、社会环境等诸多方面的差异，建构了不同的区域文化。区域文化如同百川归海，共同汇聚成中国文化的大传统，这种大传统如同春风化雨，渗透于各种区域文化之中。在这个过程中，区域文化如同清溪山泉潺潺不息，在中国文化的共同价值取向下，以自己的独特个性支撑着、引领着本地经济社会的发展。

从区域文化入手，对一地文化的历史与现状展开全面、系统、扎实、有序的研究，一方面可以借此梳理和弘扬当地的历史传统和文化资源，繁荣和丰富当代的先进文化建设活动，规划和指导未来的文化发展蓝图，增强文化软实力，为全面建设小康社会、加快推进社会主义现代化提供思想保证、精神动力、智力支持和舆论力量；另一方面，这也是深入了解中国文化、研究中国文化、发展中国文化、创新中国文化的重要途径之一。如今，区域文化研究日益受到各地重视，成为我国文化研究走向深入的一个重要标志。我们今天实施浙江文化研究工程，其目的和意义也在于此。

千百年来，浙江人民积淀和传承了一个底蕴深厚的文化传统。这种文化传统的独特性，正在于它令人惊叹的富于创造力的智慧和力量。

浙江文化中富于创造力的基因，早早地出现在其历史的源头。在浙江新石器时代最为著名的跨湖桥、河姆渡、马家浜和良渚的考古文化中，浙江先民们都以不同凡响的作为，在中华民族的文明之源留下了创造和进步的印记。

浙江人民在与时俱进的历史轨迹上一路走来，秉承富于创造力的文化传统，这深深地融汇在一代代浙江人民的血液中，体现在浙江人民的行为上，也在浙江历史上众多杰出人物身上得到充分展示。从大禹的因势利导、敬业治水，到勾践的卧薪尝胆、励精图治；从钱氏的保境安民、纳土归宋，到胡则的为官一任、造福一方；从岳飞、于谦的精忠报国、清白一生，到方孝孺、张苍水的刚正不阿、以身殉国；从沈括的博学多识、精研深究，到竺可桢的科学救国、求是一生；无论是陈亮、叶适的经世致用，还是黄宗羲的工商皆本；无论是王充、王阳明的批判、自觉，还是龚自珍、蔡元培的开明、开放，等等，都展示了浙江深厚的文化底蕴，凝聚了浙江人民求真务实的创造精神。

代代相传的文化创造的作为和精神，从观念、态度、行为方式和价值取向上，孕育、形成和发展了渊源有自的浙江地域文化传统和与时俱进的浙江文化精神，她滋育着浙江的生命力、催生着浙江的凝聚力、激发着浙江的创造力、培植着浙江的竞争力，激励着浙江人民永不自满、永不停息，在各个不同的历史时期不断地超越自我、创业奋进。

悠久深厚、意韵丰富的浙江文化传统，是历史赐予我们的宝贵财富，也是我们开拓未来的丰富资源和不竭动力。党的十六大以来推进浙江新发展的实践，使我们越来越深刻地认识到，与国家实施改革开放大政方针相伴随的浙江经济社会持续快速健康发展的深层原因，就在于浙江深厚的文化底蕴和文化传统与当今时代精神的有机结合，就在于发展先进生产力与发展先进文化的有机结合。今后一个时期浙江能否在全面建设小康社会、加快社会主义现代化建设进程中继续走在前列，很大程度上取决于我们对文化力量的深刻认识、对发展先进文化的高度自觉和对加快建设文化大省的工作力度。我们应该看到，文化的力量最终可以转化为物质的力量，文化的软实力最终可以转化为经济的硬实力。文化要素是综合竞争力的核心要素，文化资源是经济社会发展的重要资源，文化素质是领导者和劳动者的首要素质。因此，研究浙江文化的历史与现状，增强文化软实力，为浙江的现代化建设服务，是浙江人民的共同事业，也是浙江各级党委、政府的重要使命和责任。

2005年7月召开的中共浙江省委十一届八次全会，作出《关于加快建设文化大省的决定》，提出要从增强先进文化凝聚力、解放和发展生产力、增强社会公共服务能力入手，大力实施文明素质工程、文化精品工程、文化研究工程、文化保护工程、文化产业促进工程、文化阵地工程、文化传播工程、文化人才工程等"八项工程"，实施科教兴国和人才强国战略，加快建设教育、科技、卫生、体育等"四个强省"。作为文化建设"八项工程"之一的文化研究工程，其任务就是系统研究浙江文化的历史成就和当代发展，深入挖掘浙江文化底蕴、研究浙江现象、总结浙江经验、指导浙江未来的发展。

浙江文化研究工程将重点研究"今、古、人、文"四个方面，即围绕浙江当代发展问题研究、浙江历史文化专题研究、浙江名人研究、浙江历史文献整理四大板块，开展系统研究，出版系列丛书。在研究内容上，深入挖掘浙江文化底蕴，系统梳理和分析浙江历史文化的内部结构、变化规律和地域特色，坚持和发展浙江精神；研究浙江文化与其他地域文化的异同，厘清浙江文化在中国文化中的地位和相互影响的关系；围绕浙江生动的当代实践，深入解读浙江现象，总结浙江经验，指导浙江发展。在研究力量上，通过课题组织、出版资助、重点研究基地建设、加强省内外大院名校合作、整合各地各部门力量等途径，形成上下联动、学界互动的整体合力。在成果运用上，注重研究成果的学术价值和应用价值，充分发挥其认识世界、传承文明、创新理论、咨政育人、服务社会的重要作用。

我们希望通过实施浙江文化研究工程，努力用浙江历史教育浙江人民、用浙江文化熏陶浙江人民、用浙江精神鼓舞浙江人民、用浙江经验引领浙江人民，进一步激发浙江人民的无穷智慧和伟大创造能力，推动浙江实现又快又好发展。

今天，我们踏着来自历史的河流，受着一方百姓的期许，理应负起使命，至诚奉献，让我们的文化绵延不绝，让我们的创造生生不息。

2006年5月30日于杭州

"浙江文化研究工程成果文库"序言

易炼红

国风浩荡、文脉不绝，钱江潮涌、奔腾不息。浙江是中国古代文明的发祥地之一，是中国革命红船启航的地方。从万年上山、五千年良渚到千年宋韵、百年红船，历史文化的风骨神韵、革命精神的刚健激越与现代文明的繁荣兴盛，在这里交相辉映、融为一体，浙江成为了揭示中华文明起源的"一把钥匙"，展现伟大民族精神的"一方重镇"。

习近平总书记在浙江工作期间作出"八八战略"这一省域发展全面规划和顶层设计，把加快建设文化大省作为"八八战略"的重要内容，亲自推动实施文化建设"八项工程"，构筑起了浙江文化建设的"四梁八柱"，推动浙江从文化大省向文化强省跨越发展，率先找到了一条放大人文优势、推进省域现代化先行的科学路径。习近平总书记还亲自倡导设立"文化研究工程"并担任指导委员会主任，亲自定方向、出题目、提要求、作总序，彰显了深沉的文化情怀和强烈的历史担当。这些年来，浙江始终牢记习近平总书记殷殷嘱托，以守护"文献大邦"、赓续文化根脉的高度自觉，持续推进浙江文化研究工程，接续描绘更加雄浑壮阔、精美绝伦的浙江文化画卷。坚持激发精神动力，围绕"今、古、人、文"四大板块，系统梳理浙江历史的传承脉络，挖掘浙江文化的深厚底蕴，研究浙江现象、总结浙江经验、丰富浙江精神，实施"'八八战略'理论与实践研究"等专题，为浙江干在实处、走在前列、勇立潮头提供源源不断的价值引导力、文化凝聚力、精神推动力。坚持打造精品力作，目前一期、二期工程已经完结，三期工程正在进行中，出版学术著作超过1700部，推出了"中国历代绘画大系"等一大批有重大影响的成果，持续擦亮阳明文化、和合文化、宋韵文化等金名片，丰富了中华文化宝库。坚持砥砺精兵强将，锻造了一支老中青梯次配备、传承有序、学养深厚的哲学社会科学人才队伍，培养了一批高水平学科带头人，为擦亮新时代浙江学术品牌提供了坚实智力人才支撑。

文化是民族的灵魂，是维系国家统一和民族团结的精神纽带，是民族生命力、创造力和凝聚力的集中体现。在以中国式现代化全面推进强国建设、民族复兴伟业的新征程上，习近平文化思想在坚持"两个结合"中，以"体用贯通、明体达用"的鲜明特质，茹古涵今明大道、博大精深言大义、萃菁取华集大成，鲜明提出我们党在新时代新的文化使命，推动中华文脉绵延繁盛、中华文明历久弥新，推动全党全国各族人民文化自信明显增强、精神面貌更加奋发昂扬。特别是今年9月，习近平总书记亲临浙江考察，赋予我们"中国式现代化的先行者"的新定位和"奋力谱写中国式现代化浙江新篇章"的新使命，提出"在建设中华民族现代文明上积极探索"的重要要求，进一步明确了浙江文化建设的时代方位和发展定位。

文明薪火在我们手中传承，自信力量在我们心中升腾。纵深推进文化研究工程，持续打造一批反映时代特征、体现浙江特色的精品佳作和扛鼎力作，是浙江学习贯彻习近平文化思想和习近平总书记考察浙江重要讲话精神的题中之义，也是浙江一张蓝图绘到底、积极探索闯新路、守正创新强担当的具体行动。我们将在加快建设高水平文化强省、奋力打造新时代文化高地中，以文化研究工程为牵引抓手，深耕浙江文化沃土、厚植浙江创新活力，为创造属于我们这个时代的新文化贡献浙江力量。要在循迹溯源中打造铸魂工程，充分发挥习近平新时代中国特色社会主义思想重要萌发地的资源优势，深入研究阐释"八八战略"的理论意义、实践意义和时代价值，助力夯实坚定拥护"两个确立"、坚决做到"两个维护"的思想根基。要在赓续厚积中打造传世工程，深入系统梳理浙江文脉的历史渊源、发展脉络和基本走向，扎实做好保护传承利用工作，持续推动优秀传统文化创造性转化、创新性发展，让悠久深厚的文化传统、源头活水畅流于当代浙江文化建设实践。要在开放融通中打造品牌工程，进一步凝炼提升"浙学"品牌，放大杭州亚运会亚残运会、世界互联网大会乌镇峰会、良渚论坛等溢出效应，以更有影响力感染力传播力的文化标识，展示"诗画江南、活力浙江"的独特韵味和万千气象。要在引领风尚中打造育德工程，秉持浙江文化精神中蕴含的澄怀观道、现实关切的审美情操，加快培育现代文明素养，让阳光的、美好的、高尚的思想和行为在浙江大地化风成俗、蔚然成风。

我们坚信，文化研究工程的纵深推进，必将更好传承悠久深厚、意蕴丰富的浙江文化传统，进一步弘扬特色鲜明、与时俱进的浙江文化精神，不断滋育浙江的生命力、催生浙江的凝聚力、激发浙江的创造力、培植浙江的竞争力，真正让文化成为中国式现代化浙江新篇章中最富魅力、最吸引人、最具辨识度的闪亮标识，在铸就社会主义文化新辉煌中展现浙江担当，为建设中华民族现代文明作出浙江贡献！

2023年12月

引言：认识一个时代

我们这一套"知宋"丛书，旨在为有一定文史基础并有兴趣进一步了解两宋历史的读者，提供一个方便学习的门径。

中华民族五千多年文明史的各个发展阶段，都有其独特的历史地位，两宋时期尤其如此。历史的演进，如长河奔流，不舍昼夜，平缓湍急，变化百态，然而必有关键河段，决定着下游走向。如长江之出三峡、黄河之过龙门，终于一泻千里，奔腾入海。由唐入宋，正是这样一个关键节点。不同解释体系，从各自视角出发，截取的起讫时间往往并不一致：陈寅恪先生观察古代文化史流变，以唐代中后期的韩愈为"唐代文化学术史上承先启后转旧为新关捩点之人物"；近数十年来，不少欧美学者从社会阶层演变入手分析，多视两宋之际为转变节点。国内学界更多视唐（五代）宋之际为转折点，除了由于改朝换代具有天然的标识意义外，还因为国家制度大多随着新政权的建立而更新。对这一历史转折的定性，无论视之为"变革"，还是"中国封建社会从前期向后期的演进"，总之可以肯定的是，自南宋以降，我国传统农业社会进入发展后期，从唐末到南宋三四百年间则是它的调整转折时期。前贤曾论今日中国"为宋人之所造就"，就是指自南宋以降奠定了我国传统社会后期基本格局这一点而言的，所以南宋尤其值得重视。

但是，想要全面地认识一个时代，并不容易。人类社会现象之错综复杂，无论怎样强调都不为过。如果说自然界最复杂的事物是宇宙，那么与之相对应的人类社会中最为复杂的事物就是社会本身了。对于我们生于此、长于此的现实世界，且不说域外他国，即便身边的人与事，人们也不免常有孤陋寡闻之叹；更何况对千百年前的历史世界，存世的资料总是那么的零散与片面，想要接近真实就更难了。

具体就10—13世纪的中国历史而言，在传统正史体系中，除《宋史》外，同时有《辽史》《金史》并存。还有其他未能列入正史的民族政权，例如西北的西夏、西南的大理国；更往西或西南，包括青藏高原，都存在众多地方性的族群与统治力量。赵宋政权尽管占据了以黄河与长江两大流域为主的核心经济区，历时也最久，但毕竟不过是几个主要政权中的一个而已。在某些重要方面，例如对西北地域的经略以及国家政治的走向等，赵宋甚至难说代表着一般的发展趋势。

这套文萃选编以两宋为中心，有一定的局限性，并不能等同于10—13世纪全部的中国历史。选编共列出了政治制度、君臣、法律、科举、军事、城市与乡村、货币、交通、科技、儒学、文学、书画艺术、建筑等专题，每题一册，试图尽可能涵盖目前史学研究中关于两宋历史的核心议题，但难免仍有欠缺。出于各种原因，还有其他一些重要议题，例如经济生产、人口性别、社会生活、考古文物等，都暂未能列入。即便是已经列入的这些议题，今人既有的认识——假设它们准确无误，对于极其丰富的真实历史生活而言，恐怕也不过是浮光掠影而已。这既有我们当下的认识能力尚有不足的原因，也因史文有缺，造物主吝于向我们展现先人生活的全貌。总之，我们必须直面历史知识不得不大量留白之憾，切不可为既有的史学成就而沾沾自喜。

但是，人们认识先人生活的努力从未懈怠。自20世纪80年代以来，中国史学成绩斐然，两宋史领域也不例外。可以说，举凡存世资料相对充分、足以展开讨论的议题，差不多都已经有学者撰写了专书，更不必说数量无法统计的专文了。近半个世纪以来，在两宋史领域，每一个知识点基本上都得到了更新与拓展。在许多议题上，学者们更是相互讨论辩难，意见纷呈，远未取得相对一致的"共识"。那么，在这样先天不足、后天失调的前提之下，以每册区区20余万字的篇幅，来反映目前史学界对宋史领域相关议题的研究成果，又有什么意义呢？或者说，我们将如何坦然面对挂一漏万之讥，以使选编工作对读者，同时也对选编者都能呈现一定的价值呢？

首先必须指出，每一专题对于相关研究文献的择取，都出于选编者自身的理解，具有一定的主观性。也可以说，选编工作本身就体现了对相关专题的某种认识思路，这自然毋庸讳言。

其次，我们请每册主编都撰写了一篇导言，以尽可能客观地总结各不同专题的学术史概况。这既是对每册字数容量有限之憾的弥补，也是对每个专题学术史展开的基本路径的梳理，以供读者参考。也正因此，在尽可能选择最新研究成果的前提之下，选编者还会择取少量发表时间稍早、但在学术史上具有重要地位、迄今仍具有相当影响力的专文。

最后，本套文萃选编的目的不是试图提供关于各个专题的"全面"的知识框架，而是借几篇研究精品，向读者展示本领域研究者如何利用可能获取的历史信息，在大胆假设与小心求证之间驰骋智力，以求重现先人生活某一侧面之点滴的过程与成果。因此，本丛书除了对相关史学领域的初学者在了解两宋历史时提供一些帮助外，相信还能使更广大的资深文史爱好者开卷有益。

以上就是我们出版这一套文萃选编的基本设想，谨此说明。

总主编　包伟民
2023 年 10 月

目录

第三编　宋文与话本小说

导 论

王兆鹏　　宋学达

　　当下人们最熟悉的古典文学作品，无疑是唐诗名篇。唐诗确实是我国古典文学的巅峰，紧接其后的宋诗，便经常被拿来与之对比。恰如学者所论："无论是对宋诗进行历史定位还是艺术概括，都离不开唐诗这一参照物。"①而对比的结果，则多有"扬唐抑宋"者。如明代诗人李梦阳称："诗至唐，古调亡矣，然自有唐调可歌咏，高者犹足被管弦。宋人主理不主调，于是唐调亦亡。……宋人主理作理语，于是薄风云月露，一切铲去不为，又作诗话教人，人不复知诗矣。诗何尝无理，若专作理语，何不作文而诗为邪？"②认为"主理"的宋诗不及"风云月露"的唐诗，甚至没有写作的必要。明末诗人陈子龙更对宋诗持毫无掩饰的批判态度："宋人不知诗而强作诗，其为诗也，言理而不言情，故终宋之世无诗焉。"③当然，也有持论较为公允者，如陈衍即将唐宋诗放在统一的诗歌发展链条上进行审视，提出了诗歌"三元"说："余谓诗莫盛于三元，上元开元，中元元和，下元元祐。"④

　　无论持何种观点，唐诗与宋诗经常被拿来比较，这既表明宋诗足以与

① 叶帮义、余恕诚：《20世纪的"唐宋诗之争"及其启示》，《安徽师范大学学报（人文社会科学版）》2005年第2期。

② 〔明〕李梦阳：《缶音序》，郝润华校笺：《李梦阳集校笺》，中华书局2020年版，第1694—1695页。

③ 〔明〕陈子龙：《槐堂词存序》，冯乾编校：《清词序跋汇编》，凤凰出版社2013年版，第6页。

④ 陈衍著，郑朝宗、石文英校点：《石遗室诗话》，人民文学出版社2004年版，第7页。

唐诗抗衡，也表明唐诗与宋诗确实存在较大的差别。产生这种差别的原因是复杂的，而探讨这一问题，则不得不提到著名的"唐宋变革论"。

一、所谓"唐宋变革"之说

19世纪至20世纪日本的中国史研究学者，通过几代人的积累，提出并完善了"唐宋变革论"的理论框架①，试图解释唐、宋两个朝代之间的文化转型。尽管今天看来，"唐宋变革论"存在较多问题，我国的古代文史学者也已从多方面对其展开反思，但这一理论框架下提出的"唐型"与"宋型"两种文化范式，依然具有一定的参考意义，特别是在文学研究领域。

与西方文学的"纯文学观"不同，我国古代文学更多属于"杂文学观"，即并不把"文学"视为纯粹的艺术创造，而是将其与现实人生甚至功利追求紧密相连。可以说，在中国古代的大部分历史时期内，并不存在纯粹的"文学家"。很多我们耳熟能详的文人，如王维、高适、范仲淹、欧阳修、苏轼等，其主要的社会身份是官员、学者，文学创作只是他们在求取功名、实现个人社会价值过程中的"副产品"。只是这些"副产品"过于耀眼，才使得今天的我们为其加上"文学家"的桂冠。与政治、经济、制度等社会环境因素深度绑定的文学作品，自然也就极易受到这些因素的影响。社会环境微小的变化，都可能引起文学领域的巨浪，更遑论"唐型"与"宋型"两种文化范式意义上的转型。

缪钺先生的《论宋诗》中，曾有就唐宋诗之别的经典之论："唐诗以韵胜，故浑雅，而贵蕴藉空灵；宋诗以意胜，故精能，而贵深折透辟。唐诗之美在情辞，故丰腴；宋诗之美在气骨，故瘦劲。唐诗如芍药海棠，秾华繁采；宋诗如寒梅秋菊，幽韵冷香。唐诗如啖荔枝，一颗入口，则甘芳盈颊；宋诗如食橄榄，初觉生涩，而回味隽永。"②大体而言，两种文化范

---

① 日本京都学派的内藤湖南最早提出"宋代近世说"，其弟子宫崎市定在此基础上正式提出"唐宋变革论"，其后学则进一步丰富发展这一学说，至今仍有较大影响。

② 缪钺：《诗词散论》，上海古籍出版社1982年版，第36页。

式下的唐宋文学，其区别可总结为三个方面：

其一，在创作思维方面，有"情感导向"与"思维导向"之别。我们读唐诗，总是被其中蓬勃的生命力所感染，而读宋诗，则更多被其中的"思致"所折服。严羽《沧浪诗话》将宋诗总结为"以文字为诗，以才学为诗，以议论为诗"①，虽然他这段话旨在批判宋代诗人的"奇特解会"②，但也十分精准地把握住了宋诗最为突出的特征。可以说，宋代诗人在创作时，更多将"理性思考"作为创作的动机与导向，重视谋篇布局与逻辑意脉，同时偏好用典与化用前人诗意、句法，体现出一种"技术化"的倾向。

其二，在书写表达方面，有"崇尚理想"与"回归生活"之别。在唐代诗人笔下，我们往往能看到对完美人格的塑造与对理想境界的描绘，如李白笔下高扬的理想主义、杜甫诗中深沉的忧国忧民。这些诗歌都体现出一种崇高的价值追求，而诗中的抒情主人公则往往带有"理念化"的色彩，即有意或无意中打造某种"人设"的痕迹。而宋代诗人则有异其趣，在他们笔下，生活细节所占的比重越来越多，同时很多诗歌直接为社交酬赠而作，且其中不乏佳作，如欧阳修的《戏答元珍》，就体现出宋人作诗更加关注现实生活、重视实用性的特点。同时，由于生活细节大量入诗，以及应酬唱和等写作目的，宋人诗中的抒情主人公形象也更接近真实社会生活中的诗人本人，"理念化"的"人设"意味被大幅削弱了。

其三，在文化消费领域，有"文人审美独占"与"大众文艺兴起"之别。由于经济的发展，平民阶层越来越多地介入文化消费市场，逐渐发展为一股不可忽视的消费群体。因此，在"文人化"色彩浓重的诗歌创作领域之外，服务于大众文化、带有明显民间文学特点的话本小说开始走向兴盛。这些作品主要面向文化层次相对较低的普通民众，通俗甚至媚俗是其主要特点。而在诗歌与话本小说之间，词体文学的发展则兼有"文人"与"大众"的二重属性。回归到宋代的历史文化环境中，词本是配以流行音

---

① 〔宋〕严羽：《沧浪诗话》，〔清〕何文焕辑：《历代诗话》，中华书局1981年版，第688页。
② 〔宋〕严羽：《沧浪诗话》，〔清〕何文焕辑：《历代诗话》，第688页。

乐演唱的，诞生于文化消费市场之中，因此本身具有与话本小说一致的通俗或媚俗特征，但随着这一文体被文人阶层喜爱、接受并积极投身创作，其"文人化"的历程便被开启并一路高歌猛进。在宋代，有关词体雅俗问题的争论，尤能体现出"文人"与"大众"两种审美观点的碰撞与融合。

当然，唐宋文学之间的这些区别，只是大体而言。正如唐诗之中，也能找到一定数量具有"宋调"特征的作品，宋诗之中也能找到"唐音"；而在诗歌中描写生活细事这一创作倾向，实际上在中唐韩愈、白居易的笔下已大量出现；中晚唐时期也已经出现了"变文""俗讲"等民间讲唱文艺形式①。存在无法被整体主流特征概括的特殊个案，两个时代的两种文化范型之间略有互融，这些都是合理且必然的情况。

二、"宋调"的形成

唐宋诗之别，仅在于风格情调，即所谓"唐音"与"宋调"，而二者并不一定非要争个高低上下，正所谓"宋诗非能胜于唐诗，仅异于唐诗而已"②。那么，我们要进一步追问，为何宋代文学会呈现出这种有别于"唐音"的"宋调"？回答这个问题，就需要深入宋代的社会历史环境中去理解。

（一）以文立国　科举变革

唐宋之间的五代十国时期，是一个武人当政的混乱时代，传统儒家的价值观及以之为基础构建的社会秩序被粉碎，"世道衰，人伦坏，而亲疏之理反其常，干戈起于骨肉，异类合为父子"③。如宋太祖赵匡胤一样通过武装政变而"黄袍加身"、登上帝王宝座的人，可谓数不胜数。而赵匡

① 实际上，"唐型文化"向"宋型文化"的转变，大体就是从"安史之乱"后的中唐开始的，因此中晚唐诗已带有与初盛唐诗明显不同的特征。美国汉学家宇文所安视中唐为中国"中世纪"的结束，正是基于对这一文学文化现象的观察。详参［美］宇文所安著，陈引驰、陈磊译：《中国"中世纪"的终结：中唐文学文化论集》，生活·读书·新知三联书店2006年版。
② 缪钺：《诗词散论》，第37页。
③ 〔宋〕欧阳修：《新五代史》卷三六《义儿传》，中华书局1974年版，第385页。

胤及继之为帝的胞弟赵光义，正是在反思五代历史的基础上，确立了"以文治天下"的基本国策，虽然在一定程度上造成了宋代军事贫弱的弊端，但回到当时的历史情境，这无疑是一项正确的决定。

"文治"国策的确立，使得以攻读儒家经典为业的文人士大夫成为治理国家的主角。而要保障一个庞大的政府机器顺利运转，朝廷必须尽快招募大量具有真才实学的文人以填补人才缺口。于是，对选拔人才的科举制度进行改革，便被提上了日程。

宋代科举制度相对于唐代，有几处比较明显的革新：

首先，录取人数增加、应试门槛降低。唐代科举，每科录取的进士人数一般在20位左右，至多也不超过40人。如白居易在科举登第后就曾写下"慈恩塔下题名处，十七人中最少年"①的诗句，说明当年与他一起进士及第者，不过17人。而宋代科举除了立国之初的太祖朝，录取人数可谓一路走高。至太宗朝，每科的录取人数基本都在三位数以上。同时，宋代也放宽了应试者的出身限制。据《唐会要》载，唐代"工商杂色之流"②不具备参加科举的资格，因此即便才高如李白，因其父从商，也无法通过科举考试入仕。而在宋太宗朝，这种对应试者身份的限制被取消，"如工商、杂类人内有奇才异行，卓然不群者，亦许送解"③。

其次，实行弥封、誊录制度。"弥封"即将试卷上的考生姓名密封住，这一制度一直延续到今天；"誊录"则是由专人将考生的试卷重新抄写一遍，以免考官通过字迹辨认出考生身份。这些我们今天看来或许是理所当然的制度，实际上在宋代之前的科举中并不存在。因此，唐代举子才多有"行卷"之举，在考试之前需要干谒权贵，以求举荐，可以说是考场外的因素决定考试结果④，这就无法避免权贵阶层对权力的垄断，从而导致大量"白身"人才怀才不遇。而宋代通过一系列措施保障考试的公平，使真

---

① 〔唐〕白居易撰，谢思炜校注：《白居易诗集校注》，中华书局2006年版，第2928页。
② 〔宋〕王溥：《唐会要》卷五二，中华书局1998年版，第912页。
③ 〔清〕徐松等辑：《宋会要辑稿·选举》一四之一五，中华书局1997年版，第4490页。
④ 参见程千帆：《唐代进士行卷与文学》，上海古籍出版社1980年版。

正有才干的人能够被选拔并进入政坛。

再次，考试科目以经义、策论为主。唐代科举整体上重视诗赋，以文章取士。但是，科举考试要选拔的是进入国家机器的行政官员，文才的高低对于行政能力而言并不是决定因素。宋代统治者较早地意识到了这一问题，因此不断尝试在考试科目方面进行改革，至王安石变法，终于确立了重经义、策论的基本方针，主要考察考生对儒家经典的理解，以及对与治国理政相关问题的思考与看法。这种改变，一方面更有利于国家选拔出适合承担行政工作的人才；另一方面，则促使广大文人学子由重视提高文采转向重视思维训练。唐代有大量讨论如何作诗的《诗格》类著作①，其写作目的很可能就是指导应试学子如何提高诗赋文采，类似于今天的考试教参；而此类著作在宋代则日渐稀少，取而代之的是儒生讲学、论道日益兴盛，并形成了诸如蜀学、洛学等众多学术流派。而科举改试经义、策论这一制度革新，更直接作用于整体文学风格的转变，为重理性、好议论的"宋调"之形成，提供了最强劲的助推力。

（二）文教大兴　印刷普及

南宋戏曲《张协状元》第二十六出中有一句"朝为田舍郎，暮登天子堂"②的念白，这在宋代并不是夸张浪漫的想象，而是对通过科举改变命运的士人最真实的写照。诸葛忆兵先生曾指出："宋代的大批文官，都是通过科举制度选拔上来的。尤其是高层官僚，绝大多数出身科举。《宋史·宰辅表》列宋宰相133名，科举出身者高达123名，占92%。"③基于宋代统治者对科举制度的种种改革，读书举业成为对下层普通民众而言最有效的社会上升通道。在这样的历史背景下，宋代很快在全社会层面形成了"读书业文"的热潮，一个家庭即便贫困，只要略有余力，都会供男丁读书，以求有朝一日"光宗耀祖"。

---

① 参见张伯伟：《全唐五代诗格会考》，凤凰出版社2002年版。
② 九山书会编撰：《张协状元》，刘崇德：《全宋金曲》，中华书局2020年版，第480页。
③ 诸葛忆兵：《多维视野下的宋代文学》，中国社会科学出版社2015年版，第187页。

与文教大兴相对应的，是印刷术的全面普及。作为我国四大发明之一的印刷术，虽早在唐代便已在技术上走向成熟，但并未得到真正的普及。杜甫《奉赠韦左丞丈二十二韵》诗云："读书破万卷，下笔如有神。"①但对于唐人来说，想读"万卷书"，即便愿意付出努力，在物质条件上也很难得到满足，因为他们一生都不一定能见到"万卷书"。而宋人就幸运得多，由于印刷术的普及，一个宋代文人能够接触到的书籍数量，是唐人无法想象的。

宋代官方与私人刻书业可谓"两开花"，大量书籍被"制造"并"流通"，足以满足大量读书人的需求。宋代出现了很多实力雄厚的私人藏书家，流传至今的《遂初堂书目》《郡斋读书志》《直斋书录解题》都著录了数量可观的藏书；同时，宋代也出现了类似今天公共图书馆的机构，各地州学、府学及私人书院都有丰富的藏书供业文士子阅读，而一旦科举中第，进入高级官僚集团，他们更有资格进入"崇文院"等"文籍大备，粲然可观"②的"国家图书馆"阅读书籍。

文教热潮下读书人数量的增加，印刷术普及下读书质量的提高，作用于文学，便进一步促成了"宋调"中"以才学为诗""好用典故"等特征。

（三）文人参政　关注现实

科举之门大开，文人士大夫成为治理国家的主角，使得众多才华过人的诗人进入政府的权力核心，这同样是沉沦于基层、边塞，或仅为"言语侍从之臣"的大多数唐代文人所无法想象的。如今我们耳熟能详的宋代文豪，几乎都曾在政权中央担任过重要职务，如：范仲淹、欧阳修都曾官拜参知政事，即副宰相；苏轼曾担任礼部尚书，主管教育、科举与国家礼仪，而他的弟弟苏辙更是官至宰相，主理一切政务；最典型的莫过于王安石，虽然他的"变法"在当时和后世争议颇多，但他主持"变法"的政治地位，却是无可置疑的。

如此特殊的身份地位，使得宋代文人的眼光、境界与思考的问题均不

① 〔唐〕杜甫著，〔清〕仇兆鳌注：《杜诗详注》，中华书局1979年版，第74页。
② 〔宋〕程俱撰，张富祥校证：《麟台故事校证》，中华书局2000年版，第22页。

同于唐代文人，如王安石在《登飞来峰》一诗中"不畏浮云遮望眼，自缘身在最高层"①的振臂高呼，便是只有具有宰相胸襟之人②才能写出的句子。在真正能够为国计民生做出实际贡献的位置上，宋代文人自然展现出更加理性、成熟的心智，也更加关注现实。苏轼在杭州、密州、湖州任上反映新法弊端的诗作、南宋范成大咏叹农事劳苦的《四时田园杂兴》等作品，都是这种关注现实的创作倾向最典型的体现。此外，宋代文人重视诗歌的实用功能，大量写作用于交游唱和的作品，也是因为他们对现实世界投入了更多的精力。由此可见，这种由身份地位导致的现实关怀，也在各种层面上塑造着"宋调"的种种特征。

三、民间文化消费的崛起

中国历史上大多数王朝走向衰亡，几乎都是因末期中央政权软弱，无力抑制土地兼并，导致"富者田连仟伯，贫者亡立锥之地"③，进而催生底层民众起义，动摇统治根基。因此，在一个朝代刚刚建立之时，统治者几乎都会出台各种政策抑制土地兼并，在一定程度上实现"耕者有其田"。但宋代是一个例外，当宋太祖赵匡胤以"杯酒释兵权"的方式从开国重臣手中收回兵权时，他向这些臣子承诺了"多积金、市田宅以遗子孙，歌儿舞女以终天年"④的生活。因此，宋代在开局之初，便不抑制土地兼并，以至于"恩逮于百官者唯恐其不足，财取于万民者不留其有余"⑤。因此，尽管宋代在经济方面给我们的印象，基本是繁荣、富足的，但有一个或许有些出人意料的历史事实，那就是宋代是爆发民众起义最多的朝代——两宋立国300余年，民众起义超过400次。

不过，除了北宋末年的方腊起义和南宋初期的钟相、杨幺起义，几乎

---

① 〔宋〕王安石著，刘成国点校：《王安石文集》，中华书局2021年版，第573页。
② 王安石创作这首作品时尚未官居宰执，但已然有了"身在最高层"的理想追求与精神气质。
③ 〔汉〕班固著，〔唐〕颜师古注：《汉书》卷二四《食货志》，中华书局1962年版，第1137页。
④ 〔元〕脱脱等：《宋史》卷二五〇《石守信传》，中华书局1985年版，第8810页。
⑤ 〔清〕赵翼著，王树民校证：《廿二史札记校证》，中华书局2013年版，第534页。

没有能够真正威胁到大宋统治根基的民众起义。其原因一方面是宋代统治者对起义部队基本采取安抚、收编的处置方略，因此很多起义民众在反抗之初就是以"被招安"为目的；另一方面则是宋代城市经济极其繁荣，尽管有很多失去土地的底层农民，但能够被城市中的各种新兴手工业、服务业所吸纳，并不会彻底失去谋生出路，因此虽然终有走投无路而聚啸山林者，但大多规模有限，难以和"官军"形成势均力敌的态势。

大量失去生产资料的农村劳动力主动或被动流入城市，其身份由"农民"转化为"市民"，进而成为城市经济活动中的一分子，且由于城市商业的繁荣，他们甚至会获得比农业生产更高的经济收入。普通的城市民众，尽管在个体层面始终无法与"达官显贵"们相提并论，但作为一个整体，其文化话语权必然会随着经济实力的提升而由隐至显。于是，在上层文人士大夫不屑甚至鄙视的下层文化领域，由消费主导的民间文艺市场不断扩大，下层市民的审美情趣、价值追求也终于通过艺术的形式被表达出来。由此，中国古典文学与文化不再是"文人审美"的一家垄断，"民间文艺"终于以一股不可阻挡的势头破壁而出，蔚为大观！

同时，宋代的"民间文化"与"文人文化"并不是判然有别、泾渭分明的。生活在城市中的文人作为"市民"一员，同样会参与民间文艺的消费，如沈括《梦溪笔谈》记载宋真宗朝最著名的宰相寇准"好《柘枝舞》，会客必舞《柘枝》，每舞必尽日，时谓之'柘枝颠'"[①]。此外，"文人"是一个具有上下流动性的阶层，很多读书人在科举入仕之前长期混迹于民间，最典型的例子莫过于柳永，他的很多被晏殊等上层文人所不齿的作品，实际上都是适用于民间文化消费市场的；而部分成功从民间跃迁至上层的文人，也会把民间审美情趣带入文人文化圈子内，如北宋末年擅写调笑词的曹组，他那些诙谐幽默的作品，很难说不是受到民间文化的影响。

总之，民间文化消费所促成的下层审美风尚的崛起，打破了文人审美

---

① 〔宋〕沈括：《梦溪笔谈》，上海师范大学古籍整理研究所编：《全宋笔记》第二编，第3册，大象出版社2006年版，第39页。

的垄断格局，俨然占据宋代文化的半壁江山，并从此成为中国古代文学与文化中越发不容忽视的存在。下层"民间"与上层"文人"的文化碰撞、互动与互融，无疑是宋代文学在有别于"唐音"的"宋调"之外，另一个显著的特点。

四、本书的编选思路

本书旨在选用23篇论文向读者介绍宋代文学的基本面貌。由于宋代文学的内容十分丰富，故本书的纲目设计，首先要考虑兼顾主要文体，即以"宋诗""宋词""宋文与话本小说"为三大基本板块。其中，"宋文与话本小说"这一板块，从专业视角看，并不完全说得通。因为文人之"文"与民间的"话本小说"，在文体学意义上并不属于同一类型，其基本书写目的与风格旨趣也大相径庭。但限于丛书的篇幅限制，我们姑且将二者强行放在一起。倘若有饱学之士指为瑕疵，则疏失之处全在编者，与文章原作者无涉。

其次，各编所选文章，以"总—分"模式排布，即首篇文章皆为综论这一文体在宋代的整体发展历程与主要特点，然后选取专论不同时段代表性作家作品的文章分列于后，以使读者对该文体能有"点面结合"式的了解。同时，我们对具体篇目的选择，并不以作者名气、原发表刊物级别为采择标准，而是主要看文章能否服务于"点面结合"的整体思路，同时兼顾"学术性"与"普及性"。具体篇目的选编理由，将在每一编的"编者按语"中予以说明。若读者对本书所收录的文章篇目存有异议，或指为失当，责任亦在编者，与论文原作者无涉。

由于所选23篇文章发表于不同时期的不同刊物，其原有注释体例时有差异，本书在编写过程中，对注释格式进行了统一调整，引文也据较新的权威整理本进行了重新核校，如有疏失，责任仍在编者。

以23篇文章介绍宋代文学，难免挂一漏万。不过，倘能为读者打开一扇了解宋代文学的窗口，并激发进一步深入了解的愿望，则为编者之大幸矣！

第一编 宋 诗

　　本编选编9篇论文，向读者介绍宋代诗歌的基本情况。后世学者站在复盘的视角，曾提出"唐之诗、宋之词、元之曲"的"文学代胜观"，又因为宋诗身处唐诗的辉煌之后，因此提及宋代文学，人们很难首先想到"诗歌"这一文体。实际上，"词"在宋代很长的历史时期内，是被视为"小道末技"的。宋代文人在较为纯粹的文学创作领域，依然将"诗"视为最重要的文体。宋诗通过几代诗人的探索与努力，从模拟、学习唐诗，到大略自成面目，再到提出明确的审美范式与创作理论，最终在文学史上形成了足以与唐诗"双峰并峙"的态势，其发展历程可谓波澜壮阔。

　　本编选取的第一篇文章《宋诗的发展历程》，将宋代诗歌史划分为六个发展阶段：以"西昆体""白体""晚唐体"为代表的宋初诗坛；以欧阳修、梅尧臣、苏舜钦为代表的仁宗诗坛；以王安石、苏轼为代表的神宗、哲宗诗坛；以黄庭坚诗风所主导的"江西诗派"时代；以陆游、范成大等为代表的"中兴诗坛"亦即"江西诗派"的调整期；宋末的"江湖诗派"时代。其余8篇文章，则以"宋调"的形成为主线，分别选取专论每一时期代表作家或文学现象的文章，有些偏重于作品分析，有些则略微深入理论层面，但皆旨在呈现诗歌之"宋调"的基本特点与形成机制。此外，神宗、哲宗诗坛，分别选取了有关王安石与苏轼的两篇文章，尽管相对而言王安石的诗歌创作对"宋调"的形成贡献更大，但苏轼作为宋代的"第一天才"，可以说在一定程度上超越了所谓"宋型文化"，达到了足以作为整个中国传统文化之"代表人物"的级别。因此，如果在这一时期的宋诗发展历程中仅展现王安石而略去苏轼，那自然是说不过去的。

宋诗的发展历程

王兆鹏

宋诗是继唐诗之后又一座诗史高峰。宋诗走向高峰状态，大致经历了如下几个阶段：

一、"三体"代兴：模仿唐人

宋太祖、太宗、真宗三朝（960—1022）60余年的宋初诗坛，是唐风笼罩而缺乏创造性的时期。诗坛上盛行的"白体""晚唐体"和"西昆体"，都是以唐人诗为准则。诗人们还没有找到属于自己时代的独特诗风，于是在模仿中探索。

所谓"白体"，是学习白居易而形成的一种诗风。主要代表人物有李昉、徐铉和王禹偁等人，其中以王禹偁为领袖。《蔡宽夫诗话》说："国初沿袭五代之余，士大夫皆宗白乐天诗，故王黄州（禹偁）主盟一时。"[1] "白体"诗人主要学习白居易诗的两个层面，一是唱和方式，二是浅切平易的诗风。王禹偁身遭贬谪之后，由师法白居易的讽谕诗进而倡导学习杜甫面向现实的创作精神，写出了诸如《感流亡》《对雪吟》等忧国忧民的佳作。他的诗歌风格平淡流畅，并带有议论化和散文化的特点，成为开创宋诗风气的先驱。

"晚唐体"诗人有两个群体。一是希昼、保暹、文兆、行肇、简长、惟凤、惠崇、宇昭、怀古等9位僧人，他们又被称为"九僧诗派"。其中

---

[1] 郭绍虞：《宋诗话辑佚》，中华书局1980年版，第398页。

惠崇诗的成就较高。二是潘阆、魏野和林逋等隐士，林逋咏梅的诗句"疏影横斜水清浅，暗香浮动月黄昏"（《山园小梅》）①最为著名。宰相寇准虽然身份特异，作诗也属同一诗派。这个诗派以唐人贾岛、姚合的诗风为典范，而贾岛、姚合被宋人视作晚唐诗人，故称"晚唐体"。他们擅长五律，苦心琢句，但往往有佳句而无完篇，诗境狭窄，题材内容不出草木鸟兽虫鱼。

由于"白体"诗人流于浅俗平庸，"晚唐体"又失于小巧琐碎，于是，纠偏救弊的"西昆体"应运而起。西昆体以杨亿编的《西昆酬唱集》而得名。从真宗景德二年（1005）起，杨亿、刘筠、钱惟演、陈越、李维、李宗谔等馆阁学士奉命编纂大型类书《册府元龟》，闲暇时以诗酬唱，后杨亿将17人唱和的247首诗合编为《西昆酬唱集》。诗集刊行后，风靡一时。后来欧阳修回忆说："盖自杨刘唱和，《西昆集》行，后进学者争效之，风雅一变，谓'西昆体'。由是唐贤诸诗集几废而不行。"②西昆体的魅力主要在于字句华丽，用事精巧，对偶工切。其典雅诗风和堂皇气象不仅革除了晚唐体的风花雪月、小巧呻吟之病，也正好迎合和满足了北宋帝国正处在上升时期社会的审美需求。

二、三人并起：欧阳修和苏舜钦、梅尧臣的变革

尽管西昆体盛行后，诗风为之一变，但西昆体毕竟是学李商隐，仍是走唐人的老路，并没有显示出不同于前人的时代特色。而西昆体的末流更是唯工组织字句，难见真实的性情。因此，到了仁宗朝（1023—1063），新一代诗坛主将欧阳修、梅尧臣、苏舜钦崛起之后，大刀阔斧地对诗风进行改革，宋诗才开始展露出自己的时代特色。

欧、苏、梅主要从三个方面改变了宋诗的发展方向，奠定了宋诗的基本格调。

---

① 北京大学古文献研究所编：《全宋诗》，第2册，北京大学出版社1995年版，第1218页。
② 〔宋〕欧阳修：《六一诗话》，〔清〕何文焕辑：《历代诗话》，中华书局2004年版，第266页。

一是从审美理想上变西昆体的雕琢典丽之美为接近生活的自然平淡之美，梅尧臣曾说"作诗无古今，惟造平淡难"①，他们所追求的平淡，不是宋初白体的平易浅淡，而是由绚烂之极复归于平淡，即南宋初葛立方所说的"自组丽中来，落其华芬"②后的平淡。平淡中见深刻，平实中有精警，流畅中含蕴藉。这也是后来整个宋代诗人所追求的美学境界。苏轼论诗时就主张："凡文字，少小时须令气象峥嵘，采色绚烂，渐老渐熟乃造平淡；其实不是平淡，绚烂之极也。"③

二是在题材取向上，不仅重视反映社会现实生活，如欧阳修的《食糟民》《边户》、梅尧臣的《田家语》《汝坟贫女》、苏舜钦的《庆州败》《城南感怀呈永叔》等，表现民生疾苦，揭露时弊，现实感都非常强烈；而且注重表现日常生活中的琐屑小事，从平凡琐事中发掘诗意。后者尤具开创性，它改变了唐诗平凡俗事琐事不能入诗的传统，并确立了宋诗题材取向上的日常性特征。这一点，梅诗表现最突出，吃鱼、食荠都可成为诗题诗料，甚至扪虱得蚤、晨兴如厕有鸦啄蛆之类令人恶心的事也堂而皇之写进诗中。这种题材当然写不出什么诗味，但由此可见其题材取向的日常性已达到了何等深入广泛的程度。

三是继承了中唐韩愈诗歌议论化和散文化的特点，在诗中以议论的方式说理，以散文的结构方法叙事。欧、梅的诗歌常以思理见长，如欧诗《再和明妃曲》、梅诗《颍水发公渡观饮牛人》和《晚泊观斗鸡》等，都议论精警，含意丰富。这不仅开辟了宋诗"以文字为诗，以才学为诗，以议论为诗"④的方向，也奠定了宋诗内质上主理尚意的基础。

欧、苏、梅三人都致力于诗风的变革，但诗风各不相同，而自成一家。欧诗清丽婉转，《戏答元珍》是他的代表作；梅诗闲肆平淡，著名的

①〔宋〕梅尧臣：《读邵不疑学士诗卷》，朱东润编年校注：《梅尧臣集编年校注》，上海古籍出版社2020年版，第1030页。

②〔宋〕葛立方：《韵语阳秋》，〔清〕何文焕辑：《历代诗话》，第483页。

③〔宋〕苏轼：《与二郎侄》，孔凡礼点校：《苏轼文集》，中华书局1986年版，第2523页。

④〔宋〕严羽：《沧浪诗话·诗辩》，〔清〕何文焕辑：《历代诗话》，第688页。

作品有《鲁山山行》和《东溪》等；苏诗则豪迈奔放，七言古诗《中秋夜吴江亭上对月怀前宰张子野及寄君谟蔡大》最能体现他的这种风格，七绝《淮中晚泊犊头》："春阴垂野草青青，时有幽花一树明。晚泊孤舟古祠下，满川风雨听潮生。"①也意境阔大。三人之中，梅尧臣的成就和影响最大，前人说他"去浮靡之习，超然于昆体极弊之际；存古淡之道，卓然于诸大家未起之先"②，就道出了他对宋诗的开创之功。

三、"四体"并兴：王安石和苏轼等人的开拓

经过百余年的孕育和欧阳修等人的革新，到神宗、哲宗两朝（1068—1100）③，宋诗进入了全盛的发展时期，与"唐音"并称的"宋调"，即宋诗不同于唐诗的时代特色最终凝定确立。

元祐诗坛如盛唐诗坛，大家辈出，名作纷呈。其中王安石、苏轼、黄庭坚和陈师道等人的诗歌，都自成一体，严羽的《沧浪诗话·诗体》分别称之为"王荆公体""东坡体""山谷体"和"后山体"④。他们的诗歌风格代表着"宋调"的特质。此外，如王安石的友人王令和"苏门四学士"之一的张耒等人的诗歌，也各有特色。

王安石作为政治家，早年的诗歌政治色彩相当浓厚，议论说理、抒怀言志，锋芒直露。宋叶梦得说他"少以意气自许，故诗语惟其所向，不复更为涵蓄。如'天下苍生待霖雨，不知龙向此中蟠'，又'浓绿万枝红一点，动人春色不须多''平治险秽非无力，润泽焦枯是有材'之类，皆直道其胸中事"⑤。《河北民》《感事》和《兼并》诸诗，政治批判的锋芒都很尖锐。而他的咏史诗尤善于以敏锐深刻的政治家眼光，对人们所熟悉的

---

① 〔宋〕苏舜钦著，沈文倬校点：《苏舜钦集》，上海古籍出版社2011年版，第74页。

② 〔元〕龚啸：《跋前二诗》，周义敢、周雷编：《梅尧臣资料汇编》，中华书局2007年版，第164页。

③ 习惯上以哲宗的年号"元祐"来指称。

④ 〔宋〕严羽：《沧浪诗话·诗辩》，〔清〕何文焕辑：《历代诗话》，第689—690页。

⑤ 〔宋〕叶梦得：《石林诗话》，〔清〕何文焕辑：《历代诗话》，第419页。

历史事件或历史人物进行翻案，如著名的《明妃曲》二首，揭示画工毛延寿被杀的冤枉，王昭君悲剧的根源在于君王的昏庸，一反传统的见解；《孟子》《贾生》等诗，也同样立意新奇。最能代表荆公体艺术个性的是他晚年的绝句，雅丽精绝，新奇工巧，深为后人推重。

苏轼诗歌代表着宋诗的最高成就，内容博大精深，风格丰富多样，艺术技巧高超娴熟。其中最能体现宋诗特质也最具开创性的是富有理趣，充满着人生哲理。与政治家的王安石不同，苏轼是哲人、智者，善于对人生命运和生命价值进行独特的体悟和反思，如《和子由渑池怀旧》的"人生到处知何似，应似飞鸿踏雪泥。泥上偶然留指爪，鸿飞哪复计东西"[①]；他也善于从平凡的日常生活和常见的自然景物中发现深刻的哲理，归纳出事物的规律，如《题西林壁》的"横看成岭侧成峰，远近高低总不同。不识庐山真面目，只缘身在此山中"[②]等。而诗中的哲理或理趣，并不是由议论说理的方式直接点明，而是蕴含在生动的艺术形象和具体的审美感受之中。这种艺术境界比一般宋诗通过议论来阐发道理或见解要高妙得多，它既没有损害诗歌的艺术形象性，不直露而有深长的韵味，又将感性的体验升华到理性和哲理的层次，从而赋予诗歌以灵思妙理。

四、一派独盛：江西诗派的兴起

黄庭坚的诗奇崛瘦硬，与唐诗的浑厚丰圆恰好形成鲜明对照。山谷诗所代表的宋诗这种美学风范成为中国诗歌史上与唐诗对立而互补的两种典范性的审美形态。黄庭坚虽然在道义上是苏轼的门生，但创作的路数却与苏轼完全不同，苏诗是天才型的诗人，写诗汪洋恣肆，纵笔挥洒，自然天成；而黄庭坚则是人工巧匠，苦心经营，讲究作诗的法则，他又常常向晚辈后学传授指点诗法途径，即使是才气不高的作者，得其诗法决窍也可以写出较好的诗歌。因此黄庭坚的后继追随者络绎不绝，他的诗友陈师道就

---

① 〔宋〕苏轼著，孔凡礼点校：《苏轼诗集》，中华书局1982年版，第97页。
② 〔宋〕苏轼著，孔凡礼点校：《苏轼诗集》，第1219页。

是黄诗的崇拜者，甚至把自己原来写的诗稿化为一炬，从头起步跟黄学作诗。所以在黄庭坚身后，诗坛上就形成了宋代影响最大，延续时间最长的诗派，即江西诗派。

南北宋之际，吕本中作《江西诗社宗派图》，以黄庭坚为领袖，又列举陈师道、潘大临、谢逸、洪刍、祖可、饶节、徐俯、洪朋、林敏修、洪炎、汪革、李錞、韩驹、李彭、晁冲之、江端本、杨符、谢薖、夏倪、林敏功、潘大观、何觊、王直方、僧善权和高荷等25人为诗社成员①，吕本中又将其中数人的诗歌编为《江西宗派诗集》150卷，于是江西诗派之名正式确立。南宋中期的大诗人杨万里作《江西宗派诗序》，宋末刘克庄又作《江西诗派总序》予以宣扬，江西诗派遂成为影响南宋一代诗风的诗派。宋末元初方回的《瀛奎律髓》又创"一祖三宗"之说，以唐代的杜甫为江西派之祖，而黄庭坚、陈师道和陈与义为"三宗"②。

江西派诗人秉承黄庭坚的诗法，重视学力修养，讲究"点铁成金"。诗歌的语言和意境在借鉴前人艺术经验的基础上推陈出新，既字字有来历，又具有陌生化的审美效应；诗歌的题材取向侧重于书斋化的日常生活，诗人由关注外部生活世界转而注重自我内在的人格修养，诗歌的功能也由补世励人转变为自励自娱，言情言志的诗歌朝着言意言趣的方向发展。

靖康之难后，金兵的铁蹄踏碎了诗人宁静的书斋生活，也一度改变了诗人的创作倾向。陈与义、吕本中、曾几等江西派诗人转而以诗来表现时代的激烈变化，刻画战乱中社会的苦难图景，并为抗金而呼号呐喊，诗歌的风格也发生了新变。吕本中提出了诗歌创作的"活法"说，主张遵守法则又不拘于旧法，即"规矩备具而能出于规矩之外，变化不测而亦不背于

---

① 参见〔宋〕胡仔：《苕溪渔隐丛话·前集》卷四八，人民文学出版社1962年版，第327页。
② 参见〔元〕方回选评，李庆甲集评点校：《瀛奎律髓汇评》，上海古籍出版社2020年版，第1222页。

规矩"①。这对后来的诗人突破江西诗派的藩篱，具有理论上的指导意义。在创作实践上，吕本中的诗歌流丽婉转，曾几诗清新活泼，也为后继者进一步求新求变起了示范作用，对南宋中叶诗歌的再度繁荣有着直接的启迪和影响。

五、"四大家"的超越

在靖康之难前后出生的陆游、杨万里、范成大、尤袤"中兴四大家"②崛起诗坛后，宋诗又呈现出新的辉煌。他们早年都是从江西诗法入门，最终又从题材、风格和艺术表现手法等角度全方位地超越了江西派的诗风，改变了徽宗朝以来数十年间诗坛上江西诗派独领风骚的格局。

陆游现存诗歌9200多首，是宋代作诗最多的诗人，也是宋代最富有激情的战士型诗人。他的诗歌激情洋溢，豪气满怀，意象雄奇，风格悲壮雄放。他平生以杀敌报国为念，期待着能驰骋疆场，实现收复中原、统一祖国的宏愿。他不停地在诗中高唱："平生万里心，执戈王前驱。战死士所有，耻复守妻孥。"③由于外族入侵，国土分裂，呼喊抗战复国一直是南宋诗歌的重要主题，而陆游同类主题的诗歌，却具有与众不同的特质。一是陆游并非只是一时的呐喊，而是终生系念着收复河山，抗战复国的主题贯穿着他整个一生的创作历程，直到临死时，他还写下了千古绝唱《示儿》："死去元知万事空，但悲不见九州同。王师北定中原日，家祭无忘告乃翁。"④二是他不仅仅是呐喊，而且充满着一种积极投入和自我牺牲的献身精神："一身报国有万死，双鬓向人无再青"⑤、"壮心未与年俱老，死

---

① 〔宋〕吕本中：《夏均父集序》，载〔宋〕刘克庄：《江西诗派小序》，丁福保辑：《历代诗话续编》，中华书局2014年版，第485页。
② 〔元〕方回《跋遂初尤先生尚书诗》："宋中兴以来，言治必曰'乾、淳'，言诗必曰'尤、杨、范、陆'。"见祝尚书编：《宋集序跋汇编》，中华书局2020年版，第1461页。
③ 〔宋〕陆游：《夜读兵书》，钱仲联校注：《剑南诗稿校注》，上海古籍出版社2005年版，第18页。
④ 〔宋〕陆游著，钱仲联校注：《剑南诗稿校注》，第4542页。
⑤ 〔宋〕陆游：《夜泊水村》，钱仲联校注：《剑南诗稿校注》，第1136页。

去犹能作鬼雄"①。在受重文轻武的社会价值观念支配而军事题材比较少见的宋代诗坛上，陆游激昂雄壮的从军乐，如异军突起，格外引人注目。

唐宋以来，诗人的价值取向和人生理想绝大多数是追求政治上的功名，写诗只是立德、立功后的业余消遣或功业难成后的"不平则鸣"。杨万里虽然在政治上不无追求，但他的人生目标似乎主要是想做一位独具个性、受人欢迎的诗人，他曾有诗明志："不留三句五句诗，何得千人万人爱。"②他的诗歌也确实独具个性，创造出了幽默风趣、灵动活泼的"诚斋体"。其题材内容虽然大都是平凡的自然景物，但他善于以灵心慧眼从中发现奇趣和理趣，如："岭下看山似伏涛，见人上岭旋争毫。一登一陟一回顾，我脚高时他更高。"③并赋予自然景物以生命灵性和知觉情感，如"好风不解藏天巧，雕碎孤云作数峰"④"一峰忽被云偷去，留得峥嵘半截青"⑤。杨万里诗所建构的灵性的自然，为中国山水诗开辟出了一种崭新的审美境界。

范成大最具开创性的是他的田园诗，其中最著名的是组诗《四时田园杂兴》，每12首七言绝句为一组，共60首，分别描写春日、晚春、夏日、秋日和冬日的田园生活。在范成大以前，田园诗实质上是隐逸诗，尤其是在唐代诗人王维、孟浩然的笔下，田园乡村往往被描写为与喧嚣闹杂的世俗社会和尔虞我诈的官场对立的理想世界，闲逸、宁静、和谐，见不到田园乡村的主体农民的真实生活情态，其中即使有农民的剪影，那也是隐士人格的化身。范成大的田园诗，继承和融汇了陶渊明的田园农事诗和中唐张籍、王建、白居易等人的"悯农""田家词"等乐府诗的两大创作范式，以写实的笔调，全面真切地表现出农家的四季景物、岁时风俗、生活困境、劳动场面、闲暇休憩等日常生活情态和种种喜怒哀乐的情怀。如"昼

① 〔宋〕陆游：《书愤》，钱仲联校注：《剑南诗稿校注》，第2312页。
② 〔宋〕杨万里：《醉吟》，辛更儒笺校：《杨万里集笺校》，中华书局2007年版，第536页。
③ 〔宋〕杨万里：《过上湖岭望招贤江南北山》，辛更儒笺校：《杨万里集笺校》，第1345页。
④ 〔宋〕杨万里：《雨后晚步郡圃》，辛更儒笺校：《杨万里集笺校》，第509页。
⑤ 〔宋〕杨万里：《入常山界》，辛更儒笺校：《杨万里集笺校》，第445页。

出耘田夜绩麻，村庄儿女各当家。童孙未解供耕织，也傍桑阴学种瓜"[1]，这纯朴自然的乡村生活的素描，丰富和发展了中国古代田园诗的艺术宝库。

六、两派的回归：宋末诗风的蜕变

在"中兴四大家"即将退出诗坛之际，在永嘉（今浙江温州）地区出现了四位名字中都带有"灵"字而并称为"四灵"的诗人：徐照字灵晖、徐玑字灵渊、赵师秀字灵秀、翁卷字灵舒。"四灵"的学力才气都不足以继"中兴四大家"之盛，既想另辟蹊径，又不满于江西诗派，于是回归晚唐，专工五律，实际上又滑入了宋初"晚唐体"的轨道。但他们由于受到当时著名的理学家叶适的揄扬而名著一时，诗坛上趋之若鹜，刘克庄说是"旧止四人为律体，今通天下话头行"[2]，整个诗风也为之一变，并直接影响到稍后的江湖诗派。《四库全书总目》卷一六五《云泉诗提要》从宋诗变化的角度对"四灵"做过切实的评价："宋承五代之后，其诗数变。一变而西昆，再变而元祐，三变而江西。江西一派，由北宋以逮南宋，其行最久，久而弊生，于是永嘉一派以晚唐体矫之，而四灵出焉。然四灵名为晚唐，其所宗实止姚合一家，所谓武功体者是也。其法以新切为宗，而写景细琐，边幅太狭，遂为宋末江湖之滥觞。"[3]

继"四灵"而起的是江湖诗派。江湖诗派大多是未曾仕宦而以诗文行谒为生的江湖游士，其中也有些官场失意之士，如刘克庄等人。他们本是一个松散的创作群体，各人的身份不尽相同，也没有像江西诗派那样公认的宗主，只是因为当时临安的书商陈起把他们的诗合刻为《江湖集》，才被称为"江湖诗派"。其中著名的有戴复古、孙惟信、刘克庄等人。江湖

① 〔宋〕范成大：《四时田园杂兴·夏日田园杂兴十二绝》，吴企明校笺：《范成大集校笺》，上海古籍出版社2022年版，第1351页。
② 〔宋〕刘克庄：《题蔡炷主簿诗卷·又七言》，辛更儒笺校：《刘克庄集校笺》，中华书局2011年版，第933页。
③ 〔清〕永瑢等：《四库全书总目》，中华书局1965年版，第1410页。

诗派近学"四灵",远宗晚唐,诗歌的境界比"四灵"诗要宽阔,工于白描,诗风也比较清丽。值得注意的是他们人格上的倾斜变化,由于他们在经济上缺乏独立性,维持生存成为人生的主要目的,因而他们比较注重个体实际的利益,相当一部分诗人的社会责任感比较淡漠,追求人格的自我完善和人品的清高独立的观念也比较淡薄。江湖派的诗歌,多角度地展现了宋末知识分子这一人格心态变化的历程。

南宋后期的诗歌,总体上是走下坡路,也可以说是越过江西诗派重走晚唐和宋初诗人已走过的老路,这固然也体现出诗风的嬗变,但毕竟缺乏独创性。幸而在宋元易代之际,文天祥等人激昂慷慨的悲歌,打破了宋末诗坛相对冷清的格局,给辉煌的宋诗增添了最后一道辉煌!

(选自王兆鹏:《唐宋诗词考论》,
中国社会科学出版社2013年版,第86—96页)

论《西昆酬唱集》在"唐音"向"宋调" 转化中的作用

许　琰

　　唐诗和宋诗，是诗歌史上双峰并峙的两大典范。"唐音"和"宋调"的不同早在宋代就已为人所认识。对于宗唐还是宗宋引起了后来诗歌史上旷日持久的争论。其实，唐诗与宋诗本是一脉相承的。宋代诗人充分吸取了唐诗的养料，在学习唐诗的基础上，为了超越唐诗而形成自己独特的诗风。《西昆酬唱集》正是唐诗向宋诗转换过程中的一个枢纽，在"唐音"向"宋调"的转化中起到了关键作用。

　　严羽曾在《沧浪诗话·诗辩》中概括宋诗的特点说："近世诸公乃作奇特解会，遂以文字为诗，以才学为诗，以议论为诗。"①严羽主要是从艺术方面总结了宋诗的特点。在题材方面，宋诗还更深刻广泛地挖掘了日常生活题材，使诗歌更趋通俗化。而宋诗这些特点的形成正源于《西昆酬唱集》。

一

　　从题材内容特点看，宋诗在题材方面比唐诗更广泛深刻地描写日常生活，使诗歌更趋通俗化，究其宋代源流，应该主要是《西昆酬唱集》中的感事述怀诗、咏物诗和言情诗。

　　《西昆酬唱集》的70个诗题250首诗作大致可以分为咏史诗、述怀诗、

---

① 〔宋〕严羽：《沧浪诗话》，〔清〕何文焕辑：《历代诗话》，中华书局1981年版，第688页。

咏物诗、言情诗四类。其中感事述怀诗、咏物诗和言情诗数量最多，占诗集的85%以上。这些诗作或感时伤事，或托物言志，或比兴寄托，展现了文人日常生活的方方面面，表达了文人内心的各种情感变化，取材广泛，描写细致。同时《西昆酬唱集》本身是一部唱和诗集，所收的唱和诗具有明显的交际性与实用意味。这是因为唱和本身所具有的鲜明交际性和实用功能，促使那些述怀叙事和抒情咏物的诗作内容与文人的日常生活紧密联系起来，逐渐体现出诗歌散文化的倾向，为宋诗的题材特点打下了坚实的基础。《西昆酬唱集》中使文人日常生活诗意化的诗作很多，例如杨亿、钱惟演和刘筠唱和的《直夜》这一诗题就是此类诗作的代表。诗作如下：

> 缭垣峣阙庆云深，画烛熏炉对拥衾。三殿夜签传漏箭，九秋霜籁入风琴。阶前槁叶惊寒雨，天际孤鸿答迥砧。攲枕便成鱼鸟梦，岂知名路有机心。（杨亿）①

> 千庐微道发传呼，帝宇沉沉璧月孤。重槤只闻喧斗鼠，危枝谁见绕惊乌。石蟆霜重连钩盾，玉虎冰消下辘轳。素发自怜同骑省，一竿何日钓秋鲈。（钱惟演）②

> 鸡人肃唱发章沟，汉殿重重虎戟稠。绛羽欲栖温室树，金波先上结璘楼。风来太液闻鸣鹤，雾卷明河见饮牛。万国表章频奏瑞，手批天语思如流。（刘筠）③

这三首诗记叙了他们在修书期间，于馆中值夜时的所见、所想和所感。在《西昆酬唱集》中像这样吟咏馆阁生活的诗作还有很多，都可看作宋诗题材特点的发端。此后宋代的许多诗人如苏轼等人对这一特点进行了继承和发扬，生活中的琐事细物，都成了宋代诗人的写诗原料。比如苏轼曾咏水

---

① 〔宋〕杨亿编，王仲犖注：《西昆酬唱集注》，中华书局2018年版，第254—255页。
② 〔宋〕杨亿编，王仲犖注：《西昆酬唱集注》，第256—257页。
③ 〔宋〕杨亿编，王仲犖注：《西昆酬唱集注》，第258—259页。

车、秧马等农具，黄庭坚多咏茶之诗。

此外，宋人的送别诗多写私人的交情和自身的感受，我们可以从《西昆酬唱集》里的言情诗中找到影子。《西昆酬唱集》中表现友情的诗歌很多，有互诉友情的，有赠答送行的，有久别思念的，都声情并茂，感人肺腑。例如钱惟演、杨亿、刘筠唱和的《与客启明》这一诗题就是《西昆酬唱集》中表达友情的佳作。诗作如下：

> 越溪微霰洒寒梅，家近严陵古钓台。梦欲成鱼通夕去，书曾凭犬隔秋回。干时不为侏儒米，乐圣犹衔叔夜杯。帝右岂无杨得意，汉宫须荐长卿才。（钱惟演）①

> 越客逃名误凿坏，汉庭初聘碧鸡才。操心四十知无惑，削牍三千耻自媒。吟苦多年依洛社，赋成他日上兰台。郡斋悬榻流尘满，七见东风落楚梅。（杨亿）②

> 秦痔从来易得车，邰枝今比我何如。垂天借喻齐谐志，握火寻盟越绝书。旭日西清云幄密，朔风南陌苇衣疏。故山夜鹤空多怨，金屋人争诵子虚。（刘筠）③

这一诗题是为了安慰周启明而唱和的。《宋史·周启明传》载："周启明，字昭回，其先金陵人，后占籍处州。初以书谒翰林学士杨亿，亿携以示同列，大见叹赏，自是知名，四举进士皆第一。景德中，举贤良方正科，既召，会东封泰山，言者谓此科本因灾异访直言，非太平事，遂报罢。于是归，教弟子百余人，不复有仕进意，里人称为处士。"④这一诗题正是为了劝慰周启明不要因应试报罢而灰心，多年苦吟终会得到朝廷重用而唱和的。诗中还叙述了他们与周启明之间深厚的友谊和真挚的情意，读之亲切

---

① 〔宋〕杨亿编，王仲荦注：《西昆酬唱集注》，第266—267页。
② 〔宋〕杨亿编，王仲荦注：《西昆酬唱集注》，第267—268页。
③ 〔宋〕杨亿编，王仲荦注：《西昆酬唱集注》，第268—269页。
④ 〔元〕脱脱等：《宋史》，中华书局1985年版，第13441页。

感人。《西昆酬唱集》的这种题材特征开发出了宋诗平易近人的优点。

二

从艺术特点和功能看，宋诗的"以才学为诗""以文字为诗""以议论为诗"等特点，究其源流，也深受《西昆酬唱集》的影响。运用典故、注重格律、多发议论虽不自《西昆酬唱集》始，但《西昆酬唱集》对典故、格律和议论的青睐却是宋人注重学问，强调文字，以议论入诗的开端。

"以才学为诗"主要受到《西昆酬唱集》讲求用事、用典繁富这一特点影响。杨亿在《武夷新集自序》和《西昆酬唱集序》中都明确提出为文要吸收前人诗文之长，多用典故，以显博学。他在《武夷新集自序》说："予亦励精为学，抗心希古，期漱先民之芳润，思规作者之壶奥。"①在《西昆酬唱集序》中说："历览遗编，研味前作，挹其芳润。"②在《送进士陈在中序》中说："博综文史，详练经术，词采奋发，学殖艰深。"③《杨文公谈苑》在追述杨亿早年编定的《武夷新集》时更强调："学者当取三多，看读多，持论多，著述多。"④可见，坚持用典、彰显才学是杨亿的一贯主张。在杨亿的大力倡导下，《西昆酬唱集》的诗作也贯穿了这一精神，用典博赡，正如曾枣庄先生所说："《西昆酬唱集》的用典一是广博，经史子集、道书佛藏、志怪小说、类书笔记，几乎无不涉及。"⑤《西昆酬唱集》中的许多诗作几乎是句句用典。例如杨亿所作的《公子》：

夹道青楼拂彩霓，月轩宫袖按前溪。锦鳞河伯共烹鲤，金距邻翁

---

① 〔宋〕杨亿：《武夷新集》，《景印文渊阁四库全书》，第1086册，台湾商务印书馆1986年版，第351页。

② 〔宋〕杨亿编，王仲荦注：《西昆酬唱集注》，第2页。

③ 〔宋〕杨亿：《武夷新集》，《景印文渊阁四库全书》，第1086册，第427页。

④ 〔宋〕杨亿：《杨文公谈苑》，上海古籍出版社1993年版，第26页。

⑤ 曾枣庄：《论西昆体》，（高雄）复文图书出版社1993年版，第147页。

逐斗鸡。细雨垫巾过柳市，轻风侧帽上铜堤。珊瑚击碎牛心热，香枣
兰芳客自迷。①

全诗的丰腴华美之词如青楼、彩霓、月轩、前溪、锦鳞、烹鲤、金距、垫
巾、柳市、侧帽、铜堤、珊瑚、牛心、香枣、兰芳等均有出处，无一不取
自典故。王仲荦先生为这首诗作注时，引用了《周礼》《左传》《史记》
《汉书》《后汉书》《晋书》《宋书》《北史》《吕氏春秋》《世说新语》《楚
辞》等书多种，此外还有曹植、李商隐、王勃、梁简文帝、江淹、杜甫、
韩愈、孟郊（以注中出现的先后为序）等人的诗文②，可见此诗用典之多。
对唱和诗来说，显示才能，比赛学问，是其唱和的目的之一，而如何显现
才能并且取胜，运用典故就是重要的手段之一。《西昆酬唱集》中典故之
多，运用之精妙历来被一些文人推崇备至，成为学习和模仿的榜样，也是
宋诗注重学问的开端。《西昆酬唱集》之后，欧阳修、王安石、苏轼在
"以才学为诗"这一特点的形成过程中都起到了举足轻重的作用，直到黄
庭坚等人的江西诗派最终形成了"以才学为诗"的特点。

　　"以文字为诗"主要受到《西昆酬唱集》中精工格律，注重对仗和炼
字的特点影响。杨亿在《西昆酬唱集序》中说："予景德中，忝佐修书之
任，得接群公之游，时今紫微钱君希圣、秘阁刘君子仪，并负懿文，尤精
雅道，雕章丽句，脍炙人口，予得以游其墙藩而咨其模楷。"③可见，杨
亿、刘筠、钱惟演作诗都注重修辞，追求整丽精工。如果我们对《西昆酬
唱集》中的250首诗作进行研读，不难发现它们全部都是近体诗，而且都
属对精工、音韵和谐。

　　其类型可见下表：

---

① 〔宋〕杨亿编，王仲荦注：《西昆酬唱集注》，第92—94页。
② 参见〔宋〕杨亿编，王仲荦注：《西昆酬唱集注》，第92—94页。
③ 〔宋〕杨亿编，王仲荦注：《西昆酬唱集注》，第1—2页。

表1-1 《西昆酬唱集》诗作类型

类型	五言			七言		
	五绝	五律	五排	七绝	七律	七排
数量(首)	0	24	52	29	145	0
百分比(%)	0	9.6	20.8	11.6	58	0
总计(首)	76			174		
	250					

从表中我们可以看出，在诗体的选择上，《西昆酬唱集》中不用七排、五绝，偏好七律、五排、七绝和五律，尤其喜用七律，共有145首，占全部诗作的58%。律诗是唐诗对唐代文学的巨大贡献，杜甫是唐代诗人中写律诗最多的一位。据清人浦起龙《读杜心解》统计，杜甫共写了916首律诗，占其诗总量1458首的62.14%。而杜甫对律诗的最大贡献在于七律。正如葛景春先生所说："七律却直到杜甫的手中，才最后完成与定型……七律在杜甫手中，才真正地确立了粘、对的规范，成为像五律一样的格律严谨的律诗，并又试作'拗律'，在七律的声律突破方面做了一些有益的探索，是杜甫最有创造性并取得成就最高的一种诗体。"[1]"西昆体"诗人所推崇的李商隐就对杜甫诗歌进行了学习与借鉴。蔡启在《蔡宽夫诗话》中说："王荆公晚年亦喜称义山诗，以为唐人之学老杜而得其藩篱者，惟义山一人而已。每诵其'雪岭未归天外使，松州犹驻殿前军'与'池光不受月，暮气欲沉山''江海三年客，乾坤百战场'之类，虽老杜无以过也。"[2]那么，以李商隐为宗的"西昆体"诗人在体裁方面自然也受到杜甫诗歌的很大影响，对七律诗青睐有加。而尊杜和学杜是宋诗的一大特点。

可见，《西昆酬唱集》不仅在宋诗中较早对杜诗体裁进行了学习与借鉴，而且对宋人的尊杜和学杜起到了一定的开启作用。《西昆酬唱集》这

① 葛景春：《唐诗成熟的标志——论杜甫律诗的成就》，《杜甫研究学刊》2006年第1期。
② 郭绍虞：《宋诗话辑佚》，中华书局1980年版，第399页。

种注重格律、属对精工、音韵和谐的艺术追求，对后来欧阳修、王安石、苏轼、黄庭坚等诗人以及南宋一些诗人都产生了很大影响。他们无不注重格律，讲求炼字，为此后宋诗形成"以文字为诗"这一特点打下了基础。

"以议论为诗"主要受到《西昆酬唱集》中讽喻托怨、感事述怀、托物言志的特点影响。讽喻托怨、有补时事的咏史诗是《西昆酬唱集》中价值较高的、影响较大的一类诗。《西昆酬唱集》的诗人从秦朝题咏到了宋初，从帝王将相唱和到了文士名流。其涉及面之广，蕴含之深刻，都足见诗人之功力。《西昆酬唱集》的70个诗题中属于咏史诗范围的大致有十个左右，主要有《南朝》《汉武》《旧将》《宣曲二十二韵》《明皇》《始皇》《宋玉》等。这些诗作不仅表达了诗人对历史的见解，而且借古讽今，对当时的现实进行了议论。感时伤事，叙事抒怀的述怀诗是《西昆酬唱集》中最能表现作者内心情怀的诗作。这里有对不如意的感慨，有对穷困的嗟叹，有对生命的忧患，有对故乡的思念……千般滋味，万种柔情尽现其中。主要有《受诏修书述怀感事三十韵》、《初秋属疾》、《直夜》（二篇）、《刘校理属疾》、《即目》、《偶怀》、《怀旧居》、《属疾》、《偶作》等诗题。这些诗作多表达诗人的心声和自己对问题的见解与看法。借物抒情、托物言志的咏物诗是《西昆酬唱集》中数量最多的一类诗作。主要诗题有《禁中庭树》《槿花》《馆中新蝉》《鹤》《赤日》《别墅》《荷花》《再赋》《再赋七言》《又赠一绝》《梨》《泪二首》《秋夜对月》《小园秋夕》《夕阳》《枢密王左丞宅新菊》《柳絮》《霜月》《樱桃》《清风十韵》《秋夕池上》《萤》等。这些诗作有些纯属应酬，有些为了表现才华，而更多的是借物抒情、托物言志，抒发感慨的。《西昆酬唱集》中咏史诗的讽喻，述怀诗的感事，咏物诗的言志都对此后宋诗产生了很大影响，逐渐形成了"以议论为诗"的特色。

三

从传承和影响方面看，《西昆酬唱集》既充分学习和吸收了几位唐诗大家的创作成就，又发展和影响了一批宋诗大家的创作倾向，在"唐音"

向"宋调"转化的过程起到承上启下的关键作用。

《西昆酬唱集》对唐代的诗人如杜甫、李商隐、唐彦谦等人均有受容，尤以学习李商隐最为突出。以李商隐为宗，学习和模仿李商隐诗作是《西昆酬唱集》的一大特色。入宋之后，"白体"和"晚唐体"率先流行，"白体"以白居易为宗，"晚唐体"以贾岛、姚合为宗。在两派的推演下，宋初卑陋和枯瘠之风大盛。杨亿、刘筠等人因不满此风，开始在前人典籍中"研味"搜索，于是李商隐被他们纳入视野，成为争相学习的典范。西昆体对李商隐的情有独钟，致使从宋代开始，就有人误将李商隐诗看作西昆体。《冷斋诗话》卷四说："诗到李义山，谓之文章一厄。以其用事僻涩，时称西昆体。"[1]严羽在《沧浪诗话》中也说："西昆体，即李商隐体，然兼温庭筠及本朝杨、刘诸公而名之也。"[2]这些都是将"西昆体"与李商隐混为一谈了。虽然这是对"西昆体"的一些误解，但从中我们也足见"西昆体"与李商隐的密切关系。另一方面，《西昆酬唱集》还学习了晚唐诗人唐彦谦的诗作。宋代陈振孙《直斋书录解题》卷二十二《文史类》载："《杨氏笔苑句图》一卷、《续》一卷。黄鉴编。盖杨亿大年之所尝举者，皆时贤佳句。《续》者，不知何人，亦大年所书唐人句也，所录李义山、唐彦谦之句为多。西昆体盖出二家。"[3]元代马端临《文献通考》卷二百四十三载晁公武语曰："唐唐彦谦，字茂邺，并州人……彦谦才高负气无所摧屈，博学多艺尤能七言诗。师温庭筠，故格体类之世称。'耳闻明主提三尺，眼见愚民盗一抔'，盖彦谦句也。自号鹿门先生，有《薛廷珪序》。后村刘氏曰：'杨、刘诸人师李义山，可也，又师唐彦谦……'"[4]可见，杨亿等人在学习李商隐的同时，也借鉴了唐彦谦的诗作。为什么要学习唐彦谦呢？原因主要有二：其一，正如叶梦得《石林诗话》卷中所云："杨

---

[1]〔宋〕惠洪撰，陈新点校：《冷斋夜话》，中华书局1988年版，第33页。

[2]〔宋〕严羽：《沧浪诗话》，〔清〕何文焕辑：《历代诗话》，第690页。

[3]〔宋〕陈振孙：《直斋书录解题》，上海古籍出版社1981年版，第646页。

[4]〔元〕马端临：《文献通考》，浙江古籍出版社2001年版，第1925页。

大年刘子仪皆喜唐彦谦诗，以其用事精巧，对偶亲切。"①即主要因唐彦谦诗长于"用事"和"对偶"，与西昆体的诗学主张相似，所以借鉴之。其二，唐彦谦也学李商隐。杨慎《升庵诗话》卷八载："唐彦谦绝句，用事隐僻，而讽谕悠远似李义山。"②江少虞《宋朝事实类苑》卷三十四载："鹿门先生唐彦谦慕玉溪，得其清峭感怆，盖圣人之一体也。"③杨亿认为唐彦谦得李商隐的"清峭感怆"之精髓，这也正是杨亿等人学李商隐时所关注的一个重要方面。所以，唐彦谦的诗作自然也进入了他们的视野。此外，前文已论《西昆酬唱集》在精工格律、注重对仗和炼字方面对杜诗的学习和借鉴也是不容忽视的。《西昆酬唱集》就是在对唐人诗歌的借鉴基础上，积极探索新的发展道路，形成了自己的独特风格并影响和开启了新的诗歌面貌。

《西昆酬唱集》在宋代诗歌的发展史上具有开拓之功。他们使宋初诗歌从山水林泉、风云月露的狭小境界中跨越出来，展现出较为广阔的视野，并以其典丽的辞藻、丰厚的学问、多样的技巧为以后的宋代诗人提供了一个足以借鉴的基础。宋诗大家如欧阳修、梅尧臣、王安石、苏轼、黄庭坚等都在理论与实践两个方面对"西昆体"进行了借鉴与学习。他们取其精华，去其糟粕，为宋诗的发展探求新的道路。

宋代诗人大多对《西昆酬唱集》都有较为清醒的认识，在批驳的同时也见其优点，并加以赞扬与学习，融会于自己的文学观念中，在学习和借鉴《西昆酬唱集》各种特点的基础上，将其融会贯通于自己的创作之中。例如欧阳修，他掀起的诗文革新运动最终战胜了"西昆体"，取代了"西昆体"统治文坛的地位，但他对"西昆体"也不是一味反对，也有赞扬之处。他在《六一诗话》中说："杨大年与钱、刘数公唱和，自《西昆集》出，时人争效之，诗体一变。而先生老辈患其多用故事，至于语僻难晓，

①〔宋〕叶梦得：《石林诗话》，〔清〕何文焕辑：《历代诗话》，第416页。
②〔明〕杨慎：《升庵诗话》，丁福保：《历代诗话续编》，中华书局1983年版，第803页。
③〔宋〕江少虞：《宋朝事实类苑》，上海古籍出版社1981年版，第435页。

殊不知自是学者之弊。如子仪《新蝉》云：'风来玉宇乌先转，露下金茎鹤未知'，虽用故事，何害为佳句也！又如'峭帆横渡官桥柳，叠鼓惊飞海岸鸥'，其不用故事，又岂不佳乎？盖其雄文博学，笔力有余，故无施而不可，非如前世号诗人者，区区于风云草木之类，为许洞所困者也。"①这里就对"西昆体"诗作进行了称赞。元代方回的《瀛奎律髓》在评杨亿《南朝》一诗时说："组织华丽，盖一变晚唐诗体、香山诗体，而效李义山，自杨文公、刘子仪始。欧、梅既作，寻又一变，然欧公亦不非之，而服其工。"②也说明欧阳修对"西昆之工"的佩服。欧阳修在创作中也有不少模仿西昆体的痕迹。一些诗精工炼句，典实语丽，颇有西昆体风格。如《即目》诗云：

> 李径阴森接翠畴，押帘风日澹清秋。晚乌藏柳栖残照，远燕伤风失故楼。星汉经年虽可望，云波千叠不缄愁。平居革带频移孔，谁问无悰沈隐侯。③

《西昆酬唱集》中也有杨亿和刘筠唱和的《即目》诗题，诗作如下：

> 急雨度前轩，池荷相对翻。峰奇云待族，蹊暗李无言。掩鼻生愁咏，披襟爽醉魂。一廛今已废，犹恋汉庭恩。（杨亿）④

> 地僻无车辙，心灰欲坐忘。疾雷徒破柱，幽草不迎凉。日烈蝉遗蜕，花休蜜满房。覆觞知已久，宁有次公狂。（刘筠）⑤

从这几首同题诗中，我们可以看出欧阳修学习了《西昆酬唱集》诗作中工于炼句的这一特点，尤其是"晚乌藏柳栖残照，远燕伤风失故楼"一句颇得其真传。

---

① 〔宋〕欧阳修：《六一诗话》，〔清〕何文焕辑：《历代诗话》，第270页。
② 〔元〕方回选评，李庆甲集评点校：《瀛奎律髓汇评》，上海古籍出版社1986年版，第124页。
③ 〔宋〕欧阳修：《欧阳修全集》，中华书局2001年版。
④ 〔宋〕杨亿编，王仲荦注：《西昆酬唱集注》，第299页。
⑤ 〔宋〕杨亿编，王仲荦注：《西昆酬唱集注》，第299—300页。

再如苏轼，他是北宋文学中成就最高的诗人。他也曾批评过"西昆体"，认为其"浮巧轻媚丛错采秀"①。其实批评本身就是一个学习和深入的过程。苏轼正是在对《西昆酬唱集》进行了研读之后才认识到它的缺点，并加以批评的。但苏轼对其并未全盘否定，而是借鉴其长，弥补其短。他对"西昆体"的代表杨亿等人及其诗作都进行过肯定与赞扬。他在《议学校贡举状》中说："近世士大夫文章华靡者，莫如杨亿，使杨亿尚在，则忠清鲠亮之士也，岂得以华靡少之。通经学古者，莫如孙复、石介，使孙复、石介尚在，则迂阔矫诞之士也，又可施之于政事之间乎?"②这里对杨亿进行了赞扬，对全盘否定西昆体的石介进行了嘲讽。苏轼在创作中对"西昆体"的特点进行了较为全面的学习和借鉴，尤其是在用典方面深得其精髓。苏轼写诗好用典故，有些诗也是句句用典，甚至将西昆诗人的典故运用于自己的诗作之中。例如，苏轼《次韵杨褒早春》一诗中就化用钱惟演的事迹作为典故。诗作如下：

> 穷巷凄凉苦未和，君家庭院得春多。不辞瘦马骑冲雪，来听佳人唱《踏莎》。破恨径须烦曲糵，增年谁复怨羲娥？良辰乐事古难并，白发青衫我亦歌。细雨郊园聊种菜，冷官门户可张罗。放朝三日君恩重，睡美不知身在何。③

其中"不辞瘦马骑冲雪，来听佳人唱《踏莎》"一句化用了钱惟演的事迹，正如邵伯温《闻见录》卷八记载："谢希深、欧阳永叔官洛阳时，同游嵩山。自颖阳归，暮抵龙门香山。雪作，登石楼望都城，各有所怀。忽于烟霭中有策马渡伊水来者，既至，乃钱相遣厨传歌妓至。吏传公言曰：'山行良劳，当少留龙门赏雪，府事简，无遽归也。'"④

①〔宋〕苏轼：《谢欧阳内翰书》，孔凡礼点校：《苏轼文集》，中华书局1986年版，第1423页。

②〔宋〕苏轼著，孔凡礼点校：《苏轼文集》，中华书局1986年版，第724页。

③〔清〕冯应榴：《苏轼诗集合注》，上海古籍出版社2001年版，第284页。

④〔宋〕邵伯温：《闻见录》，上海师范大学古籍整理研究所编：《全宋笔记》第二编，第7册，大象出版社2006年版，第160页。

与苏轼并称"苏黄"的黄庭坚也是北宋著名诗人之一，而且是江西诗派的代表人物之一。他对"西昆体"的代表诗人杨亿评价颇高。黄庭坚曾作《杨大年研铭》说："公无恙时，于此翰墨。其作也，万物受泽；其不作也，群公动色。至于破尘出经，万物昭明。人言杨公不如石之寿，我谓石朽而公不朽。"①这里对杨亿的文学成就进行了极力的赞扬，认为杨亿已经达到不朽的程度。黄庭坚还曾把杨亿与王禹偁并称，在《次韵杨明叔见饯十首（其七）》中说："元之如砥柱，大年若霜鹤。王杨立本朝，与世作郛郭。"②"西昆体"对黄庭坚的创作影响也很大。《载酒园诗话》曾说："鲁直（黄庭坚）好奇，兼喜使事，实阴效杨、钱，而外变其音节。"③朱弁《风月堂诗话》卷下也说："（西昆体）句律太严，无自然态度。黄鲁直深悟此理，乃独用昆体工夫，而造老杜浑成之地。今之诗人少有及者，此禅家所谓更高一着也。"④黄庭坚有《徐孺子祠堂》一诗，诗作如下：

> 乔木幽人三亩宅，生刍一束向谁论。藤萝得意干云日，箫鼓何心进酒樽。白屋可能无孺子，黄堂不是欠陈蕃。古人冷淡今人笑，湖水年年到旧痕。⑤

高步瀛先生在《唐宋诗举要》卷六中选这首诗时，引用了姚鼐的注说："从杜公《咏怀古迹》来而变其面貌，凡咏古诗熔铸事迹，裁对工巧，此西昆纤丽之体。"⑥

这些代表宋代诗歌最高成就的大家作品，深受《西昆酬唱集》诗作的渲染与熏陶。他们在吸收西昆体特点的同时，又破其藩篱，形成自身的风格，影响着以后的文学发展。正如吴小如先生所说："在北宋，不少有成

---

① 〔宋〕黄庭坚著，刘琳、李勇先、王蓉贵点校：《黄庭坚全集》，中华书局2021年版，第476页。

② 任渊、史容、史季温：《山谷诗集注》，上海古籍出版社2003年版，第345页。

③ 〔清〕贺裳：《载酒园诗话》，郭绍虞《清诗话续编》，上海古籍出版社1983年版，第443页。

④ 〔宋〕朱弁：《风月堂诗话》，中华书局1988年版，第112页。

⑤ 任渊、史容、史季温：《山谷诗集注》，第521页。

⑥ 高步瀛：《唐宋诗举要》，中华书局1959年版，第673页。

就的诗人皆自西昆入而不从西昆出，由于善于变化而卓尔成家，前有欧阳修，后有黄庭坚，可为代表人物。"①《四库全书总目》也说："其后欧梅继作，坡谷迭起，而杨刘之派，遂不绝如线。"②可见，《西昆酬唱集》对宋诗的引领和发展具有不可低估的价值和影响。

综上所述，《西昆酬唱集》不仅对唐诗进行了大量的学习和接受，而且促成了宋诗的发展和定型，在"唐音"向"宋调"的转化中起到了承上启下的关键作用。

（选自《盐城师范学院学报（人文社会科学版）》2014年第3期）

---

① 吴小如：《"西昆体"平议》，《文学评论》1990年第5期。
② 〔清〕永瑢等：《四库全书总目》，中华书局1965年版，第1693页。

时带唐风情韵，然已入宋调：
谈欧阳修诗歌的诗史意义

马骥葵

《文心雕龙·通变》云："文律运周，日新其业。变则其久，通则不乏。"①就是说文学创作以发展变化为它的规律，它的体制要求不断地创新。能够创新，创作的生命才能经久；能够继承，创作才不至于缺乏营养。在中国诗史的发展中，任何诗人或流派都与其前代和后代诗歌有着极其密切的联系。因此，我们评价一个诗人在中国诗史上的意义并不仅仅取决于他的诗作是否经久不衰、代代传诵，亦取决于其诗作中展现出的前代诗歌所不具备的新的特点，取决于其诗作对后世诗人的影响以及对诗歌发展中继承与创新所作出的贡献。

"余事做诗人"的欧阳修虽然很少有被奉为经典传诵的诗作名篇，其诗艺水平与宋代王安石、苏轼、黄庭坚等大家相比也并不算十分高妙。但在宋初诗坛，欧阳修却占据着十分重要的诗史地位。

首先，欧阳修作为北宋的一代文宗、诗文革新运动的前期领袖，诗赋革"西昆"，文章黜"太学"，引领北宋诗文革新运动在前期取得了卓越的成绩。《四库全书总目·宛陵集》提要云："宋初诗文，尚沿唐末五代之习，柳开、穆修欲变文体，王禹偁欲变诗体，皆力有未逮。欧阳修崛起为雄，力复古格。于时曾巩、苏洵、苏轼、苏辙、陈师道、黄庭坚等，皆尚

---

① 〔南朝·梁〕刘勰著，黄叔琳注，李详补注，杨明照校注拾遗：《增订文心雕龙校注》，中华书局2012年版，第394页。

未显。其佐修以变文体者，尹洙。佐修以变诗体者，则尧臣也。"①当时的宋初诗坛在诗歌创作上与唐诗相比并没有带来显著的变化和新意。"宋初三体"亦即在宋初诗坛影响最大的三大诗歌流派，大体上依然是沿袭了中晚唐诗歌的三种诗体——白居易体、姚贾体、李商隐体。大略言之，题材内容都比较狭窄，表现形式上只依赖于近体，缺乏古体的气魄与力量，在语言、意象、意境、技法等方面都较为陈腐，缺乏新创。苏轼评价宋初诗坛说："宋兴七十余年，民不知兵，富而教之，至天圣、景祐极矣，而斯文终有愧于古。士亦因陋守旧，论卑气弱。"②文坛上整体体现为一种格卑气弱、柔媚巧靡之风。因此，"宋初三体"在宋代新的时代特征、审美崇尚及情感心理特征下依然一味沿袭唐诗而不知创新，这显然是不合时宜的。宋诗的发展一定要找到适合自己时代特征的形式和风格，这也必然预示着一个新的变革时代的来临。

北宋天圣年间至庆历年间是历史发展的关键阶段，政治革新和儒学复兴思潮是这一阶段的重要内容。当时的诗文革新运动也正是在士风高扬的基础上展开的一场适应政治革新的文学改革运动。葛晓音先生将欧阳修领导的诗文革新运动的基本思想概括为"关心'百事'，忧念天下，以反映民瘼和愤世忌邪作为文学的主要职能，确立风骚在诗道中的正统地位，反对虚美的雅诗赋颂"③。可以说从诗歌的思想内容方面对欧阳修文学革新的功绩作出了评价。那么我们要探求的是欧阳修及其革新运动在诗史上的意义。宋初诗坛，以欧、梅、苏为首的北宋诗歌新变派以复古之旗帜推进诗歌革新运动。他们选择了中唐最具革命精神的韩孟诗派作为师法对象，并在其基础上大胆创新，的确表现出了很多前代诗歌所不具备的新的特点。诗歌革新过程中，他们崇尚以气格为诗，欲以气格重振宋初诗风。诗歌新变派在创作中更多致力于融注气格的古体诗歌，力图以古诗的质朴畅

①〔清〕永瑢等：《四库全书总目》，中华书局1965年版，第1320页。
②〔宋〕苏轼：《六一居士集叙》，孔凡礼点校：《苏轼文集》，中华书局1986年版，第316页。
③葛晓音：《北宋诗文革新的曲折历程》，《中国社会科学》1989年第2期。

达来矫正当时的骈俪之风。在诗歌内容上，他们力求将反映民瘼、讽刺时弊与感遇兴寄、理性精神相结合。与宋初文坛流行的优游娴雅之酬唱与浮靡卑弱之歌颂相比，诗歌新变派显示了新一代士人情志的充实和精神的恢张。在艺术风格上，他们提倡豪健和古淡两种风格。以豪健振卑弱，以古淡矫浮嚣，从而在北宋诗文革新中取得了极为突出的成绩。由此可见，如果说"宋初三体"在精神内容方面的浮靡卑弱以及体式上偏重近体、意象趋于程式化、语言过于雕刻的特征共同将宋初诗歌推向了一个靡丽雕琢、委顿屡弱而缺乏气格的境地，那么欧阳修及其诗歌新变派则部分承袭了韩孟诗派的作风，发挥以气格为诗、以文为诗等手段，内容上注重美刺兴寄，体式上偏重古体，意象上崇尚个人色彩，语言力求意新语工。总之，都朝着反拨"宋初三体"的方向发展，从而开创了宋代文学的新体制、新格调。

其次，就欧阳修自身而言，他在诗史上的意义也是极为重要的。当下研究者认为，欧阳修对于诗歌，最大的贡献在于组织聚合了一个诗人群，开启了一代新诗风，并为这一新的艺术范式构建了大体轮廓和框架。大体的评价是对的，但还不够确切和全面。其中忽略了非常重要的一点，就是欧阳修在诗歌理论方面的贡献和影响。

欧阳修在诗歌理论上的首要贡献即其"诗穷而后工"说。更为重要的是，欧阳修在这里提出了要将忧思感愤兴于怨刺的观点，《梅圣俞诗集序》云："内有忧思感愤之郁积，其兴于怨刺，以道羁臣、寡妇之所叹，而写人情之难言。"①主张只有将个人的忧愤怨叹与民生疾苦相联系，才能创作出优秀诗篇。欧阳修这一论点实际上是针对北宋诗坛一片诗酒酬唱、歌咏升平之象提出的。"诗穷而后工"这一主张重新确立了儒家文学价值观，其核心即是重新强调文从于道的文道观。它的提出才使得宋初诗坛真正续接上了"发愤怨刺"的诗学传统，对宋代诗歌的现实主义创作有着极为重

---

① 〔宋〕欧阳修著，洪本健校笺：《欧阳修诗文校笺》，上海古籍出版社2009年版，第1092—1093页。

要的导向作用。

欧阳修的另一诗歌理论即其崇尚"平淡"的审美理想——"世好竞辛咸，古味殊淡泊"①。欧公推赏梅尧臣之平淡素朴、寓意深远之诗风，他称赞梅诗为"覃思精微，以深远闲淡为意"②。其实，"平淡"是一种内涵丰富而又不易实现的审美理念。若雕镂过甚，则会丧失自然本真；若境界不够，则失于浅俗平易。"平淡"乃是经由绚烂而归于素朴的妙造自然的艺术效果。欧氏所标举的梅诗的境界，是一种在素淡质朴中蕴涵了劲健之骨的风格，它是对业已成熟的兴象玲珑、音调谐婉的近体风格的疏离。北宋初期，欧、梅之平淡诗论与其平易诗风对于宋诗平淡冲和之审美风格的形成产生了深远的影响和至关重要的导向作用。

崇尚"以气格为诗"是欧阳修诗歌理论的又一主要观点。叶梦得云："欧阳文忠公诗始矫'昆体'，专以气格为主，故其言多平易疏畅。"③"以气格为诗"是欧、梅、苏之北宋诗歌新变派推行诗歌革新的旗帜性革新精神，它体现出新变派在诗歌审美理想上的高迈气度与雅健品格。欧阳修在诗论中倡导"气格"，但欧阳修论诗少言"气"，多言"格""格力""格致""笔力"。如其言"雄文博学，笔力有余，故无施不可"④，"（赵）昌花写生逼真，而笔法软俗，殊无古人格致"⑤。从中体现出欧公注重诗歌表现内容的广泛适应性，注重诗歌艺术上的"变态百出"、艺术表现力的刻抉入里与诗歌格调的尚雅反俗。欧阳修这种论诗重"格力""笔力"的诗歌理论为北宋诗歌革新引领了正确的理论方向，也为宋代诗坛注入了刚强劲健之骨与雅正脱俗之气。

欧阳修不但在诗歌理论上多有建树，对宋代诗坛产生深远影响，其诗

① 〔宋〕欧阳修：《送杨辟秀才》，洪本健校笺：《欧阳修诗文校笺》，第34页。

② 〔宋〕欧阳修：《六一诗话》，〔清〕何文焕辑：《历代诗话》，中华书局2004年版，第267页。

③ 〔宋〕叶梦得：《石林诗话》，〔清〕何文焕辑：《历代诗话》，第407页。

④ 〔宋〕欧阳修：《六一诗话》，〔清〕何文焕辑：《历代诗话》，第270页。

⑤ 〔宋〕欧阳修：《归田录》，上海师范大学古籍整理研究所编：《全宋笔记》第一编，第5册，大象出版社2003年版，第255页。

歌创作也是独辟蹊径、大胆革新、别具特色、卓有成就。李东阳云："欧阳永叔深于为诗，高自许与。观其思致，视格调为深。然校之唐诗，似与不似，亦门墙藩篱之间耳。"①欧阳修诗歌之所以能够自成一体、别具一格，一方面源自欧阳修自身的文学理论与审美崇尚，以及北宋诗文革新运动的推动力，另一方面也源自欧阳修对于前代诗歌传统的广泛取法与发展创新。关于欧诗的诗学渊源与继承，前人多有论述。陈尚君先生认为："其诗有直接标明学习李白、韩愈、孟郊、贾岛、李贺、王建的，也曾受到杜诗、白诗、西昆诗的影响。"②这一概括可以说是非常全面而准确的。前人之述备矣，兹不赘述。而欧公之诗歌在对于前人与时人诗歌的广泛继承取法的基础上也是能够有所扬弃和创建的。

就欧阳修诗歌创作的审美风貌而言，古代学者多有评述，见仁见智。前人曾评论欧阳修诗风为"温丽深稳"③，笔者认为用这四个字来概括欧阳修之诗风还是比较全面而准确的。这四个字不但能代表欧阳修诗歌的审美风貌，而且也可以纵向揭示出欧阳修在诗学理论、艺术方法与诗歌语言方面对于前代诗歌的继承与创新。其中"深"代表其诗歌之精深透辟，这一点主要是源自欧公对于韩孟诗派尚意尚奇、重主观之诗学崇尚以及韩愈诗歌崇尚思理、雄文健笔的学习和效仿，主要体现于其七言古诗中；"稳"代表其诗歌之文从字顺、工稳流畅，这一点是欧公对于韩愈、孟郊自然雄厚，稳妥合宜之诗风的延续和发展，主要体现于其七言抒情诗中；"丽"代表其诗歌之清新秀丽，这一点与西昆体工致精丽之风及晚唐体清丽婉转之风的熏陶感染不无关系，集中体现于其山水景物诗中；"温"则是代表其诗歌之温和淡雅，这一点既是受王禹偁平易温婉诗风及梅尧臣淡雅古朴诗风之影响，同时也是欧公自身温纯雅正之性格气质使然，主要体现于其

---

① 〔明〕李东阳：《麓堂诗话》，丁福保辑：《历代诗话续编》，中华书局2014年版，第1386页。

② 陈尚君：《欧阳修与北宋之革新的成功》，《研究生论文选集·中国古代文学分册》，江苏人民出版社1983年版，第205页。

③ 〔宋〕蔡絛：《蔡百衲诗评》，载〔宋〕魏庆之：《诗人玉屑》卷十二，中华书局2007年版，第370页。

五言古诗中。四者共同构成了欧诗在诗歌发展史上承传与开拓的发展历程，从而确立了他承前启后的诗史地位。

要之，欧阳修诗歌的理论主张与艺术表现是建立在他对于前人诗歌的广泛吸收的基础上。欧公遍考前作不仅仅是为了继承前人丰硕的诗学遗产，更重要的是为了探寻前人诗学与创作进程中尚未经行之处。其实在宋初诗坛中已经显露出一些宋代诗风之新意，而欧阳修自身的学问、见识、品格、性情、魄力以及对于宋代诗歌思潮、审美风尚及文人心理的准确定位使他能够见微知著，高瞻远瞩。欧公敏锐地洞察到宋初文坛变革诗风之苗头与端倪，并按照自己的诗学理论体系大胆地将其扩展延伸，从而引领了宋代诗歌革新的发展方向。

在诗歌革新方面，欧阳修着力发挥"以文为诗""以气格为诗""以议论为诗"之诗歌手法，这也是对传统诗歌意绪表现范围的解放。它突显了"宋调"之风格特点，并且为宋诗的发展提供了最基本的艺术形式与审美范式。欧诗中这三种革新手段是相辅相成，相互结合而使用的。概而言之，"以议论为诗"扩大了诗歌的表意功能，增强了诗歌的理性思致。而"宋诗主理"并非意味着抛弃或忽视情感，而是将情感理性化，使其变得更加凝练坚实。宋诗这一特色的形成正是由欧阳修为之开先。"以气格为诗"为诗歌树立了刚强劲健之骨，同时欧诗以气格入诗又能与平易自然之语言相结合，亦避免了流于古硬粗俗之弊。一言以蔽之，"以气格为诗"矫正了"宋初三体"浅俗卑弱之风，亦使诗歌趋向于雅正。"以文为诗"的开辟探索在宋代诗坛能够补偏救弊、新变代雄，使宋诗既具诗之优美，又具文之流畅，韵散同体，诗文合一。因此，欧诗"以文为诗""以气格为诗""以议论为诗"之诗歌革新手法，一方面使其诗歌中人文意象开始取代自然意象占据主导地位，使其诗歌创作具备了修养深厚的人文品格，贯注着更多的人文意趣；另一方面使其诗歌变得更加冷静深刻，更显机智细腻，突显了理性精神的光芒。宋诗新变派"以文为诗""以气格为诗""以议论为诗"之诗歌革新手法对宋诗的发展具有深远的影响。它对于开创一代新的诗歌语言形式以及转变和谐圆润之"唐音"都具有极其重要的作用和意义。

欧阳修作为"宋调"发轫期的关键人物，在当时的北宋诗坛占据着至关重要的地位。吴之振曾评论说："元之独开有宋风气，于是欧阳文忠得以承流接响。"①可见，欧阳修正是在诗歌的精神实质上吸收和融化了王禹偁的诗歌艺术。欧阳修学习王禹偁诗歌清新浅切之风及其加强诗歌现实性与政治性之革新追求，进而沿着王诗革新的这一方向全面探索、大胆创新，从而得以进一步革除晚唐五代之流弊，开辟有宋一代新风。不仅如此，欧阳修对于后世诗人的诗歌审美与创作也有着深远的影响和意义。其后首创"宋调"的王安石诗歌就对欧诗继承效法颇多。方东树曾经评论欧诗与王安石诗歌说："向谓欧公思深，今读半山，其思神妙，更过于欧。……半山有才而不深，欧公深而才短。""荆公健拔奇气胜六一，而深韵不及，两人分得韩一体也。荆公才较爽健，而情韵幽深，不逮欧公。二公皆从韩出，而雄奇排奡皆逊之。"②方氏从二人与韩愈诗风之关系的层面对二人之诗进行了比较。而具体就诗歌表现手法的沿袭与开拓而言，欧诗之"以文为诗"与"以议论为诗"之革新手段对王安石影响尤深。王安石之"以议论为诗"承欧诗之风而愈加深入。在欧阳修诗中，议论技巧还不够成熟。有些议论比较干瘪繁冗，缺乏形象性；有些议论义理不够新警，不免肤浅。而王安石诗歌之议论则注重思理义理的生新出奇、深折透辟，使其诗中的议论具有了理趣化的特征。同时，王安石以文为诗的运用也更加纯熟，结构奇崛曲折，韵律拗峭，字句雄健刚劲。从而变欧诗之平易疏畅为奇硬峭拔，更加突显"宋调"特征。要之，欧阳修开启了有宋一代新的诗风与审美风尚，欧阳修的诗歌革新与成就也为此后"宋调"的形成打下了坚实的基础。但宋诗发展至欧、梅、苏之时，"宋调"并没有完全形成，毕竟欧阳修还处于"唐音"向"宋调"转变的探索和初创时期。欧阳修在努力另辟蹊径、矫变流俗的过程中仍不能免于徘徊旧辙，一些诗歌还

① 〔清〕吴之振等选：《宋诗钞·小畜集钞》，中华书局1986年版，第13页。
② 〔清〕方东树著，汪绍楹点校：《昭昧詹言》，人民文学出版社1961年版，第284页。

带有唐诗的情趣和味道。宋诗发展至王安石，能够踵事增华，别开生面，才奠定了宋调求现实、求理趣、求生新、求健拔、求工巧等美学原则，确立了宋诗的基本面目。由此可见，欧阳修的诗歌理论与创作对于宋代诗歌的发展方向都具有广泛而深远的影响。

从文学发展的角度看，任何时代的文学沿革中继承与开拓都是相辅相成、缺一不可的。欲求树立新风的欧阳修并没有一味求变，而是在诗歌革新的不断摸索中逐渐找到了诗歌沿革的最佳契合点。欧、梅、苏的诗歌革新开辟出了一代新的诗歌语言，但是还不能完全做到辞尽于言，言尽于意。"以文为诗""以气格为诗""以议论为诗"之诗歌革新手法在欧诗中也只是初露端倪，还没有深入发展、大行其道。因此，陈善评论说："欧阳公诗，犹有国初、唐人风气。公能变国朝文格，而不能变诗格。及荆公、苏、黄辈出，然后诗格遂极于高古。"[1]尽管如此，欧诗为"宋调"形成所奠定的基础以及在诗歌理论、审美风格与艺术创作上所产生的巨大的导向作用是不容忽视的。陆时雍曾评价"初唐四杰"说："调入初唐，时带六朝锦色。"[2]有学者认为，四杰开创"唐音"的贡献更值得称赞，因此应该倒过来说"虽带六朝锦色，然调入初唐"。因此，这里我们套用这一评语来概括欧诗在中国诗史上意义："时带唐风情韵，然已入宋调。"

（选自《古典文学知识》2009年第3期）

---

[1] 〔宋〕陈善：《扪虱新话》，上海师范大学古籍整理研究所编：《全宋笔记》第五编，第10册，大象出版社2012年版，第72—73页。

[2] 〔明〕陆时雍：《诗镜总论》，丁福保辑：《历代诗话续编》，中华书局2014年版，第1411页。

宋诗一代面目的成就者——王安石

赵晓兰

一

北宋初期，诗坛主要受中、晚唐诗风的影响，有所谓"白（居易）体""昆（李商隐）体""晚唐（贾岛）体"之分，杜诗并不太受重视。北宋中叶以后，"学诗者，非子美不道，虽武夫女子皆知尊异之，李太白而下殆莫与抗"①。对于诗坛风尚的这种转变及杜甫作为宋代诗坛宗师地位的确立，宋诗一代面目的成就者王安石发挥了重要作用。

王安石十分喜爱杜诗，对杜甫的品格、才能及诗歌创作的成就更是推崇备至。《临川文集》中有一篇《杜工部诗后集序》（又作《老杜诗后集序》）是王安石论杜的重要资料。这篇序文是王安石为其手编的《杜工部诗后集》写的，在序文中，王安石极其推重杜诗，积极提倡学杜。他还曾为杜诗辑佚，使杜诗得以"完见于今日"②。

王安石论杜还有著名的长诗《杜甫画像》，对杜甫及其诗歌创作的成就作出了极高的评价。王安石认为，杜甫不幸的身世和近于完美的人格，是杜诗成就的重要基石，而杜诗的精髓，就是杜甫伟大的爱国主义、人道主义精神。

自中唐以来，诸家论杜屡见不鲜，但多立足于杜甫的悲剧身世和伟大

---

① 〔宋〕蔡居厚：《蔡宽夫诗话》，郭绍虞：《宋诗话辑佚》，中华书局1980年版，第399页。
② 〔宋〕王安石：《老杜诗后集序》，刘成国点校：《王安石文集》，中华书局2021年版，第1466页。

人格。对杜诗从内容、形式两方面作出完整的美学概括，则是王安石对杜诗学的重要贡献。可以说，在众多的前辈作家中，王安石毫无保留地给予最高评价的，只有杜甫一人。宋人胡仔称："李、杜画像，古今诗人题咏多矣。若杜子美，其诗高妙，固不待言，要当知其平生用心处，则半山老人之诗得之矣。"①这样的评价确是很有见地的。据记载，北宋中叶时，"老杜诗既为世所重，宿学旧儒，犹不肯深与之。尝有士大夫称杜诗用事广，傍有一经生忽愤然曰：'诸公安得为公论乎？且其诗云：浊醪谁造汝？一酌散千忧。彼尚不知酒是杜康作，何得言用事广？'闻者无不绝倒。"②当时流行的杜诗注本，注释也多疏略，如："顾恺之小字虎头，维摩诘是过去金粟如来，故《乞瓦棺寺顾恺之画摩诘像诗》卒章云：'虎头金粟影，神妙独难忘。'注乃云：'虎头，僧像；金粟，金地当饰'。"③这样的注释，的确十分粗疏可笑。为了扭转当时"宿学旧儒犹不肯深与之"的状况，王安石付出了艰苦的劳动，他曾校改杜集，因为那时"所传《子美集》本，王翰林原叔所校定，辞有两出者，多并存于注，不敢撤去。至王荆公为《百家诗选》始参考择其善者定归一辞"④。王安石又曾为杜诗作注。南宋孝宗淳熙年间，成都郭知达曾集九家注杜诗，淳熙八年（1181）郭序称："杜少陵诗，世号诗史，自笺注杂出，是非异同，多所抵牾……因辑善本，得王文公（安石）、宋景文公（祁）……凡九家。"⑤九家中，王安石居其首，可见王安石确是较早为杜诗作注的。王安石还曾以杜、欧、韩、李为序，有《四家诗选》。可以说，王安石对杜诗的尊崇，达到了几乎是无以复加的地步。

对于另一位对宋诗影响很大的中唐诗人韩愈，王安石的态度却是复杂

---

① 〔宋〕胡仔：《苕溪渔隐丛话·前集》，人民文学出版社1962年版，第72页。
② 〔宋〕蔡居厚：《蔡宽夫诗话》，郭绍虞：《宋诗话辑佚》，第399页。
③ 〔宋〕洪刍：《洪驹父诗话》，郭绍虞：《宋诗话辑佚》，第423页。
④ 〔宋〕蔡居厚：《蔡宽夫诗话》，郭绍虞：《宋诗话辑佚》，第384页。
⑤ 〔宋〕郭知达：《校订集注杜诗序》。见〔唐〕杜甫著，〔清〕仇兆鳌注：《杜诗详注·附编》，中华书局1979年版，第2248页。

的。他既对韩愈的"学术文章以及立身行事皆有贬词"①"多责备求全之说"②,对韩诗却又深为推重,相传蔡天启曾因为"能暗诵韩文公《南山》诗,见知于荆公"③。王安石对韩诗的评价十分精到,他说:"'横空盘硬语,妥帖力排奡',此韩愈所得也。"④王安石的诗歌对韩诗的继承借鉴关系也十分明显,前人称其"学韩公""从韩出",他的诗作尤其是古体诗雄伟奇崛,险刻拗劲,深受韩诗影响。尽管王安石曾指斥过韩愈的务去陈言,说"力去陈言夸末俗,可怜无补费精神"⑤,但他袭用的韩愈诗句不胜枚举。钱锺书先生曾列举众多例证,称"荆公诗语之自昌黎沾丐者,不知凡几"⑥,其中有"偷语""偷意",也有"偷势"者,而"荆公五七古善用语助,有以文为诗、浑灏古茂之致,此秘尤得昌黎之传"⑦。应该说,王安石对杜甫的极度推崇、积极倡导并身体力行潜心学杜,对杜甫、韩愈诗歌艺术的创造性继承,是他辟山开道、创撰新调,奠定宋诗独特面貌的基本条件,对宋代诗坛产生了深远的影响。

二

审美理想作为主体对客观现实和艺术美的追求,总是要反映到主体的创作活动中。王安石当然也不例外,他不但收集、校订、编选、注释杜诗,撰文赋诗论杜,积极提倡学杜,更身体力行,把杜甫的高尚人格、诗歌创作的现实主义精神和精深的艺术造诣作为自己创作活动的楷模。《瀛奎律髓汇评》卷十引许印芳语评云:"荆公诗炼字、炼句、炼意、炼格,皆以杜为宗。集中古今体诗,多有近杜者。然非形貌近杜,乃骨味神韵暗与之合也。诗不学杜,必不能高。而善学者,百无一二。唐之义山,宋之

---

① 钱锺书:《谈艺录》,生活·读书·新知三联书店2019年版,第162页。
② 钱锺书:《谈艺录》,第159页。
③ 〔宋〕曾季狸:《艇斋诗话》,丁福保辑:《历代诗话续编》,中华书局2014年版,第305页。
④ 〔宋〕胡仔:《苕溪渔隐丛话·前集》卷五引,人民文学出版社1962年版,第30页。
⑤ 〔宋〕王安石:《韩子》,刘成国点校:《王安石文集》,第568页。
⑥ 钱锺书:《谈艺录》,第173页。
⑦ 钱锺书:《谈艺录》,第174页。

半山、山谷、后山、简斋，此五家者真善学杜者也。"①称王安石为"善学杜者"，又名列江西诗派的"三宗"之前，这样的概括是符合王安石诗歌创作活动及宋诗发展进程的实际的。元大德五年（1301），刘将孙为《王荆文公诗笺注》作序，将其誉为"东京之子美"②，王安石确实当之无愧。

王安石是抚州临川（在今江西）人，"江西士风好为奇论，耻与人同，每立异以取胜"③。在这样的士风熏陶下，秉性孤傲的王安石逐渐形成了狷介清高的个性特征，而长期的社会实践更使他对社会状况有深刻的观察和透辟的了解。他"议论高奇"，以为王朝的最大病痛是"累世因循末俗之弊"，他痛恨当时的"风俗日以衰坏"，认为"天变不足惧，人言不足恤，祖宗之法不足守"，"慨然有矫世变俗之志"。神宗曾召见王安石，询问"所施设以何先"，王安石便明确地提出了"变风俗、立法度"的主张。④王安石的一生，和变法结下了不解之缘，即使在退居江宁的十年中，他念念不忘的仍然是命运多舛的新法。"千门万户曈曈日，争插新桃换旧符"⑤，"主变求新"作为指导思想，贯串王安石生活的各个方面。变，既是他的政治主张，也是他的学术、文学主张。他说过"士弊于俗学久矣"⑥，为了扫除旧习，他曾力主罢诗赋取士，改以经义策论试进士；他曾将"先儒传注，一切废不用"⑦，自著《三经新义》，以期矫正时弊。王安石对当时诗坛的状况也十分不满，他在庆历三年（1043）所作的《张刑部诗序》中说："杨刘以文词染当世，学者迷其端原，靡靡然穷日力以摹之。粉墨青朱，颠错丛庞，无文章黼黻之序，其属情籍事，不可考据也。

① 〔元〕方回选评，李庆甲集评点校：《瀛奎律髓汇评》，上海古籍出版社2020年版，第373页。
② 〔宋〕王安石著，刘成国点校：《王安石文集》附录三，第1942页。
③ 〔宋〕黎靖德编：《朱子语类》，中华书局1986年版，第2791页。
④ 参见《宋史》本传相关记载。〔元〕脱脱等：《宋史》，中华书局1985年版，第10541—10544页。
⑤ 〔宋〕王安石：《元日》，刘成国点校：《王安石文集》，第434页。按："争插"又作"总把"。
⑥ 〔宋〕王安石：《周礼义序》，刘成国点校：《王安石文集》，第1461页。
⑦ 〔元〕脱脱等：《宋史》，中华书局1985年版，第10550页。

方此时，自守不污者少矣。"①在《上邵学士书》中，他指出文坛的弊端是："辞弗顾于理，理弗顾于事。以襞积故实为有学，以雕绘语句为精新。"②然而，要改变诗坛的状况，计将安出？唐诗巍然大观，已难乎为继，要彻底清除西昆体的流弊，"胜天下流俗"，使诗歌"以实用为本"③，只有另辟蹊径，自出手眼。因此，王安石积极倡导学杜，固然是倡导继承杜诗的杰出成就，但他的继承不是亦步亦趋，更重要的是立足于"变"，立足于创新，这正是王安石善于学杜之处，也是他能扫除西昆积习，开创宋诗创作新局面的根本原因。

王安石在诗歌创作上的"主变"精神，首先体现在他对诗歌题材的拓展上。杜甫身处衰乱之际，入世很深，他"善陈时事"，往往结合时事，融入议论，这样的诗风对王安石产生了很大影响。

北宋王朝的国势本来就积贫积弱，仁宗年间起，形势更为严峻，"顾内则不能无以社稷为忧，外则不能无惧于夷狄，天下之财力日以困穷，而风俗日以衰坏"④。王安石忧虑国事，"（为文）务为有补于世而已矣"⑤。为了揭露社会弊端，寻求疗救良方，他继承杜诗的现实主义精神，自觉地突破以诗为诗的局限，用诗指斥时政，评说历史，阐明自己的政治见解，表达学术思想，在他的集子中，这样的诗题不胜枚举：《元丰行示德逢》《后元丰行》《读墨》《读进士试卷》《发廪》《收盐》《河北民》《西帅》《读诏书》……由于深受韩诗的影响，他尤其喜欢在古诗体中大发议论，这样大胆地以文为诗，以议论为诗，难免有运用得不成功的地方，但从总体上看，它构成王安石诗歌的重要特色之一，这样的手法，大大丰富了诗歌的表现力，对宋诗独特面貌的形成有巨大影响。

① 〔宋〕王安石著，刘成国点校：《王安石文集》，第1472页。
② 〔宋〕王安石著，刘成国点校：《王安石文集》，第1319页。
③ 〔宋〕王安石：《上人书》，刘成国点校：《王安石文集》，第1339页。
④ 〔宋〕王安石：《上仁宗皇帝万言书》，刘成国点校：《王安石文集》，第641页。
⑤ 〔宋〕王安石：《上人书》，刘成国点校：《王安石文集》，第1339页。

"深探力取常不寐，思以正议排纵横"①，王安石的一些诗，猛烈地抨击了黑暗的社会现实，尖锐揭露了官场的腐败。这些诗语言犀利，议论透辟，表现了作者对社会本质的清醒认识、忧国忧民的可贵品格及敢于指斥时政的过人胆识，著名的《兼并》《省兵》《收盐》等便是如此。

以诗咏史，品评历史人物并非自王安石始，但王安石集中这类题材作品之多，在当时并不多见，他吟咏的历史人物有孟子、商鞅等数十人之多。在谋篇立意上，他刻意求新避俗，为他人所不能及。这些诗篇，表意显露，议论大胆，见解卓然不群，历来脍炙人口，是他"主变"的文学主张的成功实践：

君不见咫尺长门闭阿娇，人生失意无南北。（《明妃曲》）②

今人未可非商鞅，商鞅能令政必行。（《商鞅》）③

爵位自高言尽废，古来何啻万公卿。（《贾生》）④

江东子弟今虽在，肯与君王卷土来？（《乌江亭》）⑤

这样的咏史诗，新意迭出，即使在数百年后的今天读来，作者新颖独到的见解和不拘一格的创新精神，仍然令我们赞叹不已。

王安石诗歌的题材十分广博，在他眼里，世界一切事，一切物，一切意，无不可以入诗。除了用诗阐述政治、学术见解、品评历史人物等之外，他还以日常生活题材入诗，他的诗集中，这样的诗题比比皆是：《题画》《跋画》《棋》《题扇》《嘲白发》《独卧》《马死》《移松皆死》……一些习惯上不能入诗的事物，也被他毫无顾忌地纳入诗中，而且描写细致，曲折尽意。他写过《和王乐道烘虱》，还写过《疥》，选材大胆，可说是

① 〔宋〕王安石：《次韵信都公石枕薪簟》，刘成国点校：《王安石文集》，第70页。
② 〔宋〕王安石著，刘成国点校：《王安石文集》，第61页。
③ 〔宋〕王安石著，刘成国点校：《王安石文集》，第535页。
④ 〔宋〕王安石著，刘成国点校：《王安石文集》，第537页。
⑤ 〔宋〕王安石著，刘成国点校：《王安石文集》，第552页。

"肆无忌惮"，而题材的广阔和无所不至，正是宋诗的一大特色。

王安石对诗歌题材内容的拓展自然也带来了创作手法的创新，以时事、议论入诗的直接后果是"以文为诗"，即诗歌的散文化，将写作散文的章法、句法、字法贯注到诗歌创作中。王安石十分重视诗歌命意和布局的曲折，他的一些诗，起结承转，穷极笔势。有关这一点，前人有许多论述，现略举数端：

> 《纯甫出释惠崇画要余作诗》　起二句正点，以一句跌衬作笔势，亦曲法。"旱云"四句，接写画也，却深思沉着，曲折奇险如此……此一派皆深于古文，乃解为此。（方东树《昭昧詹言》卷十二）①

> 《送程公辟守洪州》　起句四点叙。以下两段，入议夹写。收另起章法，应起……纯是古文命意立局章法，所以为作家，跳出寻常庸人应酬套。此非深思有学人不能作，不同俗手，分别在此。（方东树《昭昧詹言》卷十二）②

除了章法的曲折突兀，王安石的诗篇中还有许多散文化的句式：

> 鲁公之书既绝伦，岁久更为时所珍。（《吴长文新得颜公坏碑》）③

> 父母子所养，子肥父母充。欲富榷其子，惜哉术之穷。（《寓言十五首其四》）④

王安石诗中所用的虚字更俯拾皆是，近体诗也每每使用虚字，还有用虚字对仗者：

---

① 〔清〕方东树著，汪绍楹点校：《昭昧詹言》，人民文学出版社1961年版，第286页。
② 〔清〕方东树著，汪绍楹点校：《昭昧詹言》，第288页。
③ 〔宋〕王安石著，刘成国点校：《王安石文集》，第131页。
④ 〔宋〕王安石著，刘成国点校：《王安石文集》，第1736页。

此事今已矣，已矣尚谁知。(《思王逢原》)①

嗟我与公皆老矣，拂天松柏见栽时。(《示永庆院秀老》)②

男儿独患无名尔，将相谁云有种哉?(《李璋下第》)③

清人赵翼说过："以文为诗，自昌黎始；至东坡亦大放厥词，别开生面，成一代之大观。"④其实，这种因题材扩大而导致的诗体议论化、散文化，杜甫早已为之，并非"自昌黎始"，而从以上论述可以看出，"大放厥词，别开生面，成一代大观"的历史功绩，则非年辈长于苏轼的王安石莫属，这是有无数例证可以证实的。

三

王安石在诗歌创作上的"变"，还体现在他对创作功力的讲求上。

王安石写诗极讲求"一字两字功夫"，被誉为"最善下字"⑤"造语之工……尽古今之变"⑥。他的诗不厌其改，也在诗坛传为佳话，"春风又绿江南岸"的反复锤炼，便是其中最有名的例子。⑦

王安石读书极其广博，因为博通古今，他的诗对书本材料的运用十分纯熟，举凡经史子集、佛书梵典，无不信手拈来，纳入诗中，从下面随意举出的例子便可窥见其用典繁富之一斑：

---

① 〔宋〕王安石著，刘成国点校：《王安石文集》，第106页。
② 〔宋〕王安石著，刘成国点校：《王安石文集》，第480页。
③ 〔宋〕王安石著，刘成国点校：《王安石文集》，第353页。
④ 〔清〕赵翼著，霍松林、胡主佑点：《瓯北诗话》，人民文学出版社1963年版，第56页。
⑤ 〔宋〕严有翼：《艺苑雌黄》，郭绍虞：《宋诗话辑佚》，中华书局1980年版，第537页。
⑥ 〔宋〕惠洪撰，陈新点校：《冷斋夜话》，中华书局1988年版，第43页。
⑦ 〔宋〕洪迈：《容斋续笔》："王荆公绝句云：'京口、瓜洲一水间，钟山只隔数重山。春风又绿江南岸，明月何时照我还。'吴中士人家藏其草，初云'又到江南岸'，圈去'到'字，注曰'不好'，改为'过'，复圈去而改为'入'，旋改为'满'，凡如是十许字，始定为'绿'。"上海师范大学古籍整理研究所编：《全宋笔记》第五编，第5册，大象出版社2012年版，第319页。

众工让口无敢先，嗟我岂识真与全。（《估玉》，用《周礼·考工记》典故）①

跳过六轮中耍峭，养成三界外愚痴。（《寄李道人》，用佛经典故）②

王安石晚年很喜欢西昆体的"字字有根蒂"③，实际上，王安石的诗不仅用典繁富，对用字的来历也十分考究，是名副其实的"以才学为诗"：

熙宁初，张侍郎掞以二府初成，诗贺王文公。公和曰："功谢萧规惭汉第，恩从隗始诧燕台。"示陆农师。农师曰："萧规曹随，高帝论功，萧何第一，皆撼故实；而'请从隗始'，初无'恩'字。"公笑曰："子善问也。韩退之《斗鸡联句》'感恩惭隗始'若无据，岂当对功字耶。"乃知前人以用事一字偏枯，为倒置眉目，返易巾裳，盖慎之如此。（蔡絛《西清诗话》）④

韩愈善用奇字，他的奇崛的诗风对王安石有很大影响。王安石生性尚奇好异，"数能过我论奇字，当复令公见异书"⑤，便是他的这种审美趣味的表现。王安石的诗，构思奇妙，往往有"古今不经人道语"⑥，即使是普通的字面，也能去熟避俗，用得不同凡响，如：

缲成白雪桑重绿，割尽黄云稻正青。（《壬戌五月与和叔同游齐安》）。⑦

---

① 〔宋〕王安石著，刘成国点校：《王安石文集》，第143页。
② 〔宋〕王安石著，刘成国点校：《王安石文集》，第1754页。
③ 〔宋〕惠洪撰，陈新点校：《冷斋夜话》，第33页。
④ 〔宋〕蔡絛：《明钞本西清诗话》，张伯伟编校：《稀见本宋人诗话四种》，江苏古籍出版社2002年版，第174页。
⑤ 〔宋〕王安石：《过刘全美所居》，刘成国点校：《王安石文集》，第475页。
⑥ 〔宋〕惠洪撰，陈新点校：《冷斋夜话》，第42页。
⑦ 〔宋〕王安石著，刘成国点校：《王安石文集》，第470页。

春风取花去，酬我以清阴。（《半山春晚即事》）①

日月凋何急，荒庭露送秋。（《秋露》）②

王安石诗中还有不少僻字怪字，可说是"以文字为诗"，如：

靖节爱吾庐，猗玗乐吾耳。（《与吕望之上东岭》）③

残暑安所逃，弯碕北窗北。（《弯碕》）④

窗明两不借，榻净一籧篨。（《独饭》）⑤

杜甫的《赠李潮八分歌》中，"潮"字重出，被戏称为"不须题署"⑥，这本是杜甫偶而为之。王安石因为讲求语言的出奇制胜，不时在诗中重出数字，以新人耳目，如《谢安墩二首》其一：

我名公字偶相同，我屋公墩在眼中。公去我来墩属我，不应墩姓尚属公。⑦

又如《两山间》：

自予营北渚，数至两山间。临路爱山好，出山愁路难。山花如水净，山鸟与云闲。我欲抛山去，山仍劝我还。⑧

这样生新、怪僻，有时近乎文字游戏的语言风格，得失自然可以深入探讨，但确也自出机杼，逐渐开辟出一条宋诗用语的路子。

---

① 〔宋〕王安石著，刘成国点校：《王安石文集》，第210页。
② 〔宋〕王安石著，刘成国点校：《王安石文集》，第233页。
③ 〔宋〕王安石著，刘成国点校：《王安石文集》，第13页。
④ 〔宋〕王安石著，刘成国点校：《王安石文集》，第15页。
⑤ 〔宋〕王安石著，刘成国点校：《王安石文集》，第222页。
⑥ 〔宋〕黄彻：《䂬溪诗话》，丁福保辑：《历代诗话续编》，中华书局2006年版，第369页。
⑦ 〔宋〕王安石著，刘成国点校：《王安石文集》，第454页。
⑧ 〔宋〕王安石著，刘成国点校：《王安石文集》，第16页。

杜甫不但注重炼字，也精于炼句，十分重视探讨锤炼佳句的法度。王安石以杜甫为宗，讲求炼句，他的诗作中的佳句几乎不胜枚举：

纵横一川水，高下数家村。(《即事》)①

塞垣春错莫，行路老侵寻。绿稍还幽草，红应动故林。(《欲归》)②

已无船舫犹闻笛，远有楼台只见灯。(《次韵平甫金山会宿寄亲友》)③

侧出岸沙枫半死，系船应有去年痕。(《江宁夹口三首》其三)④

因为爱重佳句，且刻意求新，而当时的诗歌创作陈陈相因，难脱前人藩篱，意象已明显老化，王安石喜欢"以俗为雅，以故为新"，往往点化前人成句，这种"点化"构成了王安石更新、发展诗歌意象的重要手段。他"善用古人好字面"⑤，点化前人诗句的手段十分高明，他的一些名句名篇实际上即由点化而来，以故为新，出奇制胜。如《书湖阴先生壁》中"一水护田将绿绕，两山排闼送青来"⑥二句，似即本于五代沈彬的"地隈一水巡城转，天约群山附郭来"⑦和唐代许浑的"山形朝阙去，河势抱关来"⑧；《登飞来峰》中"不畏浮云遮望眼，自缘身在最高层"⑨二句，似即出自李白《登金陵凤凰台》的尾联"总为浮云能蔽日，长安不见使人

① 〔宋〕王安石著，刘成国点校：《王安石文集》，第215页。
② 〔宋〕王安石著，刘成国点校：《王安石文集》，第230页。
③ 〔宋〕王安石著，刘成国点校：《王安石文集》，第356页。
④ 〔宋〕王安石著，刘成国点校：《王安石文集》，第513页。
⑤ 〔明〕杨慎：《升庵诗话》，丁福保辑：《历代诗话续编》，第678页。
⑥ 〔宋〕王安石著，刘成国点校：《王安石文集》，第475页。
⑦ 〔清〕彭定求等编：《全唐诗》，中华书局1960年版，第8459页。
⑧ 〔清〕彭定求等编：《全唐诗》，第6042页。
⑨ 〔宋〕王安石著，刘成国点校：《王安石文集》，第573页。

愁"①。由于王安石点化的前人诗句极多，因此钱锺书先生曾不无讥讽地说："每遇他人佳句，必巧取豪夺，脱胎换骨，百计临摹，以为己有；或袭其句，或改其字，或反其意。集中作贼，唐宋大家无如公之明目张胆者。"②徐俯也说："荆公《画虎行》用老杜《画鹘行》，夺胎换骨。"③这为后来的江西诗派开出了无限广大的法门。

王安石十分重视句法的探讨，他的集子中不时出现被指责为"无伦序"的"错综体"和散行的句子，如：

> 绿搅寒芜出，红争暖树归。（《宿雨》）④

> 或昏眠委翳，或妄走超躐。或叫号而寱，或哭泣而魇。（《游土山示蔡天启秘校》）⑤

韩愈诗用韵奇险，世所共知，王安石的一些诗也喜欢押险韵，而且往往和韵至四五次，因难而见巧，如《读眉山集次韵雪诗五首》其一：

> 若木昏昏未有鸦，冻雷深闭阿香车。抟云忽散筷为屑，剪水如分缀作花。拥帚尚怜南北巷，持杯能喜两三家。戏挼弄捌输儿女，羔袖龙钟手独叉。⑥

有时，王安石喜用极少使用的韵脚：

> 荆公在欧公座，分韵送裴如晦知吴江，以黯然销魂唯别而已分韵。时客与公八人，荆公、子美、圣俞、平甫、老苏、姚子张、焦伯强也。时老苏得而字而押"谈诗乎究而"。荆公乃又作而字二诗："采

---

① 〔唐〕李白著，〔清〕王琦注：《李太白全集》，中华书局2015年版，第1151页。
② 钱锺书：《谈艺录》，生活·读书·新知三联书店2019年版，第600页。
③ 〔宋〕曾季狸：《艇斋诗话》，丁福保辑：《历代诗话续编》，第283页。
④ 〔宋〕王安石著，刘成国点校：《王安石文集》，第232页。
⑤ 〔宋〕王安石著，刘成国点校：《王安石文集》，第23页。
⑥ 〔宋〕王安石著，刘成国点校：《王安石文集》，第282页。

鲸抗波涛，风作鳞之而。"盖用《周礼·考工记》："梓人深其爪，出其目，作其鳞之而。"又云："春风垂虹亭，一杯湖上持。傲兀何宾客，两忘我与而。"最为工。君子不欲多上人，王、苏之憾，未必不稔于此也。①

这种奇险怪僻的用韵方式，有些并不成功，但也有的因押强韵，反而标新立异，令人耳目一新，如《和平甫舟中望九华山二首》其一：

> 楚越千万山，雄奇此山兼。盘根虽巨壮，其末乃修纤。去县尚百里，侧身勇前瞻。萧条烟岚上，缥渺浮青尖。②

这样的语言，用语突兀，声势塞涩，在唐诗中往往被目为病格。它摒弃陈腐卑近，是真正的"横空"的"硬语"。

和杜甫一样，王安石诗律的精严有口皆碑：

> 王荆公晚年诗律尤精严，造语用字，间不容发。然意与言会，言随意遣，浑然天成，殆不见有牵率排比处。（叶梦得《石林诗话》）③

> 荆公诗及四六，法度甚严。汤进之承相尝云："经对经，史对史，释氏事对释氏事，道家事对道家事。"此说甚然。（曾季狸《艇斋诗话》）④

杜诗工于用事。王安石也称："诗家病使事太多，盖皆取其与题合者类之，如此乃是编事，虽工何益？若能自出己意，借事以相发明，情态毕出，则用事虽多，亦何所妨。"⑤他的诗，用事"自出己意"，十分精切：

① 〔宋〕龚颐正：《芥隐笔记》，上海师范大学古籍整理研究所编：《全宋笔记》第五编，第2册，第92—93页。
② 〔宋〕王安石著，刘成国点校：《王安石文集》，第175页。
③ 〔宋〕叶梦得：《石林诗话》，〔清〕何文焕辑：《历代诗话》，中华书局2004年版，第405页。
④ 〔宋〕曾季狸：《艇斋诗话》，丁福保辑：《历代诗话续编》，第309页。
⑤ 〔宋〕蔡居厚：《蔡宽夫诗话》，郭绍虞辑：《宋诗话辑佚》，第419页。

　　舒王送《吴仲庶待制守潭》诗云："自古楚有材，醽醁多美酒，不知樽前客，更待贾生否。"贾谊初为河南吴公召置门下，而谪死长沙，其用事之精，可为诗法。(《王直方诗话》)①

　　综观王安石的全部诗作，他推尊杜诗、韩诗，积极倡导并善于学杜，主变求新。他既以时事、议论等入诗，丰富了诗歌的题材和表现手法，又注意表现日常生活，内容十分广泛。他的作品，讲究功力，精于字句的锤炼，喜好点化前人成句，考究字句的来历，作品有浓厚的书卷气，造语生新，诗律也十分严谨。他的一些诗，赋难题，押险韵，声律拗拙。这些构成了王安石诗歌不涉铅华、瘦硬劲健的特色，具有与唐代诗歌迥然不同的风貌，即前辈诗家所说的"宋调""宋体""宋气"。的确，王安石之前的北宋诗坛，尽管已初变诗格，但并未真正形成自己的独特面貌，宋诗的基本特色是在王安石学杜、学韩并积极创新的基础上，在王安石手中才完全奠定的，王安石被誉为"苏黄前导"，宋人注宋人诗集以王安石为其首，其原因即在于此。

四

　　值得注意的是，尽管事实上王安石是宋诗一代面目的成就者，但历来人们论及宋诗时，往往苏黄并举，只以苏黄为宋诗的代表人物。刘克庄的《江西诗派小序》论宋诗流变，自"苏梅二子"至"六一坡公"再至"豫章"，对王安石竟不置一词②，有论者甚至认为："诗有三宗焉……(苏黄)二宗为盛，惟临川莫有继者。"③其中的原因，很值得探讨。

　　作为北宋中叶的朝廷重臣，王安石曾经显赫一时。当时，"学者得出其门下者，自以为荣，一被称与，往往名重天下"④。王令因为受知于王

---

① 〔宋〕王直方：《王直方诗话》，郭绍虞辑：《宋诗话辑佚》，第28页。
② 丁福保辑：《历代诗话续编》，第478页。
③ 〔元〕袁桷：《书汤西楼诗后》，杨亮校注：《袁桷集校注》，中华书局2012年版，第2104页。
④ 〔宋〕王辟之：《渑水燕谈录》，上海师范大学古籍整理研究所编：《全宋笔记》第二编，第4册，大象出版社2006年版，第106页。

安石，便声誉鹊起，冠盖满门，王安石的赫赫声威，于此可见一斑。然而具经世治国之才的王安石，变风俗，立法度，当时主要不是以其诗作著称于世的，也可以说他的诗名被其相业所掩。相传王安石与欧阳修初次见面时，欧阳修曾赠诗曰"翰林风月三千首，吏部文章二百年"①，把王安石比作李白和韩愈，王安石却答道"欲传道义心犹在，强学文章力已穷。他日若能窥孟子，终身何敢望韩公"②，并不以自己的文学成就为满足。何况就是在王安石当权时，学术界对王安石的学术思想，对他的"新学"一直有争议，道学家就认为："然在今日……大患者却是介甫之学……如今日，却要先整顿介甫之学，坏了后生学者。"③苏轼亦称"王氏欲以其学问同天下"，"文字之衰，未有如今日者也。其源实出于王氏"，以为"（其学似）荒瘠斥卤之地"④。由学术推及诗艺，因此，王安石在宋代诗坛的地位及影响未能得到公正的评价其实是很自然的。

据《韵语阳秋》卷五记载：

> 荆公以诗赋决科，而深不乐诗赋。……熙宁四年，既预政，遂罢诗赋，专以经义取士，盖平日之志也。元祐五年……复用诗赋。绍圣初，以诗赋为元祐学术，复罢之。政和中，遂著于令，士庶传习诗赋者，杖一百。畏谨者至不敢作诗。⑤

由于王安石的干预，诗赋反复被罢，以至以刑法干预诗赋的传习。在这样的社会氛围中，王安石的诗法当然更不可能得到应有的评价了。

变法失败后，王安石退居江宁，后忧愤而死，但以变法为借口的党祸仍蔓延了很长时间。当时及后世，朝野上下对王安石及其变法缺乏应有的

---

① 〔宋〕欧阳修：《赠王介甫》，洪本健校笺：《欧阳修诗文校笺》，上海古籍出版社2009年版，第1475页。
② 〔宋〕王安石：《奉酬永叔见赠》，刘成国点校：《王安石文集》，第245页。
③ 〔宋〕程颢、〔宋〕程颐著：《二程集》，中华书局2004年版，第38页。
④ 〔宋〕苏轼：《答张文潜县丞书》，孔凡礼点校：《苏轼文集》，中华书局1986年版，第1427页。
⑤ 〔清〕何文焕辑：《历代诗话》，第524页。

理解和公正评价，将天下之恶尽归安石，以为北宋因安石而亡，自宋室南渡至元中间二百年间，肆为诋毁者，不啻千万人。苏轼曾作温公行状，共九千四百余言，而诋毁安石者居其半，明有唐德应著《史纂左编》，传安石至二万六千五百余言，亦无一美言一善行。①相传为苏洵所作的《辨奸论》称其"阴贼险狠与人异趣"，"其祸岂可胜言"，"衣臣虏之衣，食犬彘之食，囚首丧面而谈诗书"，"为大奸慝"②。罗大经以王安石与秦桧并举，称"国家一统之业，其合而遂裂者，王安石之罪也。其裂而不复合者，秦桧之罪也"③。宋人话本《京本通俗小说》中《拗相公》一篇，则称民间怨恨新法入于骨髓，畜养鸡豕，都呼为拗相公、王安石，把他当作畜生。今世没奈何，后世得他变为异类，烹而食之，以快胸中之恨！这样的诋毁谩骂，实在是罕见的。

和王安石同时的文人如苏轼、黄庭坚等人，尽管与王安石有不同的政治、学术观点，但持论较为公允，对王安石的诗文仍然是相当推重的。但当时和后世也有许多人因不满其人、其相业，并废其诗文，甚至有为民祸出于安石诗者，现略举二例：

> 介甫不忍贫民，而深疾富民，志欲破富民以惠贫民，不知其不可也。方其未得志也，为兼并之诗，其诗曰……及其得志，专以此为事，设青苗法以夺富民之利……民遂大病。原其祸出于此诗，盖昔之诗病，未有若此酷者也。（胡仔《苕溪渔隐丛话·前集》卷三十三引苏辙语）④

> 臣尝于言语文字间，得安石之心，然不敢与人言，且如诗人多作

① 参见〔清〕蔡上翔：《王荆文公年谱考略序》，见《王荆公年谱考略》，上海人民出版社1973年版，《序》第2页。
② 〔宋〕苏洵著，曾枣庄、金成礼笺注：《嘉祐集笺注》，上海古籍出版社2023年版，第314—315页。
③ 〔宋〕罗大经：《鹤林玉露》，上海师范大学古籍整理研究所编：《全宋笔记》第八编，第3册，大象出版社2017年版，第174页。
④ 〔宋〕胡仔：《苕溪渔隐丛话·前集》，人民文学出版社1962年版，第225—226页。

《明妃曲》，以失身胡虏为无穷之恨，读之者至于悲怆感伤，安石为《明妃曲》则曰："汉恩自浅胡自深，人生乐在相知心。"然则刘豫不是罪过，汉恩浅而虏恩深也？今之背君父之恩，投拜而为盗贼者，皆合于安石之意，此所谓坏天下人心术……非禽兽而何？（李壁《王荆文公诗笺注》卷六引范冲对高宗语）①

后人更诋王安石为"千古权奸之尤"，避之犹恐不及，学者尽变所学，正如张舜民《哀王荆公》诗中所云：

> 门前无爵罢张罗，元酒生刍亦不多。恸哭一声唯有弟，故时宾客合如何。（其一）

> 去来夫子本无情，奇字新经志不成。今日江湖从学者，人人讳道是门生。（其三）②

由于这种"人人讳道是门生"的严酷现实，加之战乱和宋室南渡，自王安石病逝至宋乾道年间，不过才六七十年，王安石手选的《唐百家诗选》已沦没于世。其后陆九渊作《王文公祠堂记》，为王安石鸣不平，算得是裁断了一桩百年未了的大公案。而在陆九渊身后，诋毁此记的人屡见不鲜，又成一大公案，由此可见社会的偏见是何等根深蒂固了。

有学者曾经论及，以黄庭坚为代表的早期江西派诗人，大都经历过由王安石变法引起的新旧党争，并且基本上站在旧党一边，第一次提出"江西诗派"名称，作有《江西诗社宗派图》的吕本中，曾祖吕公著及其二子均遭党祸，入党籍，吕本中自己也曾遭株连，仕途不甚得意，因此尽管黄庭坚对王安石的道德文章顶礼膜拜，但江西派其余诸家论诗不标举王安石本来也在情理之中。王安石平日与人论诗不多，不欲开宗立派，缺少理论

---

① 〔宋〕王安石撰，〔宋〕李壁笺注，〔宋〕刘辰翁点评，董岑仕点校：《王安石诗笺注》，中华书局2021年版，第217页。
② 〔宋〕王安石著，刘成国点校：《王安石文集》附录二，第1931页。

建树，也没有现成法度可以遵循，从表面上看，自然是"莫有继者"。

然而，作为宋诗一代面目的成就者，王安石实际上并非"莫有继者"，王安石较苏轼年长十六岁，较黄庭坚年长二十四岁。应该说，苏黄二人的诗歌创作，都不同程度地受到王安石的影响。被后人公认为宋诗代表的苏轼，与王安石过从甚密，时有唱和，有时次韵的诗竟有五六首之多。他们虽然政见不同，但对于彼此诗文的胜处，"未尝不相倾慕"，相传元祐间苏轼奉祀西太一宫，见王安石旧诗，曾"注目久之曰：'此老野狐精也。'"①赞叹之情，溢于言表。王安石的诗句，曾被苏轼誉为"《离骚》句法"②。在王安石生前身后，江西派的宗师黄庭坚对其人品、学术造诣及诗歌创作的成就均倾服备至。黄庭坚极爱王安石诗，对其诗作的造语、句法、章法等的高妙脱俗更是倍加赞誉，学其法，效其作，深受其影响。黄庭坚称"短世风惊雨过，成功梦迷酒醺。草《玄》不妨准《易》，论诗终近《周南》"③，以为王安石的相业已堕渺茫，所可传者、不朽者实为其学术及诗艺。绍兴年间重刊《临川集》时，尽管王安石已成为众矢之的，黄庭坚的族子黄次山仍为之作序，可见黄庭坚的江西诗法确是渊源有自的。

关于我国古典诗歌发展的历史进程，清人叶燮有过十分形象的比喻。他说："譬诸地之生木然：《三百篇》则其根，苏、李诗则其萌芽由蘖，建安诗则生长至于拱把，六朝诗则有枝叶，唐诗则枝叶垂荫，宋诗则能开花，而木之能事方毕。"④（《原诗》卷二）的确，由于"能开花"，宋诗便成为继唐诗之后我国诗歌史上的又一座高峰，双峰并峙，犹如"太极之有两仪"⑤。如果说，开宋诗一代之面目者，始于梅尧臣、欧阳修，那么，

① 〔宋〕蔡絛：《明钞本西清诗话》，张伯伟编校：《稀见本宋人诗话四种》，第206页。

② 〔宋〕蔡絛：《明钞本西清诗话》，张伯伟编校：《稀见本宋人诗话四种》，第181页。

③ 〔宋〕黄庭坚：《有怀半山老人再次韵二首》其一，刘琳、李勇先、王蓉贵点校：《黄庭坚全集》，中华书局2021年版，第176页。

④ 〔清〕叶燮著，蒋寅笺注：《原诗笺注》，上海古籍出版社2014年版，第218—219页。

⑤ 钱锺书：《谈艺录》，第5页。

宋诗一代之面目则成于王安石。由于王安石等人独创生新，变尽"唐音"，开创了北宋元丰、元祐之后宋诗发展的极盛时期，王安石对我国古代诗歌发展的贡献，他在诗歌发展史上的地位确是极其杰出的。

（选自《四川师范大学学报（社会科学版）》1995年第2期）

苏轼诗学批评之义理及其特点

党圣元

北宋诗风的革新演变，经王禹偁、梅尧臣、苏舜钦、欧阳修而至苏轼，终于如愿以偿，浮巧轻媚、丛错采绣的五代余风黜退，在追求平易、古淡的风格化过程中，宋诗逐渐形成了异于唐诗的艺术风貌。而在此过程中，苏轼无疑是一个标帜、一个里程碑，他在梅尧臣、欧阳修等人的基础上进一步开拓创新，完成了扩大宋诗疆域的时代所任，因而被视为"集诗之大成者"①，以及对宋诗"开辟一境界"②者。

苏轼对北宋诗歌的贡献，不仅体现在他几为之付出生命代价的丰富多彩的创作实践方面，更体现在他的诗歌理论批评方面。他以自己的创作经验为基点，并以历史的经验为参照，更以其作为诗歌创作天才所独具之感悟和描述能力，对诗歌创作中的一系列重要理论问题作了探究，形成了自己的诗学思想体系，从而充实、发展了传统诗歌理论。本文意欲通过诠释苏轼对于诗之本质、诗美特征、诗之功能以及诗美创作心理等四个方面的批评观念，来认识其诗学思想之精神义理，以就教于大方之家。

---

① 〔宋〕胡仔《苕溪渔隐丛话·后集》自序云："余尝谓开元之李、杜，元祐之苏、黄，皆集诗之大成者，故群贤于此四公，尤多品藻；盖欲发扬其旨趣，俾后来观诗者，虽未染指，固已知其味之美矣。"见《苕溪渔隐丛话·后集》卷首，人民文学出版社1962年版。

② 〔清〕沈德潜《说诗晬语》卷下："苏子瞻胸有洪炉，金银铅锡，皆归熔铸；其笔之超旷，等于天马脱羁，飞仙游戏，穷极变幻，而适如意中所欲出，韩文公后，又开辟一境界也。元遗山云：'只知诗到苏黄尽，沧海横流却是谁？'嫌其有破坏唐体之意，然正不以唐人律之。"见《清诗话》下册，上海古籍出版1978年版，第544页。

一

关于诗之本质，苏轼基本上遵循了传统诗学中心物交感、主客合一的认识观点，认为诗是诗人主体在感物的基础上内在精神境界的自由呈现，因此我们可以视他为情感本体论者。《南行前集叙》①云：

> 夫昔之为文者，非能为之为工，乃不能不为之工也。山川之有云，草木之有华实，充满勃郁，而见于外，夫虽欲无有，其可得耶！自少闻家君之论文，以为古之圣人有所不能自已而作者。故轼与弟辙为文至多，而未尝敢有作文之意。己亥之岁，侍行适楚。舟中无事，博弈饮酒，非所以为闺门之欢，山川之秀美，风俗之朴陋，贤人君子之遗迹，与凡耳目之所接者，杂然有触于中，而发于咏叹。盖家君之作与弟辙之文皆在，凡一百篇，谓之《南行集》。将以识一时之事，为他日之所寻绎，且以为得于谈笑之间，而非勉强所为之文也。②

这是苏轼首次对诗之本质的问题发表看法。他根据同父亲苏洵和弟弟苏辙一道沿江而下、一路吟咏的创作体会，得出了作诗是主体“充满勃郁，而见于外”“有触于中，而发于咏叹”的精神感受和情感体验过程；并且认为诗的产生应该是在诗人“有所不能自已”的情况下内心情感的自然流露，而不能是在“作文之意”逼迫下的勉强所为，其中所谓“未尝敢有作文之意”云者，正复言此。同样的看法，苏轼曾多处表述过，如在《子思论》中云：“昔者夫子之文章，非有意于为文，是以未尝立论也。所可得而言者，唯其归于至当，斯以为圣人而已矣。……夫子既没，诸子之欲为

---

① 宋仁宗嘉祐四年（1059），苏轼、苏辙除母丧，同时朝廷又诏命苏洵进京，因此苏氏父子三人于是年十月携家眷再次入京。此次旅程，“自蜀至于楚，舟行六十日，过郡十一，县二十有六”，从岷江到江陵，沿途川荆地带长江两岸的山川形胜、名胜古迹以及风俗人情，激发了苏氏父子三人的诗兴，给他们提供了丰富的创作素材。在60天的游历过程中，父子3人就所见所闻共创作诗文100篇。在江陵驿休息时，苏轼将这些诗文加以整理编辑，定名为《南行集》，并专门写下了这篇序言。
② 〔宋〕苏轼著，孔凡礼点校：《苏轼文集》，中华书局1986年版，第323页。

书以传于后世者，其意皆存乎为文，汲汲乎惟恐其泯没而莫吾知也，是故皆喜立论。论立而争起。自孟子之后，至于荀卿、扬雄，皆务为相攻之说，其余不足数者纷纭于天下。"①苏轼在此所言之"不能不为之工"，即等同于"有所不能自已而作"，而在义理方面，则与其父苏洵在《仲兄字文甫说》中的"自然成文"说是一脉相承的。苏洵在《仲兄字文甫说》中从《易·涣》卦"风行水上，涣"之卦象生发开来，以充溢的"水"喻作者主体，以"风"喻创作机遇，得出的结论是："是其为文也，非水之文，非风之文也。二物者非能为文，而不能不为文也，物之相使而出于其间也，故此天下之至文也。今夫玉非不温然美矣，而不得不以为文；刻镂组绣，非不文矣，而不可与论乎自然；故天下之无营而文生之者，唯水与风而已。"②苏洵在此所言实际上就是创作中的心物交感问题，而其哲学底蕴则是道家的"无为""自然"思想。在苏洵之前，田锡在论文时也主张文章要讲求"声气"，但此"声气"之得来必须出之于自然，应是"随自然而得性，任其方圆而寓理"。因此，文章在构思上应见出妙得自然之理的"元化之杼机""昊天之工妙"，在表现上应如"微风动水，了无定文""太虚浮云，莫有常态"，从而达到"不知其所以然而然"③的境界。应该说，苏洵的"自然成文"说和苏轼的"文理自然"说与田锡的这一见解在精神义理方面有着前后延续的关系。

这种认识后来一直为苏轼所坚持，并在论诗谈艺时经常道及。如在《辨杜子美杜鹃诗》中提出，作诗应是"类有所感，托物以发"④；在《稼

① 〔宋〕苏轼著，孔凡礼点校：《苏轼文集》，第94页。

② 〔宋〕苏洵《仲兄字文甫说》："故曰：'风行水上涣。'此亦天下之至文也。然而此二物者岂有求乎文哉？无意乎求，不期而相遇，而文生焉。是其为文也，非水之文也，非风之文也，而不能不为文也。物之相使而文出于其间也，故曰：'此天下之至文也。'"见《嘉祐集笺注》卷十五，上海古籍出版社1993年版，第412—413页。

③ 〔宋〕田锡：《贻宋小著书》，《咸平集》，《景印文渊阁四库全书》，第1085册，台湾商务印书馆1983年版，第382页。

④ 〔宋〕苏轼著，孔凡礼点校：《苏轼文集》，第2100页。

说》中认为，创作应是"流于既溢之余，而发于持满之末"①；在《与李方叔书》中指出，创作不得"未甚有得于中而张其外"②，等等。由此，我们可以看出，苏轼在《题渊明〈饮酒〉诗后》中提出的"境与意会"③的命题，就是这种认识的理论升华，意在揭示：诗歌是诗人主体与外在世界进行情感交流的精神结晶，是主体内在世界的象征。而因物触兴，借景抒情，寓情于景，则是主体通过诗歌折射内在生命的基本途径与手段。

经过长期的创作实践和一系列的生活艰险之后，苏轼更提出诗歌创作是主体情感体验和内在情结的排遣、宣泄的看法，这实际上是对"有触于中而发于咏叹"观点的进一步发展。他在《读孟郊诗二首》④中说："诗从肺腑出，出辄愁肺腑。有如黄河鱼，出膏以自煮。"称许孟郊的诗情致真切，如"水清石凿凿，湍激不受篙"，完全是诗人内在情感之真实宣泄。又认为孟郊的诗是"孤芳擢荒秽，苦语余诗骚"，就抒泄生命痛苦情结而言，可类之于《诗经》《离骚》。诗中并云："我憎孟郊诗，复作孟郊语"，故所谓"诗从肺腑出"云云，既是评人，亦为自况。这种认为诗为宣泄主体情感体验和生命情结之具的观点，更为接近诗美的本质。所以，苏轼以情感是否真切论诗，如《和陶饮酒二十首》其三："道丧士失己，出语辄不情。江左风流人，醉中亦求名。"⑤又其七："有士常痛饮，饥寒见真情。"⑥苏轼又在《录陶渊明诗》中说："此诗（按：指陶潜《饮酒二十首》第九首）叔弼爱之，予亦爱之。予尝有云：言发于心而冲于口，吐之则逆人，茹之则逆予。以谓宁逆人也，故卒吐之。与渊明诗意不谋而合，故并录之。"⑦所谓"发于心而冲于口"，主要是指诗人的情感要真切，不假伪饰而言，并非是说诗不要含蓄、余味。后人批评苏诗太露太尽，此病可能

① 〔宋〕苏轼著，孔凡礼点校：《苏轼文集》，第340页。
② 〔宋〕苏轼著，孔凡礼点校：《苏轼文集》，第1420页。
③ 〔宋〕苏轼著，孔凡礼点校：《苏轼文集》，第2092页。
④ 〔宋〕苏轼著，孔凡礼点校：《苏轼诗集》，中华书局1982年版，第796—797页。
⑤ 〔宋〕苏轼著，孔凡礼点校：《苏轼诗集》，第1884页。
⑥ 〔宋〕苏轼著，孔凡礼点校：《苏轼诗集》，第1885页。
⑦ 〔宋〕苏轼著，孔凡礼点校：《苏轼文集》，第2111页。

与他"冲口出常言"①的主张有关，而与他在此处所言之"言发于心而冲于口"的"贵情真"的诗美观无关。而且就理论主张而言，他从根本上还是十分强调诗的言外之意、题外之旨的，如提出"境与意会"等。

基于这种认识，苏轼发展了从司马迁以来的"发愤著书"说、韩愈的"不平则鸣"说、欧阳修的"诗穷而后工"说，而进一步提出了"诗能穷人"的见解。对于"穷而后工"，苏轼认识深刻，他一生诗歌创作的几个丰收季节，均是在获罪贬官的穷困潦倒之时。另外，韩、欧二人的见解和苏轼一贯主张的"诗从肺腑出""有触于中，而发于咏叹"的诗学观在内在精神上是一脉相通的，都是强调不愤不作，反对无病呻吟。所以，苏轼在诗中一再申述欧说，如《次韵仲殊雪中游西湖》："秀语出寒饿，身穷诗乃亨"②；《次韵徐仲车》："恶食恶衣诗愈好，恰是霜松啭春鸟"③；《九日次定国韵》："黄金散行乐，清诗出穷愁"④，等等。诗穷益工之说，符合诗歌创作的美学规律，在于其准确地揭示了创作中主体情结的释发与作品的审美品格之间的密切关系，其实际上脱胎于"诗可以怨"这一母题，代表了我国传统诗歌理论批评对于文学与人生关系的得其神髓的悟解。

但是，苏轼并没有停留在仅仅转述前人之见上，而是进一步提出了"诗能穷人"的见解。他在《答陈师仲主簿书》中云："诗能穷人，所从来尚矣，而于轼特甚。今足下独不信，建言诗不能穷人，为之益力。其诗日已工，其穷殆未可量，然亦在所用而已。不龟手之药，或以封，安知足下不以此达乎？人生如朝露，意所乐则为之，何暇计议穷达。云能穷人者固缪，云不能穷人者，亦未免有意于畏穷也。江淮间人好食河豚，每与人争河豚本不杀人，尝戏之，性命自子有，美则食之，何与我事。"⑤而在《邵茂诚诗集叙》中则从主体个性和社会因素两个方面具体申说了"诗能穷

① 〔宋〕苏轼：《与明上人二颂·其二》，孔凡礼点校：《苏轼文集》，第2422页。
② 〔宋〕苏轼著，孔凡礼点校：《苏轼诗集》，第1750页。
③ 〔宋〕苏轼著，孔凡礼点校：《苏轼诗集》，第1871页。
④ 〔宋〕苏轼著，孔凡礼点校：《苏轼诗集》，第1906页。
⑤ 〔宋〕苏轼著，孔凡礼点校：《苏轼文集》，第1428页。

人"的原因："至于文人，其穷也固宜。劳心以耗神，盛气以忤物，未老而衰病，无恶而获罪，鲜不以文者。天人之相值既难，而人又自贼如此，虽欲不困，得乎?"①此处所谓"诗能穷人"的因素，有两点值得注意，即"盛气以忤物"和"无恶而获罪"，前者说明诗人主体个性往往与社会常规处于冲突的状态，后者揭示了诗美的被排斥、被污垢。促使苏轼提出此论的契机是他因诗贾祸，屡遭贬谪以致抑郁潦倒的政治、文学生涯，乌台诗案迫使他改变了过去"信不妄"的"非诗能穷人"的看法，而接受了"诗能穷人"这一严酷的现实，出狱后，他不得不在诗中发出了"文字平生为吾累"②的感慨。苏轼的一生，实际上就是"诗能穷人"的一个例证，上引《答陈师仲主簿书》所云，就是他以切身经历说服"建言诗不能穷人"的陈氏。苏轼经常在自己的诗作中抒发这样的感慨，如《呈定国》："信知诗是穷人物，近觉王郎不作诗"③；又《次韵张安道读杜诗》："诗人例穷苦，天意遣奔逃"④；《叔弼云履常不饮故不作诗劝履常饮》："平生坐诗穷，得句忍不吐。"⑤能"穷人"之诗，在苏轼是有所特指的，指那种能医治社会之病的"言必中当世之过"⑥之作，由此他便不"计议穷达"，不"有意于畏穷"，尽管"坐此而穷"，仍自"啸歌自得"。由此，我们可以把握苏轼对诗人主体以及诗美内涵特质的基本认同标准，同时更可以感受到他诗学观中浑厚的历史使命意识。

欧阳修讲诗不能穷人，而是人穷诗工，而苏轼则言诗能穷人，两种意见看起来似乎相抵牾，但实际上并非如此。前者是由人及诗，言诗人际遇对其诗境的决定性影响，主体情结转化为诗的审美意蕴，成就了诗之"工"；后者是由诗及人，诗人由于"言必中当世之过"，因诗而致祸，结

---

① 〔宋〕苏轼著，孔凡礼点校：《苏轼文集》，第320页。
② 〔宋〕苏轼：《十二月二十八日，蒙恩责授检校水部员外郎黄州团练副使，复用前韵二首》其二，孔凡礼点校：《苏轼诗集》，第1006页。
③ 〔宋〕苏轼著，孔凡礼点校：《苏轼诗集》，第1639页。
④ 〔宋〕苏轼著，孔凡礼点校：《苏轼诗集》，第266页。
⑤ 〔宋〕苏轼著，孔凡礼点校：《苏轼诗集》，第1799页。
⑥ 〔宋〕苏轼《鼋绎先生诗集叙》，孔凡礼点校：《苏轼文集》，第313页。

果"坐此而穷"。前者具体肯定了一种诗美价值，后者则进一步在揭示诗人主体与社会关系的基础上对一种诗人主体性作了肯定，这亦是苏轼所做出的发展之处。

概而言之，无论是主张"有触于中而发于外""诗从肺腑出"，还是认为"诗穷益工""诗能穷人"，均体现出苏轼对诗歌本质或曰诗美特质的认同，而由对诗歌发生与主体精神世界之关系的阐述，进而到对诗美本质、主体条件等作出规定，则代表着其深化的过程。苏轼对诗美本质的认识，亦有一个发展变化的过程。后来，他因在政治上的失意而思想更倾向于道、释一边，因此他的诗学观中亦增添了一些本体论的成分。他从诗为宇宙、自然之象征的角度领悟诗的本质，认为诗应传达宇宙、自然之生命精神。在《祭张子野文》中，他提出了诗歌"搜研物情，刮发幽翳"①的命题，这在诗学史上确无人道过，有论者认为这是苏轼重"意"之体现，实在是不得要领之见。其实，苏轼在此接受了一种源于古老的《易经》的哲学意识，主张诗的精神应与人类的追求本体的过程相贯通，诗美应接受宇宙、自然精神的沐照，诗人应把自己安放在这样的世界之中。他晚年极度景慕陶诗，在创作和理论上力行于平静自然、清真枯淡诗境的营造和提倡，应该说与他的诗学观中的这种新的成分不无关系。

二

关于诗的价值功能，苏轼在《题柳子厚诗》中提出了"诗须要有为而作"②的命题，这与他的"以体用为本"的文章价值观是一致的。从根本上说，俱与他思想中的儒家"入世"思想成分相贯通，是他受儒家思想影响而形成的历史使命意识，即辅君救民、治世补国的"当世志"透过文学观的折射。

苏轼所言之"有为"含义有二，一是强调诗歌的道德评价功能，另一

---

① 〔宋〕苏轼著，孔凡礼点校：《苏轼文集》，第1943页。
② 〔宋〕苏轼著，孔凡礼点校：《苏轼文集》，第2109页。

是强调诗歌的教化作用，总之是要求诗歌具有揭露、评判现实弊端，为社会"疗饥""伐病"的社会学价值。苏轼的这种"有为而作"的文章价值观在他的《凫绎先生诗集叙》中体现得更为充分："先生之诗文，皆有为而作。精悍确苦，言必中当世之过。凿凿乎如五谷必可以疗饥，断断乎如药石必可以伐病。其游谈以为高，枝词以为观美者，先生无一言焉。"①此虽为评赞颜太初的诗文，但亦表明了苏轼自己的文学价值观，其核心是认为诗文要积极地揭露、评判社会和政治流弊，"言必中当世之过"，如"五谷可以疗饥""药石必可以伐病"那样，充分发挥救时补世的作用，而不能"游谈以为高""枝词以为观美"，徒有其文，此之谓"有为而作"。苏轼的"有为而作"与白居易的为"时"、为"事"而作几成同调，尽管他曾在《祭柳子玉文》中有"元轻白俗"②之讥，但就文学价值观而言，在强调"有为而作"这一点上，他们均是儒家"美刺""讽谏"文学价值观的力行者。

苏轼在自己的创作实践中坚持了"有为而作"的文学价值观。对此他曾在待罪札子中反复申说，如在《乞郡札子》中说："昔先帝召臣上殿，访问古今，敕臣今后遇事即言。其后臣屡论事，未蒙施行，乃复作为诗文，寓物托讽，庶几流传上达，感悟圣意。"③又《辨贾易弹奏待罪札子》云："臣愚蠢无状，常不自揆，窃怀忧国爱民之意。自为小官，即好僭议朝政，屡以此获罪。然受性于天，不能尽改。"④又苏辙《东坡先生墓志铭》亦云："初，公既补外，见事有不便于民者，不敢言，亦不敢默视也，缘诗人之义，托事以讽，庶几有补于国。"⑤苏轼为了不违"有为而作"之旨，在创作中"杂以嘲讽穷诗骚"⑥"感慨清哀似变风"⑦，继承风、骚的

---

① 〔宋〕苏轼著，孔凡礼点校：《苏轼文集》，第 313 页。
② 〔宋〕苏轼著，孔凡礼点校：《苏轼文集》，第 1938—1939 页。
③ 〔宋〕苏轼著，孔凡礼点校：《苏轼文集》，第 829 页。
④ 〔宋〕苏轼著，孔凡礼点校：《苏轼文集》，第 935—936 页。
⑤ 〔宋〕苏轼著，孔凡礼点校：《苏轼诗集》附录一，第 2806 页。
⑥ 〔宋〕苏轼《送李公恕赴阙》，孔凡礼点校：《苏轼诗集》，第 788 页。
⑦ 〔宋〕苏轼《次韵孙秘丞见赠》，孔凡礼点校：《苏轼诗集》，第 968 页。

讽刺传统，针对现实社会中的弊端进行政治讽刺诗的创作，既抒"忧君爱民之意"，又期"感悟圣意""有补于国"。由此，亦为他博得了"好骂"的令名。毫无疑问，"有为而作"正是他对自己创作实践的一个概括，当然反过来又无不影响、指导着他的创作。

于是，苏轼的批评兴趣往往在于对作品中所包含的社会学价值作出体认。如《次韵张昌言喜雨》："爱君谁似元和老，贺雨诗成即谏书。"①又《次韵朱光庭喜雨》："清诗似庭燎，虽美未忘箴。"②又《戏足柳公权联句》："柳公权小子与文宗联句，有美而无箴，故为足成其篇云。"③嘉言讽谏、箴诫而贬语粉饰或专务形式技巧，强调诗应"虽美未忘箴"而不可"有美而无箴"。"虽美未忘箴"一语，高度地概括出了苏轼对于诗歌社会作用的认识：因务求"有补于国"，故"虽美未忘箴"，因此"缘诗人之义，托事以讽"，而"鸣一代之风雅"④，既不亏诗美，又足以尽责。"虽美未忘箴"，反过来亦可为"虽箴未忘美"，在苏轼看来，诗的诗美价值与社会价值是可以统一的。强调"虽美未忘箴"，这并没有降低苏轼诗学观的价值，因为在我们看来，强调发挥诗歌多元功能中之一元而又不忽视其他，即不认为诗歌功能之诸元是互相排斥的，这种诗学观是符合艺术规律的。任何企图将历史、社会内容排斥出诗美的立说最终都是站不住脚的。

苏轼的局限在于他有时在某种程度上还力求使自己认同儒家"发乎情，止乎礼义"，以及"温柔敦厚"的诗教原则。《王定国诗集叙》云："太史公论《诗》，以为'《国风》好色而不淫，《小雅》怨悱而不乱'。以余观之，是特识变风、变雅尔，乌睹《诗》之正乎？昔先王之泽衰，然后变风发乎情，虽衰而未竭，是以犹止于礼义，以为贤于无所止者而已。若夫发于情止于忠孝者，其诗岂可同日而语哉！古今诗人众矣，而杜子美为首，岂非以其流落饥寒，终身不用，而一饭未尝忘君也欤。"并评赞王定

---

① 〔宋〕苏轼著，孔凡礼点校：《苏轼诗集》，第 1510 页。
② 〔宋〕苏轼著，孔凡礼点校：《苏轼诗集》，第 1446—1447 页。
③ 〔宋〕苏轼著，孔凡礼点校：《苏轼诗集》，第 2584 页。
④ 〔宋〕苏轼：《答蜀僧几演》，孔凡礼点校：《苏轼文集》，第 1893 页。

国的诗："清平丰融，蔼然有治世之音，其言与志得道行者无异。幽忧愤叹之作，盖亦有之矣，特恐死岭外，而天子之恩不及报，以忝其父祖耳。孔子曰：'不怨天，不尤人。'定国且不我怨，而肯怨天乎！余然后废卷而叹，自恨期人之浅也。"①此序作时，已是苏轼悟得"诗能穷人"之理、深居荒蛮之地的时候了，但是他在言谈中一是为司马迁未能全窥出《诗》之"正"，即未对"发乎情止乎忠孝"这一更高的原则作出阐发而感到遗憾。二是推崇杜甫在"流落饥寒，终身不用"的境遇中仍"一饭未尝忘君"，以致一鼓定音，遂成评价杜甫之千古名言。关于杜甫，苏轼还曾在《次韵孔毅父集古人句见赠五首》其三中说："天下几人学杜甫，谁得其皮与其骨？……名章俊语纷交衡，无人巧会当时情。"②这当然首先是针对那些只知模仿杜诗形式技巧，而抛弃其中所反映的现实内容和"哀鸣闻九皋"的主体精神而言，但亦无不包含对这些学杜者不能"巧会"老杜"一饭未尝忘君"之情的不满。三是认为王定国的"幽忧愤叹"之作是出于恐"天子之恩不及报"，这实际上正是苏轼自己"终是爱君"的夫子自道。以上集中代表了苏轼诗学观中的正统观念。

当然，苏轼晚年，由于种种挫折而引起思想变化，其诗美价值观由早先的更倾斜于现实批判性而过渡到追求"空""静"之境，并影响到风格的崇尚，便是由豪迈转变为枯淡高远。这也是我们研究苏轼诗学观时不容忽视的一个问题。

三

苏轼除在诗歌创作中以其天才奇绝的感悟能力孵生、表现诗美而外，更在理论批评中着意于在形而上的层面把握诗美的特点。他接受和进一步发挥了皎然、司空图等人的"象外"说、"味外"说等关于诗美特征的理论，结合自己的创作实践经验，并吸收、借鉴书画艺术中与此有关的美学

---

① 〔宋〕苏轼著，孔凡礼点校：《苏轼文集》，第318页。
② 〔宋〕苏轼著，孔凡礼点校：《苏轼诗集》，第1157页。

经验，对诗美的特征进行了多方面的探寻，从而发展了六朝以来的诗美论，成为司空图与严羽之间的不可或缺的过渡。

司空图继承了刘勰的"隐秀"说、钟嵘的"滋味"说以及唐代以来的有关认识，认为诗美呈现为一种"象外之象""韵外之致""味外之旨"，所以又在《与李生论诗书》中提出"辨味"的问题，即求诗美于诗句之外。苏轼深识表圣论诗之"妙"，并"复其言"，亦倡"象外""味外"说。《书黄子思诗集后》云："唐末司空图，崎岖兵乱之间，而诗文高雅，犹有承平之遗风。其论诗曰：'梅止于酸，盐止于咸。'饮食不可无盐、梅，而其美常在咸、酸之外。盖自列其诗之有得于文字之表者二十四韵，恨当时不识其妙。予三复其言而悲之。闽人黄子思，庆历、皇祐间号能文者。予尝闻前辈诵其诗，每得佳句妙语，反复数四，乃识其所谓，信乎表圣之言，美在咸酸之外，可以一唱而三叹也。"①所谓"美在咸酸之外"，并非司空图原话，而是苏轼对司空图《与李生论诗书》开头一段意思的概括。司空图的所谓"咸酸之外"之"醇美者"，实际上就是《二十四诗品》中的"象外之象、景外之景""韵外之致、味外之旨"，苏轼融会贯通之，以"美在咸酸之外"概括之，不无精确。在这里，苏轼通过转述司空图的意见，道出了他自己的诗美观。苏轼力倡"象外"说，认为诗要有题外之意、言外之旨，要达到如他在《邵茂诚诗集叙》中所说的"咀嚼有味"②，不能仅在对象描摹、语言形式等方面经营，而要在此基础上创境立意。他极度推崇陶渊明、柳子厚等人的诗，除了激赏陶诗、柳诗的自然、清新、枯淡的风格以及诗情的真恳而外，更与深赞他们的诗"温丽靖深""精深华妙"，即余味曲包、远韵不尽有关。他在与苏辙的书信中评陶诗"质而实绮，癯而实腴"③，又在《评韩柳诗》解释说："所贵乎枯淡者，谓其外枯而中膏，似淡而实美，渊明、子厚之流是也。若中边皆枯淡，亦何足

①〔宋〕苏轼著，孔凡礼点校：《苏轼文集》，第2124—2125页。
②〔宋〕苏轼著，孔凡礼点校：《苏轼文集》，第320页。
③〔宋〕苏轼著，孔凡礼点校：《苏轼文集》，第2515页。

道。"①这里的"绮""腴""膏""美"等均属"此诗"之外，即均呈现于"象外""韵外""味外"，而这正是"咸酸之外"之"美"者。

如何捕捉"象外之象"，达到"咸酸之外"更有"醇美"之者在呢？苏轼认为首先要做到"传神"，《书鄢陵王主簿所画折枝二首》："论画以形似，见与儿童邻。赋诗必此诗，定知非诗人。诗画本一律，天工与清新。边鸾雀写生，赵昌花传神。何如此两幅，疏淡含精匀。谁言一点红，解寄无边春。"②这实际上涉及了艺术表现中的形神问题。"形""神"在传统美学中是一对重要的范畴，早在《庄子》和《淮南子》中已经出现了美在"神"而不在"形"的观念。六朝及唐宋时期的诗论和书画理论对此更进行了深入的探讨，苏轼的"传神"说正是对这一探讨的继续。苏轼所强调的"传神"之"神"，有两方面的含义：一指对象的个性特征，二指主体的情感意趣，二者并非互相排斥，而是在主体"观天地自然之意"，与自然精神融合的情感体验过程中统合为一，成为诗美之质。这不光在苏轼的诗学思想中，而且在整个中国美学史关于"形神"的理论中，均是如此，其实质是强调艺术创作中主体与对象互相沟通这一重要美学原则。苏轼另有《传神论》一篇，提出要表现对象之"天""意思"，即对象之自然天真状态与个性特征，而不必"举体皆似"。"神""天""意思"作为艺术表现所追求的"象外之象""韵外之致""味外之旨"，不单是对象本身的神情意态，同时也是主体情感心理与对象个性融而为一的产物，其既是物象精神之再现，又是主体情感通过对象之折射。关于这一点，苏轼倍加强调，他曾称赞李伯时所画的"奋迅不受人间羁"的天马体现了画家"意在万里"的主体精神③，又认为王维的画不仅能描摹对象的形貌神态，而且更

①〔宋〕苏轼著，孔凡礼点校：《苏轼文集》，第2109—2110页。
②〔宋〕苏轼著，孔凡礼点校：《苏轼诗集》，第1525—1526页。
③ 苏轼《次韵子由书李伯时所藏韩干马》有云："潭潭古屋云幕垂，省中文书如乱丝。忽见伯时画天马，朔风胡沙生落锥。……伯时有道真吏隐，饮啄不羡山梁雌。丹青弄笔聊尔耳，意在万里谁知之。"孔凡礼点校：《苏轼诗集》，第1504页。

能不为物象所拘，留意于象外，"有如仙翮谢笼攀"①，表现出了自己所向往的精神境界。这里的要旨是强调传达对象之"神"与表现主体之生命情感应成为一个统一的过程，主客互融、天人合一，既表现自然精神，又展示主体生命视境，二者统合，难分彼此，为诗美创造之极致。

据此，苏轼特别推崇诗人的"写物之功"，《评诗人写物》云："诗人有写物之功：'桑之未落，其叶沃若。'他木殆不可以当此。林逋《梅花》诗云：'疏影横斜水清浅，暗香浮动月黄昏。'决非桃、李诗。皮日休《白莲》诗云；'无情有限何人见，月晓风清欲堕时。'决非红莲诗。此乃写物之功。若石曼卿《红梅》诗云：'认桃无绿叶，辨杏有青枝。'此至陋语，盖村学中体也。"②苏轼之所以赞赏林逋的咏梅名句有"写物之功"，是因为其通过捕捉梅花"疏""香""暗"以及枝影"横斜"伸展的个性特征，并且通过明月、水边这样特定的时间和空间安排，充分地传达了梅花在朦胧月光下、清浅河水边顾影自怜、孤芳自赏的风情、神韵。然而诗中突出传达的"疏""香""暗"以及枝影"横斜"等个性特征，与其说是梅花之"天""意思"，毋宁说是诗人之性情和风格的呈现，其直接表现的是梅花的精神，间接表现的却是诗人的心态③，确实做到了如梅圣俞所说的"状难写之景，如在目前；含不尽之意，见于言外"④那样的境界。不难领会苏轼所强调的"写物之功"，实际上就是要求诗人善于把触景所生之情、所悟之理和通过搜妙创真所得来之"象"融合成形神统一的意象。这种看法苏轼在另处又表述为"境与意会"。《题陶渊明饮酒》云："'采菊东篱下，悠然见南山。'因采菊而见山，境与意会，此句最有妙处。近岁俗本

---

① 〔宋〕苏轼《凤翔八观·王维吴道子画》言："何处访吴画？普门与开元。……吴生虽妙绝，犹以画工论。摩诘得之于象外，有如仙翮谢笼攀。吾观二子皆神俊，又于维也敛衽无间言。"孔凡礼点校：《苏轼诗集》，第108—110页。

② 〔宋〕苏轼著，孔凡礼点校：《苏轼文集》，第2143页。

③ 〔宋〕苏轼《书林逋诗后》赞林逋："先生可是绝俗人，神清骨冷无由俗。我不识君曾梦见，瞳子了然光可烛。遗篇妙字处处有，步绕西湖看不足。诗如东野不言寒，书似留台差少肉。"孔凡礼点校：《苏轼诗集》，第1344页。

④ 〔宋〕欧阳修：《六一诗话》，人民文学出版社1962年版，第9页。

皆作'望南山'，则此一篇神气都索然矣。古人用意深微，而俗士率然妄以意改，此最可疾。"①"望"与"见"为近义词，但在这里"望"字之不及"见"字佳妙而使"一篇神气都索然"，是因为它不能传达出诗人此时在幽静的自然景象中自由闲适的神情意态，而这正是诗中不可或缺的"象外之象""韵外之致""味外之旨"。没有丰富的审美经验，是无法作出这样致精入微的辨析的。所以，无论言"写物之功"，还是言"境与意会"，均体现了苏轼重"象外"、重"传神"的所谓"美在咸酸之外"的诗美观，其对传统诗美观的发展、深化之功自不待言。

四

在诗歌创作心理方面，苏轼吸收借鉴道家的"虚静"说和释家的"空""静"观，对创作过程中主体"空静""物化""神授""兴会"等一系列心理过程在现象描述的基础上，作了一定的理论阐述，形成了具有一定系统的艺术直觉理论，从而对从老、庄以来的以"虚静"说为代表的传统创作心理学说作出了发展。

苏轼认为，在创作中诗人内心必须"空""静"，以充分集纳、感知外物，进而达到自由兴发的直觉表现境界，因而提出了"诗法不相妨"的观点。《送参寥师》云："颇怪浮屠人，视身如丘井。颓然寄淡泊，谁与发豪猛。细思乃不然，真巧非幻影。欲令诗语妙，无厌空且静。静故了群动，空故纳万境。阅世走人间，观身卧云岭。咸酸杂众好，中有至味永。诗法不相妨，此语当更清。"②苏轼在此提出的"空""静"之说，来源于道家的"心斋"说和释家的"现量"说。苏轼将它们熔为一炉，从而建立了自己的"空静"说。诗人在创作时之所以要保持"空""静"的心理状态，这是因为空则能纳，静则能动，虚心可使胸襟完全开放，物象可以保持其鲜活的特征而自由无碍地进入主体内心；静心可以排除一切既有观念的干

---

① 〔宋〕苏轼著，孔凡礼点校：《苏轼文集》，第2092页。
② 〔宋〕苏轼著，孔凡礼点校：《苏轼诗集》，第906—907页。

扰，自然精神能得到充分的感应而不被歪曲。在空静中，心灵得以了悟物谛，主体能忘我而以物观物并与物共游。所以，"空""静"作为一种创作心理机制，其特征是主体的表层自我消失，理性隐退，达到无心而遗忘，从而进入直觉体认的心灵状态。其所实现的功能是可以助使主体自觉、集中、专一地接纳、体验亲历的外部世界，而物象可以得到最大程度的自由兴发的呈现。这是一种以空纳实、以静观动的心理方式，其过程是由隐退自我，屏除知性，经游心而达到澄澈明悟的境界，其与道家的"体道"、释家"顿悟"在心理方式上是一致的。正是在这一意义上，苏轼认为"诗法不相妨"，僧人的心境保持淡泊，是宜于创作的。当然，苏轼在此所言之"空"，系指主体的心无牵累，超然物外，而并非是说诗人要如释子那样万念俱灭、槁木朽株，因此不可理解为空幻、寂灭之意。诗是缘情之物，而释门讲究悟"空"，弃绝人世，荡空诸相，唯求"真如"，这是与诗从价值到思维截然不同的另一种精神现象。但是，并非是所有的释子都丧失了七情六欲，释子以诗名世者亦不在少数，如深受苏轼推重的参寥在当时便是一个著名的诗僧。关于诗与僧之关系，历来存在着两种不同的看法，一派认为僧人宜于作诗，这是因为沙门经过精神修炼，人格得以提升，排除了世俗杂念，超然自得，风清神旷，淡泊为怀，妙气来宅，以此心游戏于山光水色之间，陶写性灵，既合诗为清物之旨，亦无害于悟道。另一派则认为空门不立文字，何以诗为？且释子枯空淡泊，全无豪宕之兴致，为诗必败，酸寒之气逼人。苏轼的意见无疑属于前一种，当然在僧诗所取风格方面，他主张应是清新秀丽，而不应是充斥"蔬笋语""酸馅气"的凡俗寒俭之态。了解这一点，对我们准确理解苏轼所说的"诗法不相妨"是极有帮助的。

"空静"作为一种创作心理机制，其功能不但有助于主体感知外物，更主要的是还能使主体超越自我，超越时空、因果之限制，从凝神感物而到达"物化"之境，促使神思发轫，从而进入自由兴发的直觉表现阶段。关于这一点，苏轼在《书晁补之所藏与可画竹三首》其一中说："与可画竹时，见竹不见人。岂独不见人，嗒然遗其身。其身与竹化，无穷出清新。庄周世无有，谁知此疑神。"①所谓"见竹不见人"，即指主体虚怀而物归，心无而入神。"嗒然遗其身"，语出《庄子·齐物论》"嗒然似丧其耦"，据成玄英疏，此乃为一种"凝思遐想，仰天而叹，妙悟自然，离形去智焉坠体，身心俱遗，物我兼忘"②的境界，这种"坐忘"境界是主体在收视返听、冥观玄览、内心保持虚静的过程中产生的。"其身与竹化"即意味着人随物化，物性人情，主客交融，形成如《庄子·齐物论》中的"不知周之梦为蝴蝶与，蝴蝶之梦为周与"的"物化"③境界。可见，由虚心澄怀而接纳、体知外物，在"忘我"中达到"物化"之境，正是"空静"这种心理机制的潜在创造力的实现；"身与竹化"有赖于"空静"之澄明心境的保持，"不见人""遗其身""与竹化"正代表了创作过程中"物化"的三个阶段。"身与竹化"的结果便是"胸有成竹"的审美意象的形成，在苏轼的审美经验中，这种"少纵则逝"的审美意象产生于"空静""凝神"的直觉心理过程中，有时甚至是"梦中神授"。因此，苏轼认为在传达过程中也必须"无意为文"，忘乎笔之在手、纸之在前，勃然兴起，"随物赋形"，做到如《与谢民师推官书》中所说的"文理自然，姿态横生"④那样，心、手、器高度统一，以致"无思"而"辞达"，臻于"神智妙达"的直觉表现境地。明乎此，我们对苏轼以庄、禅直觉说来解释孔子的"辞达"和"思无邪"，便不难理会了——原来其用意在于建说自己的诗创作心理说。

（选自《陕西师范大学学报（哲学社会科学版）》2003年第6期）

---

① 〔宋〕苏轼著，孔凡礼点校：《苏轼诗集》，第1522页。
② 〔清〕郭庆藩：《庄子集释》卷一，中华书局1981年版，第43页。
③ 〔清〕郭庆藩：《庄子集释》卷一，第118页。
④ 〔宋〕苏轼著，孔凡礼点校：《苏轼文集》，第1418页。

黄庭坚"夺胎换骨"辨

莫砺锋

北宋诗人黄庭坚所提出的"夺胎换骨、点铁成金"之说，曾经被很多人附会为提倡"蹈袭剽窃"，而他流传世间的某些诗歌作品，也使人产生"黄庭坚作诗好蹈袭剽窃"的误解。两者以讹证讹，形成一种恶性循环，遂致产生了不符合事实的结论，严重地影响了对黄庭坚及其所开创的江西诗派的正确评价。为了弄清事实真相，本文试从诗歌理论和诗歌创作实践两个角度对黄庭坚的"夺胎换骨"说进行粗浅的分析，并谈谈个人的看法。

一

黄庭坚的诗论，散见于他的书札、序文、题跋、诗歌以及别人的诗话、笔记之中，涉及的面相当广泛，其中最受后人讥评的，是他的"夺胎换骨、点铁成金"之说。金人王若虚说：

> 鲁直论诗，有夺胎换骨、点铁成金之喻，世以为名言，以予观之，特剽窃之黠者耳。鲁直好胜，而耻其出于前人，故为此强辞，而私立名字。[1]

直至今日，在许多批评家的心目中，"夺胎换骨"几乎成了"蹈袭剽窃"

---

[1] 〔金〕王若虚：《滹南诗话》，丁福保辑：《历代诗话续编》，中华书局2006年版，第523页。

的代名词。①究竟黄庭坚何以提出此说？我认为有必要对它的实质及其来龙去脉进行深入的探究。

首先是"正名"的问题。"夺胎换骨、点铁成金"的含义是什么？宋人对此就不甚了然。现在让我先引几则宋人的诗话：

> 句法以一字为工，自然颖异不凡，如灵丹一粒，点铁成金也。浩然云："微云淡河汉，疏雨滴梧桐"，工在"淡""滴"字。②

这是把用字之工当作"点铁成金"，显然不符合黄庭坚的原意。

> 潘邠老云，陈三所谓"学诗如学仙，时至骨自换"，此语为得。如"不知眼界开多少，白云去尽青天回"。凡此之类，皆换骨法也。③

陈师道以"换骨"比喻学诗日久自然悟入之理，也不同于黄庭坚所说的"夺胎换骨"。

> 曾纡云，山谷用乐天语作黔南诗。白云："霜降水返壑，风落木归山。冉冉岁将晏，物皆复本原。"山谷云："霜降水返壑，风落木归山。冉冉岁华晚，昆虫皆闭关。"白云："渴人多梦饮，饥人多梦餐。春来梦何处，合眼到东川。"山谷云："病人多梦医，囚人多梦赦。如何春来梦，合眼在乡社。"白云："相去六千里，地绝天邈然。十书九不到，何以开忧颜。"山谷云："相望六千里，天地隔江山。十书九不到，何用一开颜。"纡爱之，每对人口诵，谓是"点铁成金"也。范寥云："寥在宜州尝问山谷，山谷云：'庭坚少时诵熟，久而忘其为何人诗也。尝阻雨衡山尉厅，偶然无事，信笔戏书尔。'"寥以纡"点铁"之语告之，山谷大笑曰："乌有是理，便如此点铁。"④

① 刘大杰：《黄庭坚的诗论》，《文学评论》1964年第1期。
② 〔宋〕范温：《潜溪诗眼》，郭绍虞辑：《宋诗话辑佚》，中华书局1980年版，第333页。
③ 〔宋〕王直方：《王直方诗话》，郭绍虞辑：《宋诗话辑佚》，第102页。
④ 〔宋〕佚名：《道山清话》，上海师范大学古籍整理研究所编：《全宋笔记》第二编，第1册，大象出版社2006年版，第97—98页。

曾纡把戏书古诗当作"点铁成金",当然离黄庭坚的原意更远,所以黄说"乌有是理"了。

那么,黄庭坚的本意究竟是什么呢?他曾在《答洪驹父书》中说:

> 自作语最难,老杜作诗,退之作文,无一字无来处,盖后人读书少,故谓韩、杜自作此语耳。古之能为文章者,真能陶冶万物,虽取古人之陈言入于翰墨,如灵丹一粒,点铁成金也。①

又惠洪《冷斋夜话》卷一记庭坚语云:

> 诗意无穷,而人之才有限;以有限之才,追无穷之意,虽渊明、少陵,不得工也。然不易其意而造其语,谓之换骨法;窥入其意而形容之,谓之夺胎法。②

细察庭坚之言,"点铁成金"主要是指师前人之辞,"夺胎换骨"主要是指师前人之意,本是有所区别的。但是后人往往把这二者当作一个概念来讨论。为了方便起见,现在我也沿用这种做法。

黄庭坚的这两段话中有一点共同的精神,即在学习前人的创作经验时要有所发展变化。取古人之"陈言"要经过"陶冶",重新熔铸,然后为我所有。取古人之意要"造其语",即改换其言词;或"形容之",即有所

---

① 〔宋〕黄庭坚著,刘琳、李勇先、王蓉贵点校:《黄庭坚全集》,中华书局2021年版,第425页。

② 〔宋〕惠洪撰,陈新点校:《冷斋夜话》,中华书局1988年版,第15—16页。按:宋人吴曾怀疑此说非庭坚之言,他说:"予尝以觉范不学,故每为妄语。且山谷作诗,所谓'一洗万古凡马空',岂肯教人以蹈袭为能事乎?"(见《能改斋漫录》卷十《议论》,上海师范大学古籍整理研究所编:《全宋笔记》第五编,第4册,大象出版社2012年版,第24页)陈善亦云:"后读曾公所编:《皇宋百家诗选》,乃云惠洪多诞,《夜话》中数事皆妄。"(见《扪虱新话》,上海师范大学古籍整理研究所编《全宋笔记》第五编,第10册,第69页)则惠洪之言未可全信。但此处吴曾提出质疑的理由尚不充分,因为"夺胎换骨"并不等于"教人以蹈袭为能事"。在没有证据证明惠洪所记失实时,我们仍把此说当作庭坚之言来处理。又"夺胎"一词,今人或引作"脱胎",但宋人书中一般都作"夺胎",故从之。

引申发展①。反对此论的人往往只看到他有所因袭，而忽略了其中的求新精神。其实，求新求变的精神，是贯穿于黄庭坚的整个诗论的。所以，在讨论"夺胎换骨"说时，我们还应该注意到黄庭坚在论诗和论书法中的一些意见。

黄庭坚在诗歌、书法等方面都是以"自成一家"自期、自许的，这一点前人论之甚详。张耒《读黄鲁直诗》云："不践前人旧行迹，独惊斯世擅风流。"②黄庭坚自己也说"听它下虎口着，我不为牛后人"③，又说"文章最忌随人后"④，他强调学习古人须"以识为主"，而不能跟在古人后面一枝一节地亦步亦趋。《潜溪诗眼》"学诗贵识"条云：

> 山谷言学者若不见古人用意处，但得其皮毛，所以去之更远。如"风吹柳花满店香"，若人复能为此句，亦未是太白。至于"吴姬压酒劝客尝"，"压酒"字他人亦难及。"金陵子弟来相送，欲行不行各尽觞"，益不同。"请君试问东流水，别意与之谁短长。"至此乃真太白妙处，当潜心焉。故学者要先以识为主，如禅家所谓正法眼者。直须具此眼目，方可入道。⑤

黄庭坚论书法也有类似的意见：

> 士大夫多讥东坡用笔不合古法，彼盖不知古法从何出尔。杜周云："三尺安出哉？前王所是以为律，后王所是以为令。"予尝以此论书，而东坡绝倒也。⑥

---

① 明人郎瑛云："山谷之言但加数字，尤见明白，则觉范亦不错认。如'造'字上加'别'字、'形'字上加'复'字可矣。"（见《七修类稿》卷二八"夺胎换骨"条，上海书店出版社2009年版，第299页）颇能帮助我们理解黄庭坚的这段话。

② 〔宋〕张耒著，李逸安校：《张耒集》，中华书局1990年版，第407页。

③ 〔宋〕黄庭坚：《赠高子勉四首·之三》，刘琳、李勇先、王蓉贵点校：《黄庭坚全集》，第182页。

④ 〔宋〕黄庭坚：《赠谢敞王博喻》，刘琳、李勇先、王蓉贵点校：《黄庭坚全集》，第1185页。

⑤ 〔宋〕范温：《潜溪诗眼》，郭绍虞辑：《宋诗话辑佚》，第317页。

⑥ 〔宋〕黄庭坚：《跋东坡水陆赞》，刘琳、李勇先、王蓉贵点校：《黄庭坚全集》，第697页。

《兰亭》虽是真行书之宗，然不必一笔一画以为准。①

随人作计终后人，自成一家始逼真。②

这些材料都证明庭坚的"夺胎换骨"说不可能是提倡"蹈袭剽窃"，而是要从古人那里"师意"和"师辞"。他所谓的"无一字无来处"，也就是要求尽可能多地吸收、借鉴前人诗文中的语言技巧，如词汇、典故等修辞手段，充分利用前人的文学遗产，达到"以故为新"③。在这里，"以故"只是手段，"为新"才是目的。

论者也许会诘难说：为什么要"以故为新"？自创新意、自铸新词不是更好吗？这个意见当然有道理，但我们却不能忽略了这样的事实：除了生民之初，任何一个时代的文学总是其前一个时代文学的继续和发展。诚然，生活之树是常青的，生活所提供的创作源泉是变化无穷的。但是，文学是语言的艺术，而语言是有"巨大的稳固性"的，"语言的语法构造和基本词汇，是许多时代的产物"④，所以，作家用来表现生活的文学手段，特别是某一种文学样式所运用的文学语言，也必然是相当稳固、有所从来的。它只能非常缓慢地发生变化，不可能有突如其来的飞跃。在我国的古典诗歌中，无论是意境、形象，还是用来表现这些意境、形象的词汇、典故等修辞手段，都有很强的传统性，它们的改变是相当缓慢的。所以，当古典诗歌发展到一定的历史阶段，各种艺术技巧尤其是修辞手段都已有了相当数量的积累之后，诗人们要想"一空依傍"地自创新意、自铸新词，

---

① 〔宋〕黄庭坚：《又跋兰亭》，刘琳、李勇先、王蓉贵点校：《黄庭坚全集》，第642页。
② 〔宋〕黄庭坚：《以右军书数种赠丘十四》，刘琳、李勇先、王蓉贵点校：《黄庭坚全集》，第1139页。
③ 〔宋〕黄庭坚：《再次韵杨明叔》诗序，刘琳、李勇先、王蓉贵点校：《黄庭坚全集》，第117页。
④ 〔苏联〕斯大林：《马克思主义和语言学问题》，《斯大林选集》，人民文学出版社1985年版，第517页。

就非常困难了。例如，杜甫是个"语不惊人死不休"①的富于独创精神的诗人，但他又何尝没有借鉴前人的瑰词丽句？杜诗有句云"春水船如天上坐，老年花似雾中看"②，刘克庄评之曰："此联如在目前，而古今人所未发。"③但事实上陈代的释惠标已有句云"舟如空里泛，人似镜中行"④，初唐的沈佺期也有句云"人疑天上坐，鱼似镜中悬"⑤。杜诗又有句云"薄云岩际宿，孤月浪中翻"⑥，而梁代何逊诗中已有"薄云岩际出，初月波中上"⑦之句。"读书破万卷"的杜甫当然不会没有读过前人的这些诗句。显然，上述的前一例是师古人之意，后一例是师古人之辞。由于杜甫善于"以故为新"，所以仇兆鳌赞扬他："此用前人成句，只换转一二字间，便觉点睛欲飞。"⑧又如韩愈生于李杜之后，他不甘心囿于前人之藩篱，就尽力往奇险的方向发展，并提出了"惟陈言之务去"的主张⑨，在诗歌创作中也大量运用奇字险韵。虽然由于他才大学富，在这方面仍有成就，但正如清人赵翼所言："其实昌黎自有本色，仍在文从字顺中，自然雄厚博大，不可捉摸，不专以奇险见长。"⑩而且韩愈也并未能完全避开前人的文学语言遗产，李商隐称韩诗"点窜《尧典》《舜典》字，涂改《清庙》《生民》诗"⑪，宋人王楙还举了许多例子说明"韩诗亦自杜诗中

---

① 〔唐〕杜甫：《江上值水如海势聊短述》，〔清〕仇兆鳌注：《杜诗详注》，中华书局1979年版，第810页。

② 〔唐〕杜甫：《小寒食舟中作》，〔清〕仇兆鳌注：《杜诗详注》，第2062页。

③ 〔宋〕刘克庄：《后村诗话》，辛更儒笺校：《刘克庄集校笺》，中华书局2011年版，第6971页。

④ 〔南朝·陈〕释惠标：《咏水》，丁福保编：《全汉三国晋南北朝诗》，中华书局1959年版，第1461页。

⑤ 〔唐〕沈佺期：《钓竿篇》，陶敏、易淑琼校注：《沈佺期集校注》，中华书局2001年版，第259页。

⑥ 〔唐〕杜甫：《宿江边阁》，〔清〕仇兆鳌注：《杜诗详注》，第1469页。

⑦ 〔南朝·梁〕何逊：《入西塞示南府同僚》，丁福保编：《全汉三国晋南北朝诗》，第1144页。

⑧ 〔清〕仇兆鳌注：《杜诗详注》，第1469页。

⑨ 〔唐〕韩愈：《答李翊书》，刘真伦、岳珍校注：《韩愈文集汇校笺注》，中华书局2020年版，第700页。

⑩ 〔清〕赵翼著，霍松林、胡主佑校点：《瓯北诗话》，人民文学出版社1963年版，第28页。

⑪ 〔唐〕李商隐：《韩碑》，刘学锴、余恕诚：《李商隐诗歌集解》，中华书局2004年版，第909页。

来"①。这种例子在文学史上是举不胜举的。

对于这种文学现象，宋以前之文人已有所觉察。西晋陆机《文赋》中有"或袭故而弥新"之语，唐皎然《诗式》中还提出了"偷语""偷意""偷势"之说，但他们或语焉不详，或论而未精，都未能产生很大的影响。

到了宋代，前人诗歌艺术手段的积累更加丰厚了。唐代是古典诗歌的鼎盛时代，名家巨子如众星争辉，佳篇秀句似百花竞艳。唐诗的题材和意境几乎是无所不包，炼字、用典等修辞手段也已达到炉火纯青的程度。五七言古今体诗的领域，可以说已被唐人开拓殆尽。清人蒋士铨诗云："宋人生唐后，开辟真难为"②，确是道出了宋人处境之艰难。所以他们只能在唐人开采过的矿井里再向深处发掘。黄庭坚生当其时，他很清楚地看到了这一点。因而他一方面继承了韩愈的"陈言务去"的精神，正如清人刘熙载所云"陈言务去，杜诗与韩文同。黄山谷、陈后山学杜在此"③；另一方面，他转而对前人留下的丰厚遗产采取积极利用的态度，提出了"夺胎换骨、点铁成金"的方法。对于黄庭坚来说"夺胎换骨"和"陈言务去"是并不矛盾的。前者意谓继承前人的精华，后者意谓扬弃前人的糟粕。它们正是"怎样借鉴前人"这一问题的两个方面，它们之间的关系是相反相成的辩证关系。不过在黄庭坚所处的时代，"夺胎换骨"说比之"陈言务去"说是更为积极、更为行之有效的创作方法，因此也受到了人们更多的注意。

"夺胎换骨"说的提出，给那些在前人的丰厚遗产面前不知所措的诗人们指出了一条出路，这是黄庭坚受到赞扬，并成为江西诗派的开山祖师的原因之一。与此同时，"夺胎换骨"说也产生了较大的流弊。首先，这种对前人艺术技巧的借鉴方法容易被误解成从书本中去寻找创作源泉；其

---

① 〔宋〕王楙：《野客丛书》，上海师范大学古籍整理研究所编：《全宋笔记》第六编，第6册，大象出版社2013年版，第95页。

② 〔清〕蒋士铨：《辨诗》，《忠雅堂文集》卷一三，清嘉庆二十一年（1816）藏园刻本，第11a页。

③ 〔清〕刘熙载撰，袁津琥校注：《艺概注稿》，中华书局2009年版，第328页。

次，一些没有出息的诗人虽然奉此为圭臬，却没有学到其中最重要的"求新"精神。久而久之，就出现了江西诗派中的末流，他们专以拾人牙慧为能事，自诩为"点铁成金"，其实却是"点金作铁"①，陈陈相因。这又是黄庭坚此论受到后人讥评的原因之一。

如果江西诗派中人都只知"蹈袭剽窃"，那么这个诗派早就会像西昆派一样，虽然风靡一时，旋即销声匿迹，绝对不可能对南宋诗坛产生那样巨大的影响。事实上，江西诗派中的几位健将，如陈师道、陈与义、徐俯、韩驹、吕本中等，都颇有自立的气概，而不是一些蹈袭剽窃之徒。这就证明"夺胎换骨"说在江西诗派中所产生的消极影响是有限的。而这种消极影响，理应由那些没出息的诗人自负其责，黄庭坚是不该任其咎的。至于后人把"夺胎换骨"说误解成提倡"蹈袭剽窃"，那就更与黄庭坚的原意南辕北辙了。

二

黄庭坚的诗歌创作在艺术上的最大特色是"奇"，其长处如"格韵高""用意深"等是"奇"的表现，其短处如用僻典、多次韵等也是"奇"的表现。赞成黄庭坚的人褒他"奇而有法"②，反对他的人责他"有奇而无妙"③，都从不同的角度看到了黄诗的这个特点。黄庭坚因力求自成一家，所以尚奇，而不肯"随人作计"④。宋人陈肖岩、罗大经都有类似的看法⑤。但是到了现代，以为黄庭坚作诗好"蹈袭剽窃"的说法逐渐占了上

---

① 〔明〕王世贞：《艺苑卮言》，丁福保辑：《历代诗话续编》，第1019页。

② 〔元〕贝琼：《双井堂记》，李修生主编：《全元文》卷一三八二，江苏古籍出版社1998年版，第424页。

③ 〔金〕王若虚：《滹南诗话》，丁福保辑：《历代诗话续编》，第518页。

④ 〔宋〕黄庭坚：《以右军书数种赠丘十四》，刘琳、李勇先、王蓉贵点校：《黄庭坚全集》，第1139页。

⑤ 〔宋〕陈肖岩：《庚溪诗话》卷下云："山谷之诗，清新奇峭，颇造前人未尝道处，自为一家，此其妙也。"（丁福保辑：《历代诗话续编》，第182页）〔宋〕罗大经《鹤林玉露》丙编卷三云："至于诗，则山谷倡之，自为一家，并不蹈古人町畦。"（上海师范大学古籍整理研究所编：《全宋笔记》第八编，第3册，大象出版社2017年版，第369页）

风，例如，很有代表性的一种文学史著作中说黄诗"且有不少是由于所谓'脱胎换骨'和'点铁成金'而来的模拟、剽窃之作"①。这两种完全相悖的看法，到底孰是孰非？我认为前一种看法基本上是符合事实的，而后者则可能是误解或偏见。产生误解的主要原因是黄诗的版本非常杂乱，流传至今的有宋人作注的《山谷内集》二十卷、《外集》十七卷、《别集》二卷，共收诗1481首②；后人所辑的《山谷诗外集补》四卷、《山谷别集补》一卷，共收诗436首。此外，《豫章先生遗文》中有上述各本未收之诗8首，《宋黄文节公全集》中又多出31首。而已经亡佚的尚有《退听堂集》《南昌集》《豫章集》《山谷精华录》等多种集子。在这些集子中曾窜入许多伪作。下面，试对这一情况作点简单的说明。

宋人李彤于黄庭坚《外集》之后跋云：

> 彤囊闻先生自巴陵取道通城，入黄龙山，盘礴云窗，为清禅师遍阅《南昌集》，自有去取，仍改定旧句。彤后得此本于交游间，用以是正。其言"非予诗"者五十余篇，彤亦尝见于它人集中，辄已除去。③

可见在黄庭坚生前，他人之诗窜入黄集的情况已相当严重。到了后代，黄诗版本更杂，窜入之伪作也就更多。南宋胡仔云："山谷亦有两三集行于世，惟大字《豫章集》并《外集》诗文最多，其间不无真伪。"④比如宋人刘昌诗《芦浦笔记》卷十"胡藏之诗"条中所载胡作《咏藕诗》，后来就窜入了黄庭坚集中。⑤又如在明人伪托的《山谷精华录》中，仅《四库提要》卷一七四所指出的窜入之伪作，即有陈师道《西湖徙鱼和苏公二首》、

---

① 中国社会科学院文学研究所编：《中国文学史（二）》，人民文学出版社1962年版，第63页。
② 《豫章黄先生文集》卷二至卷十二共收诗675首，都已收入《内集》和《外集》。
③ 祝尚书编：《宋集序跋汇编》，中华书局2020年版，第697页。
④ 〔宋〕胡仔：《苕溪渔隐丛话·后集》，人民文学出版社1962年版，第212页。
⑤ 〔清〕永瑢等撰：《四库全书总目》卷一一八"芦浦笔记"提要云："黄庭坚咏藕诗，实胡藏之作。"（中华书局1965年版，第1021页）但此诗不见于今本黄集，或已为人删去。

陆游《东湖新竹》等篇。又如《宋黄文节公全集外集》卷九《双井敝庐之东，得胜地一区，长林巨麓，危峰四环，泉甘土肥，可以结茅庵居。是在寅山之颎，命曰"寅庵"。喜成四诗，远寄鲁直，可同魏都士人共和之》四诗，从题中即可看出非黄庭坚所作。而黄庭坚《外集》卷五《次韵寅庵四首》题注中也明言上述四诗乃元明所作。又《宋黄文节公全集外集》卷十《元明留别》一诗，乃崇宁四年（1105）元明在宜州留别黄庭坚之诗，当时黄庭坚也作有一首《宜阳别元明用觞字韵》。①同卷中还有《奉寄子由》《奉答元明》二诗，今考后一首即苏辙（子由）的《次韵黄大临秀才见寄》②，而黄庭坚《外集》卷九中也另有《次元明韵寄子由》《再次韵奉答子由》等诗，可证《奉寄子由》一诗实乃元明所作。还有《山谷内集》卷十二的《题驴瘦马铺》等二十首诗，编集者即注明乃知命所作"当由山谷润色，因以成其弟之名，今不复删去"③。

在这些窜入黄集的伪作之中，最容易引起人们误解的有下面两种情况：

第一种是黄庭坚曾书写过的他人之诗。黄庭坚是著名的书法家，求他作书的人非常之多。惠洪曾云："山谷翰墨妙天下……殆可与连城照乘争价也。"④甚至传说江神都喜爱他的墨迹。⑤而且黄庭坚又勤于作书，楼钥云："山谷真迹，中更禁绝，重以兵毁销烁，而四方得之者甚众，则知此老所书未易以千亿计。"⑥根据现存的黄庭坚题跋和别人在黄庭坚墨迹上的

---

① 见刘琳、李勇先、王蓉贵点校：《黄庭坚全集》，第157页。

② 见陈宏天等点校：《苏辙集》，中华书局1999年版，第219—220页。

③ 〔宋〕黄庭坚撰，〔宋〕任渊、史容、史季温注，刘尚荣点校：《黄庭坚诗集注》，中华书局2003年版，第26页。

④ 〔宋〕释惠洪：《跋山谷字》，夏卫东点校：《石门文字禅》，浙江古籍出版社2019年版，第631页。

⑤ 见《冷斋夜话》卷一，"江神嗜黄鲁直书韦诗"条。〔宋〕惠洪撰，陈新点校《冷斋夜话》，第9页。

⑥ 〔宋〕楼钥《跋黄知命帖》，顾大鹏点校：《楼钥集》，浙江古籍出版社2010年版，第1312页。

题跋来看，他所书写的诗文中既有古人及同时代人的作品①，也有他自己的作品②，有时还在同一份帖上杂书他人和自己的作品③，且不写明所书诗文的作者是谁④。黄庭坚诗名震世，对他的作品，"天下固已交口传诵"⑤，并互相传抄⑥。而后人替黄庭坚编集时，又是"悉收《豫章文集》、《外集》、《别集》、《尺牍》、《遗文》、家藏旧稿、故家所收墨迹，与夫四方碑

---

① 其中较著名的诗人有：嵇康（《书嵇叔夜诗与侄榎》，《黄庭坚全集》，第1428—1429页）、陶渊明（《元祐间大书渊明诗赠周元章》，《黄庭坚全集》，第1486页）、谢灵运（《跋与张载熙书卷尾》，《黄庭坚全集》，第613页）、庾信（〔清〕何绍基：《跋黄山谷书册》，《东洲草堂文钞》，岳麓书社2008年版，第827页）、王梵志（《书梵志翻著袜诗》，《黄庭坚全集》，第635—636页）、寒山（《跋寒山诗赠王正仲》，《黄庭坚全集》，第1492页）、李白（《书自草秋浦歌后》，《黄庭坚全集》，第1483页）、杜甫（《跋老杜病后遇王倚饮赠歌》，《黄庭坚全集》，第1491页）、韦应物（〔宋〕惠洪：《冷斋夜话》卷一"江神嗜黄鲁直书韦诗"条，见前注）、王建（〔元〕王恽：《跋山谷所书王建官词后》，《王恽全集汇校》，中华书局2013年版，第3084页）、韩愈（〔明〕唐肃：《跋山谷墨迹》，《皇明文衡》卷四六）、白居易（《书乐天忠州诗遗王圣徒》，《黄庭坚全集》，第1456页）、刘禹锡（《书刘禹锡浪淘沙竹枝歌杨柳枝词各九首因跋其后》，《黄庭坚全集》，第1471页）、柳宗元（《跋书柳子厚诗》，《黄庭坚全集》，第592页）、苏舜钦（《王直方诗话》"山谷爱子美绝句"条，《宋诗话辑佚》，第91页）、苏轼（《跋自临东坡和陶渊明诗》，《黄庭坚全集》，第610页）、秦观（《戏草秦少游好事近因跋之》，《黄庭坚全集》，第1469页）等。

② 例如：〔宋〕黄庭坚《书旧诗与洪龟父跋其后》（《黄庭坚全集》，第635页）；〔宋〕周必大《跋黄鲁直昼寝呈李公择等四诗》（王瑞来校证：《周必大集校证》，上海古籍出版社2020年版，第226页）、《题聂倅周臣所藏黄鲁直送徐隐父宰余干诗稿》（《周必大集校证》，第724页）；〔元〕袁桷《黄太史松风阁诗》（杨亮校注：《袁桷集校注》，中华书局2012年版，第1967页）；〔明〕王世贞《山谷老人〈此君轩〉诗》（汤志波辑校：《弇州山人题跋》，浙江人民美术出版社2019年版，第89页）、《山谷七祖山诗》（《弇州山人题跋》，第380页）等。

③ 例如，明人王世贞跋《涪翁杂帖》云："涪翁草书自作偈语一通，又唐诗二首。"（《弇州山人题跋》，第381页。）

④ 例如惠洪《跋山谷笔古德二偈》云："此两诗，唐智闲禅师所作也，世口脍炙之久矣，而莫知其主名。岂山谷未敢必谁所作耶？"（《石门文字禅》，第630页）又洪迈《容斋续笔》卷九"太公丹书"条云："太公《丹书》，今罕见于世。黄鲁直于礼书得其诸铭而书之，然不著其本始。"（上海师范大学古籍整理研究所编：《全宋笔记》第五编，第5册，大象出版社2012年版，第325页）

⑤ 〔宋〕李之仪：《跋山谷二词》，曾枣庄、刘琳主编：《全宋文》，第112册，上海辞书出版社、安徽教育出版社2006年版，第133页。

⑥ 黄庭坚《答王观复》云："有小儿辈杂抄猥稿，把之尽抄去，不足观也。"（《黄庭坚全集》，第1866页）可以证实这一点。

刻、他集议论之所及者"①，这样，就难免有一些黄庭坚所书写的别人的诗文窜入其集中。如杨万里就曾指出："而今集中，至全载《丹书》诸铭，与山谷之文相乱。盖山谷嗜此铭，故每喜为人士书之耳。"②又如黄庭坚曾书写南朝梁元帝等三人的三首"百花亭怀荆楚"诗，他在跋文中已经清楚地说明："此诗出《英华集》，皆佳句也……四顾徘徊，怅诗人之不可见，因大书此三诗，遗僧宗素。"③可是后人竟然还将其中的两首误作黄庭坚诗而收入《豫章先生遗文》卷一，把梁元帝的《登百花亭怀荆楚》一首题作《登江州百花亭怀荆楚梁元帝》，把朱超道的《奉和登百花亭怀荆楚》一首题作《奉和朱道》，其后也无人指出此误。④

据宋人记载，黄庭坚书写他人诗文常常是"默诵而书之"⑤，这样，或者由于他记错了数字⑥，或者由于原作本有异文，这些窜入黄集中的他人之作就可能与原作略有不同。例如今本《山谷诗别集补》中有《书王氏梦锡扇》一诗，楼钥就曾指出：

　　东坡、少游、参寥各赋春日诗十首。参寥第八首云："梅梢青子大于钱，惭愧春光又一年。亭午无人初破睡，杜鹃声在柳花边。"《山

---

① 〔宋〕黄㽕：《山谷年谱序》，吴洪泽、尹波主编：《宋人年谱丛刊》，四川大学出版社2003年版，第2975页。

② 〔宋〕杨万里：《跋廖仲谦所藏山谷先生为石周卿书大戴礼·践阼篇太公丹书》，辛更儒笺校：《杨万里集笺校》，中华书局2007年版，第3795页。

③ 〔宋〕黄庭坚：《跋登江州百花亭怀荆楚诗》，刘琳、李勇先、王蓉贵点校：《黄庭坚全集》，第1476页。

④ 梁元帝、朱超道之诗均见《文苑英华》卷三一五，还有一首可能是阴铿的《追和百花亭怀荆楚》，亦见于同卷。《豫章先生遗文》为庭坚裔孙黄㻅在南宋编成，清乾隆庚子年（1780）汪雪礓翻刻之，民国壬戌年（1922）祝稚农又翻刻之，但两次翻刻本的跋文中均未指出此误。

⑤ 〔宋〕楼钥《跋余子寿所藏山谷书范孟博传》序云："山谷晚在宜州，或求作字，……谷许以书《范孟博传》。或谓南方无复书，谷曰平时好读此传，遂默诵而书之。"（顾大鹏点校：《楼钥集》，第107页）杨万里也有"山谷笔诵"的记载，见《跋山谷践阼篇法帖》，辛更儒笺校：《杨万里集笺校》，第3821页。

⑥ 例如〔宋〕岳珂《范碑诗跋》云庭坚"遂默诵大书，尽卷仅有二三字疑误"。（《桯史》，上海师范大学古籍整理研究所编：《全宋笔记》第七编，第4册，大象出版社2016年版，第139页）

谷别集·书王氏梦锡扇》），乃是此诗。但首句云"压枝梅子"，末句云"杜鹃啼在柳梢边"，岂山谷爱参寥诗，尝书之扇耶？①

后人很容易把这种情况误认为"夺胎换骨"或"蹈袭剽窃"。例如《山谷内集》卷十八有一首题为《题小景扇》的七绝，杨万里说：

> 山谷集中有绝句云："草色青青柳色黄，桃花零落杏花香。春风不解吹愁去，春日偏能惹恨长。"此唐人贾至诗也，特改五字耳。贾云："桃花历乱李花香"，又"不为吹愁""惹梦长"。②

似乎这又是黄庭坚在搞"夺胎换骨"。到了现代，果然就有人认为这是黄庭坚"夺胎换骨"的好例③；又有人以此为据而指责黄庭坚说："这种模拟，有时竟流为剽窃"，并大为感叹："这样的偷诗'伤事主矣'！"④可是事实并非如此。陆游云："鲁直诗有《题扇》'草色青青柳色黄'一首，唐人贾至、赵嘏诗中皆有之，山谷盖偶书扇上耳。"⑤陆游的说法是对的。黄庭坚不过将此诗书写了一遍，而编集者把它误入黄庭坚集中又不作任何说明，乃是编集者和注家的责任，对于黄庭坚本人有什么可以指责的呢？

　　第二种情况是黄庭坚把别人的诗稍改数字以示后学"作诗之法"的。如《山谷内集》卷七有《睡鸭》一诗"山鸡照影空自爱，孤鸾舞镜不作双。天下真成长会合，两凫相倚睡秋江。"任渊注云："徐陵《鸳鸯赋》曰：'山鸡映水那相得，孤鸾照镜不成双。天下真成长会合，无胜比翼两

① 〔宋〕楼钥：《跋豫章别集》，顾大鹏点校：《楼钥集》，第1277页。

② 〔宋〕杨万里：《诚斋诗话》，丁福保辑：《历代诗话续编》，第136页。编者按：引文原书末七字标点有误，今改之。

③ 汝舟：《谈黄山谷诗》，《学风》第三卷第四期。

④ 阿娜：《黄山谷的标新立异》，《处女地》一九五七年二月号。

⑤ 〔宋〕陆游：《老学庵笔记》，上海师范大学古籍整理研究所编：《全宋笔记》第五编，第8册，大象出版社2012年版，第49页。按此诗不见于《全唐诗》赵嘏诗中，《全唐诗》卷二三五贾至诗中有之，原诗如下：《春思二首》之一："草色青青柳色黄，桃花历乱李花香。东风不为吹愁去，春日偏能惹恨长。"

鸳鸯。'山谷非蹈袭者，以徐语弱，故为点窜，以示学者尔。"①黄庭坚这样做的目的不过是借以表示他认为这首诗应该这样改才好，而绝没有把此诗当作自己的创作的意思。而且这种做法在当时诗人中也是习以为常的。

上述两种诗本来就是别人的作品，黄庭坚并无意将它们据为己有。可是由于这些作品长期混在黄集之中，因之后人议论纷纷。褒之者美其名曰"夺胎换骨、点铁成金"，贬之者讥其为"蹈袭剽窃"，其实都近于无的放矢。

黄庭坚集中确有一些"夺胎换骨、点铁成金"之作，但即使在这些作品中，黄庭坚也是力求与古人异，而不是求与古人同，因而不能看作是"蹈袭剽窃"。下面试举例说明。

其一，学习前人的构思方式。

宋人陈长方云：

> 古人作诗断句，辄旁入他意，最为警策。如老杜云"鸡虫得失无了时，注目寒江倚山阁"是也。黄鲁直作《水仙花》诗，亦用此体，云："坐对真成花被恼，出门一笑大江横。"②

又洪迈云：

> 杜子美有《存殁》绝句二首云："席谦不见近弹棋，毕曜仍传旧小诗。玉局他年无限笑，白杨今日几人悲。""郑公粉绘随长夜，曹霸丹青已白头。天下何曾有山水，人间不解重骅骝。"每篇一存一殁，盖席谦、曹霸存，毕、郑殁也。黄鲁直《荆江亭即事》十首，其一云："闭门觅句陈无己，对客挥毫秦少游。正字不知温饱未，西风吹泪古藤州。"乃用此体，时少游殁而无己存也。③

---

① 〔宋〕黄庭坚撰，〔宋〕任渊、史容、史季温注，刘尚荣点校：《黄庭坚诗集注》，第270页。
② 〔宋〕陈长方：《步里客谈》，上海师范大学古籍整理研究所编：《全宋笔记》第四编，第4册，大象出版社2008年版，第10页。
③ 〔宋〕洪迈：《容斋续笔》，上海师范大学古籍整理研究所编：《全宋笔记》第五编，第5册，第236—237页。

在这种情况下，庭坚只是学习了前人的诗歌结构，或者说是从构思方式上受了前人的启发，而在诗意、辞句上并不因袭，所以写出了可与杜甫诗媲美的好诗。

其二，模仿前人的诗意。

宋人曾季狸云：

> 山谷咏明皇时事云："扶风乔木夏阴合，斜谷铃声秋夜深。人到愁来无处会，不关情处亦伤心。"全用乐天诗意。乐天云："峡猿亦无意，陇水复何情。为到愁人耳，皆为断肠声。"此所谓夺胎换骨者是也。[1]

这两首诗的意思确有相似之处，黄庭坚很可能受到了白居易的启发（当然也有可能是不谋而合），但他在辞句上全不相袭，而且比白诗有所提高。诗中情理也与所咏之事（唐玄宗幸蜀）密切相合，毫无生搬硬套之病。

又如庭坚《寄家》一诗：

> 近别几日客愁生，固知远别难为情。梦回官烛不盈把，犹听娇儿索乳声。[2]

史容注中引韩愈诗："娇女未绝乳，念之不能忘，忽如在我所，耳若闻啼声。"[3]黄庭坚此诗的确师韩诗之意，但他把韩诗的四句压缩成一句，前面三句又写了别情之难堪和残更梦回之情景，比韩诗的境界更为广阔，风格更为凝练。这样模仿前人诗意，可以说是推陈出新。

其三，借用前人的辞句。

黄庭坚有一首《夜发分宁寄杜涧叟》：

---

① 〔宋〕曾季狸：《艇斋诗话》，丁福保辑：《历代诗话续编》，第314—315页。
② 〔宋〕黄庭坚著，刘琳、李勇先、王蓉贵点校：《黄庭坚全集》，第1051页。
③ 〔唐〕韩愈：《此日足可惜一首赠张籍》，钱仲联集释：《韩昌黎诗系年集释》，上海古籍出版社2020年版，第89页。

阳关一曲水东流，灯火旌阳一钓舟。我自只如常日醉，满川风月
替人愁。①

这首诗的后两句是从欧阳修的"我亦只如常日醉，莫教弦管作离声"②翻
出的。但欧公只是故作旷达之语，虽亦曲折地透露出一丝离愁，立意毕竟
不深。黄庭坚则翻新出奇，出人意表。王若虚未解其妙，故讥评此二句说
"此复何理也！"③其实诗歌往往有"无理而妙"的情况，此诗就是一例。
因为清风明月本来是使人感到舒畅开朗的景物，为什么会"替人愁"呢？
毫无疑问，这个"愁"只可能是来自诗人心中的离愁别恨。诗人的本意是
离愁别恨使人黯然销魂，虽借酒浇愁，以求得一时的解脱，然终对景难
排，满川清风明月亦似愁容不展。物尚如此，人何以堪？这种写法，不但
文情跌宕，而且把深意化为弦外之音，很耐人寻味。这样化用前人成句，
确是显示了"点铁成金"的妙用。

借用前人成语典故的情况，在黄庭坚的集中相当普遍，下面仅举
一例：

杜诗有句云："别来头并白，相见眼终青。"④对仗十分工稳，黄庭坚
学之有六例："读书头愈白，见士眼终青"⑤；"江山万里俱头白，骨肉十
年终眼青"⑥；"身更万事已头白，相对百年终眼青"⑦；"今日相看青眼
旧，他年肯作白头新"⑧；"看镜白头知我老，平生青眼为君明"⑨；"青眼

---

① 〔宋〕黄庭坚著，刘琳、李勇先、王蓉贵点校：《黄庭坚全集》，第1056页。
② 〔宋〕欧阳修：《别滁》，洪本健校笺：《欧阳修诗文校笺》，上海古籍出版社2009年版，第
339页。
③ 〔金〕王若虚：《滹南诗话》，丁福保辑：《历代诗话续编》，第519页。
④ 〔唐〕杜甫：《秦州见敕目薛三璩授司议郎毕四曜除监察与二子有故远喜迁官兼述索居凡三十
韵》，〔清〕仇兆鳌注：《杜诗详注》，第633页。
⑤ 《寄忠玉提刑》，刘琳、李勇先、王蓉贵点校：《黄庭坚全集》，第892页。
⑥ 《送王郎》，刘琳、李勇先、王蓉贵点校：《黄庭坚全集》，第78页。
⑦ 《南屏山》，刘琳、李勇先、王蓉贵点校：《黄庭坚全集》，第1186页。
⑧ 《次韵奉答文少激纪赠二首》其一，刘琳、李勇先、王蓉贵点校：《黄庭坚全集》，第150页。
⑨ 《和答君庸见寄》，刘琳、李勇先、王蓉贵点校：《黄庭坚全集》，第1345页。

向来同醉醒，白头相望不缁磷"①；前三例尚稍嫌重复，后三例则变化较大，而下面一联则是变化愈奇："眼中故旧青常在，鬓上光阴绿不回！"②可见，并不是简单相袭。

此外，庭坚或润饰前人之句，如"烦君更致苍玉束，明日风雨皆成竹"③，乃是润饰白居易的"且食勿踟蹰，南风吹作竹"④；或反用前人之意，如"林薄鸟迁巢，水寒鱼不聚"⑤反用杜甫的"林茂鸟有归，水深鱼知聚"⑥，都没有生吞活剥之弊。所以尽管黄庭坚有这么多"点铁成金"之处，刘熙载仍说他"能于诗家因袭语漱涤务尽"⑦。

当然，黄庭坚偶尔也有弄巧成拙、"点金作铁"的例子，例如杜甫诗有句云"落月满屋梁，犹疑照颜色"⑧，黄庭坚则有句云"落日照江波，依稀比颜色"⑨，杨万里认为这是"以故为新，夺胎换骨"⑩，实际上黄诗远不如杜句之工，确是"点金作铁"⑪。但这种情况在黄诗中是极少的。

由此可见，黄庭坚诗歌创作中的"夺胎换骨、点铁成金"，基本上起到了"以故为新"的作用，实际效果与他提出此说的目的是相一致的。尽管这种方法有其局限，不无流弊，但据此而指责他作诗好"蹈袭剽窃"，

---

① 《再次韵杜仲观二绝》其二，刘琳、李勇先、王蓉贵点校：《黄庭坚全集》，第1063页。

② 《次韵清虚》，刘琳、李勇先、王蓉贵点校：《黄庭坚全集》，第1333页。

③ 《从斌老乞苦笋》，刘琳、李勇先、王蓉贵点校：《黄庭坚全集》，第200页。

④ 〔唐〕白居易：《食笋》，谢思炜校注：《白居易诗集校注》，中华书局2006年版，第616页。

⑤ 《次韵晁元忠西归十首》其二，刘琳、李勇先、王蓉贵点校：《黄庭坚全集》，第851页。

⑥ 〔唐〕杜甫：《遣兴五首》其二，〔清〕仇兆鳌注：《杜诗详注》，第563页。

⑦ 〔清〕刘熙载撰，袁津琥校注：《艺概注稿》，中华书局2009年版，第326页。

⑧ 〔唐〕杜甫：《梦李白二首》其一，〔清〕仇兆鳌注：《杜诗详注》，第557页。

⑨ 《薪簟》，刘琳、李勇先、王蓉贵点校：《黄庭坚全集》，第1081页。

⑩ 〔宋〕杨万里：《诚斋诗话》，丁福保辑：《历代诗话续编》，第148页。

⑪ 〔明〕王世贞：《艺苑卮言》卷四中云："李太白有'人烟寒橘柚，秋色老梧桐'句，而黄鲁直更之曰：'人家围橘柚，秋色老梧桐。'晁无咎极称之，何也？余谓中只改二字，而丑态毕具，真点金作铁手耳。"（丁福保辑：《历代诗话续编》，第1019页）按李白此二句见于《秋登宣城谢朓北楼》（〔清〕王琦注：《李太白全集》，中华书局2015年版，第1000页），而庭坚之二句不见于今本黄集，惟叶梦得《石林诗话》卷上载有："顷见晁无咎举鲁直诗'人家围橘柚，秋色老梧桐'，……皆自以为莫能及。"（〔清〕何文焕辑：《历代诗话》，中华书局2004年版，第414页）这二句到底是否黄诗，尚需存疑。

那是不符合事实的。

　　根据以上分析，我认为黄庭坚的"夺胎换骨"说是一种在当时历史条件下可行的继承和发展前人文学遗产（主要是古典诗歌的语言技巧）的方法，对于继承了唐诗的丰厚遗产的宋代诗人来说，这种方法的提出，对他们的创作，并不是没有帮助的。黄庭坚及其他作者在他们的创作实践中也或多或少行之有效地运用了这种方法，取得了一定的成绩，对后代的诗人也有一定的启发作用。所以，无论他的诗歌理论还是诗歌创作，都不应该因"夺胎换骨"而得到"蹈袭剽窃"的恶谥。

（选自《中国社会科学》1983年第5期）

"法度"到"活法"：江西诗派内部机制的自我调节

吕肖奂

一、法度与自由关系：问题的提出

宋诗讲"法度"，始于王安石。李之仪《姑溪居士后集》卷十五《杂题跋》载："王舒王解字云：'诗，从言从寺，寺者法度之所在也。'"①吕本中《童蒙特训》卷下也有相似的记录。王安石对"诗"字的解释表明了他个人对诗歌的理解和认识，他的诗歌创作就建立在他的这种认识上，或者说是对他这种认识的一个印证。后人评说"荆公诗及四六，法度甚严"②"荆公诗用法甚严"③。王安石对"诗"的见解在当时诗坛引起一些争议，附和其说的态度比较公开，李之仪以其说作为他个人"诗须有来历，不可乱道"的理论依据；罗璧《识遗》卷五云："王临川谓诗制字从寺。九寺，九卿所居，国以致理，乃理法所也。释氏名以主法，如寺人掌禁近严密之役，皆谓法禁所在。诗从寺，谓理法语也。故虽世衰道微，必考乎义，虽多淫奔之语，曰思无邪。"④对王说进行发挥引申。李之仪对"法度"一词的理解，偏于形式方面的意义，罗璧则以为是思想内容方面

---

① 〔宋〕李之仪撰：《杂题跋一》，曾枣庄、刘琳主编：《全宋文》，第112册，上海辞书出版社、安徽教育出版社2006年版，第167页。

② 〔宋〕曾季狸：《艇斋诗话》，丁福保辑：《历代诗话续编》，中华书局2006年版，第309页。

③ 〔宋〕叶梦得：《石林诗话》，〔清〕何文焕辑：《历代诗话》，中华书局2004年版，第422页。

④ 〔宋〕罗璧：《识遗》，上海师范大学古籍整理研究所编：《全宋笔记》第八编，第6册，大象出版社2017年版，第140页。

的"法度"。反对王说的，态度明确却不公开指名，如晁说之《嵩山文集》卷十三《儒言·诗》云："不知礼义之所止，而区区称法度之言，真失之愚也哉！"①其针对性可察而见。晁说之与苏轼关系密切，诗风也接近苏轼，他曾说"'指呼市人如使儿'，东坡最得此三昧"②，欣赏的正是苏轼自由豪放的创作气度，结合他对"法度"的看法，可以感受到诗坛上隐约兴起的法度、自由之争。

苏轼曾对王安石《字说》颇加讥讪嘲讽③，但对"诗"字的解说却未见有异议，事实上他并不全盘否定"法度"说，认为"法而不智，则天下之死法也。道不患不知，患不凝；法不患不立，患不活。以信合道，则道凝；以智先法，则法活。道凝而法活，虽度世可也"④。这是对思想界尤其是佛教包括禅宗长期以来活法说的继承，也开后来诗界"活法"说的先河。他在书法上提出"知书不在于笔牢，浩然听笔之所之而不失法度"⑤；在绘画方面，他提出"出新意于法度之中"⑥与此对应；在诗歌上他提出"冲口出常言，法度去前轨"⑦。这些观点都以承认法度存在为前提。与王安石不同的是其对待"法度"的态度。王安石的创作表明：诗既然是"法度之言"，作诗就必须严守法度；而苏轼的理论与创作则强调：诗虽有法度，作诗却不能拘于法度，而且法度可以"去前轨"，即有抛开前人成规及个人常循法规而创新的意思。在法度与自由之间，王安石强调法度的重要，而苏轼则偏重合法度而又超越法度的自由。由于诗歌观念的差异，尽管王安石与苏轼都深受时代影响，创作上都有以议论为诗、以文为诗、以才学为诗的特点，但他们的诗风有很大不同："以荆公比东坡。则东坡之

---

① 曾枣庄、刘琳主编：《全宋文》，第130册，第200页。
② 〔宋〕朱弁：《风月堂诗话》，中华书局1988年版，第108页。
③ 详见托名苏轼的《调谑篇》及其他宋人诗话、笔记。
④ 〔宋〕苏轼：《东坡志林》卷三《信道智法说》，上海师范大学古籍整理研究所编：《全宋笔记》第一编，第9册，大象出版社2003年版，第71页。
⑤ 〔宋〕苏轼：《书所作字后》，孔凡礼点校：《苏轼文集》，中华书局1986年版，第2180页。
⑥ 〔宋〕苏轼：《书吴道子画后》，孔凡礼点校：《苏轼文集》，第2210—2211页。
⑦ 〔宋〕苏轼：《与明上人二颂》其二，孔凡礼点校：《苏轼文集》，第2422页。

千门万户。天骨开张。诚非荆公所及。而荆公逋峭谨严。予学者以模范之迹。又比东坡有一日长。"①苏轼在熙丰间诗坛上的影响比王安石大，因此他对"法度"的看法为更多诗人所接受，而且因为他多次以"好诗冲口谁能择"②"信手拈得俱天成"③一类话赞赏勉励时人后学，他个人的诗又天才奔放、信笔挥洒，使得不少诗人产生诗可"速成"，可轻视法度的错觉，诗坛上流行"波澜富而句律疏"④的诗风。

二、"与其和光同尘，不如壁立千仞"：黄庭坚的抉择

黄庭坚指出："二十年来，学士大夫有功于翰墨者不少，求其卓然名家者则未多。盖尝深求其故，病在欲速成耳。"⑤他首先认识到诗坛之弊，这决定了他在法度与自由之间的选择：矫正"速成"之弊，必须让更多的诗人冷静下来走秩序渐进的路，这便是遵守法度的严格的技巧训练，只有经过艰苦的训练，才可能达到"自由"的境界。黄庭坚在《答洪驹父书》中说："文章最为儒者末事，然既学之，又不可不知其曲折，幸熟思之。至于推之使高如泰山之崇，崛如垂天之云，作之使雄壮如沧江八月之涛，海云吞舟之鱼，又不可守绳墨，令俭陋也。"⑥表明了他由法度（曲折、绳墨）而自由（如泰山、云、涛、鱼）的态度。黄庭坚的最高境界与苏轼近似，但在如何达到这个境界的方法上，却不同于苏轼，而接近王安石。黄庭坚一直在探讨法度与自由的临界点，即如何在严格遵循法度的同时又不显露刻意遵循的痕迹，以人巧夺天工。作诗着眼于法度，必然要"绳削""斧凿"，使用各种人工手段，但黄庭坚的审美标准是"不烦绳削而自合"

---

① 梁启超：《饮冰室合集·专集》二七《王荆公》，中华书局2015年版，第204页。

② 〔宋〕苏轼：《重寄》，孔凡礼点校：《苏轼诗集》，中华书局1982年版，第995页。

③ 〔宋〕苏轼：《次韵孔毅父集古人句见赠五首》其三，孔凡礼点校：《苏轼诗集》，第1157页。

④ 〔宋〕刘克庄：《后村诗话》，辛更儒笺校：《刘克庄集笺校》，中华书局2011年版，第6729页。

⑤ 〔宋〕黄庭坚：《答秦少章帖》，刘琳、李勇先、王蓉贵点校：《黄庭坚全集》，中华书局2021年版，第1711页。

⑥ 〔宋〕黄庭坚著，刘琳、李勇先、王蓉贵点校：《黄庭坚全集》，第425页。

"文章成就，更无斧凿痕"①。黄庭坚在法度与自由的矛盾关系中态度基本是调和的，但当矛盾无法调和时，他的选择便偏重于法度。黄庭坚的审美情趣不完全符合传统的中庸之道，在诗歌方面"宁律不谐，而不使句弱；用字不工，不使语俗"②；在书法方面"凡书要拙多于巧"③；在为人处世方面，认为："道人壁立千仞，方不入俗；至于和光同尘，又和本折却。与其和本折却，不如壁立千仞。"④可以看出，在审美两难选择时，黄庭坚的取舍态度非常明显，并不折中。因为在黄庭坚看来，严守法度可能会留下斧凿痕，而不强调法度则会产生轻率容易等流弊，那么宁取其斧凿痕，也不取其轻率容易。他曾说诗歌创作应"妙在和光同尘，事须钩深入神"⑤，但当"和光同尘"的代价是"和本折却"时，他宁取"钩深入神"可能带来的"不入俗"；他认为"拾遗句中有眼，彭泽意在无弦"⑥是同样高的境界，但当他认识到陶渊明的天成很难以人力达到时，便以杜诗作为诗歌创作的楷模，以杜甫"到夔州后律诗"勉励后学⑦，以至于后人推杜甫为江西诗派远祖。

诗歌"法度"说的兴起主要是由于中唐以来传统诗歌许多方面如声律、语言、意象、技巧等日渐定型化，使宋人可能总结出种种法度，以便更好地继承创新。王安石、苏轼虽然对"法度"的态度不同，但都意识到"法度"的存在和重要，然而"法度"在他们的理论中还比较空泛，没有实际的内涵，黄庭坚却使其具体化了。

---

① 〔宋〕黄庭坚：《与王观复书》，刘琳、李勇先、王蓉贵点校：《黄庭坚全集》，第420—421页。
② 〔宋〕黄庭坚：《题意可诗后》，刘琳、李勇先、王蓉贵点校：《黄庭坚全集》，第600页。
③ 〔宋〕黄庭坚：《李致尧乞书书卷后》，刘琳、李勇先、王蓉贵点校：《黄庭坚全集》，第1281页。
④ 〔宋〕黄庭坚：《答胜崇密老书》，刘琳、李勇先、王蓉贵点校：《黄庭坚全集》，第1696页。
⑤ 〔宋〕黄庭坚：《赠高子勉四首》其三，刘琳、李勇先、王蓉贵点校：《黄庭坚全集》，第182页。
⑥ 〔宋〕黄庭坚：《赠高子勉四首》其四，刘琳、李勇先、王蓉贵点校：《黄庭坚全集》，第182页。
⑦ 〔宋〕黄庭坚：《与王观复书》，刘琳、李勇先、王蓉贵点校：《黄庭坚全集》，第420页。

三、"领略古法生新奇"：黄庭坚法度理论得失

对于"法度"，黄庭坚认为它在前人的作品里表现得较为突出。他说"（洪刍）诗文亦皆好，但少古人绳墨耳。更可熟读司马子长、韩退之文章"①，指出"……而有左氏、庄周、董仲舒、司马迁、相如、刘向、扬雄、韩愈、柳宗元，及今世欧阳修、曾巩、苏轼、秦观之作，篇籍具在，法度粲然，可讲而学也"②；还认为"要须唐律中作活计，乃可言诗"③。因此，要掌握"法度"，便要熟读前人典籍。但是，如果仅仅掌握古人法度，并熟练运用，是不够的，黄庭坚的主旨并不限于此。他对"法度"如何形成有一番论述："士大夫多讥东坡用笔不合古法，彼盖不知古法从何出尔。杜周云：'三尺安出哉？前王所是以为律，后王所是以为令。'予尝以此论书，而东坡绝倒也。"④这段论"古法"来源的话表达了黄庭坚对艺术（包括诗歌）法度的看法："法度"是合艺术规律的法则，只要符合艺术规律，前人可创立，后人也可创立，"律""令"皆是"法"。在这种认识基础上，黄庭坚提出了"领略古法生新奇"⑤的法度创新理论，这个理论是欧阳修、梅尧臣、苏舜钦以来宋诗新变精神的继承和发扬，反映了黄庭坚力求生新的创作态度，是黄庭坚法度理论的核心。

"领略古法生新奇"，具体体现在黄庭坚的章法、句法以及用典、修辞、命意构思之法的理论及创作上。黄庭坚非常注重诗歌的"命意""布置""行布"，在此之前，欧阳修、苏轼诗歌"章法剪裁，纯以古文之法行之"⑥，已比较注意章法结构，黄庭坚则更从理论上进行总结，他指出

① 〔宋〕黄庭坚：《答洪驹父书》，刘琳、李勇先、王蓉贵点校：《黄庭坚全集》，第424页。

② 〔宋〕黄庭坚：《杨子建通神论序》，刘琳、李勇先、王蓉贵点校：《黄庭坚全集》，第1354页。

③ 〔宋〕张戒：《岁寒堂诗话》，丁福保辑：《历代诗话续编》，第462—463页。

④ 〔宋〕黄庭坚：《跋东坡水陆赞》，刘琳、李勇先、王蓉贵点校：《黄庭坚全集》，第697页。

⑤ 〔宋〕黄庭坚：《次韵子瞻和子由观韩干马因论伯时画天马》，刘琳、李勇先、王蓉贵点校：《黄庭坚全集》，第76页。

⑥ 〔清〕方东树著，汪绍楹点校：《昭昧詹言》，人民文学出版社1961年版，第232页。

"凡作一文，皆须有宗有趣，终始关键，有开有阖"①；"每作一篇先立大意，长篇须曲折三致意乃成章耳"②；"文章必谨布置，每见后学，多告以《原道》命意曲折"③。他的"文""文章"都包括诗歌在内。他的创作严格遵循这些理论，"有开有合""曲折"，却不像欧苏那样澜翻无穷，变化莫测，而保留着苦心经营的痕迹，朱熹称之为"费安排"④。这种"费安排"主要表现在句与句之间的承接上；起句与接句之间，不像一般诗作那样循常理而下，而是荡开一层，所谓"起无端，接无端，大笔如椽，转折如龙虎，扫弃一切，独提精要之语。每每承接处，中亘万里，不相联属，非寻常意计所及"⑤。于起接之间刻意追求远势，以造成语境陡转跳跃，逻辑乖离、诗意深折生隔的效果，黄庭坚的大部分诗结构上都有些特点，因此他的诗往往难懂。与这种"费安排"有关的是，黄庭坚从杂剧的打诨出场悟出了诗的章法。他说："作诗正如作杂剧，初时布置，临了须打诨，方是出场。"⑥这是一种将转折点放在尾句的章法：先沿一条思路脉络谨严布置，即便其中插入不少生新的字词、典故为障，其文理思路尚有迹可循，但到最后收结时，却不循常理而"打诨"，跳到另一条脉路上去，给读者留下一片提示悟入的空间，让人参悟。例如黄庭坚的《子瞻诗句妙一世乃云效庭坚体……》一诗，从开头一直到"但怀相识察，床下拜老庞"⑦，都在谈论苏轼与黄个人诗风及诗作水平的差异，但末尾四句却舍诗不谈，以谈论儿孙的婚嫁作结，看起来文不对题，实际上即"打诨出场"，以他自己儿子或可配苏轼孙女的辈分差异，来暗示他与苏轼地位的不同，语意深折，且诙谐幽默。黄诗如《王充道送水仙花五十枝欣然会意为之作咏》《次韵仲车为元达置酒四韵》等都用此章法，在说理抒情之后，

---

① 〔宋〕黄庭坚：《答洪驹父书》，刘琳、李勇先、王蓉贵点校：《黄庭坚全集》，第424页。
② 〔宋〕王直方：《王直方诗话》，郭绍虞辑：《宋诗话辑佚》，中华书局1980年版，第4页。
③ 〔宋〕范温：《潜溪诗眼》，郭绍虞辑：《宋诗话辑佚》，第323页。
④ 〔宋〕黎靖德编：《朱子语类》，中华书局1986年版，第3224页。
⑤ 〔清〕方东树著，汪绍楹点校：《昭昧詹言》，第314页。
⑥ 〔宋〕王直方：《王直方诗话》，郭绍虞辑：《宋诗话辑佚》，第14页。
⑦ 〔宋〕黄庭坚著，刘琳、李勇先、王蓉贵点校：《黄庭坚全集》，第14页。

插入几句孤零零的景物描写，所谓"断句辄旁入他意"①，草蛇灰线，岭断云连。这种章法与起接句的"中亘万里"是一致的。

"句法"是黄庭坚法度理论的重要构成部分。在黄庭坚看来，有无"句法"及"句法"高下是衡量诗人的一个标准。"所寄诗醇淡而有句法"②，"句法刻厉而有和气"③，"句法俊逸清新"④，"一洗万古凡马空，句法如此今谁工"⑤，"句法提一律，坚城受我降"⑥，句法可向前人学习而得，可似前人，"句法窥鲍谢"⑦，"传得黄州新句法"⑧，"其作诗渊源，得老杜句法"⑨，"余从半山老人得古诗句法"⑩。从黄庭坚"句法"一词的应用上可知，黄的句法是广义的句法，不仅包括句子的结构法，而且包括"句中有眼"及与诗歌字句紧密相关的声律等各方面技巧、法则，是诗人使用字句、运用语言的法度，后人常称之为"句律"。王若虚认为"鲁直欲为东坡之迈往而不能，于是高谈句律，旁出样度，务以自立而相抗"⑪。事实上，黄庭坚不仅仅是要"以自立"而与苏轼"相抗"，而且是要与古人尤其是唐人"相抗"，因为"自中唐以后，律诗盛行，竞讲声病，故多音节和谐，风调圆美"⑫。"竞讲声病"使得近体诗声律规范化，声律

---

① 〔宋〕陈长方：《步里客谈》，上海师范大学古籍整理研究所编：《全宋笔记》第四编，第4册，大象出版社2017年版，第10页。

② 〔宋〕黄庭坚：《答何静翁书》，刘琳、李勇先、王蓉贵点校：《黄庭坚全集》，第414页。

③ 〔宋〕黄庭坚：《跋雷太简梅圣俞诗》，刘琳、李勇先、王蓉贵点校：《黄庭坚全集》，第597页。

④ 〔宋〕黄庭坚：《再用前韵赠子勉四首》其三，刘琳、李勇先、王蓉贵点校：《黄庭坚全集》，第183页。

⑤ 〔宋〕黄庭坚：《题韦偃马》，刘琳、李勇先、王蓉贵点校：《黄庭坚全集》，第952页。

⑥ 〔宋〕黄庭坚：《子瞻诗句妙一世乃云效庭坚体……》，刘琳、李勇先、王蓉贵点校：《黄庭坚全集》，第14页。

⑦ 〔宋〕黄庭坚：《寄陈适用书》，刘琳、李勇先、王蓉贵点校：《黄庭坚全集》，第880页。

⑧ 〔宋〕黄庭坚：《次韵文潜立春日三绝句》其二，刘琳、李勇先、王蓉贵点校：《黄庭坚全集》，第245页。

⑨ 〔宋〕黄庭坚：《答王子飞书》，刘琳、李勇先、王蓉贵点校：《黄庭坚全集》，第417页。

⑩ 〔宋〕吴聿：《观林诗话》，丁福保辑：《历代诗话续编》，第125页。

⑪ 〔金〕王若虚：《滹南诗话》，丁福保辑：《历代诗话续编》，第518页。

⑫ 〔清〕赵翼著，霍松林、胡主佑校点：《瓯北诗话》，人民文学出版社1963年版，第169页。

规范化造成句法老化、程式化，而句法老化、程式化是"音节和谐，风调圆美"的主要原因，改变中唐以来的风格定式是黄庭坚的创作目的和审美追求，因此黄庭坚首先从"句法"上入手，尤其从声律开始，在研究尝试了前人各种常用、不常用的句法后，黄庭坚"会萃百家句律之长"①，而自创一体。张耒认为："以声律作诗，其末流也，而唐至今谨守之。独鲁直一扫古今，直出胸臆，破弃声律，作五七言，如金石未作，钟磬和鸣，浑然天成，有言外意。"②张耒认为黄"破弃声律"是复古，是要恢复到声律规范化以前的状况，但实际上是黄"推本唐人诗法，力破余地耳"③的一种生新，是黄从杜甫"吴体"悟入，有意另立法度的一种做法。"拗体"主要是在字、句的声调上打破常规，造成语音上拗峭不顺，改变以口吻流利为美的传统听觉观念，从而产生诗歌由音及义不同流俗的审美效果。黄庭坚拗体占其七律一半，拗体后来成为江西诗派重要标志之一。范温所说的"句法之学，自是一家工夫。昔尝问山谷：'耕田欲雨刈欲晴，去得顺风来者怨。'山谷云：不如'千崖无人万壑静，十步回头五步坐。'此专论句法，不论义理，盖七言诗四字三字作两节也"④。是讲句子结构法，与音节有关，黄在创作中有时破坏这种常体，使句式散化，而求一种不和谐的美，如他的《题竹石牧牛》："野次小峥嵘，幽篁相倚绿。阿童三尺箠，御此老觳觫。石吾甚爱之，勿遣牛砺角。牛砺角犹可，牛斗残我竹。"⑤近体诗尤其是律诗对仗要求非常严格，容易入俗，因此除了声调上拗峭避俗外，黄庭坚将王安石运单行之气于对偶之中的方法扩大使用，诗句意义上流贯浑成，字面上也对仗精严，增强律诗流动劲健的气势。用韵也是"句律"一部分，黄除以宽韵多次次韵、步韵外，更以善用窄、险韵见长，于

---

① 〔宋〕刘克庄：《江西诗派小序》，丁福保辑：《历代诗话续编》，第478页。
② 〔宋〕王直方：《王直方诗话》，郭绍虞辑：《宋诗话辑佚》，第101页。
③ 〔清〕陈衍：《石遗室诗话》。见傅璇琮编：《黄庭坚和江西诗派资料汇编》，中华书局1978年版，第385页。
④ 〔宋〕范温：《潜溪诗眼》，郭绍虞辑：《宋诗话辑佚》，第330页。
⑤ 〔宋〕黄庭坚著，刘琳、李勇先、王蓉贵点校：《黄庭坚全集》，第32页。

艰难中出奇峭，以显才学。"句中有眼"是字法，从黄的理论及创作看，是指能使句子生动灵活、新警不凡的字眼，这些字眼不一定是奇字僻字，不一定处于固定位置，但经诗人别出心裁安排妥帖后却顿现生意，成为一句之警策，使整句生辉，句意新奇。

除了在声调、音节、对偶、用韵、字眼等"句法"各个层面"领略古法生新奇"外，黄庭坚在修辞方面也从前人不留意处拓展。"山谷除拗体似杜而外，以物为人一体，最可法。于诗为新巧，于理亦未为大害"①，"以物为人一体"包括"就现成典故比喻字面上更生新意，将错而遵认真，坐实以为凿空"的"以偏概全法"，如"宣城变样蹲鸡距，诸葛名家将虎须"这样的诗句；包括"为卉植叙彝伦"，如"山若是弟梅是兄"；包括万物有灵的灵化法，如"春去不窥园，黄鹂颇三请"，"苦雨已解严，诸峰来献状"，等等②。"以物为人"缩短了物、人距离，改变了以人观物、置物于被动的常规视角，往往使诗意新奇巧妙，出人意表。这仅仅是黄庭坚修辞生新的一个方面。

王安石在用典方面已颇立"法度"，他认为用典当"自出己意，借事以相发明"③，他个人的诗用典不仅能如此，而且在对偶句中，除典故字面、意义相对应外，还能做到出处方面"经对经，史对史，释氏事对释氏事，道家事对道家事"④，这种近乎法家严酷寡思的用典法足以令才学不够广博的诗人望而却步。苏轼也有"用事当以故为新，以俗为雅"⑤的说法。黄庭坚的"夺胎换骨""点铁成金""无一字无来处""以俗为雅，以故为新""翻著袜法"从某种意义上讲都是用典的法度，但黄庭坚的"典"不仅指成语典故，而且扩及前人的命意、构思、修辞、语境等各个层面，

---

① 〔宋〕吴沆：《环溪诗话》，中华书局1988年版，第133页。
② 参见钱锺书：《谈艺录》二《黄山谷诗补注　附论比喻》，生活·读书·新知三联书店2019年版，第8—68页。
③ 〔宋〕蔡居厚：《蔡宽夫诗话》，郭绍虞：《宋诗话辑佚》，第419页。
④ 〔宋〕曾季狸：《艇斋诗话》，丁福保辑：《历代诗话续编》，第309页。
⑤ 〔宋〕苏轼：《题柳子厚诗二首》，孔凡礼点校：《苏轼文集》，第2109页。

成为全方位继承前人遗产的创新的"法度"了。

黄庭坚在句法、修辞法、用典法上的继承创新，形成了他个人独特的"句法"，他认为"蜂房各自开牖户，蚁穴或梦封侯王"①，"黄流不解浼明月，碧树为我生凉秋"②，"人得交游是风月，天开画图即江山"③，"石吾甚爱之，勿使牛砺角。牛砺角尚可，牛斗残我竹"④这些诗句代表他个人的"句法"成就⑤；吕本中认为"'夏扇日在摇，行乐亦云聊'，此鲁直句法也"⑥；杨万里认为"'风光错综天经纬，草木文章帝杼机。'又：'涧松无心古须鬣，天球不琢中粹温。'又：'儿呼不苏驴失脚，犹恐醒来有新作。'此山谷诗体也。"⑦这些例句几乎体现出黄庭坚"领略古法生新奇"的全部成就，江西诗派的作家们大多是从这些典型的诗句并结合其法度理论领悟黄庭坚的诗法与风格的。

考察黄庭坚的法度理论及其创作，可以感受到强烈的求新求变精神，这种精神已透露着"活"的消息，但早期学黄的诗人却没能看到其精神实质，而只看到"新奇"的法度本身。"鲁直开口论句法，……而门徒亲党以衣钵相传，号称法嗣"⑧。吕本中对黄庭坚的评价代表了大多数江西诗派诗人对黄诗的看法："《楚辞》、杜、黄，固法度所在"⑨，"读《庄子》令人意宽思大敢作。读《左传》便使人入法度，不敢容易。此二书不可偏废也。近世读东坡、鲁直诗亦类此"⑩。黄诗被视为"法度所在""使人入

① 〔宋〕黄庭坚：《题落星寺三首·其一》，刘琳、李勇先、王蓉贵点校：《黄庭坚全集》，第1003页。
② 〔宋〕黄庭坚：《汴岸置酒赠黄十七》，刘琳、李勇先、王蓉贵点校：《黄庭坚全集》，第1000页。
③ 〔宋〕黄庭坚：《王厚颂二首·其二》，刘琳、李勇先、王蓉贵点校：《黄庭坚全集》，第534页。
④ 〔宋〕黄庭坚：《题竹石牧牛》，刘琳、李勇先、王蓉贵点校：《黄庭坚全集》，第32页。
⑤ 详见《王直方诗话》《石村诗话》《潜夫诗话》《童蒙特训》载。
⑥ 〔宋〕吕本中：《童蒙特训》，郭绍虞辑：《宋诗话辑佚》，第586页。
⑦ 〔宋〕杨万里：《诚斋诗话》，丁福保辑：《历代诗话续编》，第137页。
⑧ 〔金〕王若虚：《滹南诗话》，丁福保辑：《历代诗话续编》，第523页。
⑨ 〔宋〕吕本中：《与曾吉甫论诗第一贴》，曾枣庄、刘琳主编：《全宋文》，第174册，第79页。
⑩ 〔宋〕吕本中：《童蒙特训》，郭绍虞辑：《宋诗话辑佚》，第592页。

法度"。黄的不少具体"法度"被江西诗派的理论家们不断转述、阐发，至少有二十多种诗话、笔记谈到"点铁成金""夺胎换骨"；"句中有眼"被发展为"句眼"而将其"眼"固定在句中某个位置上；"翻著袜法"被称为"翻案法"而受到补充、论证。王安石以来的"法度"说，经过黄庭坚的具体化，到江西诗派诗人诗评家笔下变得琐碎起来，黄创立的"新奇"法度被众多诗人模仿学习，成为又一种程式而固定老化，不再"新奇"了，黄使用各种法度而追求的新奇深折、拗峭劲健的诗风，也被许多诗人，如"三洪"、高荷、李彭等仿效而显露出更多弊端，如生硬晦涩，搓枒馋刻。学黄从元祐间便开始了，而且人数日渐增多，到元符三年（1100）黄庭坚写《与王观复书》时，其弊病已显露出来，黄指出后学王观复作诗"语生硬，不谐律吕""好作奇语""雕琢功多"①，这显然是学黄产生的不良后果，黄提出的解决方法仍是读书，他没有认识到弊端的根本原因在于过分强调"法度"，因此他的提示并没有引起当时诗坛足够的注意，更多的人仍热衷模仿。

四、"法不患不立，患不活"：吕本中的重新调整

吕本中认识到："近世人学老杜多矣，左规右矩，不能稍出新意，终成屋下架屋，无所取长。独鲁直下语，未尝似前人而卒与之合，此为善学。"②他似乎从"近世人"与黄庭坚的不善学习与"善学"中领悟到了死学与活学的差异。大观、政和年间，他将思想界尤其是佛教风行已久的"活法"再次引入诗界，提出"胸中尘埃去，渐喜诗语活。……初如弹丸转，忽若秋兔脱"③"笔头传活法，胸次即圆成"④。南渡后绍兴三年（1133）他在《夏均父集序》中详细论述"活法"："学诗当识活法。所谓

---

① 〔宋〕黄庭坚：《与王观复书》，刘琳、李勇先、王蓉贵点校：《黄庭坚全集》，第420—421页。
② 〔宋〕吕本中：《童蒙诗训》，郭绍虞辑：《宋诗话辑佚》，第596页。
③ 〔宋〕吕本中：《外弟赵才仲数以书来论诗因作此诗答之》，祝尚书笺注：《吕本中诗集笺注》，上海古籍出版社2021年版，第190页。
④ 〔宋〕吕本中：《别后寄舍弟三十韵》，祝尚书笺注：《吕本中诗集笺注》，第403页。

活法者，规矩备具而能出于规矩之外，变化不测而亦不背于规矩也。是道也，盖有定法而无定法，无定法而有定法，知是者则可与语活法矣。谢玄晖有言：'好诗流转圆美如弹丸。'此真活法也。近世惟豫章黄公首变前作之弊，而后学者知所趣向，毕精尽如，左规右矩，庶几至于变化不测。"①实际上，"规矩"与"变化"的探讨是苏、黄法度与自由探讨的继续，而且吕本中的探讨结果也没有超出苏、黄的范畴，但因为吕针对的是"法度"带来的种种弊端，他的"变化"就比苏轼的"自由"显得更为重要。"变化"是吕本中为江西诗派的"法度"注入的活力。吕本中以"变化"作为衡量诗人的一个标准，他说："东坡长句，波澜浩大，变化不测"②，"文潜诗，自然奇逸，非他人可及。……学者若能常玩味此等语，自然有变化处也"③，"陈无己力尽规摹，已少变化"④。曾季狸言"东莱不喜荆公诗"⑤，吕本中反对王安石对"诗"字的解释，并说："说诗者不以文害辞，不以辞害志，惟诗不可拘以法度"⑥，道出了他不喜王诗的主要原因。"变化"是吕本中"活法"强调的重要内容，不同于黄庭坚"法度"的生新变化，而是已有法度的熟练运用及法度之下尽可能的变化。鉴于黄与学黄者强调"新奇"法度而带来的风格弊端，吕本中"活法"注重流美圆转的风格，这对转变江西诗派诗风有很大作用。吕在讲到"左规右矩，庶几至于变化不测"时，似乎并未脱离黄庭坚的由法度而自由及陈师道的"学诗如学仙，时至骨自换"⑦，以为熟练掌握"规矩"用尽功夫，最终会达到"变化不测"，但从他的"庶几"一词看，他的意思并不至此，结合他

---

① 〔宋〕吕本中：《夏均父集序》，载〔宋〕刘克庄《江西诗派小序》，《历代诗话续编》，中华书局2014年版，第485页。

② 〔宋〕吕本中：《童蒙特训》，郭绍虞辑：《宋诗话辑佚》，第590页。

③ 〔宋〕吕本中：《童蒙特训》，郭绍虞辑：《宋诗话辑佚》，第593页。

④ 〔宋〕吕本中：《童蒙特训》，郭绍虞辑：《宋诗话辑佚》，第596页。

⑤ 〔宋〕曾季狸：《艇斋诗话》，丁福保辑：《历代诗话续编》，第286页。

⑥ 〔宋〕吕本中撰：《童蒙训》，中华书局2019年版，第1014页。

⑦ 《王直方诗话》载：潘邠老云："陈三所谓'学诗如学仙，时至骨自换，此语为得之'。然余见山谷有'学诗如学道'之句，陈三所得，岂苗裔耶？"郭绍虞辑：《宋诗话辑佚》，第57页。

在大观、政和间关于"活法"的只言片语，可以感受到他对"胸中""胸次"的重视，事实上他已认识到只在"规矩"方面用心竭力，而没有胸襟的透脱无碍、灵活圆转，很难达到"活法"所要达到的境界"变化不测"，他从人的心灵、思维的灵活圆转找到了"活法"悟入处。

正如黄庭坚针对诗坛"速成"风而强调"法度"一样，吕本中对于"法度"带来的弊端以"活法"说矫正，从根本上讲，都是文学内部机制的自我调节。

"活法"带来了江西诗派诗风的重大变化，吕本中个人诗风"在'江西派'中，最为流动而不滞"[1]，曾几将"活法"直接传授给陆游，陆从中领会到"律令合时方贴妥，工夫深处却平夷"[2]，并形成雄浑奔放及轻俊活泼的诗风；杨万里被看作是真得"活法"者，所谓"流转圆美如弹丸者"[3]。"诚斋万事悟活法"[4]，杨万里不仅"悟"，而且以"跳腾踔厉即时追"[5]"生擒活捉"[6]的笔法将"活法"理论变成了"活法诗"，江西诗派发展到杨万里，已不复早期的生新瘦硬，而是与之相反的圆活流转了。这仿佛又向"唐音"回归，但经过法度、规矩的锻造，"宋调"的圆活流转已无法复原到"唐音"的天然浑成。

经过法度与自由、规矩与变化的理论探讨及创作实践，诗歌内部进行了一次调节、反拨，最后又重申对法度、规矩下自由、变化的无限尊崇，取得了暂时的平衡。但规矩与变化、法度与自由一直是困惑传统诗歌的重

---

① 〔元〕方回选评，李庆甲集评点校：《瀛奎律髓汇评》，上海古籍出版社2020年版，第746页。

② 〔宋〕陆游：《追怀曾文清公呈赵教授赵近尝示诗》，钱仲联校注：《剑南诗稿校注》，上海古籍出版社2005年版，第202页。

③ 〔宋〕吕本中：《夏均父集序》，载〔宋〕刘克庄《江西诗派小序》，丁福保辑：《历代诗话续编》，中华书局2014年版，第485页。

④ 〔宋〕周必大：《次韵杨廷秀侍郎寄题朱氏渔然书院》，王瑞来校证：《周必大集校证》，上海古籍出版社2020年版，第614页。

⑤ 〔宋〕张镃：《携杨秘监诗一编登舟因成二绝》，见湛之编：《杨万里范成大资料汇编》，中华书局1964年版，第3页。

⑥ 〔宋〕项安世：《平庵悔稿》卷三《题刘都干所藏杨秘监卷》，宛委别藏本，江苏古籍出版社1988年版，第88页。

要课题，因此对其关系的探讨延续到元明清三代，然其结果并没有超越宋代的这次讨论。

（选自《复旦学报（社会科学版）》1995年第6期）

陆游的醉态、醉思与饮酒诗

张　剑

　　南宋的大诗人陆游（1125—1210）爱饮酒，对此他并不讳言，并且频频形诸于诗。"酒"字在陆游诗歌中出现了1800多次，是一个高频字。刘扬忠先生统计陆游写到饮酒和提到酒的作品多达2940多首，认为"他的咏酒诗的数量不但是宋代第一，而且也是古代第一"[①]。陆游不仅爱饮，且因酒量不大，而常常饮醉，"醉"字在其诗歌中达到1200多次。陆游在醉中或醉后写作的诗歌，感情浓烈，气势飞腾，承载着其他文体难以表现的内容，往往是其诗中的精品。酒，与陆游的生活紧密联系在一起，不仅对其作为自然人的存在具有价值，而且对其作为文学家的创作也具有非凡的意义。

　　关于陆游对饮酒的态度，陆游饮酒诗的内容与特点，饮酒诗抒发了陆游的哪些情怀和块垒？学界已有初步归纳和概括[②]。但具体探讨其醉态醉

---

① 刘扬忠：《平生得酒狂无敌，百幅淋漓风雨疾——陆游饮酒行为及其咏酒诗述论》，《中国韵文学刊》2008年第3期。

② 欧明俊《陆游研究》（上海三联书店2007年版）第三章第一节《咏酒诗》所论较详：首先叙述陆游的饮酒史，认为他嗜酒若痴，从酒中体味到许多人生乐趣，甚至梦中亦不忘酒。其次总结陆游饮酒诗的情感和个性表达，认为从中可看出诗人的性格气质——豪爽、狂放、雄迈、洒脱，富有激情，率真任性；有时借酒浇愁，寄寓人生感叹和烦恼；有时以酒言志，寄托忧国怀抱；有时醉酒忧生，展现放纵颓唐的情绪，同时指出陆游对饮酒的复杂态度，不仅嗜酒之味，还知酒之理，能理性看待饮酒。再次概括陆游饮酒诗的生活表达，认为其饮酒常与读书、写诗、作书法、听歌、观舞、赏花之举连在一起，是雅饮，又常将酒、剑并提，成为陆游生活中英雄志士的标志。最后还简述了陆游诗中所写的饮酒习俗。另外较重要的论文还有：王景元《陆游的诗书酒》（中国陆游研究会编：《陆游与越中山水》，人民出版社2006年版），认为陆游对酒有特殊的爱好和感觉，尤其是蜀中所作酒诗十分豪放甚至狂纵，但陆游并不滥饮，而是提倡适度饮酒，他只是借酒寄托忠贞之思和聊发清狂。刘扬忠《平生得酒狂无敌，百幅

思如何展现于诗中？这种展现在中国饮酒诗传统中有何价值等？学界关注似显不足，本文拟对此作初步探讨。另外，多数陆游研究论文，所举诗例高度重复——虽然多系名篇，但未免让它们负荷过重，也让读者审美疲劳，因此本文也尝试采用一些（不是全部）相对"陌生"的诗例。

一、放翁醉态

"酒"有松弛和麻醉神经的物理功能，因此不管是出于人际交往的目的，还是出于自我宣泄的需要，酒都是一种重要的工具。杜甫的《春日忆李白》诗："何时一樽酒，重与细论文？"[1]饮的是交际之"酒"；李白的"举杯消愁愁更愁"[2]，饮的是自遣之酒。交际中为了表达信赖（喝得愈多说明愈放松，对对方无戒心），自遣中为了彻底忘忧，都常常痛饮醉饮。于是，一场场目的不同的大醉，一幅幅神情各异的醉态，构成了古代诗歌中的绚丽场景。

尽管中国古代饮酒诗不乏醉态描写的名篇，但就总体而言，由于陆游长寿爱饮，有着丰富的醉饮经历与生理体验，因而他诗笔下的醉态活色生香，诸相毕具，呈现着其他诗人难以比拟的丰富性。此可谓放翁醉态描写的一大特色。

仅以"醉"字前的修饰语而论，放翁就有大、烂、沾、泥、熟、酣、村、昏、宿、半、浅、薄、小、同、共、独、买、倚、取、残、长等二十

（接上页）淋漓风雨疾——陆游饮酒行为及其咏酒诗述论》，认为："陆游咏酒诗内容极丰富，但爱国之情和忧时之念是其核心和主旋律。陆游饮酒行为和咏酒诗有四大特征：狂态、激情、豪气、理性。陆游饮酒作诗向盛唐回归，主要学习的是李白、杜甫和岑参三家。"胡迎建《论陆游的诗酒》（《厦门教育学院学报》2010年第1期），认为："作者借劲酒以助诗兴和胆量，在醉酒的幻境中，诗歌和书法都表现出了迥异于平常的雄放与恣肆。诗人在沉醉中用诗歌抒发其对时间观和生死观的看法，或宣泄种种愁闷，尤其是有志不得申的抑塞愤懑，挥洒出迥异于平常的豪兴与壮怀、凸显其豪迈旷达的本真个性。"

[1] 〔唐〕杜甫著，〔清〕仇兆鳌注：《杜诗详注》，中华书局1979年版，第52页。

[2] 〔唐〕李白：《宣州谢朓楼饯别校书叔云》，〔清〕王琦注：《李太白全集》，中华书局2015年版，第861页。

余项。如"日斜大醉叫堕帻"（《山园草间菊数枝开席地独酌》）①、"狂吟烂醉君无笑"（《山园》）、"沾醉与属餍，其害等嗜欲"（《对食有感二首》其一）、"泥醉醒常少"（《自咏》）、"天寒朝泥酒，熟醉卧蓬窗"（《卯饮醉卧枕上有赋二首》其一）、"敲门赊酒常酣醉"（《渔父二首》其二）、"无心作村醉，酒斾苦相招"（《江亭》）、"时哉一昏醉"（《风雨》）、"宿醉行犹倦，无人为解醒"（《自唐安之成都》）等，是言醉的程度之深。"半酣脱帻发尚绿"（《池上醉歌》）、"半酣直欲挽春回"（《秋晚杂兴十二首》其四）、"半醉微吟不怕寒"（《一笑》）、"彩笔题诗半醉中"（《初春探花有作》）、"悠然半醉倚胡床"（《春晚村居》）、"关路骑驴半醉醒"（《闻西师复华州二首》其二）等，是言有五分醉意。"小醉初醒月满床"（《月夜》）、"小醉悠然不作醒"（《饮伯山家因留宿》）、"日消浅醉闲吟里"（《雨后微阴光景益奇复得长句》）、"独饮亦薄醉"（《白塔道中乘卧舆行》）等，是言醉的程度之浅。其他如"酒垆强挽人同醉，散去何曾识是谁"（《感昔五首》其二）、"四海皆兄弟，悠然共醉醒"（《梦中作二首》其一）、"独斟还独醉"（《独饮》）、"东村闻酒美，买醉上渔船"（《广都江上作》）、"倚醉题诗恣豪横"（《病酒新愈独卧苹风阁戏书》）、"村沽虽薄亦取醉"（《连日大寒夜坐复苦饥戏作短歌》）、"寒衾推残醉"（《梦笔驿》）、"万事不如长醉眠"（《寓馆晚兴》）等，也都以醉为中心而各有所指。其用语之丰富，确为前此诗人难以企及。

再以对醉态的表现而论，放翁之醉，更是多姿多彩。试观以下诗例：

"自扫松阴寄醉眠"（《松下纵笔四首》其一）、"醉中亦复读离骚"（《读书》）、"纤指醉听筝柱促"（《合江夜宴归马上作》）、"醉中谈谑坐中倾"（《看梅绝句五首》其四）、"有时大叫脱乌帻，不怕酒杯如海宽"（《赠刘改之秀才》）、"晚窗忽有题诗兴，落笔纵横半醉中"（《晚窗》）、"绿蚁滟尊芳酝熟，黑蛟落纸草书颠。忽拈玉笛横吹去，说与傍人

---

① 本文所引用陆游诗歌，皆出《全宋诗》（北京大学出版社1995年版），不一一出注。

是地仙"(《醉书山亭壁》)、"浩歌野渡惊云起，狂舞空庭挽月留"(《醉题》)、"醉中拂剑光射月，往往悲歌独流涕"(《楼上醉歌》)、"何似对花倾绿酒，自歌一曲醉腾腾"(《醉吟三首》其三)、"半醉行歌上古台，脱巾散发谢氛埃"(《醉中登避俗台》)、"狂歌醉舞真当勉，剩折梅花插满头"(《醉中自赠》)、"澄波宜月移船看，醉面便风走马归"(《醉归》)、"梅花满手不可负，催炽兽炭传清觞"(《城东醉归深夜复呼酒作此诗》)、"占断名园排日醉，不教虚作太平人"(《梦与数客剧饮或请赋诗予已大醉纵笔书一绝觉而录之》)。

它们或酣眠，或读书，或听曲，或谈谑，或大叫，或题诗，或草书，或吹笛，或插花鬓发，或策骑醉归，或狂舞浩歌，或拂剑悲歌，或对花自歌，或散发行歌，或醒后复饮，甚或梦中亦醉酒赋诗……五光十色的醉态成为陆游人生重要的场景，令人目不暇给。

值得注意的是，陆游诗歌写醉态的多样，有时虽给人以重复之感，但总体而言，却不停留于平面的堆砌罗列和静态呈现，能够同中见异，给人以富有层次的丰缛感和动态感。

比如同样是写醉眠，有时就枕而眠："醉来酣午枕，晴日雷起鼻"(《醉眠》)、"午枕挟小醉"(《午睡》)；有时藉书而眠："醉中偏藉乱书眠"(《悲秋四首》其四)；有时安眠家中："清风自足北窗眠"(《醉题》)；有时醉眠路衢："醉倒往往眠街衢"(《书生叹》)、"醉眠当大路，狂舞属行人"(《醉中眠》)、"旗亭烂醉官道卧，醒后无人数吾过"(《醉卧道边觉而有赋》)、"行人争看山翁醉，头枕槐根卧道边"(《西村暮归》)；有时借眠酒家："我行柯山眠酒家"(《庚子正月十八日送梅》)；有时清眠松下："醉卧松阴当月夕"(《醉卧松下短歌》)；有时听雨而眠："一樽酌罢玻璃酒，高枕窗边听雨眠"(《醉书》)；有时雨又惊眠："宿酒半醒闻雨来"(《舟中偶书》)；有时对客小眠："客自在傍吾自眠"(《酒熟》)；有时伴花而眠："且就花阴一醉眠"(《湖上》)，"花前起舞花底卧，花影渐东山月堕"(《携瘿尊醉梅花下》)，等等，不一而足，形态各异。

再如同是醉后乘骑，又有骑马、骑驴、骑牛之分。在南郑和川蜀边防时，以骑马居多："醉到花残呼马去，聊将侠气压春风"（《留樊亭三日王觉民检详日携酒来饮海棠下比去花亦衰矣二首》其二）、"貂裘狐帽醉走马"（《眉州郡燕大醉中间道驰出城宿石佛院》）、"冬夜走马城东回，追风逐电何雄哉"（《城东醉归深夜复呼酒作此诗》）、"迎马绿杨争拂帽，满街丹荔不论钱"（《江渎池醉归马上作》）；蛰居山阴时，则多是骑驴或骑牛："山中看雪醉骑驴"（《正月二十八日大雪过若耶溪至云门山中》）、"夜从醉归骑草驴"（《夜从父老饮酒村店作》）、"先生醉策蹇驴来"（《自咏绝句八首》其四）、"即今山市醉骑驴"（《遣兴》）、"村市归来醉跨牛"（《西村醉归》）。这大约因为马是战备物资，且饲养和使用都较昂贵，普通农家多养驴或牛，若无急务，一般人们出行会选择成本更为低廉的驴。南郑和川蜀都与金接壤，当时陆游又系官员，故有条件出行用马；赋闲回乡后自然多用驴，间亦以牛代步。

当然，在南郑和川蜀时的陆游也有骑驴的经历，如那首著名的《剑门道中遇微雨》："衣上征尘杂酒痕，远游无处不消魂。此身合是诗人未，细雨骑驴入剑门。"乾道八年（1172）十月，陆游由汉中赴任成都府路安抚使司参议官，这是一个闲职，作者恢复中原的热情无奈转为欣赏蜀中山水的诗情，这无奈中实隐藏着牢骚和愤激。再如"射虎临秦塞，骑驴入蜀关……悠然长自遣，故里几时还"（《久客书怀》）、"去年寒雨中，骑驴度剑阁"（《雨中登楼望大像》）、"那知一旦事大缪，骑驴剑阁霜毛新。却将覆毡草檄手，小诗点缀西州春"（《夏夜大醉醒后有感》），皆能在山水之外，体味到一种报国热情受挫后的不甘和不平之气。

放翁醉态描写的另一大特色，是注意通过细节或过程刻画，使事件的真实性与动态感得以凸显。我们看一首《醉卧道傍》：

> 烂醉今朝卧道傍，乡间共为护牛羊。高怀那遣群儿觉，至理真能万事忘。唤起瘦躯犹兀峨，扶归困睫更芒洋。冻斋快嚼菹橙下，拍手从人笑老狂。

此诗于绍熙四年（1193）作于山阴，陆游六十九岁，他又一次喝醉了，觉得事理身心，悠然尽忘，于是醉卧在山村的小路上。不知过了多久，乡亲赶着牛羊回来，才发现了他，赶快约束牛羊不要踩踏着老人，并好心地把他叫醒；可是沉醉未醒的陆游，步伐跟跄（"嵬峨"同"嵬昂"，皆不稳意），乡亲又把他扶归，但陆游仍有余醉，困眼蒙眬（芒洋），可见醉酒之深。为了醒酒，陆游号了点腌制的咸菜，甚觉快意，并陶然于这种简朴生活①，哪管他人拍手嘲笑自己的老狂之态。全诗写了醉卧、初醒、扶归、余醉、解醒等带有连续性的生活细节，其中包含着乡亲的淳朴情意，诗人的生理和心理感受等，陆游似乎很享受这种过程中的快乐。

《或以予辞酒为过复作长句》一诗还处理到心理细节：

> 陆生酒户如蠡勺，痛酒岂能堪大白。正缘一快败万事，往往吐茵仍堕帻。尔来人情甚不美，似欲杀我以曲蘖。满倾不许计性命，傍睨更复腾颊舌。醉时狂呼不复觉，醒后追思空自责。即今愿与交旧约，三爵甫过当亟彻。解衣摩腹午窗明，茶砣无声看霏雪。

此诗前两句言自己酒量小如蠡勺，无法承受快酒之饮。次两句的"吐茵"用《汉书·丙吉传》醉吐丞相车茵之典②，"堕帻"用《晋书·庾敳传》"帻堕机上"之典③，言自己虽因喝醉误事，但仍嗜酒不止。中六句言近来酒风恶劣，不顾身体能否承受，强人满饮，致使自己狂言失态，醒后悔之

---

① "冻斋"即秋冬腌制的蔬菜，有菘、韭等，解酒解腻。陆游《枕上》诗云："清愁不逐炉香散，旋啜寒斋解宿醒。"

② 班固《汉书》卷七四《丙吉传》："吉驭吏者酒，数逋荡，尝从吉出，醉欧丞相车上。西曹主吏白欲斥之，吉曰：'以醉饱之失去士，使此人将复何所容？西曹地忍之，此不过污丞相车茵耳。'遂不去也。"见〔汉〕班固《汉书》，中华书局1962年版，第3146页。

③ 房玄龄等《晋书》卷五十《庾敳传》："敳有重名，为搢绅所推，而聚敛积实，谈者讥之。都官从事温峤奏之，敳更器峤，目峤森森如千丈松，虽磥砢多节，施之大厦，有栋梁之用。时刘舆见任于越，人士多为所构，惟敳纵心事外，无迹可间。后以其性俭家富，说越令就换钱千万，冀其有吝，因此可乘。越于众坐中问于敳，而敳乃颓然已醉，帻堕机上，以头就穿取，徐答云：'下官家有二千万，随公所取矣。'舆于是乃服。越甚悦，因曰：'不可以小人之虑度君子之心。'"见〔唐〕房玄龄等《晋书》，中华书局1974年版，第1396页。

晚矣。末四句言愿从此与人约定，三杯过后即止，然后饱食摩腹，再饮茶消遣。诗中"霏雪"非指自然界纷飞的雪花，而是形容被磨碾成粉末的白毫茶叶。该诗描绘酒徒好酒又怕酒、不能节制又想节制、痛饮一快又醒后自责的曲折心理颇为真切，阅之如在目前。

再看一首《草书歌》：

> 倾家酿酒三千石，闲愁万斛酒不敌。今朝醉眼烂岩电，提笔四顾天地窄。忽然挥扫不自知，风云入怀天借力。神龙战野昏雾腥，奇鬼摧山太阴黑。此时驱尽胸中愁，槌床大叫狂堕帻。吴笺蜀素不快人，付与高堂三丈壁。

诗言醉后恍然化身为比天地都高广的巨人，双目如电，风云入怀，下笔忘我，有如神助。吴笺蜀纸尺幅太短，难称人意，于是书狂草于高阔的墙壁，书法似神龙野战、奇鬼摧山，雾昏月暗，满纸云烟，真是痛快淋漓，胸中的万斛闲愁似乎随之而尽。"醉眼烂岩电""四顾天地窄""挥扫不自知""槌床大叫狂堕帻"等句，醉态跃然纸上。酒在某种程度上可以激发人的创作欲望，这是常识。但这种常识也消泯了人们进一步探索它的兴趣，使审美经验凝止于事物表层，陆游这首诗却穿透常识的阻隔，进入到酒后创作与生理反应的具体过程，提供给人既新鲜又真切的审美经验，洵为一首艺术精品。

其他如"我饮江楼上，阑干四面空。手把白玉船，身游水精宫。方我吸酒时，江山入胸中。肺肝生崔嵬，吐出为长虹。欲吐辄复吞，颇畏惊儿童。乾坤大如许，无处着此翁。何当呼青鸾，更驾万里风"（《醉歌》），写畅饮及醉后的幻觉与快感。"痛饮山花插鬓红，醉归棘露沾衣湿。纱巾一幅何翩翩，庭中弄影不肯眠"（《饮酒近村》），写酒后癫狂兴奋之状。"幽鸟呼人出睡乡，层层露叶漏朝阳。临池只欲消残醉，无奈鹅儿似酒黄"（《即事八首》其八），写因为宿醒未消，看到黄鹅就联想到昨夜所饮之酒的颜色，反而加重了宿醒的反应。"着低怯对新棋敌，量减愁逢旧酒徒"（《遣兴二首》其一），写因旧酒友了解自己喝酒的根底，不便推辞，因此状态不好时最怕遇到他们。这些醉态描绘，都建立在真实的生活经验和心理经验基础之上，好酒之人读后当可发会心一笑。

二、放翁醉思

陆游虽然好酒爱饮，但有别于单纯的高阳酒徒。他曾在《长歌行》中大声疾呼"人生不作安期生，醉入东海骑长鲸"，虽然"兴来买尽市桥酒，大车磊落堆长瓶。哀丝豪竹助剧饮，如巨野受黄河倾"，但是他更向往"平时一滴不入口，意气顿使千人惊。国仇未报壮士老，匣中宝剑夜有声。何当凯还宴将士，三更雪压飞狐城"。他爱饮的是爱国之酒和壮士之酒。[1]钱锺书先生在《宋诗选注》里曾评价陆游诗歌："爱国情绪饱和在陆游的整个生命里，洋溢在他的全部作品里；他看到一幅画马，碰见几朵鲜花，听了一声雁唳，喝几杯酒，写几行草书，都会惹起报国仇、雪国耻的心事，血液沸腾起来，而且这股热潮冲出了他的白天清醒生活的边界，还泛滥到他的梦境里去。"[2]虽然陆游的爱国情绪未必"洋溢在他的全部作品里"，但他的诗歌具有鲜明的爱国主义特色，这点无法否认。我们现在关心的是，人人能说会说的爱国壮语，到底是门面话还是真心话呢？俗话说：酒后吐真言。陆游也说："言向醉中真。"（《野兴》）那么不仅仅"喝几杯酒"，而且喝醉了的陆游会如何想呢？不妨先来检验一首《三月十七日夜醉中作》：

> 前年脍鲸东海上，白浪如山寄豪壮。去年射虎南山秋，夜归急雪满貂裘。今年摧颓最堪笑，华发苍颜羞自照。谁知得酒尚能狂，脱帽向人时大叫。逆胡未灭心未平，孤剑床头铿有声。破驿梦回灯欲死，打窗风雨正三更。

诗作于乾道九年（1173），陆游四十九岁，时任成都府路安抚使司参议官

---

① 《长歌行》一诗据莫砺锋先生意见补入，谨致谢忱。
② 钱锺书：《宋诗选注》，人民文学出版社1958年版，第192页。

兼蜀州通判。前四句高昂忆往，绍兴二十九至三十年间（1159—1160），陆游任职福建决曹，年富力强，为国效劳的豪情如眼中的大海一般壮阔；乾道八年（1172，即"去年"）任职王炎军幕，亲临南郑前线，餐风茹雪，射虎南山，斗志愈加昂扬。五六句低沉述今，乾道八年九月王炎被召回京，军幕星散，陆游也调任成都闲职，壮志成空，情绪摧颓。七至十句激愤抒情，敌寇未灭，心实难甘，借酒狂呼，情见于色，连床头佩剑都似乎被感染，发出"铿然"的共鸣。末两句落寞自伤，风雨破驿、梦回灯残，只有徒对一片凄凉。全诗波澜起伏，悲郁与壮激交织，尤其"逆胡未灭心未平"一句，既是情感交织的中心，也是陆游醉思的核心。

再看一首《楼上醉书》：

> 丈夫不虚生世间，本意灭虏收河山。岂知蹭蹬不称意，八年梁益凋朱颜。三更抚枕忽大叫，梦中夺得松亭关。中原机会叹屡失，明日茵席留余涕。益州官楼酒如海，我来解旗论日买。酒酣博簺为欢娱，信手枭卢喝成采。牛背烂烂电目光，狂杀自谓元非狂。故都九庙臣敢忘，祖宗神灵在帝旁。

这首诗作于淳熙四年（1177）正月，五十三岁的陆游头年刚被劾"燕饮颓放"①而免官，此时奉祠居于成都②。诗歌开篇点题，"丈夫不虚生世间，

---

① 《宋会要辑稿》一○一册《职官·黜降官》九载："（淳熙三年）九月，新知楚州胡与可，新知嘉州陆游，并罢新命。以臣僚言与可罢黜累月，旧愆未赎；游摄嘉州，燕饮颓放故也。"见刘琳等校点：《宋会要辑稿》，上海古籍出版社2014年版，第4975页。

② 对于成都时期陆游的醉思，邱鸣皋《陆游评传》中也有提及："在此期间，陆游写了许多醉酒的诗。……陆游曾多次表白他不是以饮酒为目的，而是为了排遣壮志难酬的苦闷：'飞觞纵饮亦何乐，愤愤不堪长闭户。丈夫要为国平胡，俗子岂识吾所寓。'（《夜宿二江驿》）'感慨却愁伤壮志，倒瓶浊酒洗余悲。'（《猎罢夜饮示独孤生》）从他的饮酒大醉中，可以更清楚地了解到一个报国无门的爱国志士的心态。他本来的想法是'斗酒聊宽去国思'（《重九会饮万景楼》），岂料'巴酒不能消客恨'（《秋夜怀吴中》），正如他向范成大所说的那样：'平生嗜酒不为味，聊欲醉中遗万事。酒醒客散独凄然，枕上屡挥忧国泪！'（《送范舍人还朝》）这该是多么地痛苦啊！"见邱鸣皋《陆游评传》，南京大学出版社2011年版，第155页。

本意灭虏收河山"两句已声明心眼所在。以下陈述自己仕宦川蜀八年来壮志难酬，只有梦中去收复失地，现实中的自己也只能沉醉酒楼、消磨博戏，但这种被人目为"狂杀"的行为并不是真的放荡（"非狂"用《汉书·郦食其传》典），因为自己从来没有忘记过国仇家恨、中原故土。可见其放浪形骸并非为了声色之娱，而是寄托着自己的抗金壮志和对祖国的耿耿忠心。

不仅在成都如此，即使之后仕宦他方和晚岁退居山阴时，陆游的这种情怀也一直没有改变。如："绿酒盎盎盈芳樽，清歌袅袅留行云。美人千金织宝裙，水沉龙脑作燎焚。问君胡为惨不乐，四纪妖氛暗幽朔。诸人但欲口击贼，茫茫九原谁可作。丈夫可为酒色死，战场横尸胜床笫。华堂乐饮自有时，少待擒胡献天子。"（《前有樽酒行二首》其二）作于淳熙六年（1179）提举福建常平茶事任上。"对花把酒学酕醄，空辱诸公诵诗句。即今衰病卧在床，振臂犹思备征戍。南人孰谓不知兵，昔者亡秦楚三户。"（《十月二十六日夜梦行南郑道中既觉恍然揽笔作此诗时且五鼓矣》）"志欲富天下，一身常苦饥。气可吞匈奴，束带向小儿。"（《三江舟中大醉作》）"我从湖上归，散发醉吹笛。……报主知何时，誓死空愤激。"（《作雪未成自湖中归寒甚饮酒作短歌》）"何由亲奉平戎诏，蹴踏关中建帝都。"（《醉题》）"安得熊罴十万师，蹴踏幽并洗河洛。"（《醉中作》）"何日胡尘扫除尽，敷溪道上醉春风。"（《花下小酌二首》其二）皆作于淳熙八年（1181）后居于山阴之时。这些作品的报国之志，与成都时期相比何曾逊色。①不唯如此，陆游甚至相信自己这种对国家的赤诚和热忱之情历久弥坚，即使遥远的未来仍会有知音响应。如作于绍熙元年

---

① 顺便一提的是：陆游似乎特别喜爱将饮酒与赋诗、草书、观赏自然景物联系起来，也许只有在迷狂世界、艺术世界和自然世界中，诗人才能自由驰骋，完全实现抱负吧。如《题醉中所作草书卷后》："酒为旗鼓笔刀槊……如见万里烟尘清。"《病起》："赖有浊醪生耳热，狂歌醉草寄吾豪。"《醉中作行草数纸》："醉帖淋漓寄豪举。"《诗酒》："我生寓诗酒，本以全吾真。"《东斋偶书》："诗酒放怀穷亦乐。"《读渊明诗》："倾身事诗酒，废日弄泉石。"《闲游三首》其三："被除情累烟波上，放荡胸怀诗酒中。"至于他对海棠、梅花等花草的喜爱，论者已多，兹不复举。

（1190）的《醉歌》：

> 读书三万卷，仕宦皆束阁。学剑四十年，虏血未染锷。不得为长
> 虹，万丈扫寥廓。又不为疾风，六月送飞雹。战马死槽枥，公卿守和
> 约。穷边指淮淝，异域视京雒。于乎此何心，有酒吾忍酌。平生为衣
> 食，敛版靴两脚。心虽了是非，口不给唯诺。如今老且病，鬓秃牙齿
> 落。仰天少吐气，饿死实差乐。壮心埋不朽，千载犹可作。

该年陆游六十六岁，闲居山阴，回顾平生，感慨万千：读书学剑，志在
恢复，却逢朝廷议和，报国无门；为了谋生，勉强出仕，心知是非，而
口中唯上官是应[①]；如今赋闲，老病缠身，但也免于委曲求全、屈己事
人，因此即使穷饿而死亦心甘情愿。收结两句更转激昂"壮心埋不朽，
千载犹可作"，他自信这种爱国的"壮心"是不朽的，千百年后仍会不断
振起和被人们响应。这首诗虽题作"醉歌"，但因为有"有酒吾忍酌"
的句子，是醉歌还是托醉而歌不好确判，我们能够确判的是，不论醉
否，陆游的爱国情怀是不变的。1899年，梁启超写作《读陆放翁集》
四首，热烈赞颂陆游的爱国豪情，推崇他为"亘古男儿一放翁"[②]，随
着梁氏的影响，这种观点被大量传播引用，逐渐成为文学史的定论。
梁氏创作《读陆放翁集》的时间，距离陆游这首《醉歌》的写作时间，
整整过去了八百年。陆游"壮心埋不朽，千载犹可作"的寄望，信然
成真！

　　由此看来，陆游这些忠义凛然、悲壮激昂、可歌可泣的诗篇，绝非
什么门面话，更不是方东树所说的"客气假象"或"矜持虚憍"[③]，而

---

① "心虽了是非，口不给唯诺"二句，游国恩、李易先生《陆游诗选》注曰："口给，口才敏捷。
唯诺，答应之词。二句是说见到上官时，自己心中对于是非是明了的，而嘴里却不会唯诺应
对。"见游国恩、李易：《陆游诗选》，人民文学出版社1957年版，第133页。钟振振先生《读
陆游诗札记》认为此二句化自苏轼《戏子由》"心知其非口诺唯"，注者弄反了意思，此从钟
说，钟文收入中国陆游研究会编：《陆游与越中山水》，人民出版社2006年版。
② 梁启超：《饮冰室合集·文集》之四十五，中华书局2015年版，第4页。
③ 〔清〕方东树：《昭昧詹言》卷一、卷十二，人民文学出版社1961年版，第36页；第330页。

是醉醒如一，真切蕴含着巨大的爱国热情和深沉的忧时之念。当他人"西湖歌舞几时休"①，都在醉生梦死之际，陆游的梦境醉思却萦绕着复故土、靖国难、纾君忧，这正是陆游不同于寻常醉客的伟大之处。这种表里一致的伟大，千百年来如此真实地感动着我们，而且愈当民族危亡之时，愈能弘扬民族正气、发扬民族精神、鼓舞民族气节、呼唤民族意识。

必须注意的是，所有伟大的作家思想都是极具包容性的，经典作家之所以成为经典，是因为他的作品里可以包容而且回答比非经典经家作品更多的问题。放翁的醉思，并非都藏着忧国爱君的寄托，都是那么"高大上"，它当然还裹挟着普通人的悲欢情感，甚至有些颓废荒唐。如这首《自来福州诗酒殆废北归始稍稍复饮至永嘉括苍无日不醉诗亦屡作此事不可不记也》：

> 尊酒如江绿，春愁抵草长。但令闲一日，便拟醉千场。柳弱风禁絮，花残雨渍香。客游还役役，心赏竟茫茫。

绍兴三十年（1160），三十六岁的陆游由福建宁德县主簿荐升敕令所删定官，北归路上赋此诗。"无日不醉，诗亦屡作""但令闲一日，便拟醉千场"，与其说有何深沉寓托，不如说就是羁旅之客春日的诗酒闲愁，当然还夹杂了一点对未来的不确定感。如果说这首诗表现的情绪还较为模糊，那么再看这首《独醉》：

> 老伴死欲尽，少年谁肯亲。自怜真长物，何啻是陈人。江市鱼初上，村场酒亦醇。颓然北窗下，不觉堕纱巾。

诗作于庆元六年（1200），陆游七十六岁时，同辈友朋逝去殆尽，后辈新人谁来相亲？环顾周遭，颇有自身多余之感，只好醉卧北窗，颓然自

---

① 〔宋〕谢枋得编，〔清〕王相、黎恂注，梁吉平校点：《千家诗》，上海古籍出版社2020年版，第66页。

怜。这是人人都要经过的老境与心情，真实自在，何必画蛇添足，高言寄托。

还有这首《醉歌》：

> 不痴不聋不作翁，平生与世马牛风。无材无德痴顽老，尔来对客惟称好。相风使帆第一筹，随风倒柁更何忧。亦不求作佛，亦不愿封侯。亦不须脱裘去换酒，亦不须卖剑来买牛。甲第从渠餍粱肉，貂蝉本自出兜鍪。燮理阴阳岂不好，才得闲管晴雨如鹁鸠。辛苦筑垒拂云祠，不如吟啸风月登高楼。尔作楚舞吾齐讴，身安意适死即休。

诗作于开禧三年（1207），陆游八十三岁时，诗中力主做一个随波逐流、无甚追求、风花雪月、随遇而安的难得糊涂人，认为这样胜于建立受降城那样的功劳①。"身安意适死即休"句，思想庸俗平常，哪有什么高明可言。

事实上陆游近3000首饮酒诗，明确传达出爱国忧思的不过百篇，风花雪月、伤春悲秋、忧生叹贫、读书教子、人情往来的诗篇要占大多数。这些诗篇，虽无他的爱国之作那样光辉夺目，却反映出一个普通士人的日常生活和情感。特别是宋金议和局势相对稳定的时期，陆游的饮酒诗虽不乏忧国之思，但更多表现出对人民安居乐业的赞美，如《村饮四首》：

> 不来东舍即西家，野老逢迎一笑哗。试说暮年如意事，细倾村酿听私蛙。

> 无念无营饱即嬉，老翁真个似婴儿。昏钟未动先酣枕，日上三竿是起时。

---

① 公元708年，唐大将军张仁愿击破突厥，以拂云祠（今内蒙古包头境内）为中心，筑东受降城、中受降城、西受降城，以抵御突厥侵扰，拂云祠在中受降城内。

买来新兔不论钱，钓得鲜鳞细柳穿。野店浑头更醇酽，一杯放手已醺然。

淡烟孤榜系村桥，迷迷沙痕印落潮。最是一年秋好处，踏泥沽酒不辞遥。

诗作于庆元五年（1199）秋的山阴，作者已是七十五岁高龄的老翁，他或与野老把酒忆旧；或在野店品尝新兔鲜鱼；或日上三竿始起，无念无营；或淡烟落潮中系舟登岸，逍遥寻醉，活画出一派静谧安详、知足常乐的太平景象。再如以下四首：

九日春阴一日晴，强扶衰病此闲行。猩红带露海棠湿，鸭绿平堤湖水明。酒贱柳阴逢醉卧，土肥稻垄看深耕。山翁莫道浑无用，解与明时说太平。（《春行》）

蒻韭腌齑粟作浆，新炊麦饭满村香。先生醉后骑黄犊，北陌东阡看戏场。（《初夏十首》其二）

明朝逢社日，邻曲乐年丰。稻蟹雨中尽，海氛秋后空。不须谀土偶，正可倚天公。酒满银杯绿，相呼一笑中。（《秋社二首》其一）

父老招呼共一觞，岁犹中熟有余粮。荞花漫漫浑如雪，豆荚离离未着霜。山路猎归收兔网，水滨农隙架鱼梁。醉看四海何曾窄，且复相扶醉夕阳。（《初冬从父老饮村酒有作》）

分别从春、夏、秋、冬四季形象描绘太平时世的乡村风俗人情，字里行间满载着和谐与幸福感，令人悠然神往。陆游并不是好战分子，他的抗战恰是为了抵抗侵略、收复失地，还天下以太平。他渴望的是"太平有象人人醉，造物无私处处春"（《入城至郡圃及诸家园亭游人甚盛》），因此他的饮酒诗，常赋予自然景象、风俗人情以色彩美感或生命活力，表现着他对平静淳朴生活的热爱，对安乐美好生活的向往。"酒似粥酽知社到，饼如盘大喜秋成。归来早觉人情好，对此弥将世事轻"（《秋晚闲步邻曲以予近尝卧病皆欣然迎劳》）、"春色垂垂老，山家处处忙。园丁卖菰白，蚕妾采桑黄。候雨占秧信，催儿筑麦场。醉眠官道上，人为护牛羊"（《春老》）、"桑眼初开麦正青，勃姑声里雨冥冥。今朝有喜君知否，到处人家醉不醒"（《春社四首》其一）、"莫笑农家腊酒浑，丰年留客足鸡豚。山重水复疑无路，柳暗花明又一村"（《游山西村》）、"锄麦家家趁晚晴，筑陂处处待春耕。小槽酒熟豚蹄美，剩与儿童乐太平"（《北园杂咏》其五）类似的诗篇实是不胜枚举，这种恬静之景与和美之情，不同于激烈悲壮的抗战情怀，构成了陆游醉思的另一个层面。酒，不仅可以舒郁愤，而且可以养太和，激烈与恬静，是陆游醉思的两极。当然，陆游的醉思还包蕴着其他复杂的层面，只有将这些层面的醉思叠加起来看，才有望把握一个立体、形象、真实的放翁。

不仅饮酒诗如此，陆游晚年的大部分诗歌，也都是一个乡村里有着风雅情怀的老人的如实写照，俗事俗情、日常琐碎，如此而已，不必刻意求深。但正是如此，反使陆游的诗歌如生动的市井风俗画，如迷人的乡村小夜曲，恰可从中领略到南宋承平之时普通村社间的日常生活情状和士人情怀。无论比之陶潜、王维等前代诗人，还是比之范成大、杨万里等同代诗友，陆游对乡村田园生活情味的描绘都更加亲近可人、具体细微，这可说是他在中国诗歌史上的又一重要贡献。

钱锺书先生《谈艺录》曾批评陆游诗歌有二痴事："好誉儿，好说梦。儿实庸材，梦太得意。"又批评陆游诗歌有二官腔："好谈匡救之略，心性之学；一则矜诞无当，一则酸腐可厌。"[1]陆游的匡救之略是否矜诞无当？心性之学是否酸腐可厌？均属可议。宋人对陆游不乏"平戎得路可横槊"[2]"能

---

[1] 钱锺书：《谈艺录》，中华书局1984年版，第132页。
[2] 〔宋〕韩元吉：《送陆务观得倅镇江还越》其二，《全宋诗》卷二〇九七，第38册，第23667页。

太高"①"议论今谁及，词章更可宗"②之类的评价，宋孝宗更称赞陆游"力学有闻，言论剀切"③，似乎都与"矜诞无当""酸腐可厌"无涉。至于"好誉儿、好说梦"，与其说是批评，不如说是丰满。因为陆游被贴上"爱国主义诗人"的巨幅标签后，很容易遮蔽掉他日常化的一面。以饮酒诗为例，虽然其中明确具有爱国情怀的诗篇不占多数，但由于多系名篇，且反复被人引用，其产生的"晕轮效应"遂造成对其他诗篇的忽视。即使有人注意到他的一些闲适感伤乃至颓废之作，也往往曲为解说，将陆游所有的苦闷都视为报国之志未遂的结果，不敢或不愿承认陆游有平常人的一面。这样的陆游，虽然高高在上地被人反复赞颂，却距离我们愈来愈远。钱先生的批评，让人重新体味到陆游与普通人之间的联系，显得更为生动真实，为如何理解陆游提供了新的思路。

但我们由此也要警惕另外一种解构陆游的倾向。即戴上有色眼镜，无视陆游崇高的一面，即使在其"平常"的一面中也仅向庸俗阴暗处用力，并沾沾自喜于自己的"发现"或想象，以为陆游以及历史上的圣贤、英雄皆不过尔尔，于是心安理得于苟安偷且、醉生梦死中。这种解构英雄、解构历史的倾向看似时髦新潮，却忽略了巨人与普通人的差距，不在于起点的相同，而在于曾经达到的高度。那种弃琼拾砾、抛精取粗式的"解构"，非但不足以显示自己的高明，反而会让人怀疑其思想境界和智力水平出了问题。

事实上，融入日常生活和常人喜怒哀乐的陆游，无损于他的崇高，反增加了他的可亲可近。因为兼备普通人情怀的陆游，使我们恍然意识到自己和巨人之间的某种相似性，从而鼓起见贤思齐、自我奋发的勇气。我想，这才是理解陆游及其诗歌的正确路径。

---

① 〔宋〕朱熹：《答巩仲至》，朱杰人、严佐之、刘永翔主编：《朱子全书》，第23册，上海古籍出版社、安徽教育出版社2002年版，第3096页。
② 〔宋〕周必大：《次韵陆务观送行二首》其二，《全宋诗》卷二三二一，第43册，第26699页。
③ 〔元〕脱脱等：《宋史》卷三九五《陆游传》，中华书局1985年版，第12057页。

三、在饮酒诗的历史长河中

陆游描写醉态、醉思的诗歌，无疑属于中国古代饮酒诗的范畴，那么在饮酒诗的悠久历史中，又该如何评价陆游的这些诗篇呢？

陆游之前，陶潜与李白都是公认善写饮酒诗的经典作家。陆游对陶潜曾再三致意。其《读陶诗》谓：“我诗慕渊明，恨不造其微。退归亦已晚，饮酒或庶几。雨余锄瓜垄，月下坐钓矶。千载无斯人，吾将谁与归。”《小舟》谓：“高咏渊明句，吾将起九原。”《家酿颇劲戏作》谓：“竹林嵇阮虽名胜，要是渊明最可人。”但陶渊明现存诗文涉及饮酒者56篇，约占全部作品的40%[①]，却很少使用“醉”字，有时通篇不见“酒”字，他更强调遗象而得意。有时虽然使用“醉”“酒”等字，但意象多高度净化或概括化，如“未言心相醉，不在接杯酒”[②]“一士长独醉，一夫终年醒”[③]，酒的滋味如何？醉的感觉如何？非其关注之重点，其要仍在精神意趣的抉发。如萧统所说：“吾观其意不在酒，亦寄酒为迹焉。”[④]

陆游对李白的心仪前已略及。李白留存下来的近千首诗歌中，“酒”字出现了200余次，“醉”字也出现了100多次，但“酒”和“醉”在其诗中多为一种指类概念，重在展现自己热情浪漫、自由奔放、傲视王侯的个性，如《把酒问月》《将进酒》《襄阳歌》《宣州谢朓楼饯别校书叔云》《侠客行》《玉壶吟》《忆旧游寄谯郡元参军》等。像“两人对酌山花开，一杯一杯复一杯。我醉欲眠卿且去，明朝有意抱琴来”[⑤]这样写自己饮酒过程的诗篇并不多，像“举杯邀明月，对影成三人”[⑥]这样的醉态和醉感描绘更少见。李白的诗中，饮酒的生理和心理感受常常缺席。

① 逯钦立：《关于陶渊明》，见逯钦立校注：《陶渊明集》，中华书局1979年版，第238页。
② 〔晋〕陶渊明《拟古九首》其一，逯钦立校注：《陶渊明集》，第109页。
③ 〔晋〕陶渊明《饮酒二十首》其十二，逯钦立校注：《陶渊明集》，第95页。
④ 〔南朝·梁〕萧统：《陶渊明集序》，见逯钦立校注：《陶渊明集》，第10页。
⑤ 〔唐〕李白：《山中与幽人对酌》，〔清〕王琦注：《李太白全集》，第1074页。
⑥ 〔唐〕李白：《月下独酌四首》其一，〔清〕王琦注：《李太白全集》，第1063页。

与李白并称"双子星座"的杜甫，也"性豪业嗜酒"①"生平老耽酒"②，他的诗篇留存 1400 余首，数量多于李白，但"酒"字出现不到 200 次，"醉"字出现不到百次，频率低于李白。不过杜甫饮酒诗的名篇为数不少，像《饮中八仙歌》《公孙大娘舞剑器》《醉时歌》《羌村三首》等。李、杜饮酒诗的区别，葛景春先生曾予概括："一是李白之醉是为解放个人，杜甫之醉是为忧国忧民。""二是李白善于在诗中表现自己，而杜甫善于描写他人。""三是李白的贡献在于开掘饮酒诗的思想深度，杜甫的贡献在于开辟了咏酒诗的新的境界。"③其中前两点尤为精到。

中唐的白居易号称"醉吟先生"，存世近 3000 首诗，"酒"字出现 700 余次，"醉"字出现 400 余次，与酒相关的诗作有 900 多篇，与酒相关的词语蔚为大观④，在丰富性上较前人有较大进步。与陶渊明、李白相比，白居易的饮酒诗具有浓烈的人间感，不仅有大量酒名、酒俗和饮酒行为的描述，而且情怀也世俗化了。如《家酿新熟每尝辄醉妻侄等劝令少饮因成长句以谕之》《蔷薇正开春酒初熟因招刘十九张大夫崔二十四同饮》《咏家酝十韵》等，从诗题即可感受到一种日常生活的意味。但与杜甫关怀苍生的人间情怀相比，白居易的人间情怀则多是一种知足保和、享乐自娱。另外，白居易与李白在关注自身这一点上有相似之处，但不同的是李白超然地站于云端，"口吐天上文"⑤，白居易则舒适地躲在家中，"更无忙苦吟闲乐，恐是人间自在天"⑥。

① 〔唐〕杜甫：《壮游》，〔清〕仇兆鳌注：《杜诗详注》，第 1438 页。

② 〔唐〕杜甫：《述怀》，〔清〕仇兆鳌注：《杜诗详注》，第 360 页。

③ 葛景春：《唐诗与酒——诗酒风流赋华章》，河北人民出版社 2013 年版，第 190—191 页。

④ 刘存斌《白居易饮酒诗研究》（郑州大学 2012 年硕士学位论文）统计有"白酒、清酒、黄酒、冷酒、暖酒、酤酒、漉酒、酝酒、沽酒、残酒、尊酒、杯酒、对酒、劝酒、酒肆、酒舫、酒楼、酒浆、酒酤、酒瓮、酒旗、酒污、酒病、酒醒、酒兴、酒酣、酒徒、酒狂、酒圣、独醉、半醉、尽醉、放醉、沉醉、长醉、醉眠、醉厌厌、醉悠悠、醉陶陶、醉酣酣、醉醺醺、醉昏昏、醉腾腾"等。

⑤ 〔唐〕皮日休：《七爱诗·李翰林白》，〔清〕彭定求等编：《全唐诗》，中华书局 1960 年版，第 7018 页。

⑥ 〔唐〕白居易：《闲乐》，谢思炜校注：《白居易诗集校注》，中华书局 2006 年版，第 2704 页。

北宋的苏轼虽不善饮酒，但与酒的关系颇为密切，近3000首诗中酒字出现500余次，"醉"字出现300余次。其《和陶饮酒二十首》叙云："吾饮酒至少，常以把盏为乐。"①《书东皋子传后》云："喜人饮酒，见客举杯徐引，则予胸中为之浩浩焉，落落焉，醺适之味，乃过于客。闲居未尝一日无客，客至，未尝不置酒。天下之好饮，亦无在予上者。"②甚至号称"岂知入骨爱诗酒"③。不过苏轼的饮酒诗，多数是应景、比喻、用典、次韵等，很少描写自己之醉，更缺少对饮酒的细节描写，而重在对饮酒背后的精神意趣之探求。苏轼《和陶饮酒二十首》其一即云"偶得酒中趣，空杯亦常持"④，《谢苏自之惠酒》更饶有理趣，其中有句云"醉者坠车庄生言，全酒未若全于天""我今不饮非不饮，心月皎皎常孤圆。有时客至亦为酌，琴虽未去聊忘弦"⑤，可见其意并不在物质性的酒本身。正如有的研究者所言："东坡于饮酒更在于得'酒中之趣'，即淡化酒之物理性而重其精神性，注重它的文化品位。"⑥

陆游的饮酒诗兼采陶、李、杜、白、苏，又有所创造变化。与陶潜比，陆游长期退居山阴田园，许多描写风俗之淳、人情之美的诗篇趣味近于陶；但陶诗中的酒主要是一种概念化的寄意工具，陆诗中的酒虽亦有寄意功能，却也常常成为直接具体的描绘对象。

与李白比，二人皆属才气纵横、豪放狂傲的主观性很强的诗人，性分确有相近之处，饮酒诗也多着力于自我化的表现，缺少对同饮者的关注，与杜甫《饮中八仙歌》以"一个醒的"描写"八个醉的"的做法形成了鲜明对比。但李白性格天真，其饮酒诗往往陶醉于自我想象的世界中，反抗

---

① 〔宋〕苏轼著，孔凡礼点校：《苏轼诗集》，中华书局1982年版，第1881页。
② 〔宋〕苏轼：《书东皋子传后》，孔凡礼点校：《苏轼文集》，中华书局1986年版，第2180页。
③ 〔宋〕苏轼：《次前韵送刘景文》，孔凡礼点校：《苏轼诗集》，第1822页。
④ 〔宋〕苏轼著，孔凡礼点校：《苏轼诗集》，第1883页。
⑤ 〔宋〕苏轼著，孔凡礼点校：《苏轼诗集》，第226页。
⑥ 张惠民、张进：《士气文心：苏轼文化人格与文艺思想》，人民文学出版社2004年版，第281页。该书辟专节"酒中真味老更浓"，分析苏轼与"酒"的关系，以"趣""真""适""至乐"为宗，颇为精辟。

一切束缚自由的东西，有一种彻底超越尘世的洒脱，堪称酒中天仙；即使那些非饮酒诗，如"床前看月光，疑是地上霜"①"两岸猿声啼不尽，轻舟已过万重山"②之类，也想落天外，不见尘埃。陆游的饮酒诗虽也有"手把白玉船，身游水精宫"（《醉歌》）之类的超现实想象，但更多表现的是自己对现实现世的关怀和忧愁，朱熹赞誉他"能太高"的同时又担心他"迹太近"③，正是指其不能忘情当下现实而言。

与杜甫比，二人都是怀抱天下、忧国忧民的"醉中醒"。陆游曾经达到的思想高度和情感高度，足可上拟杜甫，清代贾臻《读放翁诗》云其"一腔忠爱心，有触便倾吐。每饭不忘君，上配少陵杜"④。翁方纲《石洲诗话》也说他"平生心力，全注国是，不觉暗以杜公之心为心，于是乎言中有物，又迥出诚斋、石湖上矣"⑤。但杜诗沉郁顿挫、冷静深刻；陆诗直抒胸臆、少有渟蓄。陆游虽对现实倾注着极大的热情，但其性分近李白而不近杜甫，终究不是一个理性克制的人。

与白居易比，二人对于酒本身和饮酒行为的描绘都较丰富，尤其注意日常生活中的酒事活动。但白居易迷醉于一己的闲适知足和声色之娱，境界有庸俗之嫌；陆游虽亦难免俗气，但能上接杜甫忠义之怀，拳拳君国，念念恢复，其境界足有感天动地者。

与苏轼比，二人皆天分超卓，才大力雄，他们都通过诗歌创作大大提升了饮酒这一日常生活行为的文化意蕴和艺术品格。但苏轼重饮酒的理趣感悟，陆游则重饮酒的细节体验。两人性格看似都有张扬外向的一面，但苏轼的张扬外向里却多了一种沉潜超脱，因此苏轼的饮酒诗更能见出一种理性的思考和智者的学问，而陆游的饮酒诗则更能传达出一种感性的议论和俗世的情味，他们代表了宋诗发展的两个主要方向。

---

① 〔唐〕李白：《静夜思》，〔清〕王琦注：《李太白全集》，第346页。

② 〔唐〕李白：《早发白帝城》，〔清〕王琦注：《李太白全集》，第1022页。

③ 〔宋〕朱熹：《答巩仲至》，朱杰人、严佐之、刘永翔主编：《朱子全书》，第23册，第3096页。

④ 孔凡礼、齐治平编：《陆游资料汇编》，中华书局1962年版，第356页。

⑤ 〔清〕翁方纲：《石洲诗话》，人民文学出版社1981年版，第142页。

总之，陆游描写醉态、醉思的诗歌，继承了前人饮酒诗的优秀传统，既具多样性，又具层次感；既注意典型的细节，又注意动态的过程；既有对家国的深切关怀，又有对个人闲愁以及乡村风情的细腻描写。它们丰富了古代饮酒诗的内容和艺术表现手段，同时体现出宋诗关注日常生活和使日常生活艺术化的特色，在中国诗歌史应该引起重视。

（选自《北京大学学报（哲学社会科学版）》2016年第2期，本次略有修订）

十三世纪的诗坛劲军：谈南宋江湖诗派

张宏生

南宋时代的江湖诗派，是一个以当时的江湖游士为主体的诗人群体。属于这一诗派的江湖游士，是由下层知识分子构成的社会阶层。江湖诗派的出现，是一种文学现象，也是一种社会现象。

江湖诗派大约兴起于13世纪初叶，即南宋中期。当时，盛极一时的江西诗风开始衰落，代表着南宋诗歌创作最高成就的杨万里、范成大、陆游等人也相继谢世。一向热闹的诗坛，开始寂寞起来。最早打破这种寂寞的是"四灵"：徐照、徐玑、翁卷、赵师秀。这四位永嘉诗人，在大儒叶适的揄扬、鼓励下，提倡姚合、贾岛，反对"江西"，为诗坛注入了一股清新的空气。"四灵"的创作，受到了同时一大批江湖诗人的推崇和效法。宝庆元年（1225），钱塘书商陈起把以当时江湖诗人的作品为主体的一些诗作汇辑起来，刻成《江湖集》，客观上总结了宝庆前江湖诗歌的创作成果。在他的周围，聚集了一批江湖诗人，进一步促进了江湖诗风的普及。而在江湖诗人不断扩展活动规模之时，更出现了一位领袖人物——刘克庄。在江湖诗人中，刘克庄不仅创作成就最高，而且还有着丰富而深刻的创作理论。他喜欢指导青年，奖掖后进，因而受到许多人的追随。同时，他又不满足于对"四灵"亦步亦趋，而是带动一批江湖诗人，开拓创作领域，使得江湖诗风不断得到了深化。这样，以"四灵"为先驱，以陈起为声气联络，以刘克庄为领袖的江湖诗派，便正式以一个群体的面目出现，成为笼罩南宋中后期诗坛的主要力量。

江湖诗派的成员，计有138人之多。这样一大批诗人，是在宋代的政治、经济状况进一步恶化，文化思想发生了较大变化的背景中产生出来的一个特定的社会阶层，在文化史上，也常被称为"江湖游士"或"江湖谒客"。林希逸《竹溪鬳斋十一稿续集》卷十三《跋玉融林鏻诗》说："今世之诗盛矣，不用之场屋，而用之江湖，至有以为游谒之具者。少则成卷，多则成集，长而序，短而跋。虽其间诸老亦有密寓箴讽者，而人人不自觉。"①方回《瀛奎律髓》卷二十评戴复古《寄寻梅》说："庆元、嘉定以来，乃有诗人为谒客者。龙洲刘过改之之徒不一人，石屏亦其一也。相率成风，至不务举子业。干求一二要路之书为介，谓之'阔匄'，副以诗篇，动获数千缗，以至万缗。如壶山宋谦父自逊，一谒贾似道，获楮币二十万缗以造华居是也。钱塘、湖山，此曹什佰为群。"②赵文《青山集·诗人堂记》说："近世士……为诗者益众。……夷考其人，衣冠之不改化者鲜矣。其幸而未至改化，葛巾野服，萧然处士之容，而不以之望尘于城东车马队之间者鲜矣。"③从这些出自晚宋或宋元之际作家之手的记载中，我们可以看出：其一，谒客已形成了一个较广泛的群体；其二，谒客的主要干谒手段是诗；其三，行谒的主要对象是达官权贵；其四，行谒的目的是求乞钱财。所有这些，构成了江湖谒客的基本特征。对此，以往的学者每认为反映了这些文人人品之卑污；而换一个角度看，实则也反映了中国的文化传统发展到宋代尤其是南宋所发生的变化。

仕与隐，是中国封建社会中知识分子的两种最基本的生活方式。自魏晋以来，这两种方式实际上已经并行不悖，不再存在什么矛盾了，王康琚提出的"小隐隐陵薮，大隐隐朝市"④，就为那些真正的或号称为市朝形迹、山林心肠的文人找到了最好的依托，从此可以堂而皇之地出仕，而不

---

① 曾枣庄、刘琳主编：《全宋文》，第335册，上海辞书出版社、安徽教育出版社2006年版，第362页。

② 〔元〕方回选评，李庆甲集评点校：《瀛奎律髓汇评》，上海古籍出版社2020年版，第892页。

③ 李修生主编：《全元文》卷三三四，江苏古籍出版社1998年版，第107—108页。

④ 〔晋〕王康琚：《反招隐诗》。见〔南朝·梁〕萧统编，〔唐〕李善注：《文选》，上海古籍出版社2019年版，第1049页。

必有任何心理障碍了。但南宋江湖谒客游谒权门，亐私书，求俸余，既不愿走科举之道，也不愿枯守山林，从而成为一个既非"大隐"，也非"小隐"的非官非隐的群体的现象，使得这一传统发生了倾斜。尤其值得提出的是，他们中的不少人一生都在漫游江湖，行谒贵门，追求物质享受是他们主要的甚至是全部的生活内容。这种情形，反映出日渐发达的商品经济对读书人的影响。如果与许多反映市民意识的话本小说中鼓吹发财致富，追逐物质享受的描写比观，真是若合符契。再者，江湖谒客以诗游谒江湖，靠投献诗作来换得达官贵人的资助，使得原来被孔子认为"可以兴，可以观，可以群，可以怨。迩之事父，远之事君"[1]的诗变成了具体的谋生手段，这也是一个不小的变化。它意味着诗歌由对政治的依附，转为兼对经济的依附；诗歌在客观上进入了市场，也就出现了诗人有作为一个职业而独立存在的可能。在这种情况下，艺术的传播可以经过艺术市场的中介来实现，受到艺术市场的价值规律的支配，来达到一定的经济效益。因此，艺术的商品化，便有可能成为艺术家表现独立人格的前提。正是在这个意义上，我们认为，应该对这一现象所出现的意义给予足够的重视，尽管对其商品化的不充分性和相应出现的弊病也应该有所认识。

江湖诗派的出现尽管在文学上有着种种必然性，但其中书商陈起（字宗之，号芸居）的作用明显是极其重要的。就其出版活动而言，他刊刻了许多中晚唐诗人的集子，不仅迎合了当时盛行的晚唐诗风，而且在一定程度上起到了推波助澜的作用。当然，他的贡献更主要地表现在通过开书铺与江湖诗人联系上。

首先，他为同时江湖诗人刊诗，常常兼有选家的身份。黄文雷《看云小集自序》说："芸居见索，倒箧出之，料简仅止此。自《昭君曲》而上，盖尝经先生印正云。"[2]许棐《梅屋地三稿后记》说："甲辰一春诗，诗共

---

① 〔清〕刘宝楠撰：《论语正义》，中华书局1990年版，第299页。
② 曾枣庄、刘琳主编：《全宋文》，第306册，第128页。

四五十篇，求芸居吟友即可。"①张至龙《雪林删余序》说："予自髫龀癖吟，所积稿四十年，凡删改者数四。比承芸居先生又为摘为小编，特不过十中之一耳。……予遂再浼芸居先生就摘稿中拈出律绝各数首，名曰《删余》。"②陈起将这三位诗人的作品选为小集，当然带有使其易售的目的，但也不可否认，其中还有艺术上的考虑。陈起的审美观即对晚唐诗的偏嗜，不可避免地要影响他对所刊之书的选择。由于陈起为江湖诗人刊诗是常见而且多见的，因此，他的影响便自然反映在其中。

其次，他往往直接向诗人索诗，有类于现在出版社的组稿。黄文雷的例子已见上。又如危稹《巽斋小集·赠书肆陈解元》二首之一说："巽斋幸自少人知，饭饱官闱睡转宜。刚被旁人去饶舌，刺桐花下客求诗。"③赵师秀《清苑斋诗集·赠陈宗之》说："每留名士饮，屡索老夫吟。"④这说明陈起关注着同时的江湖诗人的创作情况，并与他们保持着最密切的联系。江湖诗人作为陈宅书铺的基本作者队伍，其创作自然得到了陈起的鼓励和扶持。

最后，陈起的书铺是当时江湖诗人的一个活动中心。在他这里可以借到书，如张弋《秋江烟草·夏日从陈宗之借书偶成》："案上书堆满，多应借得归。"⑤赵师秀《清苑斋诗集·赠陈宗之》："最感书烧尽，时容借检寻。"⑥这样，他的书铺便兼有了图书馆的性质。另外，对一些无力购书的贫士，他还赠送书籍，允许他们赊书。如许棐《梅屋四稿·陈宗之叠寄书籍小诗为谢》："君有新刊须寄我，我逢佳处必思君。"⑦黄简《秋怀寄陈宗之》："独愧陈征士，赊书不问金。"⑧这样，他的书铺就不完全是商业性经

---

① 曾枣庄、刘琳主编：《全宋文》，第333册，第372页。
② 曾枣庄、刘琳主编：《全宋文》，第345册，第440页。
③ 〔宋〕陈起撰，张新朋点校：《芸居乙稿》附录，浙江古籍出版社2019年版，第34页。
④ 〔宋〕陈起撰，张新朋点校：《芸居乙稿》附录，第33页。
⑤ 〔宋〕陈起撰，张新朋点校：《芸居乙稿》附录，第34页。
⑥ 〔宋〕陈起撰，张新朋点校：《芸居乙稿》附录，第33页。
⑦ 〔宋〕陈起撰，张新朋点校：《芸居乙稿》附录，第35页。
⑧ 〔宋〕陈起撰，张新朋点校：《芸居乙稿》附录，第37页。

营；而一大群江湖诗人聚集在他的周围，也不完全是功利性交往。题为陈起所编的《南宋六十家小集》，60位诗人中，有18位和他有唱酬，足见他在当时的号召力和吸引力。

当然，最能反映出陈起的影响的，是他在宝庆元年（1225）所刊刻的《江湖集》。这部主要收录当时江湖诗人作品的集子，标志着江湖诗派开始在诗坛上崭露头角，管领一代风骚。书一刊出，即引起很大反响。当时名家韩淲写诗赞云："雕残沈谢陶居首，披剥韦陈杜不卑。谁把中兴后收拾？自应江左久参差。"①应该说，江湖诗人能够作为一个群体在诗坛上出现，陈起起到了非常重要的作用。在中国古代文学中，流派的产生有着多种多样的原因，但以一个书商之力就能促使一个流派的形成，却还是不多见的。尽管后世书商并没有像陈起那样与一个文学流派有着如此密切的关系，但他们的作用却越来越广泛，越来越明显。尤其是明清两代，各种思潮此起彼伏，其间，书商的活动往往起了迎合或推动作用。如明代嘉靖年间，翻刻旧籍之风甚盛，显然与复古运动有关；清代乾嘉之际的刻书业，似乎与乾嘉学派的出现互相配合；一直到现代，茅盾、叶圣陶等组织文学研究会，主编《小说月报》等刊物，郭沫若、郁达夫等组织创造社，主编《创造》诸刊，在当时都产生了极大的影响。这两个组织后来形成两个流派，当与他们的出版活动不无关系。站在整个学术文化史的高度，反观陈起的诸项活动，就更能看出其独特意义了。

在诗歌主题上，江湖诗派也有自己的特色。这里有两点值得特别提出来。一是对于江湖诗中的政治现实内容应该给予充分的肯定，而不能像过去有些学者那样，不加分析地就说这个流派在内容上琐屑、细碎，不敢接触当时社会的主要问题。在收诗5340首的《南宋六十家小集》中，体现忧国忧民之怀即具有政治内涵的诗便有180首以上。而通过具体考察，我们发现，当时所有的与国家安危有关的重大时事，在江湖诗人的作品中几

---

① 〔宋〕韩淲：《〈江湖集〉钱塘刊近人诗》，《涧泉集》卷一四七言律诗，《宋集珍本丛刊》第70册，线装书局2004年影印清乾隆翰林院钞本，第493页。

乎都有反映。如赵汝鐩《野谷诗稿》卷二《古剑歌》、黄大受《露香拾稿·老寒行》、毛珝《吾竹小稿·甲午江行》等，或借写"开禧北伐"，表示对恢复大业的期待；或写四川宣抚副使吴曦的叛变给南宋政权造成的危害；或对宋蒙联合灭金发表自己的见解，无不浸透着深刻的现实感。江湖诗人揭露南宋租赋之重，同情民生疾苦的作品也写得比较出色。如赵汝鐩的《耕织叹二首》，将农民生活的悲惨与统治阶级的剥削加以对比，淋漓尽致地揭露了社会的黑暗，被钱锺书先生评为"是把这个不合理现象（笔者按：即劳者不获，获者不劳）写得最畅达的宋代诗篇"①。其实，放在整个古代诗歌中，也可以得出这个结论。完全可以说，这类作品是南宋政治社会的形象的反映。二是应该看到江湖诗人对于羁旅生涯的体验有着独到之处。如我们所熟知，古人的乡土观念很重，他们向往安宁，留恋故土，对于行役有着本能的排斥。但是，社会环境和个人生活都有不容自由选择的情况，人们由于种种需求，不得不离乡背井，跋涉风尘。于是，乡愁羁恨便成为中国古代文学中的永恒的主题。但同样的主题，在不同的人身上，感受的层次和表现的方式都有不同。拿江湖诗人和南渡诗人比较，后者虽然也写乡愁羁恨，但往往同时含蕴着国难的内涵。在他们的羁旅诗中，我们较难找到对个人生活的精心刻画。深沉的感喟冲淡了他们对自己生活方式的内省，导致了他们对乡愁羁恨的粗线条勾勒。江湖诗人则不然，行役的生活方式虽然是他们为改善自己的处境所作的选择，但这条道路也往往导向不可知的未来。因此，自然的变化，人情的冷暖，使他们加倍的敏感；而客路的艰难，羁旅的悲苦，更使他们有着入微的感受。这样，在他们的笔下，漂泊的生活往往更带有纪实性，表现得更加切近，更加细腻。比如说，他们的作品中总爱写清晨和深夜，因为这两段时间对他们的心灵刺激特别深。又比如说，他们的作品中出现了大量的友谊题材，也与他们漂泊在外的心灵感受有关。所有这些，都反映出这个群体的独特之处。

---

① 钱锺书：《宋诗选注》，生活·读书·新知三联书店2019年版，第399页。

江湖诗从整体上来说，艺术水准是不高的。但作为那个特定时代的产物，作为那个特定群体的心灵活动，却有其特殊的认识价值。对于江湖诗，前人经常加以讥评的，一是"小"，二是"粗"，三是"俗"。如果不戴有色眼镜，这能否理解为一种不同于前人的审美情趣呢？这就要涉及江湖诗人的审美情趣。首先，江湖诗中有一种纤巧之美，包括小、巧、纤、细四个方面。江湖诗的气象确实小，体制也小，但这并不一定是他们的失败之处。生活是多侧面的，文学作为表现生活的一种手段，也应该是丰富多彩的。峻岭奇峰固然壮观，小桥流水也同样能给人以美的享受。而江湖诗人不擅大篇，只能说明他们的才力较小和爱好较偏，因而未能全面地掌握各种体裁。况且，他们之所以能够领数十年风骚，恐怕也与此不无关系。相反，如果他们抹杀了自己的这一特点，强不能以为能，则等待着他们的只有失败。其次，江湖诗中有一种真率之美，具体表现为真率放任，无所拘检，特别是在对个人欲望的表白上，几乎毫无遮掩。如危稹《上隆兴赵帅》和刘过《上袁文昌知平江》诸诗，都是如此。这种感情形态对诗风有着一定的影响。江湖诗往往或一气呵成，不假修饰；或在近体诗中多用流水对和复辞对仗，都与此有关。最后，江湖诗中有一种平俗之美。这是因为江湖诗人低下的社会地位，使他们的生活与一般市民较为接近，能够观察到市民阶层的生活层面，也能够体味到市民阶层的思想感情。先说题材。在江湖诗中，或写书商卖书，如陈起《〈史记〉送后村刘秘监兼致欲见之惊》；或写村儿学字，如宋伯仁《嘲不识字》；或写乡人接客，如危稹《接客篇》；或写塑偶求子，如许棐《泥孩儿》，都是前人不写或少写的。再说表现手法。江湖诗在情感上是露而尽，在描写上是切而近，在对仗上是工而巧，固不待言。尤其值得提出的是江湖诗中句意求熟的倾向。江湖诗或字句陈熟，或命意凡熟，影响了其创造性。如徐玑《山居》中"开门惊燕子，汲水得鱼儿"[1]二句，不失清新，实则出自杜甫《水槛遣

---

[1] 〔清〕吴之振等选：《宋诗钞·小畜集钞》，中华书局1986年版，第2487页。

心》"细雨鱼儿出，微风燕子斜"①。朱继芳《听雪》："瓦沟初瑟瑟，隐几坐虚日。良久却无声，门前深几尺。"②也还不错，但句意则全自陶潜《癸卯岁十二月中作与从弟敬远诗》来。陈陈相因，缺乏新意，当然是不值得称赏的。但是，江湖诗人迹近市民，而江湖诗歌亦在市民中很有市场。当时的市民阶层虽已具有一定的文化修养，但受其身份和地位的制约，不可能太博学，也不可能大量地接触前代文化遗产。从这个意义看，江湖诗人的创作，在文学史上固然是熟句、熟意，但对那些具体的读者来说，却仍然能够引起新的感受。因此，我们不妨把江湖诗人的许多作品，视为古代若干优秀作品在较低层次上的再现，因而这些诗虽无很高的审美价值，却仍然被许多人所接受，甚至喜爱。

江湖诗派是宋代最大的一个诗歌流派，活动时间也很长，达半个多世纪，而且是当时诗坛的主要力量。对于这个流派，还有许多问题，如江湖诗祸、诗派成员的共性与个性以及他们的时空观念等，也都是饶有意味的。

（选自《文史知识》1996年第7期）

---

① 〔唐〕杜甫著，〔清〕仇兆鳌注：《杜诗详注》，中华书局1979年版，第812页。
② 北京大学古文献研究所编：《全宋诗》，第62册，北京大学出版社1995年版，第39074页。

第二编 宋 词

本编尝试以9篇文章向读者介绍宋词的基本概况。"词"这一孕育并成长于民间文化，最终在文人士大夫手中成为一种艺术典范的文体，无疑是宋代最具"灵性"、最能展现作家性情的文学创作。"词"这一文体兼具"民间"与"文人"二重文化属性，但"文人化"是其发展主线。尽管文人的介入使词的创作日益洗脱其由"民间文化"中带来的娱乐性与适俗性，在一定程度上失去了"天然可爱"的原始艺术气息，但也使之朝着"言志"与技法精致化的方向发展，最终进入了可与"诗"分庭抗礼的文学殿堂。

与前一编的整体思路一致，本编第一篇文章《论宋词的发展历程》同样是整体论述宋代词史，将宋词的发展过程划分为六个词人代群：以柳永、晏殊等为代表的第一代；以苏轼、晏几道、秦观、周邦彦等为代表的第二代，即"元祐词人群"；以叶梦得、李清照、张元干为代表的第三代，即"南渡词人群"；以辛弃疾、姜夔等为代表的第四代，即"中兴词人群"；以吴文英、刘克庄等为代表的第五代，即"江湖词人群"；以张炎、蒋捷等为代表的第六代，即"遗民词人群"。其余8篇皆选取专论各代群代表性词人的文章。其中，"元祐词人群"这一代际选择了有关苏轼、周邦彦两位词人的两篇文章，是因为二人分别代表了宋词发展历程中的两种重要艺术范式；而"南渡词人群"中也选编了两篇，这一代词人中艺术成就最高、最具特色的词人当为李清照，她是一定要向读者朋友们介绍的作家，同时也将"南渡"词人中另一位极具代表性，但在今天名气似乎不大的叶梦得介绍给诸位读者，或亦有增广见闻之效。

论宋词的发展历程

王兆鹏

宋词的发展历程，前贤今哲多有论述，然因视角不同，观点亦异。[①]本文则试图从词人群体的更迭、政治环境的变化、抒情范式的变革等方面来分期考察宋词的发展历程。

两宋三百余年的词坛，先后共出现过六代词人群体[②]，宋词的发展历程也相应地经历了六个阶段。

一、第一代词人群（1017—1076）的因革[③]

第一代词人群，以柳永（987？—1053？）[④]、范仲淹（989—1052）、

---

① 参见钱建状、王秀林：《宋词分期问题研究述评》，刘扬忠、王兆鹏、刘尊明主编：《词学研究年鉴（1995—1996）》，武汉出版社2000年版。

② 关于这六个代群的划分，可参拙文《对宋词研究中"婉约""豪放"两分法的反思——兼论唐宋词的分期》（载《枣庄师专学报》1990年第1期）或拙著《宋南渡词人群体研究》的《绪论》（凤凰出版社2009年版）。本文主要是在原来分期的基础上，申论宋词的发展历程。

③ 这里之所以把宋词的第一代群（宋词发展的第一阶段）从1017年算起而舍弃了宋初半个多世纪，是因为宋初半个多世纪词人词作甚少，仅有10余位作者传存词作33首，词坛上没有形成一个独立的时期。王灼《碧鸡漫志》卷一就说："国初平一字内，法度礼乐，浸复全盛。而士大夫乐章顿衰于前日，此尤可怪。"（唐圭璋编：《词话丛编》，中华书局1986年版，第82页）宋词走上独立的发展道路，实以柳永等人走上词坛为标志。李清照《词论》评"本朝"乐章，就是以柳永为开端："逮至本朝，礼乐文武大备。又涵养百余年，始有柳屯田永者，变旧声作新声，出乐章集，大得声称于世。"（王仲闻：《李清照集校注》，中华书局2020年版，第226页）又，各个代群所划分的起迄年代，只是一个大致的时间区限，不是严格的断代。

④ 柳永的生卒年，颇多异说。此据先师唐圭璋先生《柳永事迹新证》所考，详见《词学论丛》，上海古籍出版社1986年版，第598—611页。

张先（990—1078）、晏殊（991—1055）、欧阳修（1007—1072）等为代表。另有宋祁（998—1061）、杜安世等人。他们主要生活在真宗、仁宗两朝的承平时代，个体的社会地位都比较显达，除柳永、张先以外，差不多都是台阁重臣，其中晏殊、范仲淹和欧阳修官至宰辅，位极人臣，人生命运相对来说比较顺利适意。其词所反映的主要是承平时代的享乐意识和乐极生悲后对人生的反思。

这一代词人，从创作倾向上可分为两个创作阵营：柳永、张先为一阵营，晏殊、欧阳修、范仲淹、宋祁等为一阵营。

晏、欧诸人，虽然词作并不少，但都不是专力为词的词人，"或一时兴到之作，未为专诣"①，走的是五代花间、南唐词人的老路，继承性大于创造性，连词调、词体的选择和运用都跟五代词人一样，是以小令为主。不过，晏殊和欧阳修等人，在宋词的发展史上，仍然有其创造性的贡献。他们以众多艺术圆熟、意境浑成的典范之作，强化了温庭筠等花间词人开创、定型的抒情范式，进一步确立了以小令为主的文本体式、以柔情为主的题材取向和以柔软婉丽为美的审美规范。在题材、艺术上也有所开拓创新。如晏殊的《破阵子》（燕子来时新社），将艺术镜头由传统的青楼歌妓、红粉佳人移到了乡村"采桑径里"②的女伴，人物形象的描绘生动传神，一洗秾艳的脂粉气，给词坛带来一股自然清新的气息。范仲淹的《渔家傲》（塞下秋来风景异）更将艺术视野延伸向塞外孤城，让"白发将军"和戍边征夫昂首走进词世界，尤其具有开创性。伴随"白发将军"而来的，还有欧阳修笔下"挥毫万字"的"文章太守"（《朝中措》）③、"四纪才名天下重"的元老勋臣（《渔家傲》）④，苏舜钦笔下"壮年何事

---

① 〔清〕冯煦：《蒿庵论词》，唐圭璋编：《词话丛编》，中华书局1986年版，第3585页。
② 〔宋〕晏殊著：《珠玉词笺注》，张草纫笺注：《二晏词笺注》，上海古籍出版社2008年版，第177页。
③ 〔宋〕欧阳修著，胡可先、徐迈校注：《欧阳修词校注》，上海古籍出版社2015年版，第31页。
④ 〔宋〕欧阳修著，胡可先、徐迈校注：《欧阳修词校注》，第176页。

憔悴""耻疏闲"的大丈夫（《水调歌头》）①等抒情人物形象。这些男子汉、大丈夫形象的出现，动摇了五代以来词世界由红粉佳人一统天下的格局，预示着男性士大夫的抒情形象，已开始进入词世界而欲与红粉佳人平分秋色。

11世纪上半叶的词坛，是宋词的"因革期"。既有因循传承，又有革新创造。如果说，晏、欧们主要是因循五代花间、南唐词风，因循多于革新，那么，柳永则主要是对五代词风的革命，其革新、创造多于因循。概括地说，柳永具有"三创"之功：

一是创体。柳永大力创作慢词，扩大了词的体制，增加了词的内容涵量，也提高了词的表现能力，从而为宋词的发展提供了最基本的艺术形式与文本规范。如果没有柳永对慢词的探索创造，后来的苏轼和辛弃疾等人或许只能在小令世界中左冲右突而难以创造出辉煌的篇章（苏、辛名作多为慢词）。同时的张先、欧阳修、杜安世、苏舜钦、聂冠卿、沈唐、刘潜、李冠等人也或多或少创作过慢词，他们的推波助澜，亦促进了慢词的发展。

二是创意。柳永给词注入了新的情感特质和审美内涵。晚唐五代以来的文人词，大多是表现普泛化的情感，词中的情感世界是类型化的、"共我"的情感世界，与词人自己的内心世界分离错位，不像诗中的情感世界那样与诗人自我的心灵世界对应同一。其中只有韦庄和李煜的有些词作开始表现自我的人生感受。柳永沿着李煜开启的方向，注意把词的抒情取向转移到自我独特的人生体验上来，表现自我的情感心态、喜怒哀乐。他的羁旅行役词，就是倾泄他在仕途上挣扎沉浮的种种苦闷。他的羁旅行役词中的情感世界，是"荡子"柳永自我独特的心灵世界，从而冲决了此前词中普泛化、类型化的情感世界的藩篱，给词的情感增添了个体化、自我化的色彩，使词的抒情取向朝着创作主体的内心世界回归、贴近。此后的苏轼，虽然词风与柳永大相径庭，但在抒情取向上却是沿着柳永开辟的自我

---

① 〔宋〕苏舜钦著，沈文倬校点：《苏舜钦集》，上海古籍出版社2011年版，第220页。

化、个体化方向前进的。

三是创法。晚唐五代词，最常见的抒情方法是意象烘托传情法，即运用比兴手段，通过一系列的外在物象来烘托、映衬抒情主人公瞬间性的情思心绪。而柳永则将赋法移植于词，铺叙展衍，或对人物的情态心理进行直接的刻画，或对情事发生、发展的场面性、过程性进行层层描绘，以展现不同时空场景中人物不同的情感心态。因而他的抒情词往往带有一定的叙事性、情节性。从小令到慢词，体制扩大，结构有变。柳永的铺叙衍情法，正适应、满足了慢词体制、结构变化的需要，解决了词的传统抒情方法与新兴体制之间的矛盾，推动了慢词艺术的发展。后代词人，诸如秦观、周邦彦等，多承此法并变化而用之。

张先的年岁与柳永相仿而高寿，他享年八十九岁，创作活动一直延续到第二代词人陆续登上词坛后的神宗熙宁年间（1068—1077），颇受新一代词坛领袖苏轼的敬重。张先创作了不少脍炙人口的抒情写景名句，提高了词的艺术品位。他创作的慢词，数量仅次于柳永，对慢词艺术的发展也起了一定的推进作用。张先词又常用题序，缘题赋词，写眼前景，身边事，具有一定的"纪实性"。词的题材取向开始由远离创作主体的普泛化情事转向贴近于创作主体的日常生活环境，由因情"造境"转向纪实"写境"。从此，词像诗一样也具有表现创作主体自我生活世界和心灵世界的功能。其后苏轼词多用题序，点明词作的时、地、环境和创作动机，就是受到张先的启发和影响。

二、第二代词人群（1068—1125）的开创

第二代词人群，是以苏轼（1036—1101）、黄庭坚（1045—1105）、晏几道（1038—1110）①、秦观（1048—1100）、贺铸（1052—1125）、周邦彦（1055—1121）等为代表的元祐词人群。此外著名的词人还有王安石

---

① 晏几道生卒年原无确考，近据《东南晏氏家谱》方得确定。参见涂木水：《关于晏几道的生卒年及排行》，《文学遗产》1997年第1期。

（1021—1086）、王观、李之仪（1048—1127）①、赵令畤（1051—1134）、晁补之（1053—1100）、陈师道（1063—1101）、毛滂（1064—1121）等。

这代词人的创作历时半个世纪，大致始于 11 世纪 60 年代中期，终于 12 世纪 20 年代初。第一代词人柳永、范仲淹、晏殊等已于 11 世纪 50 年代先后去世，只有张先、欧阳修两位词坛老将活到 70 年代而亲手传下接力棒。第二代词人中，王安石、苏轼的词创作开始于 60 年代。而作为一代词坛领袖的苏轼，其词风直到 70 年代，亦即欧阳修、张先行将退出词坛之际，才走向成熟。其他如黄庭坚、秦观、贺铸等，也是到 70 年代后才崭露头角。故第二代词人的创作年代主要是在神宗、哲宗、徽宗三朝（1068—1125）。

这代词人所处的时代，是政治变革的时代，也可以说是政局多变、新旧党争此起彼伏、党派之间相互倾轧的时代。神宗朝（1068—1085），新党执政，推行新法，反对变法的旧党人士大多被排斥出朝廷。哲宗元祐年间（1086—1093），高太后垂帘听政，起用旧党人士而力斥新党，属于旧党的苏轼及苏门诸君子纷纷回朝，会师于汴京，诗词酬唱，酒酣耳热，文坛盛况空前。高太后归天后，在哲宗亲政的绍圣、元符（1094—1100）年间，新党卷土重来，并大肆迫害旧党人士。苏轼及其门下士都受到残酷打击，贬谪放逐，无一幸免。徽宗即位之初（1100），还想调和新旧两党的争斗，但一年之后，新党的投机分子蔡京等执政，又大开杀戒，对旧党实施了更为严酷的打击。政局的动荡变化，直接影响了卷入党争旋涡的词人的命运。苏轼及苏门词人的升沉荣辱紧随着政局的动荡而变化。这一代词人比上一代词人更普遍、更多地体验到命运的坎坷、人生的失意和仕途的蹭蹬。他们都是文坛（词坛）上有盛名而政坛上无高位的失意文士。因而，这个时期的词作主要表现的是个体生存的忧患和人生失意的苦闷。

从社交群体看，这一代词人大致可划分为两个群体：一是以苏轼为领

---

① 李之仪的生卒年，据曾枣庄：《李之仪年谱》，《宋代文学研究》第四辑，四川大学出版社 1994 年版；邓子勉：《李之仪生卒年考辨》，《文教资料》1998 年第 1 期。

袖的苏门词人群，黄庭坚、秦观、晁补之、李之仪、赵令畤、陈师道、毛滂等属之。晏几道、贺铸等虽不属苏门，但与苏门过从甚密。二是以周邦彦为领袖的大晟词人群：晁冲之、曹组、万俟咏、田为、徐伸、江汉等属之，他们都曾经在大晟乐府内供职。

就创作时代而言，这两个群体略有先后。大致说来，11世纪下半叶后三十余年（神宗、哲宗二朝）的词坛，是苏门的天下，周邦彦虽然在此期也有名作问世，但笼罩在苏门的光环之下而没有放射出耀眼的光芒。苏轼及黄、秦、晁、陈等苏门中坚词人，在12世纪的头几年都先后去世，故12世纪一二十年代（徽宗朝）的词坛，则由周邦彦等大晟词人唱主角，虽然李之仪、赵令畤、毛滂等苏门词人仍继续在创作，但力量和影响都难与周邦彦等抗衡。

虽然此期词坛分为两个交际圈，但词风并不止两种，而显出百花齐放、百川争流的多元态势。就苏门而言，苏轼独树一帜而开宗立派，但师法其词的仅有晁补之、黄庭坚两人。秦观另辟蹊径，俊逸精妙，自成一体，并不恪守师承而为苏轼所囿。李之仪、赵令畤等标举"花间"词风，继续用小令建构他们的词世界。

本不属苏门的晏几道、贺铸，更是"各尽其才力，自成一家"①。小晏词构筑的是一个纯真执着的恋情世界，并把令词的艺术推向高峰。贺铸词豪气与柔情并存，时如豪侠硬语盘空，时如少女软语呢喃，各种风情韵味并存于一集。词集名《冠柳集》的王观，似乎有意要与柳永一争高低，宋人王灼说他"才豪"气盛，"其新丽处与轻狂处，皆足惊人"②。

万俟咏等大晟词人，作词也不受其领袖周邦彦的制约而另择师门。王灼说万俟咏与"沈公述、李景元、孔方平、处度叔侄、晁次膺"等六人，"源流从柳氏来"③，师法效仿的是柳永开创的"柳氏家法"。至于曹组，

---

① 〔宋〕王灼：《碧鸡漫志》，唐圭璋编：《词话丛编》，第83页。
② 〔宋〕王灼：《碧鸡漫志》，唐圭璋编：《词话丛编》，第83页。
③ 〔宋〕王灼：《碧鸡漫志》，唐圭璋编：《词话丛编》，第83页。

则别属滑稽幽默词派，"作《红窗迥》及杂曲数百解，闻者绝倒，滑稽无赖之魁也"①，又有"兖州张山人以诙谐独步京师"，王齐叟"以滑稽语噪河朔"②。可惜这些诙谐词多已不传。唐宋词一直以悲剧性的感伤忧患为基调，而滑稽幽默词则以喜剧性的情调和手段调侃社会、调侃人生，在唐宋词苑中独具异味。滑稽幽默词在唐宋词史上虽然是一股涓涓细流，却也是不绝如缕。曹组之后，"祖述者益众"③。连后来的词坛巨擘辛弃疾也曾染指，写了不少品位甚高的诙谐幽默词，从而为谐谑词增添了新的光彩和亮色。总之，元祐前后半个世纪的词坛，是多种风格情调并存共竞的繁荣期。其中创造力最强盛、影响力最深远的是苏轼和周邦彦。

11世纪70年代初，文坛主将欧阳修去世后，从四川盆地冲出的大才子苏轼在欧阳修生前的大力扶持下继起而执掌文坛。他以文坛领袖特有的胸襟和悍然不顾一切的气魄对词作进行了大刀阔斧的开拓和变革，"指出向上一路，新天下耳目"④。

词是抒情的文学，苏轼无意于改变词作抒情的文体特性，而是要拓展词的情感领域，扩大词的抒情功能，将只表现"爱情"的词扩展为表现"性情"的词，将只表现女性化的"柔情"的词扩展为表现男性化的"豪情"的词，使词作像诗歌一样可以充分表现创作主体的丰富复杂的心灵世界、性情怀抱。苏轼扩大了词的表现功能，丰富了词的情感内涵，拓展了词的时空境界，从而提高了词的艺术品位，把词堂堂正正地引入文学殿堂，使词从"小道"上升为一种与诗具有同等地位的抒情文体。

苏轼以后的南宋词坛，主要有两种创作趋向，并形成两大派系：一是注重抒情言志的自由，遵守词的音律规范而不为音律所拘，词的可读性胜于可歌性；二是注重词艺音律的精严，情感的抒发有所节制而力避豪迈，强调词的协律可歌。前者是骚人志士的"诗化"词、"豪气"词；后者是

① 〔宋〕王灼：《碧鸡漫志》，唐圭璋编：《词话丛编》，第84页。
② 〔宋〕王灼：《碧鸡漫志》，唐圭璋编：《词话丛编》，第84页。
③ 〔宋〕王灼：《碧鸡漫志》，唐圭璋编：《词话丛编》，第84页。
④ 〔宋〕王灼：《碧鸡漫志》，唐圭璋编：《词话丛编》，第85页。

知音识律者的"乐化"词、"风情"词。前者以苏轼为宗，主要词人有叶梦得、朱敦儒、向子諲、张元干、张孝祥、陆游、辛弃疾、陈亮、刘过、戴复古、陈人杰、刘克庄、刘辰翁和金源词人。后者以周邦彦为祖，主要词人有姜夔、史达祖、吴文英、周密、王沂孙、张炎诸人。前者习惯上称为"苏辛派"，后者习称"周姜派"。

周邦彦，作为一大词派的领袖，给后代词人提供的抒情范式主要表现在三个层面：

一、重音律。周邦彦填词按谱，审音用字，十分严格，不仅分平仄，而且严分平、上、去、入四声①，使语言的字音高低与曲调旋律节奏的变化完全吻合。南宋吴文英等作词严分四声，就是以周词为范式；而方千里、杨泽民的《和清真词》和陈允平的《西麓继周集》，严格按照周词的律调音韵赓和作词，字字趋从，声声不异，虽是误入歧途，却也从反面说明南宋部分词人对周词的极端崇拜，奉周词为不可变更移易的金科玉律。

二、重法度。如果说苏轼作词如李白作诗，天才横放，纵笔挥洒，自然流露，无具体的规范可循；那么，周邦彦作词似杜甫，精心结撰，"下字运意，皆有法度"②。周词的法度，集中体现在章法结构和句法炼字两个方面。周词的章法结构，是从柳永词中变化而来。周词像柳词一样长于铺叙，抒情性与叙事性兼融，但他是变直叙为曲叙，往往将顺叙、倒叙、插叙错综穿插③，时空结构上体现为一种跳跃式结构，过去、现在、未来的时空场景交错叠映，使结构繁复多变。后来吴文英词作的章法结构，又从周词变化而出。周词的句法，主要诀窍是融化前人诗句入词，贴切自然，既显出博学，又见出精巧。因其词法度井然，追随者有门径可入，故后来"作词者多效其体制"④。

三、言恋情，善咏物。恋情词，并不始于周邦彦，唐五代早已大量存

---

① 可参考夏承焘：《唐宋词字声之演变》，《唐宋词论丛》，古典文学出版社1956年版。

② 〔宋〕沈义父：《乐府指迷》，唐圭璋编：《词话丛编》，第277页。

③ 参见刘扬忠：《周邦彦传论》，陕西人民出版社1991年版。

④ 〔宋〕张炎：《词源》，唐圭璋编：《词话丛编》，第255页。

在，但到周邦彦手中，恋情词发生了两大变化：一是自我化，二是雅化。所谓自我化，是变女性中心型为男性（词人自我）中心型。以前的恋情词，失恋的主体多为女性，表现女性对男子的追求思恋；周词中的失恋主体，则多是词人自我，女性已成为他所思所恋的对象。温庭筠等花间词人的恋情词，写的是一种普泛化的恋情，恋爱的双方无确切的指向，恋人是符号化的，如"楚女""谢娘"之类，恋情是类型化的。柳永有些恋情词，虽然也是以词人自我为中心，但他所恋的对象似不具体，只是表达对异性佳人的渴望。而周邦彦的恋情词则往往是写词人自我失恋的经历，他的恋爱情事、恋爱对象有具体明确的指向。所谓"雅化"，是指自花间词至柳永词，有些恋情词写得过于直露、失于庸俗轻浮，而周邦彦的部分恋情词，则写得比较含蓄、高雅，并且将自己的人生失意融汇入恋情词中，丰富了恋情词的情感内涵。其后姜夔、吴文英等人的恋情词，也多是写自我的失恋或忆恋离散、去世的情人（多为妓、妾），雅而不俗，其源即从周词中来。周邦彦写的咏物词也比较多，而且善于将身世飘零之感、仕途沦落之悲、情场失恋之苦与所咏之物打成一片，也为后来姜派词人的咏物重寄托开了不二法门。[1]

三、第三代词人群（1110—1162）的新变

第三代词人群，是以叶梦得（1077—1148）、朱敦儒（1081—1159）、李纲（1083—1140）、李清照（1084—1155?）、张元干（1091—1161）等为代表的南渡词人群。其他比较著名的有陈克（1081—1137后）、周紫芝（1082—1155）、赵鼎（1085—1147）、向子諲（1085—1152）、李弥逊（1089—1153）、陈与义（1090—1138）、岳飞（1103—1141）等词人。

这代词人主要生活在12世纪上半叶徽宗、钦宗、高宗三朝（1100—1162）社会由和平转向战乱的时代。由于时代的巨变，他们的创作环境明显地分为两个阶段。他们的前半生，即靖康之难以前，是在徽宗朝

---

[1] 参见王兆鹏：《论宋代咏物词的三种范型》，《中国诗学》1995年第3期。

（1100—1125）畸形的和平环境中渡过，生活比较安定适意，大多数词人是在绮罗丛中吟风弄月，创作上并没有形成自己的个性风格和新的时代特色。而此时周邦彦、贺铸等老词人仍占领着词坛。因此，严格说来，第三代词人此时只是做着创作"前期"的艺术准备。

宣和七年（1125）冬，金人在与北宋联手灭辽之后挥师南下侵宋，年底即逼近北宋都城汴京（今河南开封）。靖康元年（1126）正月初，金兵围攻汴京，在以李纲为首的守城将士的顽强抵抗下，被迫退师。同年底，金兵再度进攻夺取了汴京，俘虏了北宋徽、钦二帝，北宋灭亡，史称"靖康之难"。建炎元年（1127），高宗赵构即位，建立南宋王朝。可这位乘乱登基的皇帝，不思抵抗，在金人步步进逼之下，渡江南逃，一直被金兵赶到东南的大海上。直到建炎四年春天，金兵才退出江南，占据着淮河中流以北的中原领土。从此，宋金分疆而治，但战火并未停歇。南渡词人的后半生就生活在这个亡国、战乱时代。战火硝烟彻底改变了他们的人生命运和创作倾向。他们在建炎南渡以后（1127—1161）的词作，主要是表现战乱时代民族社会的苦难忧患和个体壮怀理想失落的压抑苦闷。动乱的岁月，苦难的生活，悲剧的时代，铸就了新的词风和词境。

这代词人群人数众多，有词集传世的就有40多人，超过了前两代词人有词集传世者的总和（不到30人）。从词人的角色身份和创作倾向来看，这代词人群可分为三个创作阵营或三种创作类型：

一是愤世与救世的志士词人群。这主要有叶梦得、陈克、朱敦儒、向子諲、李弥逊、陈与义、王以宁（1090？—1147？）、张元干、岳飞和"南宋四名臣"——李纲、李光（1078—1159）、赵鼎、胡铨（1102—1180）等人。他们有着强烈的社会责任感和使命感，直接或间接地投身过抗击金兵的战斗，如李纲指挥过靖康元年（1126）的"汴京保卫战"；张元干为其幕下参谋，也亲冒矢雨指挥杀敌；王以宁在李纲率兵援救太原的战斗中生擒敌兵数十人；向子諲转战南北，在潭州（今湖南长沙）城与金兵巷战八日；李光、李弥逊、叶梦得先后任地方长官，都建有守城保土之功；岳飞更是战功赫赫的名将；赵鼎任宰相时曾亲临抗金前线指挥；具有"文武全才"的朱敦儒也做过前线军幕的参谋官；陈克晚年投笔从戎，在绍兴七年（1137）的淮西兵变中遇险；胡铨虽未驰骋于战场，却用笔杆子投身于抗金的斗争，上书力主抗战，请斩卖国求和的秦桧，声震朝野①。他们都是坚定的抗战派，但因朝廷的主和势力常常占着上风，尤其是在绍兴八年秦桧专权之后，一味向金人屈膝求和，这批抗战的志士词人更倍受打击迫害，而报国无门。创作上，他们面向激烈变化的时代现实，表现民族的苦难生活，抒发对国事的痛愤和英雄失路的苦闷，词风悲壮慷慨，代表着南渡词坛的主流和词史进程的新方向。

二是遁世与玩世的隐士词人群。这有周紫芝（1082—1155）、吕渭老、扬无咎（1097—1177）等人。他们虽然也历经战乱，但时代风云、战争乱离、国家破亡似乎并没有激起他们心底的波澜。他们只是封闭在个人生活的圈子里吟诵着林泉风月中的逍遥自在，词作缺乏鲜明的时代感和现实感。志士词人群在遭受打击、被迫隐退之后，也写了大量的隐逸词。"隐逸"避世成为当时文人士大夫一种流行的心理和行为方式，也是当时的一种热门题材。不过，志士词人群的"隐逸词"，并未真正忘怀现实人生，而蕴含着压抑与不平之气。隐士词人的隐逸词，则多几分宁静与闲适自得，他们的词风在南渡前后也没有太大的变化，战争乱离似乎既没有改变他们的人生命运，也没有改变他们的创作态度和创作风格。

三是颂世和谀世的宫廷词人群。这有康与之、曹勋（1098—1174）、史浩（1106—1194）、曾觌（1109—1180）、张抡等人。他们或是嬖客，或是内廷宠臣，专门在宫廷里遵命创作，或歌功颂德，或应制献谀，以讨得主子皇上的欢心。这批词人年寿较高，登上词坛的时间也比前两群词人稍晚，他们的创作活动主要是在高宗朝的后期，并延续到孝宗朝，而与下一代词人辛弃疾等人的创作时代交叉重叠。

---

① 以上诸位词人的事迹，除张元干、王以宁、陈克外，俱见《宋史》本传。张元干事迹，可参王兆鹏：《张元干年谱》，南京出版社1989年版；王以宁事迹，参王兆鹏：《王以宁生平事迹考辨》，《中国文学研究》1988年第1期；陈克事迹，参王兆鹏：《两宋词人年谱》之《叶梦得年谱》绍兴七年（1137）纪事，（台北）文律出版社1994年版。

　　此期词坛的发展走向，可以从词人对待苏轼词风的冷热变化上看出。南渡前徽宗朝二十多年的词坛，苏轼颇受冷落。当时的"少年"讥讽苏轼是"移诗律作长短句"，"十有八九，不学柳耆卿（永），则学曹元宠（组）"①。南渡词人，也是走"花间"的老路，或是跟着周邦彦等人随声附和。直到靖康之难爆发以后，南渡志士词人群才"重新"发现苏轼，而沿着苏词的"诗化"方向前进，把词当作诗来写，其词可歌却不追求入乐歌唱，重在发挥词的抒情言志功能，从而把一度冷落了的苏轼开创的抒情范式经过充实提高后直接传给后来的辛派词人。就词史的进程来观察，这个时期是词史的新变期。说其"新变"，是因为南渡词人在南渡以后空前地将词的抒情取向贴近了激烈变化的社会现实生活，词人的视野不再是局限于个体化的情感世界或普泛化的超时代的情感思绪，而扩大到社会化的民族心理、社会心声，加强了词的现实感和时代感，并进一步扩大了词的表现功能。②

　　南渡词坛，是以群体的力量和优势推动着宋词的发展，尚未产生像苏轼、周邦彦那样开宗立派、领袖一代的"大家"，但此时出现的杰出女词人李清照，也足以使南渡词坛放出异彩。

　　李清照流传下来的词作虽只50多首，但几乎首首是"精品"。这种"精品"现象在中国诗歌史上是颇为少见的。她具有天才般的艺术表现能力，能用从日常生活中提炼出来的最平常的语言准确地表现复杂微妙的情感心态，用一两个日常动作细节的勾勒就能传达出人物内心情绪的波动变化。她的语言，具有"清水出芙蓉"般的天然纯净之美，自成一种风格。约略与李清照同时的女词人朱淑真，以其独特的悲剧性体验，充实和丰富了这个时期词的艺术世界。

---

① 〔宋〕王灼：《碧鸡漫志》，唐圭璋编：《词话丛编》，第85页。
② 参见王兆鹏：《南渡词人群体研究》中篇《心灵的探寻》，凤凰出版社2009年版。

四、第四代词人群（1163—1207）的辉煌

第四代词人群，是以辛弃疾（1140—1207）、陆游（1125—1210）、张孝祥（1132—1169）①、陈亮（1143—1194）、刘过（1154—1206）和姜夔（1155? —1209）②等为代表的"中兴词人群"。另有袁去华、刘仙伦、杨炎正（1145—1216）、史达祖、高观国、卢祖皋和张辑等词人。

这代词人，都是在靖康之难后出生，对国家的苦难、民族的屈辱有着切身的体验和感受。他们生活的时代，主要是在孝宗、光宗二朝，是一个号称"中兴"，给人希望最终又令人失望的时代。孝宗刚登基时（1162），摆出一副与金人决斗的架势，朝野上下，人心大振，给收复失地、一统河山带来了希望。可不久因战败兵溃，孝宗丧失了收复中原的信心，长期坚持固守讲和的战略。"隆兴和议"之后，宋金长期处于"冷战"对峙状态，孝宗及其子孙据守着半壁河山，安心做着向金朝屈膝称臣、半是主子半是奴仆的皇帝。然而，时代的要求、民族的愿望是恢复失地，夺回中原。应运而生的辛弃疾等一代文武通人，期待着横戈跃马，登坛作将，收复中原，一统江山，可希望渐成泡影，理想最终幻灭。一代英雄豪杰只能虚度青春、消磨岁月。南渡以来已经与时代脉搏一起跳动的词作，自然要表现英雄志士们的情怀和个性。因而，此期的词作，主要是表现英雄们的壮怀理想和壮怀成空后的压抑苦闷。

他们是在南渡词人相继辞世后登上词坛的。他们的创作年代，主要是在12世纪下半叶。宁宗开禧三年（1207），词坛主帅辛弃疾含恨去世，标志着这一阶段词史的结束。这个时期的词坛，创作队伍阵营强大，有词集

---

① 历来的词史和文学史，都把张孝祥和张元干并称，将二张视为同时人。实际上，张孝祥比张元干要小46岁，属于两代人。张元干到垂暮之年，张孝祥才登上词坛。张孝祥比陆游小7岁，比辛弃疾年长8岁，与辛、陆是同一代人。只因他英年早逝，当辛弃疾在词坛初露锋芒时，张孝祥就已离开了词坛。故给人一种错觉，好像张孝祥与张元干等南渡词人是同一代人。

② 姜夔卒年，多依夏承焘《姜白石系年》定为1221年。此据陈尚君《姜夔卒年考》（《复旦学报》1983年第2期）、束景南《白石姜夔卒年确考》（《古籍整理研究学刊》1992年第4期）。

传世的知名词人就有50多位，而且大家辈出，名作纷呈，多元化的艺术风格和审美规范并存共竞，是两宋词史上最辉煌的高峰期。

从词人的社会角色和身份来看，这代词人可分为两种类型：一类是像辛弃疾、陆游、陈亮这样有救国壮志且具方略、勇于进取而未获重用、无法施展其文经武略的英雄志士；一类是像姜夔那样的才高名盛而毫无政治地位的江湖名士。刘过虽属江湖名士，词风却与辛、陈相近。

创作倾向上，也壁垒分明。以辛弃疾为领袖的英雄词人秉承苏轼的抒情范式，沿着南渡志士词人的创作方向，写"豪气词""诗化词"。他们把词的表现功能发挥到最大限度，词不仅可以抒情言志，也可以同诗文一样议论说理。从此，词作与社会现实生活、词人的人生命运和人格个性更紧密相连，词人的艺术个性日益鲜明突出。一人之词，就是一个独特完整的生命世界。词的创作手法，不仅借鉴诗歌的艺术经验，"以诗为词"，而且吸取了散文的创作技法，"以文为词"。词的语言在保持自身特有的音乐节奏感的前提下，也大量融入了诗文中的语汇。虽然词的"诗化"和"散文化"，有时不免损害了词的美感特质，但此期词人以一种开放性的创作态势，在词中容纳一切可以容纳的对人生、自然、社会、历史的观察、思考和感受，利用一切可以利用的创作手段和蕴藏在生活中、历史中的语言，则空前地解放了词体，增强了词作的艺术表现力，最终确立并巩固了词体与五七言诗歌分庭抗礼的独立的文学地位。

姜夔则远承周邦彦写"雅词""乐化词"，而自树一帜，与其追随者史达祖、高观国、卢祖皋、张辑等人别成一派，与辛派形成双峰对峙之势。

中兴词坛，艺术成就最高、创造力最强劲并雄居词史艺术峰巅的词人，无疑是辛弃疾。辛弃疾原是出身行伍的英雄豪杰，本无意于做舞文弄墨的词人。由于历史的颠倒错位，他无法使用刀枪去战场上建立丰功伟业，只得拿起笔杆在词坛上创造辉煌。词史上，他是唯一一位把自己的全人格、全生命融注在词作中的词人。他的词作，创造了一个前所未有的、独特完整的、丰富阔大的英雄的词世界，在词境上有着多方面的拓展，在词艺上也有多方面的创造和提高①。

辛派词人远承东坡而近学稼轩，而从东坡到稼轩，其间直接的桥梁则是张孝祥。张孝祥比辛弃疾年长几岁，是南渡词人群与中兴词人群之间的过渡人物。高宗绍兴三十年（1160）前后，南渡词坛的李清照、朱敦儒和张元干等著名词人已先后辞世，而辛弃疾到孝宗乾道四年（1168）后才逐步在词坛崭露头角②。从绍兴末到乾道中（1161—1168），词坛上最著名的词人，首推张孝祥。

张孝祥与苏轼的气质有些相似，都是天才型的诗人，他作诗填词也以东坡为典范。他的名作《六州歌头》，把抒情、描写、议论融为一体，声情激越顿挫，风格慷慨沉雄。其指陈时事的纵横开阖和强烈的现实批判精神，都直接成为稼轩词的先导。

比辛弃疾年长15岁而创作基本同时的陆游，虽然平生专注于诗歌创作，作词只是"业余爱好"，但其词作也颇具个性，表现了他独特的精神风貌和人生体验。他的《放翁词》，表现了一位集文士、战士、隐士于一身的放翁形象，展现了一位英雄战士渐变为落魄文士、"无聊"隐士的悲剧命运和悲剧情怀，丰富充实了词的情感世界。

陈亮也是豪侠，"喜谈兵"③，"自少有驱驰四方之志"④，终生致力于中兴、复仇的大业，51岁状元及第时自称"复仇自是平生志，勿谓儒臣鬓发苍"⑤。他与辛弃疾是志同道合的密友，"词亦相似"⑥。他常常用词来表达他的政治军事主张，强烈的现实针对性、鲜明的政治功利性和纵横开阖的议论性是其词最突出的特点。

---

① 参见王兆鹏：《英雄的词世界——稼轩词的特质与新变》，《河北大学学报（哲学社会科学版）》1993年第4期。

② 据邓广铭《稼轩词编年笺注》1993年增订本，辛弃疾的第一首编年词，始于孝宗隆兴元年（1163），此后四年仅有词1首。乾道四年（1168）后词作渐多。

③〔元〕脱脱等：《宋史》卷四三六《陈亮传》，中华书局1985年版，第12929页。

④〔元〕脱脱等：《宋史》卷四三六《陈亮传》，第12938页。

⑤〔宋〕陈亮：《及第谢恩和御赐诗韵》，邓广铭点校：《陈亮集》，中华书局1987年版，第506页。

⑥〔清〕刘熙载：《词概》，唐圭璋编：《词话丛编》，第3694页。

　　刘过是终生流浪江湖的布衣、游士，既有侠客的豪纵，又有游士的清狂。他词作中的抒情主人公，是一位自傲自负又自卑自弃、狂放不羁又落魄寒酸的江湖狂士。刘过的《龙洲词》，第一次展现了南宋中后期特殊的文士群体——江湖游士的精神风度、生活命运和复杂心态，具有独特的生命情调和个性风格。

　　同期的姜夔，也是江湖游士，但比刘过少几分清狂而多几分雅韵。他的词，题材取径较窄，主要是写恋情与咏物，在词境上并无多大拓展，但艺术上却另创新机。

　　姜夔作词，师法周邦彦。与周词相比，姜夔的恋情词又别开生面。他往往过滤、省略掉当初缠绵温馨的爱恋细节，而只表现离别后精神上的追求苦恋，赋予柔思艳情以高雅的情趣；又不用艳丽的字面来装饰，热烈的恋情出之以冷峻清雅的笔调，即所谓健笔写柔情，从而形成清刚峭拔而"骚雅"①的特质。周邦彦的咏物词，已初步将身世之感和怀人伤别渗透其中，姜夔的咏物词由此深入，更将恋情与咏物打成一片。周词往往是将物态与人情"联合"写之，词中人与物是双向交流；姜词则是把物态与人情"融合"写之，词中人与物同化合一，更显精妙。咏物而别有寄托，是姜词的又一特点，也是对宋末咏物词影响最大的一点。

　　白石词的语言也独具个性。与周邦彦词相较，周词的语言色泽艳丽，如春日牡丹；姜词的语言色调清幽，似雪中寒梅。周词多融化前人诗句，用的是江西诗派"点铁成金"的方法；姜词则是自铸新辞，吸取的是江西诗派清刚峭拔的精神，改变了历来"婉约词"语言软媚柔弱的原质。

　　姜词因语雅、调雅、味雅，而被宋末词人奉为雅词的典范。清人汪森《词综序》即说："鄱阳姜夔出，句琢字炼，归于醇雅。于是史达祖、高观国羽翼之，张辑、吴文英师之于前，赵以夫、蒋捷、周密、陈允平、王沂孙、张炎、张翥效之于后。"②

①〔宋〕张炎：《词源》，唐圭璋编：《词话丛编》，第259页。
②〔清〕冯金伯辑：《词苑萃编》，唐圭璋编：《词话丛编》，第1785页。

五、第五代词人群（1208—1265）的深化

第五代词人群是以戴复古（1167—1243后）、孙惟信（1179—1243）、刘克庄（1187—1269）、吴文英（1207？—1269？）、陈人杰（？—1243）和黄升等为代表的"江湖词人群"。13世纪上半叶的词坛，基本上是江湖名士的天下。此期词人大多是寄人篱下、没有独立的社会地位和固定经济来源而又名动天下的江湖清客，是以"业文"为生的"专业"作家。

这一阶段，是两宋词史上的深化期。词风走向，分双线发展：一线继承"稼轩风"，沿着辛弃疾抒情自我化的道路继续深化。词作常以"自述"为题，表现江湖名士的行藏出处、意态风神，抒发自我的失意苦闷。他们崇尚抒情的痛快淋漓，而不斤斤计较字工句稳；豪壮之气不足，狂傲之气有余，有时不免流于粗豪叫嚣，而缺乏辛弃疾那种深沉刚健之美。戴复古、孙惟信、刘克庄、陈人杰等属于此类。另一线则传承、师法周邦彦和姜夔，注重炼字琢句，审音守律，不尚抒情的自由，但求字句的协律典雅。写恋情，状物态，是他们词作的主要题材。吴文英是其中代表。

他们生活在朝野上下醉生梦死的"苟安"时代（宁宗、理宗二朝）。自1206年"开禧北伐"失败以后，南宋君臣对收复失地、北定中原就彻底失去了信心和希望，于是心安理得地龟缩在半壁河山，守着"一勺西湖水"，酣歌醉舞，苟且偷安。加之朝廷政治日益腐败黑暗，"绝口用兵"（汪晫《贺新郎·开禧丁卯端午中都借石林韵》）[1]，文人士大夫大多丧失了进取之心和社会责任感，混世、厌世和愤世成为当时社会普遍流行的、也是词作中最突出的心理常态。

这个时期词作中的情感世界，有所拓展，表现出了词史上未曾表现过的一种心态——灰心与绝望。

此时的文人士大夫，无论是对民族的命运，还是对个人的前途，大都

---

① 唐圭璋编：《全宋词》，中华书局1965年版，第2287页。

是灰心绝望。他们深知，"偏安久，大义谁明"（黄机《六州歌头》）①，清醒地意识到朝廷、社会已是"膏肓危病"，无法救治，"宁有药，针匕具，献无门"（黄机《六州歌头》）②。个人的进与退，都无补于社会，所谓"用与舍，徒为耳"（冯取洽《贺新郎》）③，因而心灰意冷。如果说上一代词人是希望与失望交织，进取与退避并存，那么这一代词人就只有失望和绝望。他们一再表白："未老心先懒"（宋自逊《蓦山溪》）④、"道人识破灰心久"（宋自逊《贺新郎》）⑤、"弧矢四方男子事，争奈灰心也久"（李曾伯《贺新郎》）⑥、"看剑功名心已死"（王淮《满江红》）⑦。心如死灰，是这代词人共有的心理状态。

哀莫大于心死。由于对现实社会和人生前途的灰心绝望，他们转而厌世、混世。厌世的心理，混世的态度，突出地体现在不再追求什么人生事业、社会功名，只求个体生活的清闲自在，在悠闲和无所事事中消磨岁月，打发时光。

于是，"闲"就成为这代词人共同追求的生活目标。陈人杰曾说："人间世，只闲之一字，受用无穷。"（《沁园春》）⑧其他词人也纷纷发表爱闲求闲的声明："万事全将飞雪看，一闲且问苍天借"（赵希迈《满江红》）⑨、"已没风云豪志气，只思烟水闲踪迹"（吴渊《满江红》）⑩、"任当年伊吕，谈笑兴王，争敌惩、闲眠野宿"（韩淲《洞仙歌》）⑪。辛弃疾、陆游等英雄志士为年华的等闲虚度而苦闷焦虑，恨闲恶闲。而这代

---

① 唐圭璋编：《全宋词》，第 2534 页。
② 唐圭璋编：《全宋词》，第 2534 页。
③ 唐圭璋编：《全宋词》，第 2655 页。
④ 唐圭璋编：《全宋词》，第 2688 页。
⑤ 唐圭璋编：《全宋词》，第 2688 页。
⑥ 唐圭璋编：《全宋词》，第 2826 页。
⑦ 唐圭璋编：《全宋词》，第 3023 页。
⑧ 唐圭璋编：《全宋词》，第 3085 页。
⑨ 唐圭璋编：《全宋词》，第 2691 页。
⑩ 唐圭璋编：《全宋词》，第 2693 页。
⑪ 唐圭璋编：《全宋词》，第 2251 页。

词人是爱闲乐闲，闲得满足，闲得惬意。所谓"幸得闲中趣"（李曾伯《贺新郎》）①，"乐取闲中日月长"（李曾伯《减字木兰花》）②，"这闲福，自心许"（汪晫《贺新郎》）③。

灰心绝望的词人，面对病入膏肓的社会危机和民族危机，并没有完全丧失正义与良知。他们也曾忧时伤世，也曾"提短剑，腰长铗"，寻机遇，觅封侯。但由于未曾进入仕途，未曾参与政治，因此，他们只是"思想"上忧国，而"行动"上不救国，也无法、无力拯救。同样是面对民族危机、社会忧患，辛弃疾、陆游、陈亮等"中兴"词人是随时准备舍身投入去拯救国难，有着"舍我其谁"的使命感。而这代江湖词人只是期待别人去解忧排难，而把自己定位为"看客"的角色。李曾伯就直言不讳地宣称："断国谋王非我事，抱孙弄子聊吾适。"（《满江红》）④朝廷剥夺了他们进取的机会，他们只能徒忧时，空愤世，久而久之，就混时玩世。心理怪圈，周而复始。

这种灰心绝望、混世厌世的心理，是词史上未曾表现过的崭新的人生体验和心理感受，具有独特的历史价值和审美价值。它显示出：一向具有责任感、使命感和进取心的宋代知识分子，在黑暗政治的摧残和压抑之下，人生态度和人格精神发生了怎样的倾斜和裂变。文士们精神的没落和思想的颓废，正是那个时代没落衰败的深层体现。

这个时期，艺术上最富有创造性的词人是吴文英。吴文英与姜夔、周邦彦的创作倾向基本一致，而又各具面目。从周到姜、吴，艺术上经历了一次"否定之否定"的过程。周词的语言色彩浓丽，姜词反之而趋于清冷淡雅，至吴文英又返归于秾艳。周词的意象结构稠密，姜词反之而疏朗，吴文英又复归于绵密。吴文英似乎有意要越过"近宗"姜夔而追随"远祖"周邦彦，以建立与时代相近的前辈姜夔不同的艺术风格。

---

① 唐圭璋编：《全宋词》，第2804页。
② 唐圭璋编：《全宋词》，第2807页。
③ 唐圭璋编：《全宋词》，第2287页。
④ 唐圭璋编：《全宋词》，第2823页。

吴文英词的艺术个性，集中体现在语言和结构两个方面。他的语言，富有强烈的色彩感、装饰性和象征性。他喜欢用生僻的字眼和冷僻的典故，语言的搭配和字句的组合往往打破正常的语序和逻辑惯例，造成一种极典雅、极含蓄的艺术效果，有时则流于晦涩难懂。章法结构上，则按照类似于"意识流"的方式，把不同的时空场景浓缩杂糅在同一时空中；或者运用丰富的想象和奇特的联想，把实有的情事与虚幻的情境错综叠映，使意象扑朔迷离，意境朦胧复杂。

吴文英的词因过于朦胧含蓄，因而只能在文人雅士的圈子内流传，很少在民间大众中传唱。由于失去了广大的接受消费者，词也就逐渐失去了它在现实文化生活中原有的地位和影响力。随着社会文化消费市场对词的冷落，词作命运的没落也就为期不远了。

六、第六代词人群（1252—1310）的融合[①]

第六代词人群，是以周密（1232—1298?）、刘辰翁（1232—1297）、王沂孙、张炎（1248—1331?）、蒋捷等为代表的"遗民词人群"。

他们生活在13世纪下半叶宋末元初的亡国时代。1258年，蒙古大举侵宋，攻取四川，随后向两湖逼进。从此宋室处于风雨飘摇之中。1273年，蒙古兵经过四年的围攻，攻破南宋王朝的屏障襄阳城后，迅速挥师夺取江南，一路势如破竹，南宋军队往往不战自溃。1276年，宋太皇太后谢氏向元蒙进奉降表，献上都城临安，南宋王朝宣告灭亡。虽然文天祥、陆秀夫等民族英雄在福建、广东一带继续抗元，让南宋的年号延续了三年，但狂澜既倒，无力回天。1279年，陆秀夫背着南宋最后一位小皇帝跳海就义，文天祥则兵败被俘。从此，赵宋江山改由元蒙统治。"遗民"词人就

---

① 之所以将第六个阶段的"亡国时代"延伸到了元朝的大德年间，是因为张炎等遗民词人生活到了那个时期，如果以1279年宋亡为界划断，那么，张炎等人后半生的词创作，就无法纳入到宋代词史中来。历来研究宋词者，也都习惯把张炎视作宋代词人。张炎既然是"宋"人，他又生活到了元初，所以宋代词史的分期下限就不能完全按政治史的分朋、不能依王朝的更迭时限来划定。

生活在这个腥风血雨、战火连天的时代。

从词人群体的更迭情况来看，刘辰翁、周密等新生代登上词坛的时候，上一代词人刘克庄、吴文英等仍活跃在词坛，刘、吴等词人直到宋亡前夕才辞世。而刘辰翁这代词人的创作主要是在宋亡以后。南宋灭亡时，刘辰翁、周密、文天祥等已年过四十，蒋捷、王沂孙年岁大略相仿，张炎接近而立之年。除文天祥在1282年英勇就义外，其他词人在元蒙统治下做了二三十年或更长时间的"遗民"，如张炎就活到了元英宗至治（1321—1323）年间。所以应把这代遗民词人作为一个独立的代群来看待。

遗民词人群的创作也可以分两个营垒：刘辰翁、文天祥、罗志仁、邓剡、汪元量和蒋捷等人属于辛派后劲。只是由于身处亡国时代，除文天祥之外，他们大多没有辛弃疾那种豪迈雄武之气，词作是敛高调，成悲凉，低沉的悲哀之音多于高亢的悲壮之调。周密、王沂孙、张炎和陈允平、仇远等则属于姜夔的后继者，继续填写那音律精严的"雅词"。只是他们的雅词多了些亡国的哀思和更浓重的悲剧意味。由于身经时代的巨变，跨越宋末元初两个时代，遗民词人的创作也明显分为两个阶段。他们登上词坛的时候，正值外敌凭陵、"国脉危如缕"[1]的亡国前夕。国内朝政日益黑暗，贾似道当权，竭力压制"忧边"愤世的言论，使得朝野上下敢怒不敢言。贾氏又用利诱软化手段，消磨尽了一代志士的豪气。时人赵必璈《齐天乐》词即说："东南半壁乾坤窄，渺人物、消磨尽。官爵网罗，功名钓饵，眼底纷纷蛙井。暮更朝令。扦格了多少，英雄豪俊。"[2]因而，这代词人对人生、社会比其前辈更灰心绝望。周密《隐居》诗曾说："事有难言惟袖手，人无可语且看山。"[3]国事难言也不能言，言则得罪，干脆不言不说，故而连蒙古兵夺四川、侵两湖、下襄阳、逼江南这样惊天动地的事变，他们都仿佛置若罔闻，词中一点反应也没有。只有一位不闻名的"业

① 〔宋〕刘克庄：《贺新郎·实之三和有忧边之语走笔答之》，钱仲联笺注：《后村词笺注》，上海古籍出版社2012年版，第88页。

② 唐圭璋编：《全宋词》，第3380页。

③ 〔宋〕周密：《草窗韵语》，杨瑞点校：《周密集》，浙江古籍出版社2015年版，第53页。

余"作者杨金判写过一首《一剪梅》，反映"襄樊四载弄干戈"而"朱门日日买朱娥"①的现实，算是唱出了一点愤怒之声。

这代词人，大多出身豪门贵族，与其前辈江湖谒客的"寒士"身份不同。作为青年贵族雅士，他们可以不做官，不入贾似道的牢笼，而有的是钱财，有的是闲暇，于是"把笙歌、恋定西湖水"（王奕《贺新郎》）②，朝歌暮嬉，酣玩岁月，把自我封闭在与那乱世、浊世相隔的贵族"沙龙"里，讨音论律，赠答唱和，描摹风月，把那"西湖十景"等名胜景致一一品题，给这风雨如磐、大厦将倾的时代和绝望而无聊的人生增添一点高雅的艺术情趣。

直到1276年都城沦陷，国家破亡，战火烧到家门口，他们被卷入难民潮，风雅的生活、枯寂的心境被打破，才幡然易辙，用词来抒写亡国的悲恨、故国的哀思和流离的痛苦。抒情取向才面对那悲剧时代、苦难人生。就在这一年，刘辰翁写出了《兰陵王·丙子送春》，感叹"人生流落"，国亡"无主"③；唱出了《唐多令》（明月满沧州），为"看青山、白骨堆愁"④而哀伤。

亡国之痛、故国之思，南渡词人早有表现。而这批遗民词人与南渡词人不同的是，复国中兴已完全没有了希望，文天祥、陆秀夫抗战的悲剧结局早就粉碎了他们任何复国的幻想。马廷鸾《齐天乐·和张龙山寿词》说得明白："弱羽填波，轻装浮海，其奈沧溟激滟。"⑤"填波"救国不可能，"浮海"逃避也不可得。莽莽乾坤，都是"铁马蒙毡"。因而遗民词人的亡国之痛、故国之思包含着无可奈何的绝望，而缺乏南渡词作那种抗争精神，只有低沉的哀吟，而无高亢的怒吼。同时，身为遗民，也不能像南渡词人那样直接坦露亡国之痛和故国之思，而只能是暗中饮泣，所谓"寸肠

---

① 唐圭璋编：《全宋词》，第3221页。
② 唐圭璋编：《全宋词》，第3297页。
③〔宋〕刘辰翁著，吴企明校注：《刘辰翁词校注》，上海古籍出版社2015年版，第221—222页。
④〔宋〕刘辰翁著，吴企明校注：《刘辰翁词校注》，第238页。
⑤ 唐圭璋编：《全宋词》，第3140页。

万恨，何人共说，十年暗洒铜仙泪"（赵文《莺啼序》）①，用曲折委婉的方式，比兴象征的手法，含蓄地表达深沉的亡国痛楚。他们或者通过对节序时令的感慨，或者通过咏物来寄托那不能直说却不得不吐的亡国悲恨。所以，这个时期节序词、咏物词特别多，并出现了托意遥深的咏物词专集《乐府补题》。有亡国恨而不能直接宣泄，不能放声痛哭，更增加了这代词人心境、词境的悲剧性和苦涩味。

从词史的流变看，亡国之痛、故国之思，已不是什么新鲜的情感，倒是他们在流离漂泊中对无家可归、饥寒交迫的生存困境的体验给词的情感世界注入了新质。

战乱后飘零，是这代词人都有的经历；"漂泊情多""飘零多感"（王易简《酹江月》），是他们最突出的人生感受。伴随漂泊感而生的是无家可归的茫然感和危机感。流浪途中，"天惨惨，水茫茫"（刘辰翁《江城子》）②，他们渴望回到故乡，然而"我已无家"（刘辰翁《沁园春》）③。"欲归无路"（刘辰翁《莺啼序》）④，于是深沉地浩叹："故乡一望一心酸。云又迷漫，水又迷漫。"（蒋捷《一剪梅》）⑤漂泊流浪，生活无着，自然是饥寒交迫。蒋捷多次表现过这种生活体验，他时常"枯荷包冷饭"，"东奔西走"（《贺新郎》）⑥，有时"断齑冻得成虬"（《木兰花慢》）⑦。刘辰翁也感叹："朝饥讽午，寒炉拥雪，岁晚盘辛。""听穷鬼揶揄数得真。"（《沁园春》）⑧陈著也曾为"穷愁"感慨："无生可谋。奈浑家梦饭，谷难虚贷，长年断肉，菜亦悭搜。"（《沁园春》）⑨亡国前生活的豪

① 唐圭璋编：《全宋词》，第3323页。
② 〔宋〕刘辰翁著，吴企明校注：《刘辰翁词校注》，第22页。
③ 〔宋〕刘辰翁著，吴企明校注：《刘辰翁词校注》，第366页。
④ 〔宋〕刘辰翁著，吴企明校注：《刘辰翁词校注》，第354页。
⑤ 〔宋〕蒋捷撰，杨景龙校注：《蒋捷词校注》，中华书局2010年版，第181页。
⑥ 〔宋〕蒋捷撰，杨景龙校注：《蒋捷词校注》，第19页。
⑦ 〔宋〕蒋捷撰，杨景龙校注：《蒋捷词校注》，第101页。
⑧ 〔宋〕刘辰翁著，吴企明校注：《刘辰翁词校注》，第359页。
⑨ 〔宋〕刘辰翁著，吴企明校注：《刘辰翁词校注》，第354页。

华温馨与亡国后生活的寒酸困顿，构成了强烈的心理反差。个体生存的困境、悲凉凄苦的心境与难以割断的亡国之恨交织，构成了这个时期词作独特的词境。

从总体上看，这代词人在词艺和词境上没有多少开拓和创新，只有融合和深化。辛派后劲刘辰翁、蒋捷、汪元量等人的部分词作，曲折哽咽，吸收了姜夔、吴文英词的长处。而张炎、仇远诸人也并非死守周邦彦、姜夔的艺术法则，对苏轼、辛弃疾也有所借鉴。他们的词雅丽而不失清疏明快，与周词的秾艳密丽、姜词的清刚峭拔有所不同。两派互有倾斜和渗透。就个体而言，这代词人中艺术成就较高、对后世影响较大的是王沂孙、张炎和蒋捷。从词史的进程来看，这个时期，既是多种词风的融合期，也是词史高峰状态的结束期。

（选自《暨南学报（哲学社会科学版）》2000年第6期）

俚俗词派的开山祖——柳永

刘扬忠

在北宋词人中，第一个突破"花间"、南唐清辞丽句、小境短章的传统格局而在题材内容、风格意境、体制形式诸方面都有大开拓与大创造的，是上层文人士大夫很不喜欢而市井坊曲十分欢迎的"浪子"文人柳永。此人堪称北宋词坛的第一个开辟手。他的开辟主要在两个方面：大量引市民意识、市民生活及市民情调入词，扩展了词的表现内容；二是学习、汲取和利用民间的旧曲新声，创制大量的长调慢词，变文人词单一的小令格局为众体兼备、体式齐全的繁盛局面。这两方面的创辟，都根源于对民间俗词传统的开掘和弘扬。由于他的创意与创调的双重贡献，宋代词坛崛起了一个以他为开山祖的俗词派别。当然柳永对宋词发展的贡献远远不止于开创俚俗词风与词派，他的卓特的艺术创造（比如他创制的多种慢词体式以及写景抒情的铺叙展衍之章法、细密妥溜明白家常的笔法等等）还泽被了晚出的众多不同流派的词人（包括不喜柳词的苏轼等人）。不过这里专论他的开派之功，就先来说他的风格。

一、反传统的"柳耆卿体"：俗调俗情

在北宋那个都市文化十分发达的特殊环境中，柳永这个本属传统士大夫文化圈的儒学之家的子弟，习染世俗的时尚，走了一条从俗随流的民间文艺之路，在词坛别树一帜。

柳永出生于诗礼簪缨之家，这是一个"奉儒守官"的传统士大夫之家。柳永的祖父柳崇，是地方名儒。崇之六子，皆为南唐、宋初的官员。

柳永这一辈弟兄三人又都先后于真宗、仁宗朝进士及第，名登宦籍，号称"柳氏三绝"。其家乡福建崇安（今称武夷山市）古属建州，"建州至宋而诸儒继出，蔚为文献名邦。……家有诗书，户藏法律，其民之秀者，狎于文"①。生在如此"文献之邦"的官宦门第的柳永，按常理多半会倾心于士大夫"雅"文化，如果作词，本该加入士大夫雅词派的队伍中去的。但柳永却似乎早就对民间俗文化情有独钟，在价值取向与创作道路选择上一开始就向"俗"的一面倾斜。历来论柳永者都说他是游学与求官于汴京时沾染市井习气、醉心民间曲词的。其实他自少年读书时就已走上了通俗文学的道路。《历代词话》卷四引宋代杨湜《古今词话》云：

> 宋无名氏《眉峰碧》词云："蹙损眉峰碧。纤手还重执。镇日相看未足时，忍便使鸳鸯只。　　薄暮投村驿。风雨愁通夕。窗外芭蕉窗里人，分明叶上心头滴。"真州柳永少读书时，遂以此词题壁，后悟作词章法。一妓向人道之，永曰："某于此亦颇变化多方也。"然遂成屯田蹊径。②

这则记载中的《眉峰碧》词，未必一定是民间歌妓乐工或下层文人所作。宋徽宗也颇喜此词，曾诏令曹组访明作者姓名上奏，但终无下落。③此词广泛流传于民间，其情感真挚浓烈不加掩饰，语言质朴通俗，其比喻、对比、联想等修辞方式也是典型的民间文学手法，其章法结构之自然而精巧，也体现了民间词的高度艺术水平。可见它纵使可能是文人作品，也是学习民间词的产物。柳永开始作词就选择这样的作品作为学习对象，难怪在他后来大半生的创作道路上会深深地留下民间通俗文艺的烙印。杨湜将

---

① 〔明〕夏玉麟、汪佃修纂：《建宁府志》，厦门大学出版社2009年版，第99页。

② 〔清〕王奕清：《历代词话》，唐圭璋编：《词话丛编》，中华书局1986年版，第1164页。

③ 〔宋〕王明清：《玉照新志》卷二："'蹙破眉峰碧，纤手还重执。镇日相看未足时，便忍使鸳鸯只。薄暮投孤驿，风雨愁通夕。窗外芭蕉窗里人，分明叶上心头滴。'祐陵亲书其后云：'此词甚佳，不知何人作？奏来。'盖以询曹组者。"（上海师范大学古籍整理研究所编：《全宋笔记》第六编，第2册，大象出版社2013年版，第144页）

他这条创作路子冠以"屯田蹊径"的称号。与杨氏大略同时的王灼称之为"柳氏家法"。近人蔡嵩云在其《柯亭词论》中又改称为"屯田家法"①。这种竞相用柳永的姓氏或官名（屯田员外郎）来称呼其词体词格的做法，表明柳词在宋代是一个有别于诸家诸派的独特存在。然而，通观古今的一些词论，似都仅从章法结构的角度来阐释"屯田蹊径"或"柳氏（屯田）家法"。此仅见其具体技法而未知其总体风貌之论也。笔者以为，从根本审美艺术倾向上着眼，无论称"屯田蹊径"还是"柳氏（屯田）家法"，都应是指柳永以通俗俚浅的语言和民众喜爱的艺术形式去反映当时都市生活和新兴市民阶层的思想情趣这样一种独特的创作路子。

柳永与同时代士大夫雅词派不同的独特创作路子，首先在大力开发和创造长调慢词形式这一点上鲜明地表现出来。

追溯音乐史可知，自唐至宋，燕乐系统的乐曲一直有短调小令和篇幅较长的慢曲两大类。但自中唐至宋初的漫长岁月里，文人按谱填词时，由于近体诗格律形式的影响和士大夫审美习惯的驱使，同时也由于酒边花前即兴行酒令写短章以供妓女当筵演唱的环境限制，只利用和发展了由"五七字语"（近体律绝的基本句式）组合而成的小令形式，而忽视和埋没了潜藏于教坊与市井民间的生命力很强、发展前途很大的慢曲子。实际上，宋人所称的"今体慢曲子"这种声调比"急曲子"舒缓延长因而篇幅也相应加长的形式，自唐开元以来就已大量存在。但唐五代文人词中用这种慢曲子填制的长调，仅有杜牧《八六子》、薛昭蕴《别离难》、尹鹗《金浮图》、后唐庄宗《歌头》等寥寥数篇。到了北宋真宗、仁宗朝，由于都市经济与文化的高度繁荣和日益庞大的市民阶层的迫切需求，适应市民生活内容和审美要求的慢曲长调获得了迅猛发展的时代机遇。清人宋翔凤《乐府余论》谓：

> 词自南唐以后，但有小令。其慢词盖起宋仁宗朝。中原息兵，汴

---

① 蔡嵩云：《柯亭词论》，唐圭璋编：《词话丛编》，第4912页。

京繁庶，歌台舞席，竞赌新声。耆卿失意无俚，流连坊曲，遂尽收俚俗语言，编入词中，以便伎人传习。一时动听，散播四方。其后东坡、少游、山谷辈，相继有作，慢词遂盛。①

这段追述，大致符合历史实况。在文人词的领域里，第一个大量吸取市井民间之"新声"以建立慢词体制的宗匠，就是市民气十足的叛逆文人柳永。柳永的这一艺术选择，于文人士大夫的作词传统是一种背离，但对于当时汹涌的市民文化潮以及整个宋代文学的发展大势而言，则是一种适时适势的顺应和推动。为什么这样说呢？

第一，宋代写词的多半是文人士大夫，但唱词的多半是市井坊曲之妓，听词的也多半是普通市民。他们要求词人写一些与他们的心理、情趣及与实际生活合拍的东西，以便唱的唱得顺畅，听的听得懂，听得舒服愉快。这就需要词更加向口语靠近，同时更要加长篇幅，以便具体描绘人物心理和铺叙都市风光与市民生活。用民间流传的"今体慢曲子"来填写长调慢词，是解决此项需求的重要途径。而高高在上、根本瞧不起市井俗流并且习惯于用短章小令含蓄概括地抒写士大夫闲情逸致的晏殊等人，是不可能也不愿意来参与这种开拓革新工作的。仕途失意流落市井坊曲的柳永，却因其才之所长、性之所近与身之所处，乃与乐工歌妓打成一片（如同后来元代的"浪子班头"关汉卿那样），潜心琢磨新声新曲，做起宋代俗文学的开山祖师来。叶梦得所记"教坊乐工每得新腔，必求永为辞，始行于世"②，就是指的这种顺应俗词潮流、创作新声长调的活动。柳永自己写的慢词中就不止一次地描述过歌妓央求他填写新词的情况："罗绮丛中，偶认旧识婵娟……珊瑚筵上，亲持犀管，旋叠香笺。要索新词，殢人含笑立尊前。按新声、珠喉渐稳，想旧意、波脸增妍。"③他甚至写到，为

① 〔清〕宋翔凤：《乐府余论》，唐圭璋编：《词话丛编》，第2499页。
② 〔宋〕叶梦得：《避暑录话》，上海师范大学古籍整理研究所编：《全宋笔记》第二编，第10册，大象出版社2006年版，第285页。
③ 〔宋〕柳永：《玉蝴蝶》（误入平康小巷），陶然、姚逸超校笺：《乐章集校笺》，上海古籍出版社2016年版，第550页。

了填好新词，自己索性住进"歌姝"们的"画楼""兰堂"，与她们一道推敲修改曲词："省教成、几阕清歌，尽新声，好尊前重理"①；新词填成之后，还要与歌妓一道反复修改，甚至扯了重写："新词写处多磨。几回扯了又重揍"②。拿这样的"深入生活"、与市民阶层亲密相处所写出的新声长调与晚唐五代咏妓的文人短章小令对比，一眼就看出它们不但形式大不相同，而且内容与风格也判然而异：前者叙事详尽，抒情明畅而细密，还有曲折尽致的人物心理刻画；而后者则只有一些简略含蓄的意象和美人香草的比兴之笔，抒情写意极为概括和凝练。这样，柳永就以他谐俗顺流的慢词创作，在传统文人词中另立新的一体，使词又恢复了民间传统的活力。

第二，柳永创制慢词，促成慢词体制成熟与兴盛的举动，正与宋代文学发展的大趋势相一致。宋代是我国古代文学史上文体、文风与文学特质开始发生大变革的时代。由唐入宋，中国的文学艺术之神，大踏步地从贵族的殿堂、儒生的书斋和高人雅士的山林跨向世俗的社会。前此，主要是文人士大夫清高典雅的吟唱；自宋以来，则更多地走向市俗化、市井化。相应地，文学体裁也不再是正统诗文的一统天下，而出现了更适宜于市井说唱和欣赏的多种文学样式，如曲词、杂剧、话本、讲史等等。就连正统诗文，也发生了顺应潮流的某种变革。与世俗化、通俗化的大趋势相一致，各种文体大都由凝趋散，由深奥藻饰衍变为浅近明白。比如，文章由奇险艰涩衍变为平易流畅，由晚唐五代尚艳冶的骈体衍变为以欧阳修、苏轼为代表的朴实自然的散体；五七言诗歌由专写精约的五七言律绝的晚唐体、西昆体衍变为以文为诗、大放厥词的欧、梅、苏体；小说由唐以来文言体的简约古雅的传奇志怪衍变为白话体的叙事详赡、通俗易懂的话本。词的发展趋势，也大致与其他文体的解放同步。吸取民间文艺的养料，按照表现世俗生活的要求来创制长调慢词，以促成词体的解放和前进，这是

---

① 〔宋〕柳永：《玉山枕》（骤雨新霁），陶然、姚逸超校笺：《乐章集校笺》，第625—626页。
② 〔宋〕柳永：《西江月》（师师生得艳冶），陶然、姚逸超校笺：《乐章集校笺》，第795页。

柳永对宋代文体变革的巨大贡献。柳永利用市井"新声"创制慢词的成功之举，还遥为金元曲子之先声，启示了后来以关汉卿等人为代表的市井文艺流派。这是另一个研究课题，这里点到为止。

从以上两点可以清楚地看到，柳永作词，与沿袭"花间"、南唐小令词风的"宋初体"对立，与晏欧士大夫"雅词"派异趋，而另创以长调慢词为主要抒写工具，以市民意识、市民生活为主要抒写内容的"柳耆卿体"①，在当时的文化、文学背景下，不仅具有一般的新词体、新词风和新词派的衍生意义，而且在一定程度上标示着宋词与宋代文学由雅趋俗、由凝趋散、由上层社会走向市井民间的时代趋势。过去论柳永，多就风格论风格，就体制论体制，就"家法"论"家法"，缺乏文化与文学大背景下的宏观考察，以致对柳词难以进行历史定位和准确衡估。现在到了摆脱传统词论的影响，对于柳词在唐宋词史上的里程碑地位予以充分肯定的时候了。

柳耆卿体的主要特征是什么？自宋以来的词话家有许多褒贬不一、说法颇多的评点和阐述。我愿删繁就简，仅以一字概括之，曰：俗。过去的一些论者，不满于宋人的崇雅黜俗之论，有心要为柳永在词史上争一席之地，遂将柳词划分为雅、俗二类，以此来说明柳永也写有质量很高的雅词，在词史上无愧为大家。将柳词分为雅、俗二类，粗看并无不妥，但这种做法及其动机，仍未摆脱封建士大夫"雅词"审美观的框框。超脱这种旧的词学审美观，我们要问一句："俗"有什么不好？从旧的词学审美观来考察，柳词确可大略划为雅、俗二类，但是，使得柳永及其词派成为唐宋词中的"这一个"而不是另一个（比如张先、苏轼或姜夔等）的，主要不是他的雅词，而是他那些"凡有井水饮处即能歌"的大量俗词。而且，进一步仔细分辨，我们还可以发现，他的被称为"雅词"的那部分作品，也与宋代一般被人颂扬的其他人的雅词有所不同，而是或多或少地带着为

①　陈廷焯《白雨斋词话》列唐宋词十四体派，竟无柳耆卿体，而仅将"柳词高者"附于比柳晚出的"秦淮海体"（见唐圭璋编：《词话丛编》，第3962页），可谓倒置源流，故此特为表出。

柳永所独有的"俗"的色彩。让我们看看这首人所熟知的《八声甘州》：

> 对潇潇暮雨洒江天，一番洗清秋。渐风霜凄紧，关河冷落，残照当楼。是处红衰翠减，苒苒物华休。惟有长江水，无语东流。　不忍登高临远，望故乡渺邈，归思难收。叹年来踪迹，何事苦淹留。想佳人妆楼颙望，误几回、天际识归舟。争知我、倚阑干处，正恁凝愁。①

这首词，与柳永那些恋妓的俗词内容有异，所抒为羁旅之愁，所怀为"故乡"之"佳人"；风格也与其他俗词有所不同，属于叶嘉莹氏所谓"秋士易感"式的佳作。②其境界之高旷，连不喜柳词的苏轼，也禁不住要对之称赞几句。据宋赵令畤《侯鲭录》：

> 东坡云："世言柳耆卿曲俗，非也。如《八声甘州》云：'风霜凄紧，关河冷落，残照当楼'。此语于诗句不减唐人高处。"③

此外，吴曾《能改斋漫录》卷十六也记此赞语，却说是苏门文人晁无咎（补之）评"本朝乐章"时所发之论④。未知孰是。不管是苏轼说的还是晁补之说的，总之从这段赞语可知，以雅正自命的苏门文人对此词是持欣赏态度的⑤。但即使是这样的雅词，也带有柳永式的俚俗之处。陈廷焯《白雨斋词话》卷五谓：

> 如柳耆卿"对潇潇暮雨洒江天"一章，情景兼到，骨韵俱高。而有"想佳人妆楼长望"之句。"佳人妆楼"四字，连用俗极，亦不检

---

① 〔宋〕柳永著，陶然、姚逸超校笺：《乐章集校笺》，第578页。
② 叶嘉莹《论柳永词》，缪钺、叶嘉莹：《灵溪词说》，上海古籍出版社1987年版，第137页。
③ 〔宋〕赵令畤撰，孔凡礼点校：《侯鲭录》，中华书局2002年版，第183页。
④ 〔宋〕吴曾：《能改斋词话》，唐圭璋编：《词话丛编》，第125页。
⑤ 编者按，苏门文人的词学批评活动常表现出互动性，存在诸多相近观点及相似评语，此处关于柳永词"不减唐人"的评价，很可能就是苏门文人切磋交流后形成的共识，具体情况可参见黄盼《论苏门词学批评的互动及其意义》，《华中学术》2019年第1期。

点之过。……此类皆失之不检，致使敲金戛玉之词，忽与瓦缶竞奏。白璧微瑕，固是恨事。[1]

陈廷焯的贬斥态度我们当然不取。但他却比一般词论家更敏锐地看出了此词亦有浅俗处，不可谓无识。"想佳人妆楼颙望"[2]云云，确为秦楼楚馆常用的市井之语。但说其"俗"则可，斥其"不检点"则未必。柳永正是有意用此等明白直致的俗语，方能真切而深挚地写出游子的心绪和情感，赋予上片高旷的悲秋情怀以极为实在的生活内容，这样就增强了全词的感染力。柳永的不少"雅词"都不同程度地具有这样的雅而不避俗的特点。又如另一名篇《雨霖铃》，上片写长亭送别，其中所用的"执手相看泪眼"[3]等句，皆为市井浅俗之语，但下片写离别后的孤寂无聊，忽用"今宵酒醒何处，杨柳岸、晓风残月"，则景中寓情，充溢着诗人的雅趣。这种雅俗并陈、雅中带俗的作风，实际上反映出当时少数文人已有了将传统士大夫雅文化与都市俗文化兼蓄而并包的思想倾向。

柳永词之"俗"，不仅仅是采民间新声，创慢词俗调，用俚俗语言，用俗文学表现手法，更在于他习染市民意识，变成了都市浪子，整个思想境界偏离了士大夫的传统观念，抒情写意时常以市民文化的代言人自居，因而出现在柳词中的柳永的自我形象，已经不是传统士大夫和书香子弟的形象，而是历史上尚未见过的市民文艺家的形象。他的词中常说："红颜成白发，极品何为"[4]；"狎玩尘土，壮节等闲消"[5]；"绮陌红楼，往往经岁迁延"[6]；"名缰利锁，虚费光阴"[7]，如此等等，完全不是高人雅士的口吻，而纯然是都市里及时行乐、好货好色的意识十足的浪子文人的口

---

[1] 陈廷焯：《白雨斋词话》，唐圭璋编：《词话丛编》，第3904页。

[2] 按"颙"字吴重熹本《乐章集》作"长"，此据《彊村丛书》本。

[3] 〔宋〕柳永著，陶然、姚逸超校笺：《乐章集校笺》，第168页。

[4] 〔宋〕柳永：《看花回》（屈指劳生百岁期），陶然、姚逸超校笺：《乐章集校笺》，第118页。

[5] 〔宋〕柳永：《凤归云》（向深秋），陶然、姚逸超校笺：《乐章集校笺》，第618页。

[6] 〔宋〕柳永：《戚氏》（晚秋天），陶然、姚逸超校笺：《乐章集校笺》，第443页。

[7] 〔宋〕柳永：《夏云峰》（宴堂深），陶然、姚逸超校笺：《乐章集校笺》，第295页。

吻。"花间"鼻祖温庭筠的个人行为有类于此，但温氏并不在诗词中表达这类思想，可见其内心仍不一定以都市浪子的处境为然。在文学作品里抒写自我的市民意识，以市民文艺家自居，当自柳永始。他的那首为士君子訾议的俗词《传花枝》，便是对浪子文人和市民文艺家自我形象的生动完整的刻画，甚至可以说是一曲都市梨园班头的颂歌：

> 平生自负，风流才调。口儿里道知张陈赵。唱新词，改难令，总知颠倒。解刷扮，能咮嗽，表里都峭。每遇着饮席歌筵，人人尽道。可惜许老了。　　阎罗大伯曾教来，道人生，但不须烦恼。遇良辰，当美景，追欢买笑。剩活取百十年，只恁厮好。若限满、鬼使来追，待倩个、掩通着到。①

读这首词，我们立即就联想到元代"书会才人"（都市俗文艺作家）首领关汉卿那著名的套曲《南吕一枝花·不伏老》②。的确，柳永堪称书会才人的老祖宗。他这首俚俗得十分到家的慢词，以市井口语自写民间通俗文艺家洒落旷达的情怀。抒情主人公多才多艺，风流自负，混迹于市井歌筵舞席，虽生活失意，年纪老大，却以乐观顽强的态度对待人生，表现出不

① 〔宋〕柳永著，陶然、姚逸超校笺：《乐章集校笺》，第164页。
② 〔元〕关汉卿：《南吕一枝花·不伏老》："攀出墙朵朵花，折临路枝枝柳。花攀红蕊嫩，柳折翠条柔，浪子风流。凭着我折柳攀花手，直熬得花残柳败休。半生来折柳攀花，一世里眠花卧柳。【梁州】我是个普天下郎君领袖，盖世界浪子班头。愿朱颜不改常依旧。花中消遣，酒内忘忧，分茶攧竹，打马藏阄，通五音六律滑熟：甚闲愁到我心头？伴的是银筝女银台前理银筝笑倚银屏，伴的是玉天仙携玉手并玉肩同登玉楼，伴的是金钗客歌金缕捧金樽满泛金瓯。你道我老也、暂休，占排场风月功名首，更玲珑又剔透。我是个锦阵花营都帅头，曾玩府游州。【三煞】子弟每是个茅草岗沙土窝初生的兔羔儿乍向围场上走，我是个经笼罩受索网苍翎毛老野鸡蹅踏的阵马儿熟。经了些窝弓冷箭铁枪头，不曾落人后。恰不道人到中年万事休，我怎肯虚度了春秋。【黄钟尾】我是个蒸不烂煮不熟捶不匾炒不爆响珰珰一粒铜豌豆，恁子弟每谁教你钻入他锄不断斫不下解不开顿不脱慢腾腾千层锦套头。我玩的是梁园月，饮的是东京酒，赏的是洛阳花，攀的是章台柳。我也会围棋会蹴鞠会打围会插科，会歌舞会吹弹会咽作会吟诗会双陆。你便是落了我牙歪了我嘴瘸了我腿折了我手，天赐与我这几般儿歹症候，尚兀自不肯休。【尾声】则除是阎王亲自唤，神鬼自来勾，三魂归地府，七魄丧冥幽，天那，那其间才不向烟花路儿上走！"（蓝立萱校注《汇校详注关汉卿集》，中华书局2006年版，第1702—1703页）

服老的精神和都市文人及时行乐的颓放情态。这种疏离于士大夫主流意识形态之外的俗文艺家的自我形象，在柳永之前的词中从未出现过，在柳永之后的词中虽偶有所见，但远不及柳永所写的这样集中、鲜明而具有高度典型性。这种俗文化大师的精神气度，要到元代时才在关汉卿等人那里得到全面的再现和发扬。由此可见，柳永以其反传统的新型市井文化人的姿态，自立于士大夫高人雅流之外而另成一家，他的词也因此而自立于宋代雅词之外，另成一派。

柳永词中正面地塑造和张扬自己反传统的人格形象的作品毕竟不多，他的市民意识和市民文化情趣，更多地表现在大量的为市井细民写心，即代言体的歌咏市民妇女（主要是市井妓女）生活和心理的慢词之中。唐五代至宋初的文人令词中确已有过许多描写妇女形象与生活的作品，但那些妇女多是贵族官僚之家的闺中人或官妓、家妓等地位较高的妓女，其生活与心理皆与市民妇女有所不同，而且经过骚人墨客的笔头，那些妇女的举动、言语及心理等，已被相当程度地"士大夫化"——亦即"雅"化和"儒"化了。柳永笔下的妇女形象则是市俗化与市井化的，这些形象，在敦煌曲子词中可以找到一些影子，但更多地带有宋代都市文化的烙印。她们并不受传统封建礼教的限制和儒家"妇德"的约束，不同于传统文人诗词中那些温柔敦厚、怨而不怒和逆来顺受的妇女形象，而表现为大胆、奔放、泼辣，人格有一定的觉醒，敢怨敢怒，不甘心由别人摆布自己的命运，不愿谨遵"妇道"，而比较看重并努力追求现实的欢爱和利益。我们在前文引证过的那首为晏殊所嗤笑的《定风波》词，其中那位大骂"薄情一去，音书无个"，发誓要"把雕鞍锁"[1]的市民妇女，就是一个比较典型的不合传统规范的形象。现在再看《锦堂春》一阕：

坠髻慵梳，愁蛾懒画，心绪是事阑珊。觉新来憔悴，金缕衣宽。认得这、疏狂意下，向人诮譬如闲。把芳容整顿，恁地轻孤，争忍心

① 〔宋〕柳永：《定风波》（自春来），陶然、姚逸超校笺：《乐章集校笺》，第359—360页。

安。　　依前过了旧约，甚当初赚我，偷剪云鬟。几时得归来，香阁深关。待伊要、尤云殢雨，缠绣衾、不与同欢。尽更深、款款问伊，今后敢更无端。[①]

词中这位市民妇女不愿因丈夫（或情人）的"疏狂"和薄情而久久沉溺于感伤憔悴之中，她振作精神，重新打扮，动心思要报复和教训薄情郎。比起《定风波》中那个女子，这个女子更加泼辣、精明和心思细密。那一位在抱怨之余只会天真地设想要把"薄情"关在屋子里，不再放他出门；这一位却明白收人先收心，预先连惩罚、教训"他"的具体步骤都设计好了：第一步，他要再来涎皮赖脸地求欢寻爱，就闭门不纳，独自裹被而卧，不予理睬，以促其反省；然后，第二步，待更深人静，对方在僵持与冷淡中觉得后悔、渴求温情之抚慰时，再从容不迫地数落责备他，令其在惭愧惶惑中就范。这些细致而真实的描写，表明柳永对市民生活了解之深，同时从一个重要的侧面反映出柳词市民情味之浓。

在文学历史上，每出现一个能从自身的艺术创新多多少少推动和促进文学的发展的流派，总是因为那些创派的作家在特定时代文艺思潮的推动下，超越旧的艺术传统和规范，提供了前代和同时代所没有的新东西。柳永，就是这样的创派大家。他受当时都市文化大潮的推动，沾染市民意识，跳出传统文人词的窠臼，沉浸于都市文化与艺术的海洋中，充分汲取其营养，从形式与内容两方面为词坛提供了新的东西。从形式上看，他的《乐章集》里所用的一百三十个曲调中，只有《玉楼春》《清平乐》《河传》《西江月》《浪淘沙令》等十余调是晚唐五代的"旧声"，而《戚氏》《柳腰轻》《过涧歇》《倾杯》《合欢带》《小镇西》《如鱼水》《夏云峰》《驻马听》《竹马儿》《内家娇》《引驾行》《曲玉管》等等，则全为"市井新声"或唐教坊曲的"旧曲翻新"。从内容、风格等方面看，他引入词中的市民意识、市民情调、都市风光、俚俗风格乃至浅俗直白的口语等等，使词的艺术宝

---

① 〔宋〕柳永著，陶然、姚逸超校笺：《乐章集校笺》，第356页。

库一时光彩四射，美不胜收。他的贡献远远不止于增加了一种新风格、新体式和新流派，而是使宋词的艺术发展从词调、题材内容、风格类型到具体手法都进入了一个全新的阶段。

二、"柳耆卿体"：对词体发展及词的艺术手法的大贡献

上文提到柳永作词，衍成了不同于"花间"体、南唐体和宋初晏欧体的"柳耆卿体"。所谓"柳耆卿体"，是指带有柳永强烈的个性特征的一种新型词体。这是一个复合的概念，它大致包含：一、思想内容上鲜明的市民意识、大量的都市生活题材；二、风格趋向上以俗为其主要特征；三、以从民间汲取乐曲新声创制的长调慢词为主要的表现形式；四、"以赋为词"的一整套铺叙手法。柳永是一位音乐素养与辞章修养兼备的文艺天才，一位同时具有创调与创意的双重智慧的宗匠。当他活跃于词坛时，文人士大夫之流一方面不满意于他"散体从俗"的艺术倾向和流连市井坊曲的"冶荡"行为，但另一方面却不得不暗中钦佩和认可他在艺术体制、艺术手法上的杰出创造与开拓。于是，在"柳耆卿体"的社会传播和接受史上出现了一个奇特的现象：人们竞相议论排拒柳词俚俗的风格和"俗艳"的内容，痛心疾首地讨伐其市井化、市民化的叛离倾向，但对于他在表现形式、表现手法上的天才创造，却几乎"照单全收"地学习、汲取和继承下来。对于"柳耆卿体"中的三、四两个层面的东西，因其为艺术形式、艺术技巧方面的创获，虽与风格和内容不无关联，但毕竟有独立存在的价值，所以自宋及清，即使审美观念上尚雅黜俗的词论家们也乐于总结之、褒扬之，并单独冠以"柳氏家法""屯田蹊径"一类的名目。自北宋中期以来，柳永始创的长调慢词的体式和"以赋为词"的章法技法，实际上成了整个词坛各家各派共同享用的艺术财产。这是柳永这个创体创派的大家对于词史的大贡献。

首先，从词体进化的角度来看，柳永适时适势地提供了词的艺术发展急需的新形式——长调慢词。文人词中小令独行的单调而沉闷的局面，起始于中唐，绵延于五代、宋初，到了柳永之时，已维持了二百多年之久

了。染指既多，自成习套，内容已千篇一律，章法技巧、修辞用字等更是陈腔滥调迭出不穷，新意新境难以再创。人们常常提到南唐的冯延巳与宋初的晏殊、欧阳修，三人的作品往往相混，这一方面固然是晏、欧同派且都学冯所致，但另一方面何尝不表明：单一的小令体制已到了山穷水尽的地步！这时如果没有新的形式、新的体制出而补充或替代，则词的发展定会停滞，甚至会就此萎缩消亡。与文人士大夫中间盛行的小令同时而潜在于民间的，是艺术生命力与负载力极强但尚处于粗糙原始状态的慢词。照理，文人才士要发展词的艺术，早就该把手伸向民间，择取和改造、提高新形式了。可是这种文艺发展的客观需求却在文人士大夫那里遇到了两重主观的障碍：一是这些自命高雅的上层诗客们鄙视市井民间"俗物"，对于市井新声长期采取不屑一顾的态度；二是纵有一些有识之士可能想到这个路子，但也缺少从事此项创造所需的能力和机会。试想，五七字句的小令，其格式与声律颇近于近体诗，这自然是长于作诗的士大夫们所易于掌握和采用的，而所谓"慢曲子"篇幅既长，乐句之曲折变化更多，较之小令更难于熟练掌握，要学会这种形式，一须有相当的音乐修养，二还得深入市井坊曲见习琢磨，通过长时间的观摩仿作，把此种形式转换到自己手中。当时的士大夫恐怕十之八九难于兼备这两个条件，故而迟迟无人对慢词问津。而柳永，一则禀赋音乐才能，二则思想观念上能突破士大夫"风雅"的迂见，三则失意无聊、混迹秦楼楚馆，有了发挥自己专长的机会和场所。于是他的主观条件丝丝入扣地切合了时代的客观要求，他开始大量地运用长期受到文人士大夫鄙薄和忽视的慢调俗曲来谱写新歌词。从柳永本人来看，他之所以爱上并经常使用这种为市民群众所喜闻乐见的艺术形式，是为了更好地反映他所熟悉和喜爱的都市风光、都市生活、恋妓之情及个人羁旅飘泊之愁、身世浮沉之悲等等，是一种非常"自我"和偏向于市井俗文化的艺术创造。但这种形式上的开拓与创辟，无疑适应了当时普遍的审美需求，并显示了词体进化和发展的新动向。他在艺术表现新形式上的成功创造，已经超出了一体一派的范围，而为整个词坛（包括众多的思想意识与审美趋向上与他格格不入的"雅词"作者）提供了驰骋才力的艺术工具。诚如龙榆生所言:"由于他(柳永)有深厚的文学素养,对付这些格律很严的长调,不论抒情写景,都能够运用自如。这就使一般学士文人对这些民间流行的曲调,不再存轻视心理,而乐于接受这种新形式,从它的基础上予以提高。如果不是柳永大开风气于前,说不定苏轼、辛弃疾这一派豪放作家,还只是在小令里面打圈子,找不出一片可以纵横驰骋的场地来呢!"①

其次,从表现手法的多样化来看。赋、比、兴为我国传统诗歌的三种基本表现手法。词的发展初期,文人习用小令,多用较为含蓄的比兴手法。然而赋的手法更为长调慢词所急需。柳永一反文人词的传统,打破小令的"一统天下",大量创制长调慢词,这就给赋的手法提供了用武之地。近年词学界有人总结柳词的基本手法为"以赋为词",这是抓住了柳永艺术创新的关键。"以赋为词"是"变旧声作新声"的需要。所谓"以赋为词",其完整的含义应是如近人夏敬观所言:"用六朝小品文赋作法,层层铺叙,情景兼融,一笔到底,始终不懈。"②只不过,夏氏将柳词分为"雅、俚二类"③,而谓赋法为其雅词之基本手法,而我们则认为,柳词无论雅、俚,皆用这一基本手法,皆有"层层铺叙"之优长。赋,作为文体,要求"铺采摛文,体物写志"④;作为表现手法,要求"敷陈其事而直言之"⑤。在柳永的长调慢词中,这种文体特征和表现手法都得到了淋漓尽致的发挥。自宋以来,论者或谓其"铺叙展衍,备足无余"⑥,或谓

---

① 龙榆生:《词曲概论》,中华书局2017年版,第51—52页。

② 夏敬观:《映庵词评》,葛渭君编:《词话丛编补编》,中华书局2013年版,第3445页。

③ 夏敬观:《映庵词评》,葛渭君编:《词话丛编补编》,第3445页。

④〔南朝·梁〕刘勰著,黄叔琳注,李详补注,杨明照校注拾遗:《增订文心雕龙校注》,中华书局2012年版,第95页。

⑤〔宋〕朱熹:《诗集传》注《国风·周南·葛覃》语,见赵长征点校:《诗集传》,中华书局2017年版,第4页。

⑥〔宋〕李之仪:《跋吴思道小词》,曾枣庄、刘琳主编:《全宋文》,第112册,上海辞书出版社、安徽教育出版社2006年版,第139页。

其"序事闲暇，有首有尾"①，或谓其"铺叙委宛，言近意远"②，"总以平叙见长"③，或谓其"细密而妥溜，明白而家常，善于叙事，有过前人"④，如此等等，都是确认其"赋"法之优长的，不必细举，赋法为慢词的基本表现手法，而其奠基者则无疑是柳永。蔡嵩云《柯亭词论》有云："宋初慢词，犹接近自然时代，往往有佳句而乏佳章。自屯田出而词法立，清真出而词法密，词风为之丕变。"⑤信然。慢词之赋法，为柳永所始创，是地道的"柳氏家法"，但其优长显示出来之后，逐渐为后来的各派慢词名家所采用和消化，又成了词坛的"公"法。柳永所创之调与所立之法，都为其后的词体文学创作提供了基本的样式与法则。从词体、词法的角度看，柳永在词史上所开创的，不只是一个流派，而是一个时代。以往对柳永的评价，即使全力褒扬他的，也偏低了。当然我们必须指出，柳氏词法究属草创，尚多不足。赋若不参以比兴，则少寄托而欠含蓄；铺陈时若不在章法上求变化，则少曲折回环之趣而易致一泻无余。这也正是柳氏词法美中不足之处。这些不足，有待于秦少游、周清真之辈来圆满解决。

鉴于历来的词论对于柳永的创调之功与慢词技法并无多少异议，而对于柳词的题材内容、风格情调及审美趣味等却贬多于褒、抑多于扬的情况，这里有必要就柳词多方面的开创再说几句话。柳永对词的奉献，绝不仅仅在艺术形式与技法方面。宋词中第一个开拓题材、扩大词境的，并非苏轼，而是柳永。柳词中的都市风光、名山胜水、太平盛世繁华景象及失意士子羁旅之愁等等题材，就为唐五代、宋初词中所没有或很少有。他的风格，也并非全倒向"十七八女郎"柔婉绮靡一路，而另有不少健朗清壮、高旷雄浑之作，特别是他那些大笔挥洒地描写都市胜景和山水风光、

① 〔宋〕王灼：《碧鸡漫志》，唐圭璋编：《词话丛编》，第84页。
② 〔清〕周济：《介存斋论词杂著》，唐圭璋编：《词话丛编》，第1631页。
③ 〔清〕周济：《宋四家词选目录序论》，唐圭璋编：《词话丛编》，第1651页。
④ 〔清〕刘熙载：《词概》，唐圭璋编：《词话丛编》，第3689页。
⑤ 蔡嵩云《柯亭词论》，唐圭璋编：《词话丛编》，第4902页。

畅写身世之感及今昔之慨的长调名篇，其风格岂能以"婉约"或什么"绮罗香泽之态""绸缪宛转之度"①去硬套？他这些作品的雄健气度和大开大合的笔法，已经被后起的苏轼、辛弃疾等人所吸取和借鉴过去。可是人们却一直把他视为纯粹的"婉约派"，而认定"豪放"词风是苏轼创立的，这既过高地估价了苏轼在词史上的地位，同时对柳永也是极不公平的。再如宋词中的怀古词究竟是如何来的，人们只愿从王安石的《桂枝香》金陵怀古说到苏轼的《念奴娇》赤壁怀古，却无视柳永的《双声子》苏州怀古——其实只要不怀偏见就该承认，柳永这一首才是宋代怀古词之祖。

此外，人们谈到柳词中男女之情写得太多，这是事实，但如果要说这是一病的话，那么一整部唐宋词史的通病就是"风云之气少，儿女之情多"。这是由如前所述的特殊历史文化因素造成的，不必苛责柳永等少数几个人。况且，情爱乃是文学的"永恒主题"之一，词这种形式本就宜于表现此种内容，问题在于怎么写。正是在这一点上，柳永是有瑕疵的——毛病不在于他写得俚俗浅白了，而是有一些作品格调低下，不是浅俗而是庸俗，且带有色情味。但这不是他的恋情词的主要方面，其主要方面是：对于市民的新的生命价值观的充分肯定，对于情爱自由的正当追求，对于被侮辱被损害的歌妓的真挚爱情和深刻同情。这正是柳永恋情词的最可宝贵的灵魂。

从内容、风格、形式几方面来综合考察，柳永及其一派词，符合中国古代文学自宋代以来由雅趋俗、由贵族化走向平民化的大潮流，尽管在词的发展中与那一股日益使歌辞文学士大夫化、雅化的小潮流相背离。

三、北宋中后期的柳派词人

历史资料表明，柳永的俗词范式产生之后，以比当时任何一位词人都受世俗社会欢迎的态势，迅速而广泛地获得了众多的接受者，形成过一个自北宋中期延续到靖康南渡之后的庞大的俗词流派。宋王灼《碧鸡漫志》

---

① 〔宋〕胡寅：《酒边词序》，容肇祖点校：《斐然集》，中华书局1993年版，第403页。

记述柳词"浅近卑俗，自成一体，不知书者尤好之"①，又谓"今少年……十有八九，不学柳耆卿，则学曹元宠"②。严有翼《艺苑雌黄》谓柳词："言多近俗，俗子易悦。"③徐度《却扫编》亦谓柳词"流俗人尤喜道之"，虽苏轼等出而"柳氏之作殆不复称于文士之口，然流俗好之自若也"④。综合这几位宋人的记述，可以肯定：一、柳词在当时受到极为广泛的欢迎和传播；二、柳词受到欢迎的主要原因是风格浅俗，"俗子易悦"；三、当时民间作歌词者大多数（十有八九）都学柳永，即使苏轼等人崛起、文士们不再有人称赞柳词之后，民间词人仍"好之自若"。由此可见，在宋代曾经形成过一个以民间词人为主的阵容颇为庞大的学柳的词派。令人痛心的是，这个俗词流派，一直受到排斥、冷落和打击。宗主柳永，生前坎坷落魄，流浪四方，死后还一直被骂，其作品也被士大夫者流拒之门外（例如南宋曾慥编《乐府雅词》，不选柳词；黄昇《花庵词选》虽略选一些柳词，也要注明柳永"长于纤艳之词，然多近俚俗"⑤）。至于众多学柳永作词的"流俗之人""市井之人"及"不知书者"，则绝大多数不但未能留下作品，连名字也不为人知了。但宋代确曾出现过这么一个独特的俗词流派，文学史也应该记下这个词派。由于资料的缺乏，描绘这个词派的全貌已属不能。唯王灼《碧鸡漫志》卷二评介的沈唐、李甲、孔夷、孔集、晁端礼、万俟咏六位"源流从柳氏来"⑥的北宋中后期词人，尚有传记材料及部分作品可考。今依王灼列名的次序，对这六位柳派词人略加评介。

沈唐（生卒年不详），字公述，为韩琦门客，始为楚州职官，熙宁间辟充大名府签判，后改辟渭州签判，卒于官。其词仅存五首（《全宋词》

---

① 〔宋〕王灼：《碧鸡漫志》，唐圭璋编：《词话丛编》，第84页。
② 〔宋〕王灼：《碧鸡漫志》，唐圭璋编：《词话丛编》，第85页。
③ 〔宋〕严有翼：《艺苑雌黄》，郭绍虞：《宋诗话辑佚》，中华书局1980年版，第579页。
④ 〔宋〕徐度：《却扫编》，上海师范大学古籍整理研究所编：《全宋笔记》第三编，第10册，大象出版社2008年版，第164页。
⑤ 〔宋〕黄昇：《花庵词评》，葛渭君编：《词话丛编补编》，第155页。
⑥ 〔宋〕王灼：《碧鸡漫志》，唐圭璋编：《词话丛编》，第83页。

四首,《全宋词补辑》一首),其中四首为长调。今举其学习柳永铺叙手法描画都市风光人物的《望海潮·上太原知府王君贶尚书》:

> 山光凝翠,川容如画,名都自古并州。箫鼓沸天,弓刀似水,连营十万貔貅。金骑走长楸。少年人一一,锦带吴钩。路入榆关,雁飞汾水正宜秋。　　追思昔日风流。有儒将醉吟,才子狂游。松偃旧亭,城高故国,空余舞榭歌楼。方面倚贤侯。便恐为霖雨,归去难留。好向西溪,恣携弦管宴兰舟。①

将此词与柳永咏杭州的同调词相比较,不难看出沈唐在风格情调、章法结构乃至造语用字诸方面,皆有得于"柳氏家法"。

李甲(生卒年不详),字景元,华亭(今上海松江)人。哲宗元符中为武康(今浙江德清)令。善画翎毛,兼工写竹。存词九首,其中八首为长调。今举其《击梧桐》一首:

> 杳杳春江阔。收细雨、风霓波声无歇。雁去汀洲暖,岸芜静,翠染遥山一抹。群鸥聚散,征航来去,隔水相望楚越。对此凝情久,念往岁上国,嬉游时节。　　斗草园林,卖花巷陌,触处风光奇绝。正恁浓欢里,悄不意、顿有天涯离别。看那梅生翠实,柳飘狂絮,没个人共折。把而今、愁烦滋味,教向谁说。②

孔夷(生卒年不详),字方平,汝州龙兴(今河南宝丰)人。为孔子四十七代孙。隐居山林,绝意仕进,与苏门文人李廌为诗酒侣,有号曰滍皋渔父,隐名鲁逸仲。词存三首。黄昇谓其词"词意婉丽,似万俟雅言"③。

孔集,字处度,为孔夷之侄,叔侄二人齐名。词存二首。今从孔氏叔侄二人之词中,选录孔夷的一首颇有柳永羁旅行役词风味的《南浦·旅怀》:

---

① 唐圭璋编:《全宋词》,中华书局1965年版,第171页。
② 唐圭璋编:《全宋词》,第490页。
③〔宋〕黄昇:《花庵词评》,葛渭君编:《词话丛编补编》,第158页。

风悲画角，听单于三弄落谯门。投宿骎骎征骑，飞雪满孤村。酒市渐闲灯火，正敲窗、乱叶舞纷纷。送数声惊雁，下离烟水，嘹唳度寒云。　　好在半胧溪月，到如今、无处不销魂。故国梅花归梦，愁损绿罗裙。为问暗香闲艳，也相思、万点付啼痕。算翠屏应是，两眉余恨倚黄昏。①

晁端礼（1046—1113），字次膺，济州巨野（今属山东）人。熙宁六年（1073）进士，任单州城武主簿，瀛州防御推官，历知平恩、莘县。忤上官，罢职。徽宗时，以承事郎为大晟府协律，卒年六十八。有词集《闲斋情趣外篇》六卷，共一百三十余首，为王灼所列柳派六词人中存词最多的一位。且精于音律，善于创调，成就较高。其词多慢词，风格在柳永和周邦彦之间，唯才情较柳、周二人为弱。今仅举其名篇《绿头鸭·咏月》：

晚云收，淡天一片琉璃。烂银盘来从海底，皓色千里澄辉。莹无尘、素娥淡伫，静可数、丹桂参差。玉露初零，金风未凛，一年无似此佳时。露坐久，疏萤时度，乌鹊正南飞。瑶台冷，栏干凭暖，欲下迟迟。　　念佳人、音尘别后，对此应解相思。最关情、漏声正永，暗断肠、花影偷移。料得来宵，清光未减，阴晴天气又争知。共凝恋、如今别后，还是隔年期。人强健，清尊素影，长愿相随。②

万俟咏（生卒年不详），字雅言，自号大梁词隐。游上庠不第。徽宗时曾任大晟府制撰。南渡初补下州文学。有《大声集》五卷，周邦彦、田不伐皆为作序，今集与序均失传。近人辑得其词二十九首，凭此难以窥其全貌。王灼《碧鸡漫志》于柳派六人中对万俟咏评价最高，称："就中雅言又绝出"③，又谓其作词"每出一章，信宿喧传都下"④。黄昇《花庵词

① 唐圭璋编：《全宋词》，第638页。
② 唐圭璋编：《全宋词》，第418页。
③ 〔宋〕王灼：《碧鸡漫志》，唐圭璋编：《词话丛编》，第83页。
④ 〔宋〕王灼：《碧鸡漫志》，唐圭璋编：《词话丛编》，第87页。

选》又谓其词"平而工，和而雅"①。但观其编集时先自分"雅词""侧艳"两体，后又削去侧艳之作，再分"应制""风月脂粉""雪月风花""脂粉才情""杂类"五体的情况②，则其原作中除雅词之外，俗艳之词必多，其基本情调与风格，应与柳永无大异。今仅举其长调名篇《三台·清明应制》为例：

> 见梨花初带夜月，海棠半含朝雨。内苑春、不禁过青门，御沟涨、潜通南浦。东风静、细柳垂金缕。望凤阙、非烟非雾。好时代、朝野多欢，遍九陌、太平箫鼓。　　乍莺儿百转断续，燕子飞来飞去。近绿水、台榭映秋千，斗草聚、双双游女。饧香更、酒冷踏青路，会暗识、夭桃朱户。向晚骤、宝马雕鞍，醉襟惹、乱花飞絮。　　正轻寒轻暖漏永，半阴半晴云暮。禁火天、已是试新妆，岁华到、三分佳处。清明看、汉宫传蜡炬。散翠烟、飞入槐府。敛兵卫、阊阖门开，住传宣、又还休务。③

除了上述六人之外，生活于北宋末南宋初的两位柳派词人左誉、康与之也值得一提。

左誉，字与言，号筊翁，天台（今浙江临海）人。徽宗大观三年（1109）进士，官至湖州通判。曾恋钱塘名妓张秾（浓），为之作了不少柳永式的香艳之词，其中有"盈盈秋水，淡淡春山"以及"堆（帷）云剪（翦）水，滴粉搓酥"等名句，都人为之作"晓风残月柳三变，滴粉搓酥左与言"之对④。由此可见其词风。高宗绍兴初，他到杭州求官，游西湖，

---

① 〔宋〕黄昇：《花庵词评》，葛渭君编：《词话丛编补编》，第158页。
② 〔宋〕王灼：《碧鸡漫志》，唐圭璋编：《词话丛编》，第83页。
③ 唐圭璋编：《全宋词》，第809页。
④ 〔宋〕王明清《玉照新志》卷四："左与言，天台之名士大夫也……承平之日，钱塘幕府乐籍有名姝张足女名浓者，色艺妙天下，君颇顾之。如'世所事，盈盈秋水，淡淡春山'与'一段离愁堪画处，横风斜雨摇衰柳'，及'帷云翦水，滴粉搓酥'，皆为浓而作。当时都人有'晓风残月柳三变，滴粉搓酥左与言'之对，其风流人物可以想象。"（上海师范大学古籍整理研究所编：《全宋笔记》第六编，第2册，第190—191页。）

忽逢已经委身于"立勋大将"的张秾，遂拂衣东渡为僧。其孙编次其遗词为《筼翁长短句》，欲以刻行，求王明清为序。其书后失传。

康与之，字伯可，号顺庵，洛阳人，居滑州（今河南滑县）。建炎初，高宗驻扬州，与之上《中兴十策》，名震一时。后媚事秦桧，为秦门下"十客"之一。专为应制歌词。官军器监。秦桧死，与之编管钦州，移雷州，再移新州牢城，卒。其人品极坏，词却颇有成就，其词音律谐婉，多杂俗白之语，风格追随柳永，为南宋学柳第一名家。有《顺庵乐府》五卷，不传。近人所辑佚作二十五首，仅为原帙的小部分。南宋人论其词，往往"康柳"并称，如张炎谓"康、柳词亦自批风抹月中来"①，沈义父谓"康伯可、柳耆卿音律甚协，句法亦多有好处，然未免有鄙俗语"②。今仅录其通俗而不鄙俗的小令《长相思》一首：

> 南高峰。北高峰。一片湖光烟霭中。春来愁杀侬。　　郎意浓。妾意浓。油壁轻车郎马骢。相逢九里松。③

（选自刘扬忠：《唐宋词流派史》，中国社会科学出版社2007年版，第165—181页）

---

① 〔宋〕张炎：《词源》，唐圭璋编：《词话丛编》，第267页。
② 〔宋〕沈义父：《乐府指迷》，唐圭璋编：《词话丛编》，第278页。
③ 唐圭璋编：《全宋词》，第1306—1307页。

再论苏轼词的词史定位
——兼及如何打破"婉约""豪放"二分法

宋学达

提及苏轼词，往往会紧跟着说出"豪放"二字。明张綖《诗余图谱凡例》按语云："词体大略有二，一体婉约，一体豪放。婉约者，欲其辞情蕴藉；豪放者，欲其气象恢弘。盖亦存乎其人，如秦少游之作多是婉约，苏子瞻之作多是豪放"①，一方面提出了"婉约""豪放"二分法，另一方面则将苏轼视为"豪放派"的领军人物，由此奠定了后世苏词接受史的基本格局。然而随着词学研究开启"现代化"进程，有关"婉约""豪放"二分法的反思不断深入，目前学界已基本达成应抛弃这一二元对立思维的共识。在这种情况下，再将苏词简单地视为"豪放派"，显然已不合时宜。

经过几代词学研究者的努力，如今我们对于苏轼词的定位，已在"豪放派"之外又提出了"以诗为词"与"东坡范式"两种说法。那么，究竟哪一种说法更适合作为苏词之词史定位的总结性话语？本文试做辨析，并进一步思考应如何对"婉约""豪放"二分法实现破旧立新。

一、豪放词

尽管"婉约""豪放"二分法已基本被学界扬弃，但"豪放"作为苏词接受史上最为显著的定位性词汇，是否足以概括苏词的艺术特征，依然需要进行学理上的辨析。

---

① 〔明〕张綖编著，刘尊明、李文韬整理：《诗余图谱》，华东师范大学出版社2022年版，第3页。

事实上，以"豪放"二字衡词，当始于苏轼本人，其《与陈季常十六首》之十三云：

> 又惠新词，句句警拔，诗人之雄，非小词也。但豪放太过，恐造物者不容人如此快活。①

然而值得注意的是，此处苏轼"豪放太过"所指称的，实为陈慥词，并非自谓；同时，苏轼又指出这些"豪放太过"的作品，乃"诗人之雄，非小词也"，实际上已然判定出"小词"与"豪放"为词体的两种艺术范式，为后世形成"婉约""豪放"二分法奠定了基础。而在时间更早的《与鲜于子骏三首》之二中，苏轼亦已承认自己的豪放风格：

> 近却颇作小词，虽无柳七郎风味，亦自是一家。呵呵。数日前，猎于郊外，所获颇多。作得一阕，令东州壮士抵掌顿足而歌之，吹笛击鼓以为节，颇壮观也。②

文中苏轼将自己的"自是一家"与"柳七郎风味"相对比，且以"东州壮士抵掌顿足而歌之""壮观"等词汇相描述，无疑是以"夫子自道"的形式为后人冠之以"豪放派"提供了最有力的文献支撑。加之身为苏门文人的晁补之曾谓苏词"横放杰出，自是曲子中缚不住者"③，更加深了后人对东坡词的"豪放"印象。因此，至南宋便有王灼《碧鸡漫志》所谓"指出向上一路，新天下耳目"④的赞誉，以及胡寅《酒边集序》的经典论述：

> 及眉山苏氏，一洗绮罗香泽之态，摆脱绸缪宛转之度，使人登高望远，举首高歌，而逸怀浩气，超然乎尘垢之外。于是《花间》为皂

---

① 〔宋〕苏轼撰，〔明〕茅维编，孔凡礼点校：《苏轼文集》，第4册，中华书局1986年版，第1569页。

② 〔宋〕苏轼撰，〔明〕茅维编，孔凡礼点校：《苏轼文集》，第4册，第1560页。

③ 〔宋〕吴曾：《能改斋词话》，唐圭璋编：《词话丛编》，第1册，中华书局1986年版，第125页。

④ 〔宋〕王灼撰，岳珍校正：《碧鸡漫志校正》，人民文学出版社2015年版，第29页。

隶，而柳氏为舆台矣。①

这种"逸怀浩气"，无疑就是《孟子·公孙丑上》所谓"至大至刚""塞于天地之间"的"浩然之气"②，代表阳刚之道。陆游则称苏轼"非不能歌，但豪放不喜剪裁以就声律耳"③，直接以"豪放"二字解释苏词"不能歌"的问题。此外又有俞文豹《吹剑续录》：

> 东坡在玉堂日，有幕士善讴，因问："我词比柳词何如？"对曰："柳郎中词，只好十七八女孩儿执红牙拍板，唱'杨柳岸晓风残月'；学士词，须关西大汉执铁板，唱'大江东去'。"公为之绝倒。④

此记载虽有虚构嫌疑⑤，但无疑代表了南宋人对东坡词的普遍看法，所谓"关西大汉执铁板"，正是对"豪放"风格的艺术化描述。

由此可见，尽管至明代张綖《诗余图谱》才将苏轼词真正与"豪放"一词相绑定，但自宋代以来，"苏轼作豪放词"这一观念是不断被强化的，是古人一直以来的固有认知。不过，古人所普遍公认的观念，并不一定正确，如今我们翻检苏轼的所有词作，会发现其中大多并非"豪放"之作。

早在20世纪80年代，吴世昌先生就在《有关苏词的若干问题》一文中对"豪放词"这一定位提出了质疑：

> 据我约略估计，龙榆生的《东坡乐府笺》共收词三百四十多首。像"大江东去"一类所谓"豪放"词，至多只有六七首。其余的三百

---

① 〔宋〕胡寅撰，容肇祖点校：《斐然集》，中华书局1993年版，第403页。
② 〔清〕焦循撰，沈文倬点校：《孟子正义》，中华书局1987年版，第200页。
③ 〔宋〕陆游著，李剑雄、刘德权点校：《老学庵笔记》卷五，中华书局1979年版，第66页。
④ 〔宋〕俞文豹：《吹剑续录》，陶宗仪：《说郛》，中国书店1986年影印本。
⑤ 朱崇才先生《词话史》："俞文豹距东坡已近150年，此本事应是据他书而录，但文豹之前现存文献中并未见有关此事的任何记述。据两宋词话惯例，名人轶事常有多书引述，此一孤例殊觉可疑。……应是自苏轼《与鲜于子骏》(密州)'近却颇作小词，虽无柳七郎风味，亦自是一家''作得一阕，令东州壮士抵掌顿足而歌之，吹笛击鼓以为节，颇壮观'等语衍化而来。"(中华书局2006年版，第26页)

三十多首词中，也和当时别的文人的词作差不多，无非是些登山临水、吟风弄月、羁旅苦闷、相思愁恨以及赞美歌女舞伎、应酬朋友官吏之作。在苏轼的集子中比别人更多的是赠送友人的姬妾之词，大多数是她们要求他写的赞美之词，她们珍藏着留作纪念。我说这些话，丝毫没有贬低苏词之意。我只是要说明苏词中"豪放"者其实极少。若因此而指苏东坡是豪放派的代表，或者说，苏词的特点就是"豪放"，那是以偏概全，不但不符合事实，而且是对苏词的歪曲，对作者也是不公正的。①

虽然文章发表后引起了一定的争议，有多位学者提出商榷，如徐洪火先生《简论有关苏词的一些问题——与吴世昌先生商榷》②、曾枣庄先生《苏轼与北宋豪放词派地位辨——与吴世昌先生商榷》③等，但吴世昌先生已然从数据的角度，证明了东坡词中符合"豪放"风格的作品仅占极小比例。更何况，苏轼词中不属于"豪放"风格的作品，也是不乏佳作的，如《卜算子》（缺月挂疏桐）、《江城子》（十年生死两茫茫）、《水龙吟》（似花还似非花）、《定风波》（常羡人间琢玉郎）等，可谓不胜枚举。其艺术高度绝不亚于《念奴娇》（大江东去）、《江城子》（老夫聊发少年狂）等"豪放"作品。

因此，尽管在东坡词中仅占极小比例的"豪放词"具有极高的艺术价值，真正做到了"新天下耳目"，但若仅以"豪放"二字作为东坡词的艺术概括，无疑是对苏轼整体艺术成就的遮蔽。是故，以"豪放词"作为苏轼词史定位的观念，是应当被抛弃的。

二、以诗为词

相对于明代才真正与苏轼词绑定的"豪放"一词，"以诗为词"用作

---

① 吴世昌：《有关苏词的若干问题》，《文学遗产》1983年第2期。
② 徐洪火：《简论有关苏词的一些问题——与吴世昌先生商榷》，《西南师范学院学报》1984年第1期。
③ 曾枣庄：《苏轼与北宋豪放词派地位辨——与吴世昌先生商榷》，《四川大学学报（哲学社会科学版）》1985年第1期。

对苏词的专门指称，时代更为久远，陈师道《后山诗话》即提出：

> 退之以文为诗，子瞻以诗为词，如教坊雷大使之舞，虽极天下之
> 工，要非本色。①

此处将苏轼的"以诗为词"与韩愈"以文为诗"相并列，实指一种打破文体界限的创作方法，而联系苏轼在《与陈季常十六首》之十三中所谓"诗人之雄，非小词也"②，更进一步确证苏轼本身确有"破体"为词的明确意识。

同时，宋人评价苏轼词，也常常出现"以词比诗""以诗衡词"或"诗词不分"的现象。如《后山诗话》又载"苏子瞻词如诗"③；李清照《词论》视苏词为"句读不葺之诗"④；《王直方诗话》亦载："东坡尝以所做小词示无咎、文潜曰：'何如少游？'二人皆对云：'少游诗似小词，先生小词似诗'。"⑤此皆以词比诗者。又如傅共《注坡词序》谓东坡词"寄意幽渺，指事深远，片词只字，皆有根柢"⑥；叶曾《东坡乐府叙》云："乐而不淫，哀而不伤，真得六义之体"⑦；铜阳居士《复雅歌词》称《卜算子》（缺月挂疏桐）一词"与考槃诗极相似"⑧，则皆以传统诗论衡量苏轼词作，是为"以诗衡词"。而"诗词不分"者，则更具代表性。如黄庭坚《与郭英发帖》云：

> 东坡公《听琵琶》一曲奇甚，试用澄心纸写去，因诗句豪壮，颇

---

① 〔宋〕陈师道：《后山诗话》，〔清〕何文焕辑：《历代诗话》，第1册，中华书局2004年版，第309页。
② 〔宋〕苏轼撰，〔明〕茅维编，孔凡礼点校：《苏轼文集》，第4册，第1569页。
③ 〔宋〕陈师道：《后山诗话》，〔清〕何文焕辑：《历代诗话》，第1册，第312页。
④ 王仲闻校注：《李清照集校注》，中华书局2020年版，第226页。
⑤ 郭绍虞辑：《宋诗话辑佚》，第1册，中华书局1980年版，第93页。
⑥ 〔宋〕苏轼著，〔宋〕傅干注，刘尚荣校证：《东坡词傅干注校证》，上海古籍出版社2016年版，第1页。
⑦ 〔宋〕苏轼著，〔宋〕傅干注，刘尚荣校证：《东坡词傅干注校证》，第535页。
⑧ 〔宋〕铜阳居士：《复雅歌词》，唐圭璋编：《词话丛编》，第1册，第60页。

增笔势。或有嘉石，试刊之斋中，亦一奇事也。①

所谓"《听琵琶》一曲"，乃苏轼《水调歌头》（昵昵儿女语）一词，盖词序曰："欧阳文忠公尝问余：'琴诗何者最善？'答以退之《听颖师琴》诗最善。公曰：'此诗最奇丽，然非听琴，乃听琵琶也。'余深然之。建安章质夫家善琵琶者乞为歌词，余久不作。特取退之词，稍加檃栝，使就声律，以遗之云。"②此词本为檃栝韩愈诗，且有"忽变轩昂勇士，一鼓填然作气，千里不留行""跻攀分寸千险，一落百寻轻。烦子指间风雨，置我肠中冰雪，起坐不能平"③等句，故谓之"诗句豪壮"。而"诗句豪壮"四字，显然是一种故意模糊文体界限的说法。又如陆游《跋东坡七夕词后》云：

> 昔人作七夕诗，率不免有珠栊绮疏惜别之意，唯东坡此篇，居然是星汉上语。歌之曲终，觉天风海雨逼人，学诗者当以是求之。④

此"七夕词"，当为《鹊桥仙》（缑山仙子），盖词中既有"尚带天风海雨"⑤之句。⑥而值得注意的是，陆游在此跋文中，不仅将这首"七夕词"与"昔人作七夕诗"相比较，更点明"学诗者当以是求之"。这绝非不辨文体的妄言，而是陆游认为苏轼这首词的艺术境界，已经超越了诗词的文体之辨，成为了更高级别的艺术典范。

---

① 〔宋〕黄庭坚著，刘琳、李勇先、王蓉贵点校：《黄庭坚全集》，第6册，中华书局2021年版，第1667页。

② 〔宋〕苏轼著，〔宋〕傅干注，刘尚荣校证：《东坡词傅干注校证》，第32页。

③ 〔宋〕苏轼著，〔宋〕傅干注，刘尚荣校证：《东坡词傅干注校证》，第32页。

④ 〔宋〕陆游著，马亚中校注：《渭南文集校注》，第2册，钱仲联、马亚中主编：《陆游全集校注》，第10册，浙江教育出版社2011年版，第197页。

⑤ 〔宋〕苏轼著，〔宋〕傅干注，刘尚荣校证：《东坡词傅干注校证》，第191页。

⑥ 马亚中先生持此说："苏轼词集中专咏七夕之作有四首，《鹊桥仙》两首，《渔家傲》一首，《菩萨蛮》一首。唯《鹊桥仙·七夕送陈令举》一阕最合此跋意境。"见〔宋〕陆游著，马亚中校注：《渭南文集校注》，第2册；钱仲联、马亚中主编：《陆游全集校注》，第10册，第197页。又邹同庆、王宗堂二位先生将陆游此跋文编入《鹊桥仙·七夕和苏坚韵》一词之"参考资料"，未知何据。见《苏轼词编年校注》，中华书局2002年版，第618—620页。

从苏轼自身的"破体"意识，到他人对其词的种种"诗词混同"式评价，可以看出，苏轼的"以诗为词"在创作与接受两个层面都获得了成功。但是，由此便可以将"以诗为词"四字作为苏轼词史地位的桂冠吗？

如果我们回顾李清照《词论》中关于"句读不葺之诗"的原文，则会发现，这一称谓，并不是针对苏轼一人的批评：

> 至晏元献、欧阳永叔、苏子瞻，学际天人，作为小歌词，真如酌蠡水于大海，然皆句读不葺之诗尔。①

可见，晏殊与欧阳修同样被李清照划入"句读不葺之诗"的行列，而晏欧词历来被视为花间、南唐词风的继承者，正是词体"本色"艺术风格在北宋最为杰出的代表。无独有偶，在北宋同样被视为"以诗为词"的本色词人，还有黄庭坚与晏几道。吴曾《能改斋漫录》载晁补之《评本朝乐章》云："黄鲁直间作小词，固高妙，然不是当行家语，自是著腔子唱好诗。"②黄庭坚《小山词序》则谓晏几道"独嬉弄于乐府之余，而寓以诗人之句法"③。现存黄庭坚词中固有接近苏轼"豪放"词风者，但总体依然以传统题材为主，而晏几道词则更是北宋中期固守花间、南唐词风的典型。而诸葛忆兵先生《"以诗为词"辨》更指出：

> 翻检《全宋词》，宋初约80余年时间里，有作品留存的词人一共11位，保留至今的词作共34首。其中，写艳情的只有8首。其他则涉及仕途感慨、景物描写、游乐宴席、感伤时光流逝、颂圣等等，与诗歌取材相同。这与"花间词"一边倒的艳情创作倾向形成鲜明对比，反而与中唐张志和、白居易等人的创作情况近似。宋初80余年之词坛创作，堪称"以诗为词"占据主流的创作时期。④

---

① 王仲闻校注：《李清照集校注》，第226页。
② 〔宋〕吴曾：《能改斋词话》，唐圭璋编《词话丛编》，第1册，第125页。
③ 〔宋〕黄庭坚著，刘琳、李勇先、王蓉贵点校《黄庭坚全集》，第2册，第358页。
④ 诸葛忆兵：《"以诗为词"辨》，《北京大学学报（哲学社会科学版）》2011年第1期。

由此可见，"以诗为词"作为一种创作方法，并不专属于苏轼。因此，尽管"以诗为词"这一创作手法，在苏轼手中体现出强烈的个人特色①，但并非苏轼所独有，使用这一词汇总结苏轼在词史中的特殊地位，似乎同样不甚圆融。

三、东坡范式

王师兆鹏先生于1989年发表《论"东坡范式"——兼论唐宋词的演变》一文，借助西方的"范式"理论，总结出唐宋词的三大范式及其发展更迭的基本脉络：

> 唐宋词的演变史主要是三大范式的相互更迭：一是温庭筠创建的"花间范式"，二是由苏轼创立的"东坡范式"，三是由周邦彦建立的"清真范式"。"花间范式"自晚唐五代花间词人，经宋初晏殊、欧阳修诸人的发展，到晏几道而臻极善。柳永崛起词坛，打破了"花间范式"的一统天下，但他没有建立起一种为词坛所普遍接受的完善的范式。他的成就一方面被苏轼接过去创立了"东坡范式"，另一方面则被周邦彦发展为"清真范式"。自柳永之后，宋词的发展可说是二水分流，即"东坡范式"与"清真范式"的分流发展。②

就21世纪以来的词学学术发展眼光来看，这一论断虽已有略可商榷处③，但文章为唐宋词划分出的"三大范式"，却仍具有非凡的学术指导意义。

对于"东坡范式"的具体内涵，王师兆鹏先生总结为四个方面：其一，"主体意识的强化：词的抒情主人公由'共我'向'自我'的转变"；其二，"感事性的加强：词由普泛化的抒情向具体化的纪实的转变"；其

---

① 笔者另有《对苏轼"以诗为词"内含的多层面理解》一文专门探讨此问题，见《吉林省教育学院学报》2013年第12期。

② 王兆鹏：《论"东坡范式"——兼论唐宋词的演变》，《文学遗产》1989年第5期。

③ 如柳永词在一定程度上同样具备准范式意义、"清真范式"实为"花间范式"的内部突破等，笔者另有专文论述。

三，"力度美的高扬：词的审美理想由女性化的柔婉美向男性化的力度美的转变"；其四，"音乐性的突破：词从附属于音乐向独立于音乐的转变"。①这四个方面，前二者属于创作论视角的抒情方式与书写题材问题，第三项为接受论视角的艺术风格问题，第四项则为文体论视角的体性归属问题。由此可见，与"豪放派""以诗为词"相比较，"东坡范式"这一针对苏轼词的艺术总结，突破了风格论、创作论的单一视角，具有多重指向性，其理论容量自然也就远超前二者。

进一步说，"东坡范式"实际上可视为传统文学批评中"体派论"的现代发展。

"体派论"同样是具有多重指向性的文学批评范畴，其产生最初与文体相联系，即曹丕《典论论文》所言"盖奏议宜雅，书论宜理，铭诔尚实，诗赋欲丽。此四科不同，故能之者偏也；唯通才能备其体"②，但很快便与作家个人风格联系起来，沈约《宋书谢灵运传论》云："自汉至魏，四百余年，辞人才子，文体三变。相如工为形似之言，二班长于情理之说，子建仲宣以气质为体，并摽能擅美，独映当时。"③钟嵘《诗品》则更多以"某体"指称作家或作品的独特风格，如谓《古诗十九首》"其体源出于《国风》"④、王粲"在曹、刘间别构一体"⑤、陆机"举体华美"⑥、张协"文体华净，少病累"⑦、谢灵运"杂有景阳之体"⑧等等，实际已经开启了以具体作家或作品为核心的体派批评模式。至宋代，"某体"之类的说法则已然蔚为大观，宋初既有"白体"，宋末严羽《沧浪诗话·诗体》

---

① 王兆鹏：《论"东坡范式"——兼论唐宋词的演变》，《文学遗产》1989 年第 5 期。

② 〔南朝·梁〕萧统编，〔唐〕李善注：《文选》，第 6 册，上海古籍出版社 2019 年版，第 2315—2316 页。

③ 〔南朝·梁〕萧统编，〔唐〕李善注：《文选》，第 5 册，第 2263 页。

④ 〔南朝·梁〕钟嵘著，周振甫译注：《诗品译注》，中华书局 1998 年版，第 32 页。

⑤ 〔南朝·梁〕钟嵘著，周振甫译注：《诗品译注》，第 39 页。

⑥ 〔南朝·梁〕钟嵘著，周振甫译注：《诗品译注》，第 43 页。

⑦ 〔南朝·梁〕钟嵘著，周振甫译注：《诗品译注》，第 46 页。

⑧ 〔南朝·梁〕钟嵘著，周振甫译注：《诗品译注》，第 49 页。

更列举出"以人而论"的"苏李体""曹刘体""陶体""谢体"等36体①。
而宋人论词，亦有所谓"易安体""稼轩体""白石体"等说法，是"体派
论"进入词学领域的表现。

这些以具体作家或作品为核心的"体派论"，虽以风格为主要表现特
征，但其内涵大多同时兼有手法、题材、体式，甚至作家个人气质等诸多
要素，难以一概而论。如施议对先生对"稼轩体"的解析，即首先从题材
上将稼轩词划分为"有关社会人生、有关时局政事的有为之作"和"无任
何实际意义的应酬之作"；其次从表现形式上区分"英雄语""妩媚语"和
"闲适语"；同时又指出"稼轩词的作风，不可简单地以豪放、婉约将其劈
为两半；而且，三种形式的稼轩词，也不是只有三种姿态、三种面目、三
种风味。辛词中的英雄语并非一般豪语、壮语，妩媚语亦非一般艳语、绮
语，闲适语也并非一般应酬文字。由全部稼轩词所构成的稼轩体，是一个
充满矛盾、富于变化的多重组合体"②，足见"体派论"在文学批评实践
中复杂的多重指向性内涵。恰如胡建次先生所言："体派批评作为一种传
统的批评观念与批评理论，它是指在对文学历史与现状的批评描述中，通
过从文学体制、题材运用、技巧表现、风格特征、流派归属等方面来辨析
作家作品的创作特征，体现批评者对文学历史与现实认识的一种批评
形式。"③

尽管"体派论"因其多重指向性而在中国古典文学批评中具有天然的
适用优势，但在实际的"体派"划分上，却时而陷入失之过繁的窘境，如
陈廷焯《白雨斋词话》谓：

> 唐宋名家，流派不同，本原则一。论其派别，大约温飞卿为一
> 体，韦端己为一体，冯正中为一体，张子野为一体，秦淮海为一体，

---

① 〔宋〕严羽著，郭绍虞校释：《沧浪诗话校释》，人民文学出版社1983年版，第58—59页。
② 施议对：《论稼轩体》，《施议对词学论集第一卷·宋词正体》，澳门大学出版中心1996年版，
第291页。
③ 胡建次：《中国古典诗学体派批评的发展极其特征》，《重庆师范大学学报（哲学社会科学
版）》2005年第5期。

苏东坡为一体，贺方回为一体，周美成为一体，辛稼轩为一体，姜白石为一体，史梅溪为一体，吴梦窗为一体，王碧山为一体，张玉田为一体。其间惟飞卿、端己、正中、淮海、美成、梅溪、碧山七家，殊途同归。余则各树一帜，而皆不失其正。东坡、白石尤为矫矫。①

几乎词史中的所有名家都可自成一"体"，那么"体派"就很容易滑入原有"风格论"的窠臼，进而失去"派"的意义。即如沈松勤先生所言："陈廷焯所谓'体'，则指个体在创作中形成的艺术风格，具有鲜明的个性特征和他人不可重复性。"②如此，"体"的文学批评意义便难以与"派"真正联系起来，难以在文学史的叙述中构建出相对完整而连续的发展脉络。

倘若我们将这些以具体作家作品命名的"体"，放在"范式论"的视域下，则可实现整合，即将存在承递关系的"体"，统合在具有开创意义的"范式"之下。如此，"失之过繁"的问题则可获得解决，如上文引述《白雨斋词话》中所述诸"体"："温飞卿""韦端己""冯正中""张子野"等以感发力量作词的传统题材作家，皆可纳入"花间范式"；"苏东坡""贺方回""辛稼轩"等突显主体意识的词人，即可视为"东坡范式"；而"周美成""姜白石""吴梦窗"等以思力安排作词的词人，则为"清真范式"。以"范式"整合诸多作家之"体"，既不会湮没个体的独特性，又能够真正实现学术的归纳意义，同时更能体现出具有里程碑意义的作家或作品，如苏轼之于"东坡范式"。

由此可见，倘若以今天的学术眼光归纳东坡的词史地位，"东坡范式"一词无疑是最为精准、贴切者，亦最能体现当下词学研究的时代前沿性。

四、新二分法

前文分别梳理了"豪放词""以诗为词""东坡范式"这三种曾被用以

---

① 〔清〕陈廷焯：《白雨斋词话》，唐圭璋编：《词话丛编》，第4册，第3962页。
② 沈松勤：《论"周姜体派"》，《文学遗产》2022年第1期。

总结苏轼词历史定位的词学术语，我们发现："豪放"只是苏轼部分词作展现出的一种突出风格，不足以概括整体；"以诗为词"是在苏轼之前既已存在的一种创作方法，虽然在苏轼手中发扬光大，但并非其原创，亦非其独专，因此同样不适宜作为苏轼词历史定位的总结性词汇；唯有"东坡范式"，既能够体现苏轼词的开创意义，又具有现代学术意义，同时又可视为传统文学批评中"体派论"的发展，并非单纯以西方理论规训中国古典文学。

至此，本文对苏轼词历史定位的再探讨，已完成了既定目标。但是，仍有一个与之相关的重要问题可做引申思考，即如何打破旧有"婉约""豪放"二分法。

以"婉约"与"豪放"划分宋词作家作品的思维定式，可谓与苏轼词的历史定位问题紧密绑定，所有涉及这种"二分法"的讨论，几乎都绕不开苏轼。但是，如今我们已然明确，"豪放词"并不能概括苏轼词的整体艺术风格，更不能作为其词史定位的总结。因此，这种"婉约""豪放"二分法无疑已失去了立论根基，成为一种亟待破除的过时思维。

众多词学前辈早已认识到这一问题的迫切性，早在1980年，施蛰存先生便已明确提出"宋人论词，未尝分此二派"[①]，此后对此问题多有论争[②]，但"婉约""豪放"二分法存在较大弊病，目前已得到词学研究同仁的普遍认可。如王兆鹏先生即曾撰文指出："从实践上看，'婉约'、'豪放'两分法的简单化和片面性，导致了两宋词史研究的混乱和失误。"[③]但是，不得不承认的事实是，如今"婉约""豪放"二分法不仅仍是大众理解宋代词人词作的首要标签，更在专业的词学研究中不断被反复运用，具

[①] 施蛰存、周楞伽：《词的"派"与"体"之争》，《西北大学学报（哲学社会科学版）》1980年第3期。

[②] 如《西北大学学报（哲学社会科学版）》于1981年第1期即刊载谈文良《宋人是否以婉约豪放分词派等三题》、网珠《"派""体"之争管见》、陈兼与《与施、周二先生商榷》三篇文章。

[③] 王兆鹏：《对宋词研究中"婉约""豪放"两分法的反思——兼论宋词的分期》，《枣庄师专学报》1990年第1期。

有强大的存在感。可以说，打破这一"二分法"的种种努力，至今收效甚微。

探讨"婉约"与"豪放"二分法为何难以被打破这一问题，或许我们需要首先反思这种"二分法"在理论层面的优长。首先，对风格流派的划分，是为了方便我们对一个时代整体文学创作的理解，因此所划分出的流派不宜繁琐，应尽可能简洁，否则便失去了划分流派的意义；其次，所划分出的流派，应具有鲜明的对比效果，使人一目了然。由此，我们发现，以"婉约"与"豪放"将宋词划分为两个风格流派，无疑是既简洁、又明了的，这就导致"二分法"尽管有着明显的不周延处，但依然可以成为言说宋词的首选理论范式。是故，尽管我们可以在宋词流派划分上作出更为合理的理论表述，但如果不能做到如"婉约""豪放"一样简洁明了，便始终无法真正破旧立新。

因此，要真正打破"婉约"与"豪放"的藩篱，我们必须以"二分法"击败"二分法"，用"新二分法"取代"旧二分法"。对此，笔者认为"范式论"或许同样可以提供有益的理论支撑：以作品的题材选择与艺术表现论，可将"花间范式"与"清真范式"视为"本色"词，而"东坡范式"则为"诗化"词，由此可形成"本色"与"诗化"的二分法；以写作方式与灵感运用论，"花间范式"与"东坡范式"皆出于"自然感发"，而"清真范式"则源于"思力安排"，由此可形成"感发"与"思力"的二分法。至于哪种"二分法"相对较为合理，抑或有更具合理性的其他"二分法"，则有待学界进一步的探讨与辨析。

（选自《乐山师范学院学报》2024年第3期）

简论周邦彦词的章法

陶　然

周邦彦在宋代就被公认为"负一代词名"①，其词情境浑厚、笔力遒健、结构独特、语言典丽精工，历代推崇备至，誉为"词中老杜"②，有"集大成"③之号。清真词在题材内容方面仍是以悲欢离合、羁旅行役为主，并没有过多地超越前人。他于词史的最大贡献是在于其高度的艺术成就，而章法结构又是周邦彦词艺术成就的一个重要方面。周词意境、气格的形成和其章法是密切联系的，历代词论家对其结构也一致称道。本文试图就周邦彦词章法的构成原因、构成途径及其在词史上的影响等几方面进行探讨。由于清真词章法的特色主要表现于慢词长调之中，因此本文的分析也将以长调为主。

周邦彦之前的词作，其情绪、场景、抒情形象等都非常清晰明了。而周词则不然，先著《词洁》云："美成词乍近之觉疏朴苦涩，不甚悦口。含咀之久，则舌本生津。"④可见非细细咀嚼，不能得其真味，其所以如此，是在于清真词的章法结构有着错综化、复杂化的趋势。

北宋经济和社会生活空前繁盛，词乐新声竞作，以柳永、周邦彦为代表，慢词达到发展的高峰期，张炎《词源》云："迄于崇宁，立大晟府，命周美成诸人讨论古音，审定古调……而美成诸人又复增演慢曲、引、

---

① 〔宋〕张炎：《词源》，唐圭璋编：《词话丛编》，中华书局1986年版，第255页。

② 王国维：《人间词话》附录一，唐圭璋编：《词话丛编》，第4271页。

③ 〔清〕周济：《宋四家词选目录序论》，唐圭璋编：《词话丛编》，第1643页。

④ 〔清〕先著：《词洁辑评》，唐圭璋编：《词话丛编》，第1367页。

近，或移宫换羽，为三犯、四犯之曲，按月律为之，其曲遂繁。"①唐五代以来的旧曲多被淘汰，代之而起的是演奏时间长、节奏较缓慢的新声，由乐以定词，长调慢词也就得到大规模的发展。柳永、周邦彦等人的词集中大部分都是这种慢曲新声。正因为慢曲的演奏时间长、节奏慢，与此相应慢词的篇幅也就较长，容纳量增大，那么如何处理和组织其内容也就直接成为一个现实问题。柳永在章法上基本仍是沿用了晚唐五代以来令词的结构方式，这就往往造成铺叙太多、过于发露、词境展开太缓慢又不够含蓄的缺点，章法的平铺直叙带来松散、缺乏波澜的毛病。因此柳词一旦多读几首就容易令人觉得平淡、乏味。这说明小令的章法不能适应慢词的需要，同时也为周邦彦提供了经验和参照系。故而夏敬观云："耆卿多平铺直叙，清真特变其法，一篇之中，回环往复，一唱三叹，故慢词始盛于耆卿，大成于清真。"②

周邦彦必须使慢词的结构足以支撑起扩充了的内容，使其骨肉停匀，肌肤丰满。但他并没有就结构而论结构，而是从决定章法结构的深层因素——感情和心态来着手。晚唐五代至北宋的小令大多是表现一种刹那间的深婉、微细、曲折的心绪式的主体感受。以这种感受作为词人与读者的接受桥梁，词本身便成为这种感受的载体，读者只须体味到这种感受也就达到了对作品的理解。而周邦彦则彻底改变了这种传统的感发性创作模式，他转而表现较为复杂的感情历程。也正是这种改变，决定了周词章法特殊的复杂性，并成为奠定他上结北宋、下开南宋，扭转风气的关捩地位的重要因素之一。

以往的小令由于以传达词人一种微婉的感受为主，因此往往略去了产生这种感受的具体情境、场景甚至人物本身，以便把词人的感受凸现、突出到决定性的地位。但是倘若在慢词中仍是以此为主体，那么大量篇幅的纯情绪渲染便极易造成读者兴奋点高度和持续地集中，这必然容易导致读

---

① 〔宋〕张炎：《词源》，唐圭璋编：《词话丛编》，第255页。
② 夏敬观：《映庵词评》，葛渭君编：《词话丛编补编》，中华书局2013年版，第3446页。

者阅读的疲倦感。因此，周邦彦将情节化的趋向引入了慢词之中，并在结构组织上花了很大的工夫。这样展现在读者面前的就是一种复杂的感情历程。事实上，将情节化的倾向引入词中并非周邦彦的独创，从敦煌曲子词到韦庄的《荷叶杯》（记得那年花下），直至柳永的词作中都已存在这种引入。但周邦彦所处的历史位置——小令已趋全面成熟，慢曲的兴盛，前人的创作经验等等，都决定了只有到周邦彦才能达到更全面、更熟练的完成。下面试以其《拜星月慢》为例来进行具体的分析：

> 夜色催更，清尘收露，小曲幽坊月暗。竹槛灯窗，识秋娘庭院。笑相遇，似觉琼枝玉树相倚，暖日明霞光烂。水眄兰情，总平生稀见。　　画图中、旧识春风面。谁知道、自到瑶台畔。眷恋雨润云温，苦惊风吹散。念荒寒、寄宿无人馆。重门闭、败壁秋虫叹。怎奈向、一缕相思，隔溪山不断。[①]

这首词所展现的便是寻访、相遇、好合、惊散、相思这样一个完整的感情历程，它的逐步展开就带来词的情节化效果。同时周邦彦在结构经营上也颇费苦心。首三句寻访，作者着意突出周围的景色以渲染气氛，淡月朦胧，暮色四起，更鼓悄悄，露水收尽街上的轻尘，月光映照下的坊曲显得格外幽暗。下面便顺势转入相遇，"竹槛灯窗，识秋娘庭院。"到此，词中所传达出来的总体基调都是静谧、清雅、幽美的，而接下来女主人公的出场却陡然一亮，光彩流动，着力写出了伊人的美丽给抒情主人公带来的震撼。如琼枝玉树交相衬映，明洁耀眼，如暖日明霞光辉灿烂，神采照人，词人写其美貌并没有费力地去写外表、服饰，而是突出其从整体上给人的直观感受，一切具体的美都为其所包容。此处感情上的波澜与上文的平静形成强烈的对比，读者的感情也随之而开合跌宕。从情节上这里就形成了第一个高潮。"总平生稀见"一句总束则是这个高潮的暂歇。换头折笔追

---

① 〔宋〕周邦彦著，罗忼烈笺注：《清真集笺注》，上海古籍出版社2008年版，第281页。

溯，点化杜诗《咏怀古迹五首》其三"画图省识春风面"①，说明已是久闻其名，不意今日却能于此相逢，所以说"谁知道、自到瑶台畔。""画图"句开，"谁知"句合，而下两句一承一转，又达到一个新的高潮，无限的温存体贴、无限的旖旎柔情、无限的缱绻眷恋，然而这一切都被一股不知名的"惊风"吹散，无处可寻，如果说前面第一个高潮还是较为缓慢的，而在这短短两句内，词人的感情却经历了大起大落，从而调动读者的心态、感触发生剧烈起伏动荡的变化。也正是在此刻，读者才突然领悟到，此处以前全是词人对过去的痛苦追忆。上片完全不露痕迹，当读者感情与词人发生共鸣时，再加以一个波澜，因此更激发了读者的感情体验，使读者获得更多的阅读美感。所以周济评这首词云："全是追思，却纯用实写。但读前阕，几疑是赋也。换头再为加倍跌宕之，他人万万无此力量。"②接下来，词笔又转入词人此刻无穷无尽的相思，伊人何处，旧梦如烟，词人只能不断从记忆中搜寻，然而过去愈加美好，反衬现在就愈加凄凉。孤馆荒寒，漂泊羁旅，虽重门紧闭，却掩不住一缕缕秋虫的鸣声，秋虫本无知之物，但这鸣声在词人耳中却如阵阵的叹息，叹息那千山万水、天上人间永隔不断的绵绵思念，叹息那一去不复返的温馨和已缥缈无着的幻梦。词人的一缕相思似乎也永远回荡在读者的心中。

可见，周邦彦在词中展开感情历程的过程，也就是读者经历这种感情历程并与抒情主体获得共鸣的过程。词人在情节叙事中创造了高潮，并且使用了逆入、顿挫、倒折、呼应等多种手法以更好地表现这种感情历程。这样就不可避免地会带来一种章法结构上复杂化的趋向。

在清真词中还存在着另一种情况，即他所要表现的感情历程本身并不十分复杂，甚至是前人已多次表现过的，但他却能以新的方式重新表现，这个"新"就体现在章法的独特性上。以其《瑞龙吟》为例：

> 章台路。还见褪粉梅梢，试花桃树。愔愔坊陌人家，定巢燕子，

① 〔唐〕杜甫著，〔清〕仇兆鳌注：《杜诗详注》，中华书局1979年版，第1502页。
② 〔清〕周济：《宋四家词选目录序论》，唐圭璋编：《词话丛编》，第1648页。

归来旧处。　　黯凝伫。因念个人痴小，乍窥门户。侵晨浅约宫黄，障风映袖，盈盈笑语。　　前度刘郎重到，访邻寻里，同时歌舞。唯有旧家秋娘，声价如故，吟笺赋笔，犹记燕台句。知谁伴、名园露饮，东城闲步。事与孤鸿去。探春尽是，伤离意绪。官柳低金缕，归骑晚、纤纤池塘飞雨，断肠院落，一帘风絮。①

周济评此词云："不过桃花人面，旧曲翻新耳。"②的确，这首词的内容和崔护那首《题都城南庄》一样，都是写重游故地，不见故人的怅惘之情，但周邦彦却通过独特奇幻的章法将熟滥的主题出之以新的形式，使这首词仍然成为历代传诵的名作，也足以当《清真词》的压卷之作。我们试分析这首词的脉络。起笔点明"章台路"，说明了旧日情人的身份及和抒情主体的关系，再以"还见"二字领起下文五句，这样就很自然地将今日与昔日拍合一处，景物、人事、感情也已交融在一起了。第二片"黯凝伫"一点，随即折笔由"因念"领入昔日之回忆。第三片方入正意，词人将过去之情事不断揉入现实之中，自"前度刘郎重到"至"东城闲步"全是铺叙，但又绝非平铺直叙，而是"吞吐回环，欲言又止，神味无穷"③。接着再以"事与孤鸿去"一笔收束，不得不返回清醒的现实，然后即引出全篇之主旨"探春尽是，伤离意绪"。最后以景结情，与第一片以景起相呼应，同时使得那一片怅惘之情悠然无尽，溢于言外。从上述分析中可以看出，全词章法的构成依赖于若干小层次的联合，而这些小层次的联合在此词中表现为时间上的变换、转接、穿插和融合，而在别的词中也可能表现为空间等其他方面的转换，这样作品的意绪就显得曲折盘旋。同时词人大量使用了逆挽、倒插之笔，关于此点，可以俞平伯先生的一番分析来说明："先述归来所见，后方点出归来旧处，倒叙有力。……'旧家秋娘'已有美人迟暮之感，忽借玉溪生《燕台》诗，以洛中里娘柳枝喻所谓'个

① 〔宋〕周邦彦著，罗忼烈笺注：《清真集笺注》，第146页。
② 〔清〕周济：《宋四家词选目录序论》，唐圭璋编：《词话丛编》，第1646页。
③ 俞平伯：《清真词释》，《论诗词曲杂著》，上海古籍出版社1983年版，第630页。

人痴小',是逆挽法;昔则红粉有知音,今则谁伴名园露饮矣,以逗下文又极自然沉着。周氏所谓脱换往复,殆即此意耳。"①可见在这一类作品中,尽管"词家用意极浅,然愈翻则愈妙"②,也即由于表现的需要,必然使作品呈现出章法结构上错综复杂化的趋势。

因此,周邦彦通过上述两方面的途径,在慢词长调的创作中突破了以往小令的构成形式,创造出了更适宜于长调的新的章法构成,从而为慢词艺术形式的发展开辟了新的道路。

周邦彦在词史上的影响是极为巨大的,南渡之后,他的作品更成了长短句创作的典范,在宋朝所有的词人中,周词版本是最多的,南宋的方千里、杨泽民、陈允平都有亦步亦趋和《片玉集》的专集传世,可见其词影响之大。所以周济云:"美成思力,独绝千古,……后有作者,莫能出其范围矣。"③谭献亦云:"南渡词境高处,往往出于清真。"④

从章法上来看,由于南宋慢词远比小令兴盛,因此周邦彦所创造的章法结构更有了广阔的用武之地。南宋词人主要的两个倾向大略是以姜夔、吴文英为代表的雅词倾向和以辛弃疾等人为代表的豪放倾向。尽管雅词倾向的词人自承为清真嫡传而排斥豪放倾向的词人,但实际上,南宋这两种倾向的词人无不都在周词笼罩之下,或多或少地从中汲取营养。正是在这点上,周邦彦具有了涵盖性的意义。试各举辛弃疾、姜夔的一首词为例:

> 野棠花落,又匆匆、过了清明时节。刬地东风欺客梦,一枕云屏寒怯。曲岸持觞,垂杨系马,此地曾轻别。楼空人去,旧游飞燕能说。　　闻道绮陌东头,行人曾见,帘底纤纤月。旧恨春江流不断,新恨云山千叠。料得明朝,尊前重见,镜里花难折。也应惊问,近来多少华发。(辛弃疾《念奴娇》)⑤

---

① 俞平伯:《清真词释》,《论诗词曲杂著》,第630页。
② 〔清〕贺裳:《皱水轩词筌》,唐圭璋编:《词话丛编》,第702页。
③ 〔清〕周济:《宋四家词选目录序论》,唐圭璋编:《词话丛编》,第1632页。
④ 〔清〕谭献:《复堂词话》,唐圭璋编:《词话丛编》,第3991页。
⑤ 〔宋〕辛弃疾著,吴企明校笺:《辛弃疾词校笺》,上海古籍出版社2018年版,第121页。

　　绿杨巷陌。秋风起、边城一片离索。马嘶渐远、人归甚处，戍楼吹角。情怀正恶，更衰草寒烟淡薄。似当时、将军部曲。迤逦度沙漠。　　追念西湖上，小舫携歌，晚花行乐。旧游在否，想如今、翠凋红落。漫写羊裙，等新雁来时系着。怕匆匆、不肯寄与，误后约。（姜夔《凄凉犯》）①

　　辛词起笔三句写景，极轻秀，"刬地"两句陡接，顿起跌宕，"曲岸"三句折入对旧事的回忆，"楼空"二句再折回现实之中，曲岸、垂杨依旧，而人去楼空，唯有飞燕低语，令人无限惆怅。下片又承上追怀，再以"旧恨"二句总束。"料得"以下突又振起，想象来日纵能重见，而已如镜花难折，"也应"三句再透入一层，从对面写己之年华老去。全词层层推进，层层转折，无一懈笔。细细分析，则可发现它仍是以若干小层次的联合为手段，以时间或空间的转接、跳荡来构成全词的章法。以同样的方式也可以寻出姜词的构成形式，此处不再赘叙。而到了吴文英词中，这种构成方式更是发展到了极致，往往全词都是感觉和意象的跳跃，和周邦彦的不同之处在于他隐去了具体的情节勾勒，因此读者会觉得其词更加晦涩难懂，无怪乎张炎要说吴文英词是"七宝楼台，眩人眼目，碎拆下来，不成片段"②。

　　此外，周词中大量构成章法的手法在南宋词人中得到充分的继承和发展。以顿挫这一手法为例。顿者，停顿之意，挫者，衄挫之意。顿挫本是书法艺术中用笔的术语，清梁𪩩《承晋斋积闻录·学书论》云："作书起转收缩，须极力顿挫"③，可见顿挫之笔往往是用于笔势转换的关键之处，在周词中，顿挫则成为词意转换的重要手法之一，例如，其名作《六丑》（正单衣试酒）下片：

---

① 〔宋〕姜夔著，夏承焘笺校：《姜白石词编年笺校》，上海古籍出版社2020年版，第52页。
② 〔宋〕张炎：《词源》，唐圭璋编：《词话丛编》，第259页。
③ 〔清〕梁𪩩著，洪丕谟点校：《承晋斋积闻录》，上海书画出版社1984年版，第112页。

东园岑寂。渐蒙笼暗碧。静绕珍丛底、成叹息。长条故惹行客，似牵衣待话，别情无极。残英小、强簪巾帻。终不似、一朵钗头颤袅，向人欹侧。漂流处、莫趁潮汐。恐断红、尚有相思字，何由见得。①

"东园"三句写蔷薇花谢，只余下绿叶朦胧，词人徘徊良久，凭吊落花，"成叹息"三字即是顿挫处，其作用在于束起上文，掉转笔势，凭空结撰三件可叹息之事，这就通过顿挫将几个层次衔接了起来，同时使文势盘旋郁屈。陈廷焯云："美成词有前后若不相蒙者，正是顿挫之妙。……沉郁顿挫中，别饶蕴藉。"②而在辛弃疾词中，这种顿挫手法几乎比比皆是，如《木兰花慢》（老来情味减）之"长安故人问我"③一句、《祝英台近》（宝钗分）之"罗帐灯昏，哽咽梦中语"④一句，等等，不少顿挫手法更有出蓝之妙。

综上所述，周邦彦在词史上是处于结北开南的地位，因此陈廷焯评周邦彦"前收苏秦之终，复开姜、史之始。自有词人以来，不得不推为巨擘。后之为词者，亦难出其范围。"⑤若单就章法方面而言，情况确是如此。周邦彦以一代词宗的身份出现于北宋词坛，他以其卓越的、多方面的艺术才能在词这一古典诗歌的表现艺术尤其是在章法结构方面开创了一个新的时代。

（选自《杭州大学学报（哲学社会科学版）》1994年第2期）

---

① 〔宋〕周邦彦著，罗忼烈笺注：《清真集笺注》，第249页。

② 〔清〕陈廷焯：《白雨斋词话》，唐圭璋编：《词话丛编》，第3788页。

③ 〔宋〕辛弃疾著，吴企明校笺：《辛弃疾词校笺》，第465页。

④ 〔宋〕辛弃疾著，吴企明校笺：《辛弃疾词校笺》，第747页。

⑤ 〔清〕陈廷焯：《白雨斋词话》，唐圭璋编：《词话丛编》，第3787页。

论叶梦得词

李 康 李 庚

　　叶梦得在由北宋入南宋的词人中，是年辈较长，官职较高，在抗金斗争中较有影响又以经术文章著称的一位，存词102首。他虽非词中大家，但如果把他的词放在宋词发展史的链条中考察，应能发现他对北宋末年到南宋前半期的词风大变异，是起了"枢纽"和"导夫先路"作用的。如果说，在南宋前半期，词出现了一个以辛弃疾为标志的新的高峰阶段，那么，叶梦得则应是这个阶段开风气的重要词人。

　　但是，在词学研究话语中，他一直是个一般的"三流词人"，很难找到关于他在宋词发展史上的地位与作用的叙述，乃至有些具有权威性的文学史著作，在论及宋词的发展流变时，对他竟不置一词。本文拟从叶词的文本出发，就抒情内质及审美风貌诸方面，探讨其对北宋词的继承发展和对南宋前期词的影响。

一

　　词，本是流行歌曲的歌词，北宋前期，仍然基本保持流行歌曲歌词的固有形态。其中一个重要特点是抒情主人公的设想化和抒情内容的通泛化。到了熙宁、元丰年间，这种情况发生了变化，词终于超越了流行歌曲歌词的形态，趋于诗化，成为一种文人的独特的抒情诗体：一方面，词当然保持着它固有的体性特征，保持着词之为词的基本规定性；另一方面，则以抒情主人公的真实化，抒情内容的个性化取代流行歌曲歌词的设想化、通泛化，向文人诗的抒情言志靠拢。随之，词本来的世俗性也逐渐为人文性所取代。苏轼词就是这一进程的标志。到了南宋前半期，由于民族矛盾激化，国家危亡的时代影响，词更以情感纯度高的优势抒情言志，士大夫文人的传统的家国情结和人文精神高扬于其中。从南渡词人到辛弃疾、陈亮，一个时代的众多作者，都往往继承苏轼的豪放清旷词风，并加以发展，以充分体现刚劲气节和高洁品格，更为充沛的"浩然之气"入词，融铸成各自词的个性特点。在此阶段，传统的"婉约词"已经边缘化，以"气"入词，格调健朗，富于阳刚之美的词风，占据了词坛的主流。叶梦得正是开启南宋前半期以"气"入词的重要词人。

一是"英雄气"。词本来属于世俗的消遣娱乐文化，"风云气少，儿女情多"是它与生俱来的特性。苏轼之后，词虽已由流行歌曲歌词变为文人抒情言志的一种特殊诗体，但抒情主人公一般也只是"文人"，其情其志多在文士的身世际遇、人生感慨之间，在词中英雄身份尚属少见。时代呼唤英雄，在"南顾豺狼吞噬，北望中原板荡"①的南北宋之交，文人以英雄自许，追求英雄事业，不甘英雄失路的抒情主人公形象，在词中出现了。叶梦得词便开始突显出这种"英雄气"。他的《八声甘州·寿阳楼八公山作》即属此类作品：

> 故都迷岸草，望长淮、依然绕孤城。想乌衣年少，芝兰秀发，戈戟云横。坐看骄兵南渡，沸浪骇奔鲸。转眄东流水，一顾功成。　　千载八公山下，尚断崖草木，遥拥峥嵘。漫云涛吞吐，无处问豪英。信劳生、空成今古，笑我来、何事怆遗情。东山老、可堪岁晚，独听桓筝。②

词中歌颂东晋淝水之战的英雄谢安，向往谢安的英雄事业。英雄惜英雄。词人既为谢安早在历史的"云涛吞吐"中消逝，"无处问英豪"而惋惜、缅怀，又为自己空有一番英雄心，而无谢安那样的英雄业而遗憾、悲慨。

---

① 〔宋〕李光：《水调歌头》，唐圭璋编《全宋词》，中华书局1965年版，第785页。
② 〔宋〕叶梦得著，蒋哲伦笺注：《石林词笺注》，上海古籍出版社2014年版，第32页。

词的结句应是点睛之语，据《晋书·桓伊传》记载：桓伊在晋孝武帝面前弹筝，高唱《怨歌》，讽谏晋孝武帝猜忌谢安，孝武帝听了甚有愧色。①词人在这里暗示，自己不但不能实现抗敌报国的英雄之志，反而受到当权的投降派的压抑、打击。全词在沉郁苍凉之中，一吐郁塞磊落的英雄之气。在其他词中，叶梦得也不时以抗敌英雄谢安自况："念谢公，平生志，在沧州"（《水调歌头·湖光亭落成》）②、"却恨悲风时起，冉冉云间新雁，边马怨胡笳。谁似东山老，谈笑静胡沙。"（《水调歌头》）③至于未以"英雄"字样抒发英雄心，向往英雄人，追求英雄业的作品，在南宋前半期词中更比比皆是。

二是"狂气"。"狂"是中国古代文人的一种行为方式，一种文化传统。苏轼词进入文人抒情言志阶段以后虽伴之以"豪放"词风，但或因传统词风的"惯性"作用，或因词人自身的思想性格，或因特定的生存环境与词人关系的制约，"豪放"尚未至于"狂"。像"老夫聊发少年狂"（《江城子·密州出猎》）④，不过是表达高昂兴致，呼唤青春意气，并非真正"狂气"。黄庭坚、贺铸词倒确有"狂气"出现，但亦不过偶然一见，就整个北宋后期词看，仍为凤毛麟角。靖康之难后，家国危亡，风云激荡，生存环境巨变。许多文人空有一腔救国壮志和韬略才能而无所施，徒唤奈何，他们心底特别巨大的思想感情波澜，就往往化为"狂气"。发之于词，便在苏轼豪放词风的基础上更加"放肆"以一吐"狂气"为快。此种"狂气"在南宋前期中则屡见不鲜了。叶梦得就正是南宋前半期明显以"狂气"入词的重要开启者。他的词，单是以"狂"自道的就不少。如《江城子·碧潭浮景蘸红旗》：

　　碧潭浮影蘸红旗。日初迟。漾晴漪。我欲寻芳，先遣报春知。尽

① 事见〔唐〕房玄龄等撰《晋书》卷八一《桓伊传》，中华书局1974年版，第2118—2119页。
② 〔宋〕叶梦得著，蒋哲伦笺注：《石林词笺注》，第19页。
③ 〔宋〕叶梦得著，蒋哲伦笺注：《石林词笺注》，第29页。
④ 〔宋〕苏轼著，邹同庆、王宗堂校注：《苏轼词编年校注》，中华书局2002年版，第146页。

放百花连夜发，休更待，晓风吹。　　满携尊酒弄繁枝。与佳期。伴君嬉。犹有邦人、争唱醉翁词。应笑今年狂太守，能痛饮，似当时。①

词中以欧阳修自喻，称自己"狂太守"，写狂游、狂饮，甚至可以命令百花连夜开放，不须等到明早；狂饮并不亚于当年欧阳修"颓然乎其间者，太守醉也"，但其实"醉翁之意不在酒"②，与欧阳修一样，都是苦中作乐宣泄对现实生存环境的鄙视和不满，只不过比欧阳修更狂罢了。其他如："老去狂犹在，应未笑衰翁"（《水调歌头·癸丑中秋》）③、"狂歌醉舞，虽老未忘情"（《满庭芳·张敏叔、程致道和示复用韵寄酬》）④、"老去狂歌君勿笑，已拼双鬓成秋"（《临江仙·诏芳亭赠坐客》）⑤、"狂醒易醒。不似旧时长酩酊"（《减字木兰花》）⑥、"一杯起舞，曲终须寄，狂歌重倚"（《水龙吟·八月十三日，与张少逸游道场山……》）⑦、"争笑使君狂。占风光、不教飞絮"（《蓦山溪·百花洲席上次韵司录董庠》）⑧等等，都是直道其"狂"。

三是"逸气"。隐逸情志是陶渊明之后诗的重要题材之一。但在晚唐五代以来兴起的词当中，限于"以艳丽为本色"⑨的体性特点，文人特有的超尘脱俗的隐逸情志却极少涉及。随着由"歌者之词"发展为"诗人之词"，才出现了隐逸词。但北宋时期，尽管许多词人仕途坎坷，乃至屡遭贬谪，而真正有退隐生活经历的却很少，所以能称得上"隐逸词"的作品

---

① 〔宋〕叶梦得著，蒋哲伦笺注：《石林词笺注》，第76—77页。
② 〔宋〕欧阳修：《醉翁亭记》，洪本健校笺：《欧阳修诗文校笺》，上海古籍出版社2009年版，第1021页。
③ 〔宋〕叶梦得著，蒋哲伦笺注：《石林词笺注》，第27页。
④ 〔宋〕叶梦得著，蒋哲伦笺注：《石林词笺注》，第57页。
⑤ 〔宋〕叶梦得著，蒋哲伦笺注：《石林词笺注》，第131页。
⑥ 〔宋〕叶梦得著，蒋哲伦笺注：《石林词笺注》，第147—148页。
⑦ 〔宋〕叶梦得著，蒋哲伦笺注：《石林词笺注》，第169页。
⑧ 〔宋〕叶梦得著，蒋哲伦笺注：《石林词笺注》，第174页。
⑨ 〔清〕彭孙遹：《金粟词话》，唐圭璋编：《词话丛编》，中华书局1986年版，第723页。

仍然不多，只在苏轼、黄庭坚等少数词人的作品里偶有所见。他们写隐逸，一般是厌倦仕途，对超脱世俗的人生境界的向往。到南渡前后至整个南宋前半期，这种情况就发生了明显变化。不少词人面对家国危亡，内忧外患，不仅不能施展整顿乾坤的抱负，反而不时落职退居，被迫赋闲山林，蹉跎岁月，使得这一时期隐逸词数量大增。而且，他们写隐逸，已不再是侧重向往超脱世俗的人生境界，而是突出不得已退居山水田园的委屈、失落愤懑和对社会现实的鄙视。"隐"往往带着不甘，"逸"往往带着孤愤，所以虽写隐逸，而气势十足。

叶梦得也是较早以此种"逸气"入词的词人。南渡后，他即有落职退居的经历，在102首词当中，严格意义上的隐居词即达25首之多。毛晋在《石林词跋》中说："《石林词》一卷，与苏、柳并传，绰有林下风，不作柔语殢人，真词家逸品也。"①值得注意的是他的"林下风"，并非一般不食人间烟火的飘飘然的高雅，而是一种壮志难酬的悲愤和孤高。比如《水调歌头》一词：

> 秋色渐将晚，霜信报黄花。小窗低户深映，微路绕欹斜。为问山翁何事，坐看流年轻度，拼却鬓双华。徙倚望沧海，天净水明霞。　念平昔，空飘荡，遍天涯。归来三径重扫，松竹本吾家。却恨悲风时起，冉冉云间新雁，边马怨胡笳。谁似东山老，谈笑静胡沙。②

词中写小窗低户，微路欹斜，近有秋菊向晚，远有海天明霞，"山翁"隐居其间，超尘出世，应该清雅闲适，心静如水了。但他却发问：为什么就这样"坐看流年虚度"，在隐居中老去？对不得已而隐居的不甘之意，悲愤之情溢于言表。他回忆过去，空有一番壮志，踏遍天涯也一事无成，只好像陶渊明那样，三径重扫，以松竹为家。此处用一"本"字意味深长，说自己本来就是该隐居之人，话中自有与现实流俗不能相容之意。表面上

---

① 〔宋〕叶梦得著，蒋哲伦笺注：《石林词笺注》附录一，第207页。
② 〔宋〕叶梦得著，蒋哲伦笺注：《石林词笺注》，第29页。

是自我解释，自我安慰，实际上是更深的悲愤和对现实流俗的鄙视。更使他深以为"恨"的是北方强敌压境，自己在隐居中却不能像谢安那样东山再起，"为君谈笑静胡沙"。再如《水调歌头·次韵叔父寺丞林德祖和休官咏怀》词中虽然也写隐居的"超然物外""雅志真无负"，但这是由于英雄无主，不得已而然耳："问骐骥，空矫首，为谁昂。"[①]自己即使是骐骥，千里之志也不会有人认同。词中的隐居情志仍然是带着悲愤的孤高，是针对现实而发的。

叶梦得之后，南宋前半期许多词人都以此种"逸气"入词。到张孝祥、陆游、辛弃疾等人的一些词中的"逸气"，孤高与悲愤则更见突出。如张的《水调歌头·泛湘江》、陆的《鹧鸪天》（家住苍烟落照间）、辛的《沁园春·带湖新居将成》等词都以此而成为名作，此不赘述。

二

靖康之难以前的词，可以说基本没有爱国题材。从南渡前后，到南宋前半期，家国兴亡成了社会生活的主题，涉及每个人的生存状态，人们不能不把他们的喜怒哀乐爱憎的情感体验倾注于此。尤其在士大夫文人当中，家国兴亡的情结普遍高涨。如前所述，北宋后期，词即已经成为文人的一种抒情诗体，且有抒情纯度更高和可以传唱的优势，此时期以词抒发爱国情感就是自然的了。在许多词人笔下的或悲壮、或激越、或愤慨、或奋发呼号、或长歌当哭的爱国情感，也成为大异此前的新词风的重要因素。从年辈看，叶梦得又正是开启以爱国题材入词并影响词风转变的重要词人。

他的爱国词，有些是抒发收复失地、统一国家的热切愿望。如《点绛唇·绍兴乙卯登绝顶小亭》一词中所写"与谁同赏。万里横烟浪"就是希望有一天能够看到现在还是烟尘迷茫的北方沦陷区得以恢复，再现山川壮

---

① 〔宋〕叶梦得著，蒋哲伦笺注：《石林词笺注》，第21页。

美的景象；"老去情怀，犹作天涯想"①更明显是不甘衰老，要驰驱疆场，赴敌报国的激昂情怀。《念奴娇·云峰横起》一词在俯仰古今中，战胜敌人、恢复国家统一的爱国情感就更加深沉强烈，气势充沛：

> 云峰横起，障吴关三面，真成尤物。倒卷回潮，目尽处、秋水粘天无壁。绿鬓人归，如今虽在，空有千茎雪。追寻如梦，谩余诗句犹杰。　　闻道尊酒登临，孙郎终古恨，长歌时发。万里云屯，瓜步晚、落日旌旗明灭。鼓吹风高，画船遥想，一笑吞穷发，当时曾照，更谁重问山月。②

上片就登临所望建康的雄浑景象，感慨南归几年，头发已由黑变白，只有诗情犹在。下片联想孙策也曾于此携酒登临，可惜他澄清天下之志未酬即短命而逝，饮恨千秋。他的爱国词，最突出的是抒发空有一腔抗敌爱国壮志却无路请缨的悲愤。以"英雄气"入词的《八声甘州·寿阳楼八公山作》就是写爱国英雄报国无路的悲愤。词中感叹山河仍是谢安那时的山河，形势仍是谢安那时的形势，自己却空有谢安那样抗敌爱国的英雄壮志，只能在被猜忌、压抑中老去。结尾用"可堪"二字表示对现实处境的态度，更可见其激愤之情。他以"狂气""逸气"入词的"狂"与"逸"，在一些作品中也正是这种爱国壮志难酬悲愤的宣泄。《水调歌头·次韵叔父寺丞林德祖和休官咏怀》就是写因壮志难酬而"尘事分付一轻芒"，即使忠君爱国的屈原，在现实中也只能隐居，所以词中悲愤地发出"问骐骥，空矫首，为谁昂"③的呼喊。《江城子·登小吴台小饮》也是抒发面对"湖海苍茫"④，山河破碎，但又只能空老山间无可奈何的悲愤。

有些词虽然没有像其后一些爱国词人的作品那样，把批判、揭露的矛头直露地指向压抑抗战、不思收复失地的南宋朝廷投降派势力，但在委婉

---

① 〔宋〕叶梦得著，蒋哲伦笺注：《石林词笺注》，第153页。
② 〔宋〕叶梦得著，蒋哲伦笺注：《石林词笺注》，第49页。
③ 〔宋〕叶梦得著，蒋哲伦笺注：《石林词笺注》，第21页。
④ 〔宋〕叶梦得著，蒋哲伦笺注：《石林词笺注》，第81页。

之中，讽刺斥责之意亦明，同样蕴含着无尽的悲愤。可以看下面两首：

> 梅花落尽桃花小，春事余多少。新亭风景尚依然，白发故人相遇、且留连。　　家山应在层林外，怅望花前醉。半天烟雾尚连空，笑取扁舟归去、与君同。（《虞美人·赠蔡子因》）①

> 舵楼横笛孤吹，暮云散尽天如水。人间底事，忽惊飞堕，冰壶千里。玉树风清，漫波摇卷，与空无际。谢嫦娥此夜，殷勤偏照，知人在、千山里。　　常恨孤光易转，仗多情、使君料理。一杯起舞，曲终须寄，狂歌重倚。为问飘流，几逢清影。有谁同记。但尊前有酒，长追旧事，拼年年醉。（《水龙吟·八月十三日，与张少逸游道场山……》）②

前者在上片用《世说新语》新亭对泣故事，暗讽南渡后的一些当权官员像东晋的"过江诸人"一样，面对"神州沉陆"只慨叹"风景不殊，正自有河山之异"而不思进取恢复③。下片写自己统一国家的壮志无法实现，只能怅望层林之外"烟雾尚连空"的中原"家山"，借酒浇愁，退居江湖。后者就近中秋的月色发问："为问飘流，几逢清影。有谁同记。"飘流应指南渡，说谁还能和我一样记得，南渡以来，经过了几次中秋月色，意谓那些意在偏安江南的统治者早已把丧失河山之痛，飘流南渡之辱忘却了。词中最后写，只有自己还"长追旧事"，但在统治者的压抑下也还是只能以酒浇愁。叶梦得之后，在词中，爱国题材便登堂入室，而且形成了一个很大的词人群，到辛弃疾，爱国词更加丰富多彩，达到顶峰，成为作品的主调。

---

① 〔宋〕叶梦得著，蒋哲伦笺注：《石林词笺注》，第146页。
② 〔宋〕叶梦得著，蒋哲伦笺注：《石林词笺注》，第169页。
③ 事见〔南朝·宋〕刘义庆著，〔南朝·梁〕刘孝标注，余嘉锡笺疏：《世说新语笺疏》，中华书局2007年版，第109—110页。

三

在宋词研究中，论者均注意到辛弃疾词在苏轼词艺术境界基础上新的开拓，诸如以文为词、融经史子集入词、营造雄奇阔大的词境等，使词的艺术功能空前提高，出现前所未有的奇观。叶梦得词的成就当然不能与苏、辛词比肩，但是词的艺术境界由苏到辛的发展变化，叶词可以说是一个"中间环节"。

首先，就以文为词说，在叶词中就已露端倪。苏轼的"以诗为词"就是一次"革命"，以文为词是为进一步适应扩大词的表现力，对词的进一步艺术调整，而对词的发展来说，则是词体的进一步解放。以文为词本是辛弃疾词的突出特点和成就，其实，在叶词中，为适应"英雄气""狂气""逸气"的表达，在某些作品中就已经融入了"文"的因素，比如《念奴娇·南归渡扬子作，杂用渊明语》：

> 故山渐近，念渊明、归意翛然谁论。归去来兮，秋已老、松菊三径犹存。稚子欢迎，飘飘风袂，依约旧衡门。琴书萧散，更欣有酒盈尊。　惆怅萍梗无根。天涯已行遍，空负田园。去矣何之，窗户小、容膝聊依南轩。倦鸟知还，晚云遥映，山气欲黄昏。此中真意，故应欲辨忘言。①

全词虽然没有像辛弃疾《沁园春·将止酒，戒酒杯使勿近》所写"杯汝前来，老子今朝，点检形骸"②云云那样散文化，但词中有叙事，上片即形同记叙"归去来"的过程；也有议论开头结尾，直言玄理；更有散文句法，"琴书萧散，更欣有酒盈尊""此中真意，故应欲辨忘言"等一似文章语句，以文为词的痕迹清晰可见。但这些"文"的因素，均以咏叹出之，使之情化，再用词调的格律加以规范，又是词而不是文。

① 〔宋〕叶梦得著，蒋哲伦笺注：《石林词笺注》，第41—42页。
② 〔宋〕辛弃疾著，吴企明校笺《辛弃疾词校笺》，上海古籍出版社2018年版，第215页。

其次，就融经史子集入词看，苏轼词一般是从古书中选用典故，利用典故的特定含义，起比喻、象征作用，个别词櫽栝古事，表达对古人的钦敬和向往，古人古事在词中仍然以古人古事的身份出现。而到了叶梦得词，不仅运用古书为"词料"的频率比苏词为高，而且有时将古书中的故事和语言完全主体化，古书中的言与事，又直接化为词人自己的言与事，二者合而为一。《水调歌头·濠州观鱼台作》即属此类：

> 渺渺楚天阔，秋水去无穷。两淮不辨牛马，轻浪舞回风。独倚高楼一笑，围围游鱼来往，还戏此波中。危槛对千里，落日照晴空。　　子非我，安知我，意真同。鹏飞鲲化何有，沧海漫冲融。堪笑磻溪遗老，白首直钩溪畔，岁晚忽衰翁。功业竟安在，徒自兆非熊。①

词的主要部分用《庄子·秋水》篇事。《秋水》开篇即有"两岸渚崖之间，不辩牛马"②之语。文中写"庄子与惠子游于濠梁之上。庄子曰：'鲦鱼出游从容，是鱼之乐也。'惠子曰：'子非鱼，安知鱼之乐？'庄子曰：'子非我，安知我不知鱼之乐？'"③在词中，词人把庄子观鱼写成自己观鱼：庄子观鱼的情景就是自己观鱼的情景，庄子的话就是自己的话。古书中的故事和语言主体已经不是古人而是自己，其作用也已经不是比喻或象征，而是"代用"。

叶词用《庄子》、《楚辞》、《韩诗外传》、《三国志》、《晋书》、陶渊明诗文、李白诗、欧阳修文等多种典故入词，有的多次运用，拓展了以古书入词的规模和方式；到辛词更是境界大开，运用经史子集于词中，水乳交融，规模更广泛，方式更多样。这种成就的由来，不能不看到叶梦得词"中间环节"的作用。

再次，就词的意境营造看，"诗之境阔，词之言长"④。作为流行歌曲

---

① 〔宋〕叶梦得著，蒋哲伦笺注：《石林词笺注》，第10页。
② 〔清〕郭庆藩：《庄子集释》卷一，中华书局1981年版，第560页。
③ 〔清〕郭庆藩：《庄子集释》卷一，第605—606页。
④ 王国维：《人间词话》，唐圭璋编：《词话丛编》，第4258页。

歌词形态的传统词的意境，与"诗之境阔"不同，为适应歌儿舞女演唱的"婉约"风调，以选取意象细弱、营造意境深狭为"本色"。到苏轼，以词抒情言志，"豪放"词风登上词坛，巨大的意象、开阔意境方出现于词中。苏词中开阔的意境往往以疏朗清丽为特色。到叶梦得词，不仅保持了苏词以来意境开阔的传统，而且又表现出追求苍茫辽远的无尽性和风起云涌的动荡感。苏轼的《永遇乐》（长忆别时）和叶梦得的《念奴娇》（洞庭波冷）同以月色为词境，视觉空间都很疏朗开阔。但前者是"明月如水""月随人千里""孤光又满""回廊晓月"①等，把月下情境写得清丽静谧；而后者则以"冰轮初转，沧海沉沉""万顷孤光，云阵卷、长笛吹破层阴"以及月下的"汹涌三江，银涛无际"②等，突出月下情境的苍茫感和动荡感。叶梦得其他一些词的意境营造也明显体现了此种审美取向，如以山为境，则"千载八公山下，尚断崖草木，遥拥峥嵘。漫云涛吞吐，无处问豪英"（《八声甘州·寿阳楼八公山作》）③、"云峰横起，障吴关三面，真成尤物"（《念奴娇·次东坡赤壁怀古韵》）④、"河汉下平野，香雾卷西风。倚空千嶂横起，银阙正当中"（《水调歌头·癸丑中秋》）⑤等等；以水为境则"倒卷回潮，目尽处、秋水黏天无壁"（《念奴娇·次东坡赤壁怀古韵》）⑥等等。

叶梦得之后，此种意境范式就成为南宋前半期许多词人营造意境的审美取向。到了辛弃疾词，营造此类意境又往往以高度主观化出之，使词中苍茫、动荡的境界更为雄奇、劲健。如"青山欲共高人语，联翩万马来无数"（《菩萨蛮·金陵赏心亭为叶丞相赋》）⑦、"叠嶂西驰，万马回旋，

---

① 〔宋〕苏轼著，邹同庆、王宗堂校注：《苏轼词编年校注》，第131页。
② 〔宋〕叶梦得著，蒋哲伦笺注：《石林词笺注》，第43页。
③ 〔宋〕叶梦得著，蒋哲伦笺注：《石林词笺注》，第32页。
④ 〔宋〕叶梦得著，蒋哲伦笺注：《石林词笺注》，第49页。
⑤ 〔宋〕叶梦得著，蒋哲伦笺注：《石林词笺注》，第26页。
⑥ 〔宋〕叶梦得著，蒋哲伦笺注：《石林词笺注》，第49页。
⑦ 〔宋〕辛弃疾著，吴企明校笺：《辛弃疾词校笺》，第1205页。

众山欲东"（《沁园春·灵山齐庵赋，时筑偃湖未成》）①之类，就是以自己的想象驾驭自然景象、超越自然景象，把更强的力度注入自然景象，使阔大、动荡的境界更具雄奇、劲健的神韵。所以，在意境营造方面亦可见叶词在苏、辛之间的"中间环节"地位。

（选自《北方论丛》2003年第2期）

---

① 〔宋〕辛弃疾著，吴企明校笺：《辛弃疾词校笺》，第206页。

漫话"易安体"

程章灿

南宋词人侯寘《眼儿媚·效易安体》云：

> 花信风高雨又收，风雨互迟留。无端燕子，怯寒归晚，闲损帘钩。　　弹棋打马心都懒，揎掇上春愁。推书就枕，兔烟淡淡，蝶梦悠悠。[①]

辛弃疾也有一首《丑奴儿近·博山道中效李易安体》。词云：

> 千峰云起，骤雨一霎儿价。更远树斜阳，风景怎生图画。青旗卖酒，山那畔，别有人家。只消山水光中，无事过这一夏。　　午醉醒时，松窗竹户，万千潇洒。野鸟飞来，又是一般闲暇。却怪白鸥，觑着人，欲下未下。旧盟都在，新来莫是，别有说话。[②]

这大概就是"易安体"（一称"李易安体"）一词最早的出处了。"易安体"一词的出现，标志着南宋词坛已经公认李清照的独特风格的存在。侯、辛二家的拟作，则表明词人们不仅正视这一存在，而且以自己的行动，对其作出了高度的评价。出此看来，早在南宋时代，李清照下世不久，她的词作的影响已相当广泛了。

李清照，号易安居士，生于宋神宗元丰七年（1084），约卒于宋高宗

---

① 唐圭璋编：《全宋词》，中华书局1965年版，第1437页。
② 〔宋〕辛弃疾著，吴企明校笺：《辛弃疾词校笺》，上海古籍出版社2018年版，第675页。

绍兴二十一年（1151），其生活年代正当两宋之际。天赋的聪明才智，家庭的传统文化薰陶，以及骄傲进取的志向，使李清照成长为宋代杰出的词人。她在词史上，乃至于在文学史上的地位，没有第二位女性可以与之并驾齐驱。她以词抒发对生活和大自然的热爱，表达爱情的忧愁和感伤，表达国破家亡的忧患和感慨。她以毕生的词创作，探索并创造了独具特色的词风，为词史作出了自己独特的贡献。这贡献实际上包含了词体、音律、表现手法、语言特色及词论诸方面。但后人用"易安体"一词来称述清照词的特色，则主要指其语言特色，有时兼及其中的表现手法，因为二者通常是连在一起的。

宋人张端义《贵耳集》云：

> 易安居士李氏，赵明诚之妻，《金石录》亦笔削其间。南渡以来，常怀京洛旧事，晚年赋元宵《永遇乐》词云："落日镕金，暮云合璧。"已自工致。至于"染柳烟轻，吹梅笛怨，春意知几许"，气象更好。后叠云："于今憔悴，风鬟霜鬓，怕见夜间出去。"皆以寻常语度入音律。炼句精巧则易，平淡入调者难。且秋词《声声慢》："寻寻觅觅，冷冷清清，凄凄惨惨戚戚。"此乃公孙大娘舞剑手。本朝非无能词之士，未曾有一下十四叠字者，用《文选》诸赋格。后叠又云："梧桐更兼细雨，到黄昏、点点滴滴。"又使叠字，俱无斧凿痕。更有一奇字云："守定窗儿，独自怎生得黑？""黑"字不许第二人押。妇人中有此文笔，殆间气也。①

这一段详细分析了李清照词在语言运用上的艺术特色，大体上可归纳为如下三点：一、炼句精巧；二、平淡无斧凿痕；三、以寻常语度入音律。这三个特点，从三个层次体现了李清照词的语言功力，实际上又是相互联系的。

---

① 〔宋〕张端义：《贵耳集》，上海师范大学古籍整理研究所编：《全宋笔记》第六编，第10册，大象出版社2013年版，第297—298页。

李清照词十分注意语言的推敲，造句遣字，追求崭新独创的艺术效果，力图以最准确、最精练的字词，描绘生活的情趣，表现心中的感受。这种语言追求在其早期词作中就已显示出来，并随着时光的流逝，创作实践的丰富，艺术经验的积累，技巧更加圆熟，工夫愈为老到。《如梦令·春晚》词云：

> 昨夜雨疏风骤。浓睡不消残酒。试问卷帘人，却道海棠依旧。知否？知否？应是绿肥红瘦。[1]

这一首清照早年的小令词，表现了词人对美好春光的珍惜和面对暮春时节的感伤情绪。词中一系列准确的遣词用字，不仅体现了词人对生活和大自然的敏锐的观察力和感受力，而且表露了内心感情细腻微妙的变化过程。在"雨疏风骤"的恼人天气里，只能借酒排遣愁闷，无奈浓睡之后，依旧消不去酒意，也就不能消除心中的愁烦。一夜醒来，户外的春光又如何呢？词人的心里充满惦念。"试问"的"试"字，形象地传达出词人这种过于怜惜春光以至忐忑不安的复杂心态。而卷帘人回答"却道海棠依旧"，其中"却道"二字，活脱脱是一副漫不经心、无动于衷的口吻，又恰与抒情主人公的缠绵执着形成鲜明的对照。"知否？知否？"二字的重叠，虽然本是词体格律的要求，却正好加重了主人公珍重缠绵婉转叮咛的感情色彩。"应是"二字也下得妙，包含了十分深沉的心理容量。时光无情，春意迟暮，不以人的意志为转移。"应是"之中既有无奈的感伤，也有自我的慰藉。末句"绿肥红瘦"，描写叶子茂盛，花蕊凋谢，色彩鲜明，形象生动。以"红""绿"分别代表花、叶，尚属于一般的技法，而用"肥""瘦"等通常形容人体形象特征的词眼，来描绘花叶，就更显得新鲜而奇警，使词人对自然万物、对春光寄托的珍爱之情妙达无间。这种感情是她将自己与大自然融为一体，视自然春光如亲人之后才产生的。精巧的构思，奇妙的用词，使这句词传诵于千万人之口。类似的用词，还有《念奴

---

[1]〔宋〕李清照著，王仲闻校注：《李清照集校注》，中华书局2020年版，第7页。

娇·春情》中的"宠柳娇花寒食近"①，《殢人娇·后亭梅花开有感》中的"玉瘦香浓"②，《醉花阴·重阳》中的结句"帘卷西风，人比黄花瘦"③等等。"瘦""宠"等字，同样用得精巧而富有感情。

在清照后期词作中，遣词造句时的锤炼技巧运用得愈为纯熟。《永遇乐》元宵词中的"落日镕金，暮云合璧，人在何处"④；《声声慢》中的"寻寻觅觅，冷冷清清，凄凄惨惨戚戚""守着窗儿，独自怎生得黑"⑤；《蝶恋花·离情》中的"独抱浓愁无好梦"⑥等句，都是造语奇俊、炼句精巧的例子。"落日"两句，描写日落月升的美景，笔致精练。辛弃疾《西江月》词"千丈悬崖削翠，一川落日镕金"⑦，即出于李清照的这句词。《声声慢》中一开篇，连下十四个叠字，都属于齿音，有的双声，有的叠韵，正适合表现词人那种孤独忧郁的心境。高超的技巧和完美自然的效果，让后人望尘莫及，也赢得了后代许多词论词评家的一致赞誉。有的说"真似大珠小珠落玉盘"⑧；有的说"句法奇创"⑨；有的说"三叠韵六双声，是锻炼出来，非偶然拈得也。"⑩总之，从各自的角度，都充分肯定了李清照词炼字造句的贡献。

李清照词不仅注意炼字造句，还能做到不露斧凿的痕迹。显然，这对词人提出了更高的要求，所谓"炼句精巧则易，平淡入调者难。"《声声慢》中连用十四个叠字，结尾二句又用了四个叠字："梧桐更兼细雨，到黄昏点点滴滴"。全篇十八个叠字，并没有给人留下人为凑数、勉强扯到一起的感觉，却显得自然妥帖，与篇中其他词句融为一体，真是字字有

---

① 〔宋〕李清照著，王仲闻校注：《李清照集校注》，第57页。

② 〔宋〕李清照著，王仲闻校注：《李清照集校注》，第102页。

③ 〔宋〕李清照著，王仲闻校注：《李清照集校注》，第40页。

④ 〔宋〕李清照著，王仲闻校注：《李清照集校注》，第62页。

⑤ 〔宋〕李清照著，王仲闻校注：《李清照集校注》，第76—77页。

⑥ 〔宋〕李清照著，王仲闻校注：《李清照集校注》，第33页。

⑦ 〔宋〕辛弃疾著，吴企明校笺：《辛弃疾词校笺》，第1137页。

⑧ 〔清〕冯金伯：《词苑萃编》，唐圭璋编：《词话丛编》，中华书局1986年版，第1798页。

⑨ 〔清〕张德瀛：《词征》，唐圭璋编：《词话丛编》，第4157页。

⑩ 〔清〕周济：《介存斋论词杂著》，唐圭璋编：《词话丛编》，第1645页。

力，字字传神，字字含情。她所选用的字眼，往往都是日常生活中最常见的一些字词，如"肥""瘦""黑"等等，读者人人理解，个个会用，但见到词人笔下用得这么巧妙，如此恰到好处，又不能不佩服她对生活的审美感受力和对语言的艺术把握力。如果我们只顾欣赏，陶醉于全篇词优美的意境中，不仔细品味琢磨，很可能就会将这些精彩的用字匆匆放过，那可就辜负了词人的一片匠心，也失去总结别人的艺术经验、提高自己的鉴赏水平的好机会了。

清照词在炼句的同时，能做到平淡而不露斧凿痕迹，还突出表现在她对前人诗文成句的化用上。例如，《品令》中"一觞一咏"①，是王羲之《兰亭集序》中语；《念奴娇·春情》中的"清露晨流，新桐初引"②，语出《世说新语·赏誉》。清照化用到自己的词中，妙在浑然。《后汉书·孔融传》云："（融）性宽容少忌，好士，喜诱益后进。及退闲职，宾客日盈其门。常叹曰：'座上客恒满，樽中酒不空，吾无忧矣。'"③《殢人娇·后亭梅花开有感》云："坐上客来，尊前酒满，歌声共、水流云断。"④即用《后汉书》中语，一般人浑然不觉，注家亦罕见注释。此外，《临江仙》词"庭院深深深几许"⑤，乃用欧阳修《蝶恋花》词中成句⑥，《醉花阴》"薄雾浓云愁永昼"⑦，是化用中山王《文木赋》中语。《一剪梅》词下片云："花自飘零水自流，一种相思，两处闲愁。此情无处可消除，才下眉头，却上心头。"⑧前三句化用古词"一种相思两地愁"⑨，不为人觉；后三句则脱胎自范仲淹《御街行》词："都来此事，眉间心上，

① 〔宋〕李清照著，王仲闻校注：《李清照集校注》，第386页。
② 〔宋〕李清照著，王仲闻校注：《李清照集校注》，第57页。
③ 〔南朝·宋〕范晔：《后汉书》卷七十《孔融传》，中华书局1965年版，第2277页。
④ 〔宋〕李清照著，王仲闻校注：《李清照集校注》，第102页。
⑤ 〔宋〕李清照著，王仲闻校注：《李清照集校注》，第36页。
⑥ 〔宋〕欧阳修著，胡可先、徐迈校注：《欧阳修词校注》，上海古籍出版社2015年版，第129页。
⑦ 〔宋〕李清照著，王仲闻校注：《李清照集校注》，第38—39页。
⑧ 〔宋〕李清照著，王仲闻校注：《李清照集校注》，第25—26页。
⑨ 〔宋〕无名氏：《失调名》，唐圭璋编：《全宋词》，第3745页。

无计相回避"①，却更加委婉生动，堪称青出于蓝而胜于蓝。李清照在所著《词论》中曾批评"秦（观）即专主情致，而少故实，譬如贫家美女，虽极妍丽丰逸，而终乏富贵态；黄（庭坚）即尚故实，而多疵病，譬如良玉有瑕，价自减半矣。"②看来，在主情致的基础上要求有故实，而又不专尚故实，是李清照论词的一个标准。她的词创作实践，无疑是这一条艺术准则最具体准确的诠释。在这一方面，李清照的努力和追求给词史以显著的影响。其后，辛弃疾在词创作中，经史子集四部书籍中语，无不敢于点化，比李清照更为大胆，吸收面也更宽了。

清人彭孙遹《金粟词话》评李清照词的语言特色是"皆用浅俗之语，发清新之思"③，这也就是张端义所谓"平淡入调""以寻常语度入音律"。在李清照以前的北宋词史，就词的语言追求与风格而论，大抵可以分作周邦彦、贺铸等为代表的典雅派和以柳永为代表的俚俗派。从现象上说，李清照词中确实像柳永词一样使用了许多口语、白话、对话等。上文所举《一剪梅》词中"才下眉头，却上心头"，就是口语词汇；《如梦令·春晚》的后半全由二人对话构成；《声声慢》中"三杯两盏淡酒""守着窗儿，独自怎生得黑""这次第、怎一个愁字了得"④等等，都是白话句子。但是本质上，这些语言又是经过词人的艺术提炼，虽然来自生活，却比生活中的语言更明白省净，更为精粹，是富有表现力的诗的语言。化俗为雅，以寻常的语言创造出不同寻常的意境，这正是词人的艺术功力所在，也是她的词作的艺术魅力所在。因此，李清照词中所用的这种"寻常语"无论其效果、目的，还是其本质，都与柳永词所用的俚言俗语有所不同。柳永词反映当时的市民生活，描绘羁旅行役的愁苦，他所用的俚言俗语正适应他所表现的题材内容。李清照词所表现的则大多是一个有高度的传统文化素养而又生性敏感的闺中人的生活和感受，即使描写大自然，抒发国破家亡的

---

① 唐圭璋编：《全宋词》，第11页。
② 〔宋〕李清照著，王仲闻校注：《李清照集校注》，第226页。
③ 〔清〕彭孙遹：《金粟词话》，唐圭璋编：《词话丛编》，第721页。
④ 〔宋〕李清照著，王仲闻校注：《李清照集校注》，第76—77页。

难堪和悲慨，也是透过闺中人特具的视野，实现独到的观察，展开别致的情感抒发。"寻常语"一方面可以增添词作的生活感，与清照词总体上清雅柔婉的风格相合拍，另一方面，它所创造的雅致的艺术效果，也与词中所表现的士族闺秀女子的生活情趣相呼应。这些平淡寻常的语言中，往往蕴藏着深厚的感情，有动人心魄的震撼力量。特别是李清照晚年的词，感怀今昔，咏叹时事，饶有沧桑情味。《永遇乐》词结尾几句云"如今憔悴，风鬟霜鬓，怕见夜间出去。不如向、帘儿底下，听人笑语。"①话是多么平常，多么明白晓畅，其中流露出的心事，又是多么沉痛，多么辛酸，多么一言难尽，相信读这首词的人都不难体会到。南宋灭亡后，词人刘辰翁曾说他自己"每闻此词，辄不自堪"②，也说明这首词中"寻常语"的感人魅力。由此可见，李清照"以寻常语度入音律"的成功秘诀，在于她对这"寻常语"不仅作了艺术的提炼，而且注入了自己心弦颤动的声音。寻常的语言于是获得了不寻常的文学生命，俗的语言于是取得了不俗的美学效果。这正是"易安体"最显著的语言特色之一。

如果说，炼句精巧还比较容易通过揣摩学习得以掌握，那么，平淡而不露斧凿痕迹，就是较难达到的一个艺术水准，而以寻常语度入音律，能够雅而不俗，则是更难企及的美学境界。这三个方面、三个层次的有机结合，便立体地凸现出"易安体"的艺术内涵。只注意炼字炼句的奇俊雅致，而不追求自然，必然留下诸多人工斧凿的刀痕，令人觉得刺眼，读来费力；只注意在词中使用"寻常语"，大量运用生活中的语汇，若不加以精炼处理，就难免显得粗糙，失去新鲜的滋味；只有经过洗汰、锤炼的"寻常语"，才能使整首词语言于平淡中见清雅，浅俗中露清新，收到"清水出芙蓉，天然去雕饰"③的效果。这三者相反相成，辩证统一，成就了李清照词独特的语言个性，为宋词语言艺术宝库增添了一份财富。

---

① 〔宋〕李清照著，王仲闻校注：《李清照集校注》，第62页。
② 《永遇乐》"璧月初晴"词序，见〔宋〕李清照著，王仲闻校注：《李清照集校注》，第65页。
③ 〔唐〕李白：《经乱离后，天恩流夜郎，忆旧游书怀赠江夏韦太守良宰》，〔清〕王琦注：《李太白全集》，中华书局2015年版，第574页。

　　"易安体"的出现，昭示了李清照词艺术风格的成熟。这当然是基于她的艺术天赋和文学才能。王灼《碧鸡漫志》云："易安居士……自少年便有诗名，才力华瞻，逼近前辈，在士大夫中已不多得。若本朝妇人，当推词采第一。"①同样，唐五代及北宋词的艺术传统和创作经验，也滋润、哺育了这个杰出的女词人。善于继承传统，在前人基础上发展创新，已被证明是许多伟大文学家成长历程之中的必经之路，李清照也不例外。在协助赵明诚编撰《金石录》的过程中，她又接受了广义的艺术熏染。她早期的词创作，例如《小重山》和《怨王孙》诸词，无论是选调，还是立意遣词，都还带有较多晚唐五代词的风韵，显示出受《花间词》的影响较重。她的词作，词意含蓄，布局严整，很显然是吸收了晚唐五代词的创作经验。"易安体"植根于词史深厚的土壤，得益于北宋词坛兴盛繁荣的有利环境，具有深沉的历史感和宽阔的背景，并在后代开拓了久远的影响。在素称豪放派大家的辛弃疾的词集中，看到这样一首仿效婉约派大师李清照的词作，虽然用不着大惊小怪，但这不也说明了"易安体"影响之广泛吗？以上面的分析为基础，回过头来看侯、辛二家这两首仿效"易安体"的词作，我们不能不承认，辛弃疾对此体的体会，比侯寘更深，因此模仿得也更加惟妙惟肖。

（选自《中国典籍与文化》1994年第4期）

----

① 〔宋〕王灼：《碧鸡漫志》，唐圭璋编：《词话丛编》，第88页。

论稼轩小令词的宏大气魄与深远境界

陶文鹏

宋代最杰出的词人辛弃疾，既擅长以中长调发时代的风雷之音，创作雄放悲壮的爱国词，又善于在短调小令挥动如椽健笔，营造意境浑厚深远的英雄篇。学界对稼轩的《贺新郎》《满江红》等长调词已有较深入的研究，但对其小令词表现重大主题、展现雄阔深远境界尚缺少专门探讨。为此，笔者拟就这一课题，从三个方面谈自己的心得体会。

一、重大主题与高尚情操

辛弃疾胸怀北伐中原光复山河的壮志抱负。他在大量词作中表现抗金复国这一重大主题，其中就有不少小令词。请看《清平乐·独宿博山王氏庵》：

> 绕床饥鼠，蝙蝠翻灯舞。屋上松风吹急雨，破纸窗间自语。　　平生塞北江南，归来华发苍颜。布被秋宵梦觉，眼前万里江山。①

这是稼轩闲居带湖之作。一个秋夜，他借宿在山中王姓的庵堂里，写下了这首仅四十六字的小令。上片写饥鼠绕床乱窜，蝙蝠围灯飞舞，屋上松风吹急雨，糊窗的破纸被风雨吹打得沙沙作响，好像在自言自语。作者描写这阴森凄恻、荒凉丑陋的景象非常逼真。置身其中的他，请缨无路的悲愤不平之情已跃然纸上。过片二句概括了他在青年时曾到燕山观察形势以备抗金，以及归宋后在江南地区任职的经历，再叙述他被罢官闲居后华发苍

---

① 〔宋〕辛弃疾著，吴企明校笺：《辛弃疾词校笺》，上海古籍出版社2018年版，第1179页。

颜的境况，形成强烈对照，表达他的悲愤不甘。结韵写他醒来，眼前尚依稀可见梦中的万里江山。宛如奇峰突起，展现出一个宏大境界，含蓄地表达词人身处逆境仍念念不忘统一河山的高尚爱国情操，真有"烈士暮年，壮心不已"之气概。清代陈廷焯《词则·放歌集》卷一评曰："短调中笔势飞舞，辟易千人。结尾更悲壮精警"①，评得精当。

　　稼轩还在小令词中把自己比喻为一匹天马，抒发怀才不遇被迫退隐的悲愤，请读《卜算子》：

　　　　万里笈浮云。一喷空凡马。叹息曹瞒老骥诗，伏枥如公者。
　　　　山鸟咔窥檐，野鼠饥翻瓦。老我痴顽合住山，此地菟裘也。②

在作者的笔下，这匹天马神骏不凡，它在高空追蹑浮云，飞驰万里。当它喷鼻一响，尚未发出长嘶，就使天下凡马尽皆黯然失色。它就像曹操《龟虽寿》所写的老骥一样，尽管被迫伏枥，仍"志在千里""壮心不已"③。显然，这匹天马既是历史上怀才不遇英雄的写照，也是作者生命不息奋斗不止的精神的象征。我们再看一首咏物的《临江仙·戏为山园苍壁解嘲》：

　　　　莫笑吾家苍壁小，棱层势欲摩空。相知唯有主人翁。有心雄泰
　　　　华，无意巧玲珑。　　天作高山谁得料，解嘲试倩扬雄。君看当日仲
　　　　尼穷。从人贤子贡，自欲学周公。④

作者在其瓢泉别墅附近发现一座石壁。因喜爱它高峻，就取名"苍壁"。客人们慕名而来参观，见苍壁平凡无奇，大笑而去。作者为苍壁解嘲，作此词，借山石以言志。上片反驳嘲笑者说，莫要瞧不起这小小山石，它突兀峻拔，有一股子与天比高的非凡气势，它还有心要与名扬天下的泰山、华岳争雄，却无意打扮得小巧玲珑以取媚流俗。作者赋予苍壁雄豪高傲的

①〔宋〕辛弃疾著，吴企明校笺：《辛弃疾词校笺》，第1180页。
②〔宋〕辛弃疾著，吴企明校笺：《辛弃疾词校笺》，第1254页。
③〔宋〕郭茂倩编：《乐府诗集》，中华书局2017年版，第796页。
④〔宋〕辛弃疾著，吴企明校笺：《辛弃疾词校笺》，第922页。

性格，其实即是显示自己倔强傲岸的人格。辛弃疾的审美情趣是兼容刚柔，既喜阳刚之美也爱阴柔之美。这里的"无意巧玲珑"是针对不欣赏苍壁之美的人而发，却也明白地表露了他对雄奇刚健的事物特别钟爱。词的下片直抒政治情怀，表示要学孔子及其贤徒子贡，追步周公事业，按照儒家的美好理想和高尚情操治国平天下，振兴宋朝。从艺术表现的角度看，下片缺乏形象，失于直露，却使读者认识到他在落职闲居中尽管有英雄失路的愤懑，仍坚守着为国建功的恢宏大志。

辛稼轩还在一些小令词中以借古讽今的表现方法，对南宋朝廷当权者的昏聩无能予以辛辣的讽刺。例如另一首《卜算子》写道：

> 千古李将军，夺得胡儿马。李蔡为人在下中，却是封侯者。
> 芸草去陈根，筧竹淙新瓦。万一朝廷举力田，舍我其谁也。[①]

上片前二句写李广在对匈奴的鏖战中因寡不敌众，重伤被俘，却能以其大智大勇夺得胡儿马胜利归来。这位名扬千古的将军一生战功卓著，却不得封赏，最后含冤自尽。后二句写其堂弟李蔡，其人品才能只列入中下等，却偏获重用，官至宰相，得以封侯。下片前二句以平静口吻叙写了他的田园生活，使读者自然体会到他这双能够抗金杀敌收复中原的手，竟然用来锄草和修房子。结韵用反语说，万一朝廷要选拔种田能手，除了我还有谁？全篇对比强烈，感情沉郁，语言简练明快，能激发人心弦共鸣。清代先著《词洁辑评》卷一说："南渡以后名家，长词虽极意雕镂，小调不能不敛手，以其工出意外，无可着力也。稼轩本色自见，亦足赏心。"[②]对稼轩小令词给予高度的评赞。

二、悲壮气概与阔大境界

小令词篇幅短小，最短的《苍梧谣》，单调，四句，仅十六字；最长

---

① 〔宋〕辛弃疾著，吴企明校笺：《辛弃疾词校笺》，第1250页。
② 〔宋〕辛弃疾著，吴企明校笺：《辛弃疾词校笺》，第1251页。

的是《踏莎行》和《临江仙》，都是双调，前后段各五句，共五十八字。小令源于宴会中的酒令，由二八佳人执红牙板婉转歌唱，所以基本上是抒写男女间相恋相别，春愁秋怨的闺阁词和艳情词，当然也有身世之感词、怀古咏史词、理趣词等，但作品数量很少。到了南宋，由于"靖康之难"的历史剧变及其造成的社会动荡，词人的心灵受到极大震撼，于是涌现出一批爱国词人，如张元干、岳飞、李纲、赵鼎、胡铨、张孝祥等，他们在词中表现抗金斗争，抒发爱国情怀，词的风格沉雄悲壮，属于苏轼开创的豪放一路，但这些爱国词基本上是中调和长调。小令词只有朱敦儒的《相见欢》、岳飞的《小重山》、张孝祥的《浣溪沙》，还有陆游的《好事近》其十二、《秋波媚》、《桃园忆故人》、《诉衷情》等，表现爱国主题，意境豪放悲壮。但是，与辛弃疾同时代的词人，他们的小令词加起来也不如辛弃疾多。

辛弃疾的小令词具有悲壮的气概与阔大的境界。上文评述的《清平乐·独宿博山王氏庵》的结尾，就展现出尺幅万里之势。我们再看《南乡子·登京口北固亭有怀》：

> 何处望神州。满眼风光北固楼。千古兴亡多少事，悠悠。不尽长江滚滚流。　　年少万兜鍪。坐断东南战未休。天下英雄谁敌手，曹刘。生子当如孙仲谋。①

这首登临怀古之作，构思新奇，章法严谨：全篇设三问作三答，层层推进。第一问答，把北固楼风光与神州联结；第二问答，以"不尽长江滚滚流"的意象，表现千古兴亡的往事，于过片中引出少年英雄孙权统帅兵马雄踞江东，不畏强敌，与曹操、刘备等前辈争雄，征战不休。第三问答，借用曹对刘所说，指出天下英雄只有曹刘才是孙权的对手。结尾更用曹操

---

① 〔宋〕辛弃疾著，吴企明校笺：《辛弃疾词校笺》，第968页。

赞孙权之语：“生子当如孙仲谋，刘景升（刘表）儿子若豚犬耳！”①妙在只用上半句，却将下半句留给读者去联想、补充，品味当年孙权生气虎虎，敢于并善于抗御南侵的强敌曹操大军，而今南宋的当权者却像刘表之子那样怯懦无能恰如豚犬。作者化用杜诗与曹刘事典语典，信手拈来，自然合拍，妙手天成。在小令中囊括了悠远寥廓的历史时空，大笔振迅，境界壮阔。清代陈廷焯《云韶集》卷五评曰：“魄力之大，虎视千古。”②洵非过誉。

在稼轩的小令词中，还有一首借古讽今之作，作者悲愤勃郁的情思与雄奇险峻的自然景色相结合，营造出一种失志英雄的精神境界，这就是《霜天晓角·赤壁》：

> 雪堂迁客。不得文章力。赋写曹刘兴废，千古事、泯陈迹。
> 望中矶岸赤。直下江涛白。半夜一声长啸，悲天地、为予窄。③

作者游赤壁，怀念曾被贬到黄州的苏轼。起韵两句感慨苏轼有绝世才华却屡遭贬斥。接韵说苏轼在黄州创作了《念奴娇·赤壁怀古》词和前后《赤壁赋》等脍炙人口的杰作，抒写“曹刘兴废”的三国史事，而今这些历史英雄人物及其功业都已成为陈迹。但这雄丽的江山与沧桑变化的人事，激发出作者壮志难酬而人生易老、宇宙永恒却生命短暂的悲愤。结韵三句，写他难以抑止，半夜长啸一声，竟使天地为之变窄。此词言简意赅，艺术概括力强。过片以“矶岸”与“江涛”、“赤色”与“白色”强烈对比映照，“直下”妙状赤壁陡峭奇险，写景逼真。全篇情感沉郁拗怒，精神境界寥廓无垠，令人心弦震撼又沉思不已。

辛弃疾晚年创作了一首小令《生查子·题京口郡治尘表亭》：

---

① 〔晋〕陈寿撰，〔南朝·宋〕裴松之注：《三国志》卷四七《吴主传》第二，中华书局1982年版，第1119页。
② 〔宋〕辛弃疾著，吴企明校笺：《辛弃疾词校笺》，第970页。
③ 〔宋〕辛弃疾著，吴企明校笺：《辛弃疾词校笺》，第1499页。

> 悠悠万世功，矻矻当年苦。鱼自入深渊，人自居平土。　红日又西沉，白浪长东去。不是望金山，我自思量禹。①

作者站在北固山巅的尘表亭前，由"尘表"二字引发出对远古治水英雄大禹的怀念。上片首二句写当尧之时，洪水泛滥，大禹治水，使神州大地免于陆沉，这是万代不朽之功德。为了拯救民众，大禹胼手胝足，不辞劳苦。"孜孜""矻矻"两个叠字词，生动地写出了大禹的劳苦功高。三四句写鱼儿自由自在地游于深水中，人们得以在平地上安居乐业，这是颂扬大禹使尘世万物均能各得其所，给人类子孙万代带来了平安幸福。过片描绘红日冉冉西沉，白浪滔滔东去的景色，境界阔大壮丽。古代诗话对于炼字有一共识，就是炼虚字（副词、介词、连词）更难于炼实字（形容词、动词、名词）。宋人范晞文说："虚活字极难下，虚死字尤不易，盖虽是死字，欲使之活，此所以为难。老杜'古墙犹竹色，虚阁自松声'及'江山有巴蜀，栋宇自齐梁'，人到于今诵之。予近读其《瞿塘两崖》诗云：'入天犹石色，穿水忽云根。''犹''忽'二字如浮云著风，闪烁无定，谁能迹其妙处？"②稼轩此联的"又""长"两个虚字用得极活，表达出这不只是眼前之景，而是远古至今转变与流动之景，有象征意义。有学者说："意谓日月升沉，岁月如流，伟人虽逝，功绩长存。"③也有学者认为："'红日'句，喻南宋小朝廷岌岌可危的局势；'白浪'句，指流光飞逝，历史是无情的。这正是一代爱国者的时代忧虑，是作者愤懑难平的情感流露。"④二说俱有见识，但从上片吊古下片伤今，下片两韵紧密联系的角度看，后说所指象征意义更具体也更深邃。词的结句表达作者思念大禹，热切盼望有大禹式的英雄出来收复中原，挽救沦陷区的苦难同胞，进而统一

---

① 〔宋〕辛弃疾著，吴企明校笺：《辛弃疾词校笺》，第1402页。

② 〔宋〕范晞文：《对床夜语》卷二，〔清〕丁福保辑：《历代诗话续编》，中华书局1983年版，第418页。

③ 刘扬忠评注：《辛弃疾词》，人民文学出版社2005年版，第248页。

④ 杨积庆：《振衣玉立风尘表——〈生查子·题京口郡治尘表亭〉赏析》，《辛弃疾词鉴赏》，齐鲁书社1986年版，第377页。

祖国，振兴神州；同时，也含蓄表达作者要以大禹为榜样救国救民的宏大抱负。吴夷则先生说："此词气魄之伟，抱负之大，有天地悠悠，上下千古之慨，在稼轩词中为压卷之作。"①可谓卓识。

三、深邃意蕴与隽永韵味

上文论述了稼轩小令词的重大主题与高尚情操，悲壮气概与阔大境界。稼轩还有一些写景抒情的小令词，巧妙运用比兴寄托、隐喻象征手法，使词具有深邃意蕴与隽永意味。例如《生查子·独游雨岩》：

> 溪边照影行，天在清溪底。天上有行云，人在行云里。　　高歌谁和余，空谷清音起。非鬼亦非仙，一曲桃花水。②

这是稼轩闲居上饶游玩博山雨岩所作。上片描写雨岩明媚景色：清溪透明如镜，蓝天在镜中，天上白云就在水底漂游，而人竟走进了白云里，也就是走到天上去了，这里透出作者的诗情与豪气。下片写他在天水一色的美景中慷慨高歌，想得到应和。但空谷无人，只有一泓清水在潺潺流响。作者感到这声音是从一曲桃花水中发出来的，并非是鬼也不是仙。于是他引吭高歌，希望有应和，象征着他对知音的寻求，而无人理会，也就含蓄地表达了他内心的孤独寂寞。《生查子》一调，与五律字句相同，只是中间两联不要求对仗，将平声韵改成了仄声韵。在稼轩笔下，此词有别于五律的凝重典雅，而显得流动空灵。作者以清丽的语言着重描绘溪中倒影与幻觉，配以高歌与空谷清音，使意境有声有色，意蕴深远，韵味悠长。

在一些咏物的小令词中，稼轩也营造出耐人咀嚼的幽深意境，如《临江仙·探梅》：

> 老去惜花心已懒，爱梅犹绕江村。一枝先破玉溪春。更无花态度，全是雪精神。　　剩向青山餐秀色，为渠着句清新。竹根流水带

① 吴夷则选注：《辛弃疾词选集》，上海古籍出版社1993年版，第277页。
② 〔宋〕辛弃疾著，吴企明校笺：《辛弃疾词校笺》，第1394页。

溪云。醉中浑不记，归路月黄昏。①

这是稼轩闲居带湖之作，写他江村探梅。上片起韵写他老去惜花之心已懒，但仍绕江村探梅，表明他爱梅远胜群芳。接韵写一枝梅花冲寒绽放带来春意。"破"字新奇有力，妙写此梅一放，春色即被破开，是点睛传神之笔。三韵对仗，完全否定"花态度"，彻底肯定"雪精神"，突出梅花冰雪之姿，铮铮风骨。下片写他探梅之久与爱梅之深。最后写他一直欣赏梅花与瘦竹在清溪里的倒影，直到黄昏月出才恋恋不舍地归去。作者以景结情，宕出远神。全篇层层深入，作者与梅花的性灵神韵融为一体，表现出一种坚贞不渝、清真高洁的精神，使读者品味不尽。

还有一些作品，全篇直接抒情，但仍有深邃意蕴，含蓄不尽。例如《丑奴儿·书博山道中壁》：

少年不识愁滋味，爱上层楼。爱上层楼。为赋新词强说愁。　　而今识尽愁滋味，欲说还休。欲说还休。却道天凉好个秋。②

作者"而今"内心积郁着山石般的愁情，识尽了愁的滋味，却"欲说还休"。到底是什么样的愁呢？如果我们深细了解作者南归后的经历和境况，就能感悟他的愁包含着国耻未雪之愁，请缨无路、壮志成空之愁，被投降派排挤、打击之愁，岁月流逝、生命虚度之愁，等等。这样一些愁，同少年时青春的闲愁或失恋相思之愁是大不同的。词的结尾，面对着最易激发人们愁绪的秋色，作者竟以轻松幽默的口吻写道："却道天凉好个秋。"邓红梅评论说："全词采用对比式结构和吞咽式抒情，妙在以不言言之。这比那种历历陈说的言情，包孕更深广。而且在美学效果上，也余味更深长。"③评赞中肯。

在辛弃疾的小令词中，用《鹧鸪天》这个词调填写的作品最多，计有

---

① 〔宋〕辛弃疾著，吴企明校笺：《辛弃疾词校笺》，第889页。
② 〔宋〕辛弃疾著，吴企明校笺：《辛弃疾词校笺》，第1265页。
③ 邓红梅：《壮岁旌旗拥万夫：辛弃疾集》，河南文艺出版社2015年版，第95页。

六十二首，题材内容很丰富，其中有农村词、行旅词、送人词、咏物词等。有一些作品在写景、叙事、抒情中包含着象征意义或人生哲理。例如题为《送人》的结尾"江头未是风波恶，别有人间行路难"①，就以旅途的艰难象征抗金北伐中原事业的艰难以及人生的艰难。还有题为《代人赋》的结尾"城中桃李愁风雨，春在溪头荠菜花"②，既表现作者对官场的厌恶和对农村的喜爱，还表现了作者顽强的个性和清新朴素的美学思想，具有"多义性"。笔者在另一篇文章中曾做过具体深入的论述，这里就不多说了。

为了更充分地说明稼轩小令词阔大而深邃的意境，笔者还想举一首兼具前文所论三个方面的思想艺术特色，古今词学家评点很多的稼轩名作《菩萨蛮·书江西造口壁》：

> 郁孤台下清江水，中间多少行人泪。西北望长安。可怜无数山。　　青山遮不住。毕竟东流去。江晚正愁余。山深闻鹧鸪。③

此词作年，有淳熙二年、三年两说。据王兆鹏考证，淳熙二年（1175）六月，辛弃疾被任命为江西提点刑狱，以其卓越的指挥才能和作战方略，不到三个月就平定了茶商赖文政的武装叛乱，名声大振，获宋孝宗下诏推赏并授予秘阁修撰。次年调任京西转运判官，自赣州北上赴襄阳就职，途经造口驿（在江西万安县西南赣江边）时，写下此词题于驿壁④。《菩萨蛮》这个词调，通常抒写儿女柔情，稼轩却用来表达他对宋朝的"长安"（实即汴京）和中原失地的深切怀念，对祖国统一的渴望，以及岁月流逝、报国壮志难酬的焦虑。正如俞平伯《唐宋词选释》所说："固不仅个人身世之感，殆兼有家国兴亡之戚。"⑤从南宋迄今，就笔者所知，有二十多个词

---

① 〔宋〕辛弃疾著，吴企明校笺：《辛弃疾词校笺》，第983页。
② 〔宋〕辛弃疾著，吴企明校笺：《辛弃疾词校笺》，第979页。
③ 〔宋〕辛弃疾著，吴企明校笺：《辛弃疾词校笺》，第1209—1210页。
④ 王兆鹏：《辛弃疾词选》，商务印书馆2017年版，第23—24页。
⑤ 〔宋〕辛弃疾著，吴企明校笺：《辛弃疾词校笺》，第1213页。

学批评家评论过这首词，他们对词中的句意、主题有不同看法，如罗大经《鹤林玉露》云："'闻鹧鸪'之句，谓恢复之事行不得也。"①陈匪石《宋词举》亦云："遥望西北，'无数'之'山'隔之，喻恢复之难也。"②而邓广铭《稼轩词编年笺注》反驳说："罗大经谓''"闻鹧鸪"之句谓恢复之事行不得也'，殊为差谬。稼轩一生奋发有为，其恢复素志、胜利信心，由壮及老，不曾稍改，何得在南归未久即生'恢复之事行不得'之念哉！"③尽管对词句的隐喻象征意蕴有不同看法，但所有的论者都给予此词很高的评赞。陈廷焯《云韶集》赞："血泪淋漓，古今让其独步。……音节之悲，至今犹隐隐在耳。"④谭献《谭评词辩》赞："宕逸中亦深炼。"⑤陈匪石《宋词举》评："全词就造口之所闻所见言，不加涂泽，而以劲气达之，如生铁铸成，不可移动，似浅近，实深厚。"⑥唐圭璋《唐宋词简释》评："小词而苍莽悲壮如此，诚不多见。"⑦笔者则深感此词以赣江水流不尽逃难民众血泪起兴，中间惜水怨山，以山深闻鹧鸪收束，全篇情思由悲痛转激昂，又由激昂转悲凉，短幅中层次曲折，极蕴藉、含蓄、深厚，令人读之回肠荡气。李濂赞曰"脍炙今古"⑧，信然，诚哉！

（选自《江苏师范大学学报（哲学社会科学版）》2021年第1期）

---

① 〔宋〕辛弃疾著，吴企明校笺：《辛弃疾词校笺》，第1211页。
② 〔宋〕辛弃疾著，吴企明校笺：《辛弃疾词校笺》，第1214页。
③ 〔宋〕辛弃疾著，吴企明校笺：《辛弃疾词校笺》，第1215页。
④ 〔宋〕辛弃疾著，吴企明校笺：《辛弃疾词校笺》，第1212页。
⑤ 〔宋〕辛弃疾著，吴企明校笺：《辛弃疾词校笺》，第1212页。
⑥ 〔宋〕辛弃疾著，吴企明校笺：《辛弃疾词校笺》，第1215页。
⑦ 〔宋〕辛弃疾著，吴企明校笺：《辛弃疾词校笺》，第1215页。
⑧ 〔宋〕辛弃疾著，吴企明校笺：《辛弃疾词校笺》，第1211页。

梦窗词与梦幻的窗口

陶尔夫

　　艺术上有独创性的作家，往往在常态性批评中遭致误解，这多半是因为他的作品超轶出传统的创作模式并有悖于传统的欣赏习惯。吴文英就算得上是这样的词人。七百年间，对他的《梦窗词》毁誉参半，众说纷纭，分歧的焦点则不外是晦涩难懂。与梦窗同时的沈义父说："梦窗深得清真之妙。其失在用事下语太晦处，人不可晓。"①张炎说："梦窗词如七宝楼台，眩人眼目，碎拆下来，不成片断。"②清代的周济说：梦窗词"惟过嗜饾饤，以此被议。"③又说："君特意思甚感慨，而寄情闲散，使人不易测其中之所有。"④王国维认为："梦窗诸家，写景之病，皆在一'隔'字。"⑤

　　梦窗词扑朔迷离，与众不同，由此而遭致误解，主要是因为历代读者经常被"隔"在"七宝楼台"之外。事实上，梦窗词已不是一般地、直接地去描写或反映客观现实；不是一般地、直接地去抒写自己的情感，而是习惯于通过梦境与幻觉、曲折地反映他的内在情思与审美感受，并由此而构成整体上与其他词人迥然异趣的梦幻型歌词。如果我们试图准确理解梦窗词，做梦窗词的"知音"，首先必须注意观察那"七宝楼台"之上的数不清的"梦幻的窗口"，注意窗口上闪映出的一幅幅画面，然后才能越过

①〔宋〕沈义父：《乐府指迷》，唐圭璋编：《词话丛编》，中华书局1986年版，第278页。

②〔宋〕张炎：《词源》，唐圭璋编：《词话丛编》，第259页。

③〔清〕周济：《宋四家词选目录序论》，唐圭璋编：《词话丛编》，第1644页。

④〔清〕周济：《介存斋论词杂著》，唐圭璋编：《词话丛编》，第1633页。

⑤王国维：《人间词话》，唐圭璋编：《词话丛编》，第4248页。

屏障直探"楼台"之中的奥秘。"梦幻之窗"是开启词人心灵的唯一通道。

一、窗口：梦幻世界的频闪与回眸

往事如烟，温情似梦。一个在现实中受了伤害，把一切都视为梦幻的词人，不再有其他办法，而只能在自己编织的梦境之中，把自己的心当一张眠床，让那同样受到伤害并已不复存在的恋人来休眠将养。现实中清醒的读者是无法跟生活在梦幻中的词人谈到一起去的。读梦窗词，似乎就有点儿近似这种情况。王国维说："梦窗之词，余得取其词中之一语以评之，曰'映梦窗，零乱碧。'"①王氏摘用梦窗的词句来概括梦窗词的整体面貌，本来借以用作贬义，但是，如果我们剔除主观好恶，用比较客观的态度来进行审视，那么，王国维所引词句，不仅生动形象，而且颇为符合梦窗作品的实际。词人把"人不可晓"的潜意识投射到屏幕上来，这不就是"映梦窗"么？梦幻世界是来无踪、去无迹的，"零乱碧"不正是梦幻世界波谲云诡、腾天潜渊的跳跃性与神秘性的具体反映么？初步统计，在现存340首梦窗词中，仅"梦"字就出现171次（不包括虽写梦境但却无"梦"字的作品）。在古代词人中，很少有像梦窗这样用二分之一以上篇章来创造梦幻境界的了。

梦窗词中的梦幻世界是丰富多彩的。他的向往与追求，回忆与悔恨，叹息与悲伤，甚至连抚时感事、黍离之悲、登临酬唱与吊古伤今的作品均可通过梦幻境界来表达。当然，其中最多的仍属恋情与悼亡之作。有的词虽短，却展示了入梦的全过程。如《夜游宫》：

> 窗外捎溪雨响。映窗里、嚼花灯冷。浑似潇湘系孤艇。见幽仙，步凌波，月边影。　　香苦欺寒劲。牵梦绕、沧涛千顷。梦觉新愁旧风景。绀云欹，玉搔斜，酒初醒。②

① 王国维：《人间词话》，唐圭璋编：《词话丛编》，第4251页。
② 〔宋〕吴文英撰，孙虹、谭学纯校笺：《梦窗词集校笺》，中华书局2014年版，第691页。

词前有一小序，交代了这首词的创作缘起："竹窗听雨，坐久，隐几就睡，既觉，见水仙娟娟于灯影中"①词人听到窗外雨打竹梢，仿佛雨滴洒在溪水之中沙沙作响。窗里，一灯如豆，像樱唇在细嚼红茸，此刻却逐渐暗淡。听着，听着，这居室竟似系在潇湘江边的孤艇一般轻轻晃动起来；又仿佛看见湘水女神踏着凌波微步，向艇边贴近，月光映现出她那苗条身影。"梦觉新愁"，承上启下，但仍处于似醒未醒的迷蒙状态，那仙女似乎已进入孤艇之中了。结拍三句是写人，写梦，还是写水仙？已不必得出确切结论。"牵梦绕、沧波千顷"，明确表现出词人对被迫离去的爱姬一往情深。值得注意的是，词中用了两个"窗"字，两个"梦"字，通过这四个字把"窗里""窗外"，"梦绕""梦觉"连成一片。是有意还是无意？梦窗竟把他的自号两度嵌入57字之中。上述这类梦词，在梦窗词集中随处可见。

然而，重要的是词人还能把其他现实与历史题材纳入梦幻境界。如《齐天乐·齐云楼》：

> 凌朝一片阳台影，飞来太空不去。栋宇参横，帘钩斗曲，西北城高几许。天声似语。便闾阖轻排，虹河平溯。问几阴晴，霸吴平地漫今古。　　西山横黛瞰碧，眼明应不到，烟际沉鹭。卧笛长吟，层霾乍裂，寒月溟蒙千里。凭虚醉舞，梦凝白阑干，化为飞雾。净洗青红，骤飞沧海雨。②

词写苏州齐云楼。起拍"凌朝""阳台"，来自写梦境的名篇《高唐赋序》中之"朝朝暮暮，阳台之下。""天声似语""卧笛长吟"，在画面变幻跳跃的同时，传来难以想象的画外音。是天声，还是人语？是笛奏，还是"层霾乍裂"，石破天惊？这些全然难以分辨，弥漫出一片浓重的梦幻色调。

一般而言，吊古伤今的作品是不易进入梦幻境界的，然而在梦窗笔下

---

① 〔宋〕吴文英撰，孙虹、谭学纯校笺：《梦窗词集校笺》，第691页。
② 〔宋〕吴文英撰，孙虹、谭学纯校笺：《梦窗词集校笺》，第342页。

却能出现奇迹。如《八声甘州·灵岩，陪庾幕诸公游》：

> 渺空烟四远，是何年、青天坠长星。幻苍崖云树，名娃金屋，残霸宫城。箭径酸风射眼，腻水染花腥。时靸双鸳响，廊叶秋声。　　宫里吴王沉醉，倩五湖倦客，独钓醒醒。问苍波无语，华发奈山青。水涵空、阁凭高处，送乱鸦、斜日落渔汀。连呼酒，上琴台去，秋与云平。①

词人一开始就把苏南平原上的灵岩山当作从天而降的彗星，所以，起拍之后立即用一"幻"字领出与吴王夫差和西施相关的历史传说，于是那实实在在的"苍崖云树，名娃金屋"便恍兮惚兮地进入了历史隧道，甚至眼里都会感受到夫差时代那股酸风的吹拂，鼻孔里满是当年"宫娃"们泼弃脂水与香花的"腥"味，耳边仿佛传来当年宫女们在"响屟廊"上靸着鸳鞋走过的声响。夫差在宫中沉迷酒色，招致灭亡，而范蠡却清醒地意识到不可与统治者共欢乐，于是偕西施扁舟五湖，不知所终。词人面对历史兴亡，禁不住要向滚滚逝去的江水大声发问，结果却是"苍波无语"。人生转瞬即逝，历史不断掀开新的篇章，而自然山水却万古长青，依然旧态。这里所深涵的哲思，包括历史与现实、变化与永恒等等，是无法用简短词语回答得了的。

《金缕歌·陪履斋先生沧浪看梅》，歌赞的是抗金名将韩世忠的"英雄陈迹"，对"后不如今今非昔"的现实有切肤之痛。但作者却能翻进一层，借韩世忠魂魄有知，重返故土，面对统治集团寻欢逐乐而南宋已岌岌可危的现实感到无比悲痛，于是词里出现了："梦断神州故里""华表月明归夜鹤，叹当时、花竹今如此。枝上露，溅清泪。"②词里有梦境、幻境，有化鹤归来的英魂。那枝上晶莹的露珠，也就是当年沧浪亭主人魂返故里洒下痛伤亡国的泪滴。

---

① 〔宋〕吴文英撰，孙虹、谭学纯校笺：《梦窗词集校笺》，第1419页。
② 〔宋〕吴文英撰，孙虹、谭学纯校笺：《梦窗词集校笺》，第1691页。

由上可见，梦窗词中的梦境，千变万化，杂彩纷呈，时而仙骨珊珊，时而鬼气森森。当然，其梦词并非只此而已。词里有"清梦"："清梦重游天上，古香吹下云头"（《西江月》）①、"尽是当时，少年清梦，臂约痕深，帕绡红皱"（《醉蓬莱》）②、"三十六矶重到，清梦冷云南北"（《惜红衣》）③；还有"幽梦"："算江湖幽梦，频绕残钟"（《江南好》）④、"和醉重寻幽梦，残衾已断熏香"（《风入松》）⑤、"湘佩寒、幽梦小窗春足"（《蕙兰芳引》）⑥；还有"旧梦"："二十年旧梦，轻鸥素约，霜丝乱、朱颜变"（《水龙吟》）⑦；有"醉梦"："醉梦孤云晓色，笙歌一派秋空"（《风入松》）⑧；有"昨梦"："昨梦西湖，老扁舟身世"（《拜星月慢》）⑨、"昨梦顿醒，依约旧时眉翠"（《惜秋华》）⑩；有"新梦"："明朝新梦付啼鸦。歌阑月未斜"（《醉桃源》）⑪；有"春梦"："心事孤山春梦在，到思量、犹断诗魂"（《极相思》）⑫、"春梦人间须断"（《三姝媚》）⑬、"醉花春梦半香残"（《丑奴儿慢》）⑭、"空随春梦到人间"（《望江南》）⑮；有"秋梦"："伴鸳鸯秋梦，酒醒月斜轻帐"（《法曲献仙音》）⑯、"恍然烟蓑，秋梦重续"（《秋霁》）⑰。

---

① 〔宋〕吴文英撰，孙虹、谭学纯校笺：《梦窗词集校笺》，第1510页。
② 〔宋〕吴文英撰，孙虹、谭学纯校笺：《梦窗词集校笺》，第1134页。
③ 〔宋〕吴文英撰，孙虹、谭学纯校笺：《梦窗词集校笺》，第861页。
④ 〔宋〕吴文英撰，孙虹、谭学纯校笺：《梦窗词集校笺》，第869页。
⑤ 〔宋〕吴文英撰，孙虹、谭学纯校笺：《梦窗词集校笺》，第960页。
⑥ 〔宋〕吴文英撰，孙虹、谭学纯校笺：《梦窗词集校笺》，第507页。
⑦ 〔宋〕吴文英撰，孙虹、谭学纯校笺：《梦窗词集校笺》，第181页。
⑧ 〔宋〕吴文英撰，孙虹、谭学纯校笺：《梦窗词集校笺》，第963页。
⑨ 〔宋〕吴文英撰，孙虹、谭学纯校笺：《梦窗词集校笺》，第173页。
⑩ 〔宋〕吴文英撰，孙虹、谭学纯校笺：《梦窗词集校笺》，第1114页。
⑪ 〔宋〕吴文英撰，孙虹、谭学纯校笺：《梦窗词集校笺》，第697页。
⑫ 〔宋〕吴文英撰，孙虹、谭学纯校笺：《梦窗词集校笺》，第1555页。
⑬ 〔宋〕吴文英撰，孙虹、谭学纯校笺：《梦窗词集校笺》，第1367页。
⑭ 〔宋〕吴文英撰，孙虹、谭学纯校笺：《梦窗词集校笺》，第1177页。
⑮ 〔宋〕吴文英撰，孙虹、谭学纯校笺：《梦窗词集校笺》，第713页。
⑯ 〔宋〕吴文英撰，孙虹、谭学纯校笺：《梦窗词集校笺》，第459页。
⑰ 〔宋〕吴文英撰，孙虹、谭学纯校笺：《梦窗词集校笺》，第1399页。

　　不仅如此，这屏幕上还交替出现"晓梦""午梦""晚梦""倦梦""残梦""客梦""寻梦""冷梦""孤梦""续梦""断梦""寒梦""飞梦""别梦"等等，不胜枚举。

　　梦的种类多彩多姿，梦的形态与运作过程更是变幻莫测。其中有"梦长""梦短""梦远""梦杳""梦惊""梦觉""梦回""梦断""梦冷""梦隔""梦轻""梦云""梦雨""梦影""梦醒"。还有"香袅梦""新岁梦""桃花梦""花蝶梦""五更梦""城下梦""双头梦"等等。于是，"梦"，便无边无际地扩散开来，弥漫在梦窗词所构筑的广阔时空之中。词人对梦境的回眸与塑造是自觉的，他所写的也就是没完没了的难圆的梦。

　　这种自觉追求还体现在"梦"与"窗"这两个字的紧密联系与苦心安排上。除前引"映梦窗，零乱碧"（《秋思》）①以外，还有"湘佩寒、幽梦小窗春足"（《蕙兰芳引》）②、"为语梦窗憔悴"（《荔枝香近》）③、"燕子重来，明朝传梦西窗"（《高阳台》）④、"西窗夜深剪烛，梦频生、不放云收"（《声声慢》）⑤、"欢事小蛮窗，梅花正结双头梦"（《风入松》）⑥、"临水开窗。和醉重寻幽梦"（《风入松》）⑦等。另外，还有同一首词中出现这两个字，但结合较远者，如《塞垣春》："殢绿窗""梦惊回"⑧；《宴清都》："吟窗乱雪""千载云梦"⑨；《法曲献仙音》："败窗风咽""梦里隔花时见"⑩；《花犯》："小窗春到""行云梦中"⑪；《诉衷情》：

①〔宋〕吴文英撰，孙虹、谭学纯校笺：《梦窗词集校笺》，第897页。
②〔宋〕吴文英撰，孙虹、谭学纯校笺：《梦窗词集校笺》，第507页。
③〔宋〕吴文英撰，孙虹、谭学纯校笺：《梦窗词集校笺》，第525页。
④〔宋〕吴文英撰，孙虹、谭学纯校笺：《梦窗词集校笺》，第1336页。
⑤〔宋〕吴文英撰，孙虹、谭学纯校笺：《梦窗词集校笺》，第1308页。
⑥〔宋〕吴文英撰，孙虹、谭学纯校笺：《梦窗词集校笺》，第949页。
⑦〔宋〕吴文英撰，孙虹、谭学纯校笺：《梦窗词集校笺》，第960页。
⑧〔宋〕吴文英撰，孙虹、谭学纯校笺：《梦窗词集校笺》，第274页。
⑨〔宋〕吴文英撰，孙虹、谭学纯校笺：《梦窗词集校笺》，第314页。
⑩〔宋〕吴文英撰，孙虹、谭学纯校笺：《梦窗词集校笺》，第465页。
⑪〔宋〕吴文英撰，孙虹、谭学纯校笺：《梦窗词集校笺》，第618页。

"半窗灯晕，几叶芭蕉，客梦床头"[①]；《澡兰香》："彩是云窗""黍梦光阴渐老"[②]；《烛影摇红》："楚梦留情未散""晓窗移枕"[③]；又《烛影摇红》："秋星入梦隔明朝""正西窗、灯花报喜"[④]；《喜迁莺》："孤梦到，海上珑宫，玉冷深窗户"[⑤]；《声声慢》："碧窗宿雾濛濛""春夜梦中"[⑥]；《点绛唇》："梦长难晓""窗黏了。翠池春小"[⑦]；《鹧鸪天》："乡梦窄，水天宽。小窗愁黛澹秋山"[⑧]等等。"窗"字在梦窗词里就出现48次之多。

二、景列：潜层心理的敞显与屏蔽

词人之所以自号"梦窗"并在作品中反复组合这两个字，绝非偶然。其中不仅反映了词人创造梦幻境界所获得情感与心理上的某种补偿，同时也反映了他的审美价值取向与新的艺术追求。

文学艺术形态是复杂多样的。就文学作品而言，如果从反映现实方式这一方面来加以区分，一般可分为三类，即：再现型、表现型与象征型。简言之，再现型强调文学作品是社会现实生活的反映，是现实生活的一面镜子，致力于典型的塑造。表现型则强调主观精神的开掘，强调直觉、移情以及意境的创造。象征型主要借助一个或一组意象，以暗示事物的本质特征，寄寓着某种思想，使形象性的艺术与抽象性的思想概念相互融通。梦窗词中这三种类型的作品都有一些，但又很难用其中的某一种类型来概括其整体特征。事实上，梦窗词巧妙地综合了这三种类型的艺术经验与技法，成功地用于策划并营造他人笔底所无而为词人所独钟的梦境与幻象世界，终于推出了一个新的类型：梦幻型。下面准备从视象的密丽幽深、结

---

① 〔宋〕吴文英撰，孙虹、谭学纯校笺：《梦窗词集校笺》，第688页。
② 〔宋〕吴文英撰，孙虹、谭学纯校笺：《梦窗词集校笺》，第812页。
③ 〔宋〕吴文英撰，孙虹、谭学纯校笺：《梦窗词集校笺》，第1152页。
④ 〔宋〕吴文英撰，孙虹、谭学纯校笺：《梦窗词集校笺》，第1148页。
⑤ 〔宋〕吴文英撰，孙虹、谭学纯校笺：《梦窗词集校笺》，第1226页。
⑥ 〔宋〕吴文英撰，孙虹、谭学纯校笺：《梦窗词集校笺》，第1291—1292页。
⑦ 〔宋〕吴文英撰，孙虹、谭学纯校笺：《梦窗词集校笺》，第1517页。
⑧ 〔宋〕吴文英撰，孙虹、谭学纯校笺：《梦窗词集校笺》，第1639页。

构的奇突幻变、气氛的迷离缥缈、感觉的错综叠合等四个方面，对梦窗词有别于其他类型的艺术品格加以论述。这四个方面恰恰都有悖于读者传统的欣赏习惯。

首先是视象的密丽幽深。梦窗词与此前所有梦词的最大区别，便是词语的视象性，强调画面的悬置呈示而淡化旁白、解说与个人的直抒。具体说来，梦窗词主要靠景框、构图与影像三大要素完成的。他追求的是画面效应。在梦窗生活的那个时代，当然想不到六百余年后会有电影和电视这样崭新的艺术品种出现，但他却意识到"窗口"与"画面"之间的相似关系。"映梦窗"，也就是画面的悬置呈示。"凌乱碧"，则可视之为画面的剪接、变换与连缀而形成的"景列"。"景框犹如窗框，而这扇窗户是向世界敞开的。"①"文学用文字来描写，而电影用画面。"②梦窗词正是用诗的语言构绘画面并剪接成"景列"的，但他并不在画面上，或在"景列"中将其蕴含的思想讲明白，说清楚；也不像导游那样，耐心地指引你如何进入"七宝楼台"；而只让你看那窗口上悬置的画面和"景列"的表层，能否进入"画境"，进入"楼台"，那是观众自己的事。试以《踏莎行》为例：

> 润玉笼绡，檀樱倚扇。绣圈犹带脂香浅。榴心空叠舞裙红，艾枝应压愁鬟乱。　　午梦千山，窗阴一箭。香瘢新褪红丝腕。隔江人在雨声中，晚风菰叶生秋怨。③

短短十句，每一句均可视为一幅独立的画面，连缀起来的"景列"，便是用移动镜头拍摄下来的美人午睡图。它所敞显的画面虽然优美，但画境却幽隐深微，有所屏蔽。它不仅仅诉诸读者的视觉，还诉诸读者的想象，调动读者积极参与创造而不是被动地接受。因为画面内有多重转折，拐了好几个弯儿，必须逐层剖析，进行必要的文化解读，才能由表及里地把握其

---

① ［法］罗伯·格里叶：《我的电影观和我的创作》，《世界电影》1984年第6期。

② ［德］鲁道夫·爱因海姆：《电影作为艺术》，中国电影出版社1985年版，第118页。

③ 〔宋〕吴文英撰，孙虹、谭学纯校笺：《梦窗词集校笺》，第1542页。

内在深蕴。让我们先从画面入手。第一幅"润玉笼绡"，用借代手法形容女子白润如玉的肌肤。第二幅："檀樱倚扇"。"樱"，同样用以代唇，形容女子嘴唇的红艳。但此句还有两层深意：一、暗指其歌女身份；二、暗示此女为词人爱姬。据孟棨《本事诗·事感》："白尚书（居易）姬人樊素，善歌；妓人小蛮，善舞。尝为诗曰：'樱桃樊素口，杨柳小蛮腰。'"①晏几道《鹧鸪天》："舞低杨柳楼心月，歌尽桃花扇影风。"②"扇"，暗点善歌，非只写其驱暑之用也。第三幅："绣圈犹带脂香浅"。将绣花的围饰与嗅觉之"香"一并交代，似难以在画面上体现，但从"绣圈"下垂紧贴酥胸，其"香"亦可想见矣。第四幅："榴心空叠舞裙红"。此句承"扇"字，续点其善舞。"空叠"，非指"舞裙空置"，放在一边以示"无心歌舞"。"叠"字与下句"压"字前后呼应，其义互见，应作重叠、皱叠解，即午睡时将"石榴裙"压皱是也。第五幅："艾枝应压愁鬟乱"。"艾"，点节候。夏历五月五日端午节，江南民间妇女喜用真艾或用绸、纸剪成艾花戴在头上。过片"午梦"两句，点明以上乃梦中之所见。下面，"香瘢新褪红丝腕"，是全词的重点。评家对此句解释出入很大。有解作"设想家人此际之瘦损"；有解作"系着彩丝的手腕上的印痕似因消瘦而宽褪"。诸解均似有未安。"香瘢"者，"守宫朱"是也。古代女孩有的自幼便在手腕上用银针刺破一处，涂上一种特地用七斤朱砂喂得通体尽赤的"守宫"（即壁虎，又名蝘蜓）血，刺破之处留下一个痣粒般大小的红瘢点，可以同贞操一起永葆晶莹鲜艳，直至婚嫁破身后才逐渐消失③。李贺《宫娃歌》："蜡光高悬照纱空，花房夜捣红守宫。"④"新褪"，暗示新婚不久。"红丝"，端午节系于手腕上的五彩丝线。"红丝""香瘢"，二者相映生辉，印象极深，醒后仍在眼前浮现不去，故用高倍放大的特写镜头，并聚焦于

① 〔唐〕孟棨：《本事诗》，丁福保辑：《历代诗话续编》，中华书局2004年版，第13页。
② 〔宋〕晏几道著：《小山词笺注》，张草纫笺注：《二晏词笺注》，上海古籍出版社2008年版，第310页。
③ 参见〔晋〕张华撰，范宁校证：《博物志校证》卷四《戏术》，中华书局2014年版，第51页。
④ 〔唐〕李贺著，吴企明笺注：《李长吉歌诗编年笺注》，中华书局2012年版，第390页。

"香瘢"之上，使之占满整个屏幕。如只解作手腕瘦削而红丝宽褪，则不免与前面五句（"润玉"等）犯复，且全词过于质板单调而无纵深之立体感了。其实，"香瘢"这一意象早已沉潜于词人心底，积淀为"处女崇拜"情结，因此，在其他词中也不时出现。如《满江红·甲午岁盘门外寓居过重午》："合欢缕，双条脱。自香消红臂，旧情都别。"①《澡兰香》《隔浦莲近拍》等词中也有类似词句。这些词中所写，便是词人在苏州结合的一位歌女。据夏承焘《吴文英系年》，梦窗曾娶过两个姬妾，"集中怀人诸作，其时夏秋，其地苏州者，殆皆忆苏州遗妾；其时春，其地杭者，则悼杭州亡妾。"②最后，镜头推向远处："隔江人在雨声中，晚风菰叶生秋怨。"词人醒后，在如醉如痴的情态下，只听得江声、雨声、风声、菰叶的摇动声响成一片，梦中的爱姬仿佛已被隔阻在大江的彼岸，词人也由此而把五月仲夏错当成令人生悲的秋季。"秋怨"，指离愁，亦即词人《唐多令》所说之"何处合成愁。离人心上秋"③是也。画面优美，色彩浓艳，特写镜头，放大的细节，应当说这"画面"、这"景列"已经是足够的开放、足够的敞显了，然而情感与潜层心理活动却被屏蔽于其中，人不可晓。这类"画面深深深几许"的作品，在梦窗词中俯拾皆是。

其次是结构的奇突幻变。梦窗词中的梦境是从一个个画面剪接而成的"景列"中展示出来的。因词体形式的限制，作者要在有限的"景列"中把奇幻的梦境显示出来，就只能把已经定型于胸的画面有选择地悬置，只能强化动作的中心而无暇顾及故事的边缘。加之词人是用语言描绘画面，"景列"的剪接不可能像电影那样，在画面起幅、落幅之间有渐隐、渐显的过渡，而只能是垂直切断；再加之以梦境来无踪，去无迹，这就更加增大画幅之间的跳跃性。前首《踏莎行》即是如此。再看《琐窗寒·玉兰》：

① 〔宋〕吴文英撰，孙虹、谭学纯校笺：《梦窗词集校笺》，第120页。
② 夏承焘：《唐宋词人年谱》，上海古典文学出版社1955年版，第469页。
③ 〔宋〕吴文英撰，孙虹、谭学纯校笺：《梦窗词集校笺》，第1673页。

绀缕堆云，清腮润玉，氾人①初见。蛮腥未洗，海客一怀凄惋。渺征搓、去乘阆风，占香上国幽心展。□遗芳掩色，真姿凝澹，返魂骚畹。　　一盼。千金换。又笑伴鸱夷，共归吴苑。离烟恨水，梦杳南天秋晚。比来时、瘦肌更销，冷熏沁骨悲乡远。最伤情、送客咸阳，佩结西风怨。②

词题是"玉兰"，而实写苏州遗妾。作者将人与玉兰打并成一体，写花实即写人。一起三句，写"初见"之第一印象：秀发浓黑，容颜俊美，但却不离"玉兰"形态。继之用"氾人"（即蛟宫神女）状去姬品性高洁，即使被打入凡尘，仍不掩其"国香"本色。"征搓""阆风"，在花与人之外再拓出一派仙境。"骚畹"，用《离骚》滋兰"九畹"故实。下片，用画面映现其顾盼神飞，倾国倾城，一笑千金的美质。"离烟恨水"以下引出短暂结合与被迫诀别的悲剧。同时辅之以"瘦肌更销"等画面，状别时的瘦损难禁与刺骨寒心的悲痛。结拍用李贺"送客咸阳"诗句③，将全词收束。这首词结构上的跳跃性十分强烈。胡适《词选》评价这首词说："这一大串的套话与古典，堆砌起来，中间又没有什么'诗的情绪'或'诗的意境'作个纲领；我们只见他时而说人，时而说花，一会儿说蛮腥和吴苑，一会儿又在咸阳送客了！"④胡适是从批评梦窗词"堆砌"的角度来说上面这段话的。其实，这是结构的跳跃性，而并非堆砌，是梦境来去无端这一性质决定的。一般作品习惯于依照客观现实的逻辑进程来组织作品的框架结构，可称之为客观现实性结构。而梦窗词（包括某些非梦幻性作品）却习惯于依据个人主观心理活动的逻辑来组接作品，是一种主观心理结构。在梦幻型歌词的创作中，出于需要，作者往往把现今、过去、未来三者之

---

① 编者按："氾人"二字，《梦窗词集校笺》从底本作"记人"，然诸家校订皆认为此二字乃"氾人"之误，陶尔夫先生原文亦作"氾人"，今从之。
② 〔宋〕吴文英撰，孙虹、谭学纯校笺：《梦窗词集校笺》，第1页。
③ 〔唐〕李贺《金铜仙人辞汉歌》："衰兰送客咸阳道，天若有情天亦老。"吴企明笺注：《李长吉歌诗编年笺注》，第160页。
④ 胡适选注，刘石导读：《词选》，中华书局2007年版，第305页。

间的界限打通并使之相互渗透，甚至用颠来倒去的手法处理作品的时空关系，形成诗歌中的一种意识流手法①，亦可称之为心灵梦幻性结构。这首词便具有这种特点。

再次是气氛的迷离缥缈。在梦幻型作品中，词人的审美对象多为非实在性对象，激活的是一种"幻觉情感"。作者在这虚无缥缈的梦境中重新生活了一遍，同时又是那样虔诚地把梦幻当作真实的存在，这已经有了不同寻常的神秘性。在此基础上，再加之以百怪千奇的内容和变化莫测的剪接，这就更加浓化了作品的神秘气氛。请看下面这首《浣溪沙》：

> 门隔花深梦旧游，夕阳无语燕归愁。玉纤香动小帘钩。　　落絮无声春堕泪，行云有影月含羞。东风临夜冷于秋。②

本篇是悼念杭州亡妾之作。经过长期分别之后，当词人重返杭州之时，其爱妾早已不在人世。词人对此痛苦万分，禁不住要追忆过往的游踪遗迹，以寻求心灵的慰安。这首词便是凭吊旧居时所激活的一种幻境：深锁的门户，深密的花丛，仿佛一道无情的铁幕把词人同爱妾永远隔开了；但这铁幕却隔不断词人的记忆与梦幻的翅膀。词人久久地徘徊在门外，孤独地，一任回忆啮食他那滴血的心房。夕阳悄无声息地走下地平线，只有燕子在诉说归来的忧伤。此刻，是现实，还是梦幻？反正奇迹出现了：词人久久凝望的那扇窗子上，突然，小小银钩在夕阳下晃动，闪闪发光。窗帘被纤纤玉手挂起来了，无形的铁幕被掀开了：是熟悉的面孔出现了么？不然为什么会飘来一阵幽香？词人久久在门外徘徊，只见柳絮在无声地坠落，是春天在默默哭泣，还是自己的眼泪在流淌？行云把自己的身影投向大地，那躲在行云背后的，是月亮，还是她含羞的面庞？词人忘记了一切，就像在梦中一样，久久徘徊，把东风吹拂的春夜错当成寒冷的深秋时光。画里含香，情思溢雅。"玉纤香动"一句，写的是一种错觉，一种幻境，仿佛

---

① 参阅拙文：《说梦窗词〈莺啼序〉》，《文学遗产》1982年第3期。
② 〔宋〕吴文英撰，孙虹、谭学纯校笺：《梦窗词集校笺》，第651页。

冥冥之中有一个"幽灵"在行动，"夜"与"冷"加重了这种种神秘气氛。前引《踏莎行》《夜游宫》《琐窗寒》《齐天乐》也是这样。这些词通过构图与造型，使心灵梦幻连续投映到"梦幻之窗"的景框上，静态的画面转化为动态的影像，其矩形空间有了回旋跃动，有了景深，于是便构成了动态的三维空间或多维空间。这空间又因色彩与光线的变幻，使业已形成的空间更加迷离缥缈。可意得却难以言宣，可神会而不可形求。陈洵在《海绡说词》说此词"游思缥缈，缠绵往复"①，讲的就是这种神秘性。

最后是感觉的错综叠合。视象的丰富，是词人感觉敏感的反映。据统计，在人类日常生活中，视觉活动占有的比重是70%。梦窗词中的视觉活动不仅超过了这一比重，其感受质量也有过常人。在梦窗词117个"梦"字所分布的116首词中，作为视觉形象的"花"字出现了130次，"风"110次，"云"190次，"月"80次。视觉的色彩感也极其丰富。如"红"字出现106次，"清"68次，"翠"62次，"青"52次，"幽"38次，"碧"31次。此外，还有"紫""绛""黄"，甚至连"金""银""铜""铅"也都成为画面常见的颜色。前人所说"藻彩组织""务出奇丽""眩人眼目"等，均指此而言。当然，梦窗并非仅以视象性取胜，他同样十分注意其他感觉的体验。如嗅觉，他的梦词中仅"香"字就出现了311次。重要的是，他那些名篇往往是各种感觉错综叠合的整体反映。如前文已提及的"香苦欺寒劲"，五字之中包含有嗅觉、味觉、视觉、肤觉与心灵体味；其余如"嚼花灯冷""箭径酸风射眼，腻水染花腥""香瘢新褪红丝腕""冷薰沁骨悲乡远"等句，也非一般"通感"所能解释清楚的。感觉的错综叠合在其他词中也层出不穷，如《庆宫春》："残叶翻浓，余香栖苦，障风怨动秋声。云影摇寒，波尘销腻，翠房人去深扃。"②将形体、色彩、气味、光线、声音、动作都自然而然地交揉在一起，大自然的整体形象，气韵生动地向读者扑来；又如《醉桃源》："金丸一树带霜华，银台摇艳霞。烛阴

---

① 陈洵：《海绡说词》，唐圭璋编：《词话丛编》，第4849页。
② 〔宋〕吴文英撰，孙虹、谭学纯校笺：《梦窗词集校笺》，第269页。

树影两交加，秋纱机上花。"再加之以"飞醉笔，驻吟车，香深小隐家。明朝新梦付啼鸦，歌阑月未斜"①，词中所写，似乎已不是"叠印""意向叠加"所能说清楚的了；再如《过秦楼》："藻国凄迷，曲澜澄映，怨入粉烟蓝雾。香笼麝水，腻涨红波，一镜万汝争妒。湘女归魂，佩环玉冷无声，凝情谁愬。又江空月堕，凌波尘起，彩鸳愁舞。"②这样的画面，这样的镜头，它带给读者的已不仅是色彩的世界，而是色彩的旋律，是艺术家全部感觉的和弦，是人对大自然，对大千世界所有感觉的同频共振，是人同大自然的交融与和谐。前人对梦窗词中这种感觉的错综叠合缺乏理解，很少道着，只有况周颐有所发现。他以《塞翁吟·赠宏庵》中"心事称、吴妆晕浓"③一句举例说："七字兼情意、妆束、容色。梦窗密处如此。"④他还用"芬菲铿丽"⑤这样的语言来赞美梦窗词，这四个字本身就包含有感觉的多重叠合，用以形容梦窗词，是很有创见的。

梦窗词通过"七宝楼台"的"窗口"向世界敞开，其沉潜心底的"画面"与"景列"才得以显示。但这"敞显"是有限的，因为"楼台"之中的绝大部分内容被厚重的墙皮所掩蔽。梦窗词的艺术品格正是在"敞显"与"屏蔽"这二者之间所形成的张力之中展开的。其艺术上的优长与缺欠均来自这里。

三、梦幻：既定边界的疏离与跨越

梦窗之所以"缒幽抉潜，开径自行"⑥，跨越传统方式的既定边界而另辟梦幻型歌词之新途，原因很多。其中，传统继承、个人遭际、个性与词学主张以及时代影响等，均有不可忽视的作用。

---

① 〔宋〕吴文英撰，孙虹、谭学纯校笺：《梦窗词集校笺》，第697页。
② 〔宋〕吴文英撰，孙虹、谭学纯校笺：《梦窗词集校笺》，第449页。
③ 〔宋〕吴文英撰，孙虹、谭学纯校笺：《梦窗词集校笺》，第480页。
④ 〔清〕况周颐：《蕙风词话》，唐圭璋编：《词话丛编》，第4447页。
⑤ 〔清〕况周颐：《蕙风词话》，唐圭璋编：《词话丛编》，第4447页。
⑥ 朱祖谋：《梦窗词集·跋》。见〔宋〕吴文英撰，孙虹、谭学纯校笺：《梦窗词集校笺》附录三，第1843页。

梦幻型文学作品在古代文学中并不罕见。最早，其作为概念或意象，在《卜辞》《尚书》《左传》中就已有较多记载，因多与占梦联系在一起，带有原始巫祝与迷信色彩，是一种意指客体（即作预测、说明或解释之用），还不是独立的审美对象。开始作为审美客体、作为艺术形象纳入作品并对后世产生深远影响的梦幻，当从《庄子》和《楚辞》算起。《庄子·齐物论》中的"梦蝶"故事，原来用以论证"物化"（即物我之间的转化），申明其万物融合为一的哲理，却启迪了后代诗人的审美想象，影响到历代文学创作并已成为常识性典故，在梦窗词中就出现20余次。楚辞《离骚》等作品"驷虬乘鹭"①的神仙世界与诡谲的想象，还有《高唐赋序》中襄王梦巫山神女故事，都影响了历代梦幻作品的产生，梦窗词中也多次提及。此后"游仙""梦游"以及李白、李贺、李商隐的某些诗歌，唐宋传奇，元明清戏曲小说中的梦幻故事，无不受这几方面的影响并有新的发展。

就词史而言，从文人词产生那天开始，便不断有带"梦"字的作品出现。温庭筠71首词中"梦"字出现13次，韦庄54首词中"梦"字出现18次，冯延巳110首词中"梦"字出现32次，李煜54首词中"梦"字出现15次。其主要特征是把"梦"当成情感型意象，寄托着恋情相思或慨叹人生如梦，还不是严格意义上的独立的审美对象，还没有成为歌词创作的重要内容。只有韦庄《女冠子》（昨夜夜半）等极少数篇章描绘了入梦过程及感情经历，对苏轼《江城子》（十年生死两茫茫）等作品产生过明显影响。这一时期可称之为梦词的发轫期。北宋晏几道是最早的梦幻词人，在他240余首作品中，仅"梦"字就出现了60次。他把"梦"当作与现实截然不同的审美情感世界，在睡梦中雕塑着清醒的恋人，同时还开创了"梦态的抒情"手法，此时可称之为梦词的创变期②。直到南宋末年吴文英的

---

① 〔战国〕屈原《离骚》："驷玉虬以乘鹭兮，溘埃风余上征。"汤炳正等注：《楚辞今注》，上海古籍出版社2019年版，第25页。

② 参阅陶尔夫：《晏几道梦词的理性思考》，《文学评论》1990年第2期。

出现，才将梦词的创作发展到极致，并使之进入定型期。

梦窗的梦词与小晏的梦词有许多近似之处，但又有明显不同：一、从内容上看，梦窗的梦词比之小晏更为复杂多样。小晏写的只是一个睡着的词人和四个醒着的歌女之间的恋情关系而不曾旁及其他。梦窗除恋情相思、怀旧悼亡以外，还将梦幻型作品扩展到咏物兴怀、登临酬唱、抚时感事与吊古伤今等广阔空间。二、从形式上看，小晏的梦词均为小令，梦窗除用小令以外，还大量运用长调，增大了梦词的容量。三、艺术上，梦窗吸纳了小晏"梦态的抒情"手法，同时又全力创构"窗口"上的画面，致力于"景列"的剪接，技法新颖并已配套成龙。四、风格不同。小晏梦词所写的爱情悲剧仍较开朗、外向，清壮流利。梦窗则较为内向，意境隐约朦胧，密丽深涩。五、小晏梦词并非完全自觉，梦窗却十分自觉，他自号"梦窗"便是公开化了的自觉的目标意识。以上五点充分说明，梦窗在梦幻歌词的创作上比小晏走得更远了。他有的不是一般的、机缘性的、表层的"人生如梦"的慨叹，而是来自心灵深层的梦幻意识，来自创作过程中逐渐形成的梦幻性艺术思维。他所写的客观现实生活，经过梦幻心灵的锻冶，已非复旧观，而带有浓淡不同的梦幻色调。咏物兴怀、登临酬唱、抚时感事与吊古伤今的作品中游动着梦幻的魔影；恋情相思、怀旧悼亡的梦境中又沉潜有物是人非的厚重历史内容。这些作品又都程度不同地指向一个共同的轴心，即始终环绕着灵与肉、生与死、动与静、时代与历史、变化与永恒以及自我与自我的冲突等来加以展开。强调用"重、拙、大"三个字来品评词人的况周颐说："重者，沉着之谓。在气格，不在字句。于梦窗词庶几见之。"[1]他甚至认为："梦窗与苏、辛二公，实殊流而同源。"[2]如果从最深心灵层次上看，梦窗的梦幻型作品同样具有苏轼、辛弃疾厚重的人性品格与时代内涵，不同的只是"致密其外"而已。

梦窗经历的是不幸的一生，悲剧的一生。作为传统士子，他刻苦读

---

① 〔清〕况周颐：《蕙风词话》，唐圭璋编：《词话丛编》，第 4447 页。
② 〔清〕况周颐：《蕙风词话》，唐圭璋编：《词话丛编》，第 4447 页。

书，才华出众，自视甚高。他在《满江红》中说："看高鸿、飞上碧云中，秋一声。"[1]这应看作是他个人远大抱负的形象写照，然而他却始终未能登第，未获任何官职，爱国志向自然无法施展。相反，他始终寄人篱下，过的是清客幕僚生活。貌似受尊重，实际上遭白眼，有时还不得不向权贵们特别是向贾似道之流投词祝寿，这大大挫伤了他孤傲的心灵。他在《醉落魄》中说："柔怀难托，老天如水人情薄。"[2]句中融入的正是他个人的辛酸。本为翁氏传人，却又被过继为吴氏，心灵上的阴影始终拂之不去。有过真正的情爱，结果却一个生离，一个死别。这一连串的屈辱与不幸，是其他词人难以体验的，而梦窗却十分敏感地把这一切体验全都纳入充满梦幻的心灵深处，积累、凝定、奔突，终于在词的创作这方面找到了突破口。他那些带有悲剧色彩的恋情相思、怀旧悼亡诸作，都程度不同地融入了美的破灭与时代没落的深长悲痛，而不能简单地视之为梦境的实录。他那些只有"梦"字而无梦境的词篇，多半是这种如梦如幻、心绪凌乱无可言告的反映。他的某些梦词，难以一一指实，也不必落实。

除歌词以外，梦窗没有留下其他任何形式的作品，只是在沈义父《乐府指迷》中，间接地记录下他的一段词学主张。他说：

> 盖音律欲其协，不协则成长短之诗。下字欲其雅，不雅则近乎缠令之体。用字不可太露，露则直突而无深长之味。发意不可太高，高则狂怪而失柔婉之意。思此，则知所以为难。[3]

这是梦窗现存唯一的词论，中心是维护词体的纯洁性。他强调从"协律""下字""用字""发意"等四个方面，使词体跟"诗"及"缠令"严格区分开来。文字虽短，却几乎涵盖了词的内容、形式、艺术、风格等许多重要问题，实际上是他的美学追求，是带有纲领性质的词学本体论。他忠实

---

① 〔宋〕吴文英撰，孙虹、谭学纯校笺：《梦窗词集校笺》，第 1552 页。
② 〔宋〕吴文英撰，孙虹、谭学纯校笺：《梦窗词集校笺》，第 1702 页。
③ 〔宋〕沈义父：《乐府指迷》，唐圭璋编：《词话丛编》，第 277 页。

于这一主张，并且用音律协畅、词语雅丽、发意柔婉、韵味深长这四根支柱，撑起一个广阔空间，使他那梦幻性心灵得以充分展现，梦幻性艺术思维得以自由驰骋，最后终于跨过了当时歌词创作的既定边界，轶出了传统的创作模式，并且使词之本体所应该具有的特殊韵味得以充分发挥，他的作品也由此成为符合词体要求的真正意义上的歌词。

梦窗之所以跨越传统方式的既定边界，还与南渡后词坛的历史与现实密切相关。北宋灭亡，宋室南渡，抗金复国已成为南宋历史发展的逻辑起点。遗憾的是，南宋王朝既未高举收复被占领土、完成国家统一的旗帜，又未能维护其自身独立与领土完整，而是在侵略面前步步退让，最后终于退到南海之中，遭到灭顶之灾。但是，作为诗体形式之一的词则恰恰相反。南宋词自始至终响彻了反对投降、主张反攻复国的时代强音。"时运交移，质文代变。"① "变"，是南宋词史的逻辑起点，也是南宋词史发展的归结。南宋词史发展的四个时期（词坛的重建期、词史的高峰期、词艺的深化期、宋词的结获期），都紧紧围绕这一个"变"字而加以展开②。在北宋就已成名的词人，南渡后立即改变了北宋时期剪红刻翠、浅斟低唱的柔靡词风。他们通过爱国豪放词的创作完成了词坛重建期的历史使命，并为词史高峰期的到来作好准备。30余年以后，由北南归的辛弃疾登上了词坛。他以620余首的大量词篇，鞺鞳的音响，雄健的风格，完成了审美视界的转换，把词的创作推上了词史的高峰期。当时及稍后的词人，不论其审美情趣如何，都于不知不觉间向辛弃疾爱国豪放词风倾斜。姜夔的出现，标志着词艺深化期的到来。他不仅继承周邦彦的传统，还上承儒家之"仁"，诗教之"雅"，继承了诗歌与音乐合一这一传统的精髓，在"词中有乐，乐中有词"这一方面，做出了开拓性贡献。他把家国兴亡之叹与个人身世之感，巧妙融入词中，达到"野云孤飞，去留无迹"③的高水平。

---

① 〔南朝·梁〕刘勰：《文心雕龙·时序》，黄叔琳注，李详补注，杨明照校注拾遗：《增订文心雕龙校注》，中华书局2012年版，第535页。
② 参考陶尔夫、刘敬圻：《南宋词史》，北方文艺出版社2019年版。
③ 〔宋〕张炎：《词源》，唐圭璋编：《词话丛编》，第259页。

他是继辛弃疾之后以独创性成就登上词史高峰的第二位大词人。吴文英生于辛、姜之后，要想超越这两位大词人，就吴文英的才、学、识，特别是他当时所处的位置与他的经历，几乎是不可能的了。他生活于南宋灭亡前夕，既不能沿着辛弃疾雄豪博大的词风继续攀升，又不能沿着姜夔的幽韵冷香亦步亦趋。所以，他只能另拓新境，大量撰制梦幻型作品，在词的表现力方面充分施展其创造才能，继辛、姜之后第三个登上了词史的高峰，形成辛、姜、吴三足鼎立的历史新格局。当然，吴文英还从周邦彦上溯到温庭筠，上溯到庄子的"梦蝶"、楚辞的"惊采绝艳"、宋玉高唐神女的幻变，使人生艺术化，生活艺术化，梦境艺术化。"诗中有画，画中有诗"这一传统，通过"梦幻之窗"达到了中国诗歌史上新的高层次。

"梦窗"，是吴文英的自号，更是一种审美视界，是他毕生的艺术追求。他的这一追求，似乎取得了他同时或稍后其他著名词人的认同。他们在与梦窗相关的作品中，都把这两个字意识鲜明地组织进去。周密在《玉漏迟·题吴梦窗霜花腴词集》中说："西窗短梦难凭，是几番宫商，几番吟啸。泪眼东风，回首四桥烟草。"[1]万俟绍之《江神子·赠妓寄梦窗》："十年心事上眉端。惊梦残，琐窗寒。云絮随风，千里度关山。"[2]张炎虽批评梦窗词"不成片断"，但并非完全否定，对"梦窗"二字也极为珍视。他在《声声慢·题吴梦窗遗笔》中说："烟堤小舫，雨屋深灯，春衫惯染京尘。舞柳歌桃，心事暗恼东邻。浑疑夜窗梦蝶，到如今、犹宿花阴。"[3]可以明显看出，这些词人对"梦窗"二字的理解以及对梦窗艺术追求的称许。

元、明两代梦窗词遭到冷落，直至清代中叶才开始升温，清末民初竟然出现了"梦窗热"。吴梅在《乐府指迷笺释序》中说："近世学梦窗者，几半天下。"[4]但"梦窗热"中的仿效者却很少获得成功。"冷落"与"过

---

① 〔宋〕吴文英撰，孙虹、谭学纯校笺：《梦窗词集校笺》附录三，第1821页。

② 唐圭璋编：《全宋词》，中华书局1965年版，第2948页。

③ 〔宋〕张炎撰，孙虹、谭学纯笺证：《山中白云词笺证》，中华书局2019年版，第276页。

④ 〔宋〕沈义父著，蔡嵩云笺释：《乐府指迷笺释》附录，人民文学出版社1963年版，第92页。

热"这两方面都有着同一个盲点或误区,即对"梦窗"二字的美学涵蕴,对梦窗词特别是他的梦幻型作品缺乏足够理解。评家对梦窗词的否定与过度肯定,也都与此密切相关。所以,把"梦幻的窗口"当作开启词人心灵的通道,无疑是一个科学而又可行的选择。

(选自《文学遗产》1997年第1期)

漂泊身世，冰雪志节：
张炎《解连环·孤雁》词旨探寻

姚大勇

作为宋末词坛名家，张炎（1248—1320?）以咏物词闻名，早年即以《南浦·春水》词驰名词坛，而获"张春水"之称；后更以《解连环·孤雁》词著称于世，至有"张孤雁"之誉。

> 楚江空晚。怅离群万里，恍然惊散。自顾影、欲下寒塘，正沙净草枯，水平天远。写不成书，只寄得、相思一点。料因循误了，残毡拥雪，故人心眼。　　谁怜旅愁荏苒。谩长门夜悄，锦筝弹怨。想伴侣、犹宿芦花，也曾念春前，去程应转。暮雨相呼，怕蓦地、玉关重见。未羞他、双燕归来，画帘半卷。①

《解连环·孤雁》词在描绘上的细致入微，艺术上的浑然天成，早为大家所熟知公认。有关此词的分析文章，也多认为此词"把家国之痛和身世之感尽蕴含在对孤雁这一形象的描绘中"②，于词中寓身世之感，本不稀奇，几乎所有的咏物之作中，都多少会融注作者自己的影子，但是此词中词人的家国之痛、身世之感具体表现在哪里，除此之外，词中还有其他情思么？相较于之前的咏雁诗词，张炎的这首词有何新意，又为何能获得当时及后世的共鸣？本文试对这些问题做番寻绎，以深化对此词的理解。

①〔宋〕张炎撰，孙虹、谭学纯笺证：《山中白云词笺证》，中华书局2019年版，第108页。
② 孙艺秋先生文。见《唐宋词鉴赏辞典》，上海辞书出版社1988年版，第2301页。

一、时空背景

分析《解连环·孤雁》词的文章，多有意无意地回避这样一个问题：词中所写到底是什么时候的光景，哪里的大雁，即此词的时空背景到底为何？这问题看似简单，却不能不辨，因为这是理解此词的一个关键。确实，张炎的这首词是转写自唐代崔涂的《孤雁》诗，崔诗中也有句云"几行归去尽，片影独何之"①，谓春天大雁北飞，归至塞外，词中也有"也曾念春前，去程应转"字样，还有"双燕归来，画帘半卷"景象，是否可以据此认为张炎这首词写的也就是春天的光景呢？恐不能如此遽断，因为从词中具体所写来看，"也曾念春前，去程应转"是悬想之词，而"双燕归来，画帘半卷"写的则是燕子，实非大雁，词中是将孤雁与双燕作对比，而非写孤雁本身。就是对于词中所展现的时令光景，也有线索可寻，从"自顾影、欲下寒塘，正沙净草枯，水平天远"即可见端倪。秋天一到，北风加厉，万木凋零，所以才有草枯水寒的景象。而春天来临，天气转暖，草木萌发，则会是另一番光景，亦如前人所言是"池塘生春草"（谢灵运《登池上楼》）②，"春风自绿江南岸"（王安石《泊船瓜洲》）③。再者，张炎留下来的有关大雁的其他词作，也多写的是秋天之雁，如："腻黄秀野拂霜枝。忆芳时。翠微唤酒，江雁初飞"（《新雁过妆楼·赋菊》）④，"正凭高送目，西风断雁，残月平沙"（《甘州·寄李筠房》）⑤，"殊乡顿远。甚犹带羁怀，雁凄蛩怨"（《台城路·归杭》）⑥，皆是因雁而生秋思。另外，杜甫《天末怀李白》诗中有句云"鸿雁几时到，江湖秋水多"⑦，亦与张炎词中所言"水平天远"相合。从这些均可

---

① 〔清〕彭定求等编：《全唐诗》，中华书局1960年版，第7775页。
② 〔南朝·梁〕萧统编，〔唐〕李善注：《文选》，上海古籍出版社2019年版，第1058页。
③ 〔宋〕王安石著，刘成国点校：《王安石文集》，中华书局2021年版，第483页。
④ 〔宋〕张炎撰，孙虹、谭学纯笺证：《山中白云词笺证》，第156页。
⑤ 〔宋〕张炎撰，孙虹、谭学纯笺证：《山中白云词笺证》，第313页。
⑥ 〔宋〕张炎撰，孙虹、谭学纯笺证：《山中白云词笺证》，第759页。
⑦ 〔唐〕杜甫著，〔清〕仇兆鳌注：《杜诗详注》，中华书局1979年版，第590页。

看出，《孤雁》词中所写之雁是秋天之雁，是北雁南飞，而非春天雁之北去。

时令既是秋天，词中所写大雁的空间背景复为何处？词首句"楚江空晚"就已点明了所写之地是中国南方，楚国古时为南方大国，此处的"楚江"与柳永《雨霖铃》中的"暮霭沈沈楚天阔"①中的"楚天"一样，都是以楚地指代中国南方。湖南衡阳有回雁峰，相传秋天大雁飞至此地，便不再南征，栖居下来，直待第二年春天再起程北返。大雁秋日往衡阳飞时经行的洞庭、潇湘一带，古时都属楚地，"平沙雁落"亦为传统的"潇湘八景"之一②。词下阕另有句，言春日大雁北去："想伴侣、犹宿芦花，也曾念春前，去程应转"，一个"去"字，适也显示词中所言正是以南方为中心，往北为去，往南才为归。张炎将诗词书画中常见的秋雁南归写入词中，又有哪些新意，如何打动人心呢？

时令系秋天，地点为南方，那么这首词的时代背景又是如何呢？有人认为："张炎生当南宋末年，国势垂危，作为一个词人，对于时局自己深感无能为力，不胜忧愤，所以借用咏物词体，以寄托一腔幽怨。"③即认为此词系作于南宋覆亡之前"国势垂危"之际。也有人认为是作于南宋亡国以后④。结合全词来看，笔者认为将其定为作于南宋覆亡之后为是。张炎在宋亡前为富家公子，啸傲湖山，吟赏烟霞，他早年所作的《南浦·春水》词描绘固佳，而寄意并不深远。故国覆亡，家道中落，张炎漂泊各地，家国兴亡给他带来了巨大的磨难，思想上更趋深沉。张炎友人戴表元在《送张叔夏西游序》中记张炎在宋亡前后的变化是："玉田张叔夏与余初相逢钱塘西湖上，翩翩然飘阿锡之衣，乘纤离之马。于时风神散朗，自

---

① 唐圭璋编：《全宋词》，中华书局1965年版，第21页。
② 参见〔宋〕沈括撰，胡道静校注：《新校正梦溪笔谈》卷一七《书画》，中华书局香港分局1975年版，第171页。
③《唐宋词鉴赏辞典》，第2301页。
④ 如杨海明：《张炎词研究》，齐鲁书社1989年版，第144页。

以为承平故家贵游少年不翅也。垂及强仕，丧其行资，则既牢落偃蹇。"①
正如李后主，亡国前擅咏风花雪月，亡国后转抒胸中血泪一样，张炎在经
历宋元鼎革的惨痛变故后，"牢落偃蹇"，感慨加深，词中表现的哀婉幽怨
之情，正是亡国破家之后凄惶惨痛之心的流露。词中另有"料因循误了，
残毡拥雪，故人心眼"之句，这"残毡拥雪"的"故人心眼"，就是忠心
故国，百折不改的冰雪志节（见下），倘宋还未亡，作者何出此言？唯有
在宋亡之后，这句才有现实意义。

二、"故人心眼"

既明词中所写孤雁的时地和时代背景，那么可再探讨此词题旨。此词
写孤雁，委实是婉曲传神，特别是"写不成书，只寄得相思一点"一句，
更是精妙之至。古有"鸿雁传书"的故事，常以雁字来表相思，李清照词
中就言"云中谁寄锦书来，雁字回时，月满西楼"（《一剪梅》）②，以云
中雁字烘托人世情意。此词中写孤雁离群，在空中排不成雁字（"写不成
书"），远远望去，唯有孤影一点，只能给人带来一"点"相思之意，"一
点相思"之"点"，既是孤雁在空中的真实写照，又点明相思之情的浅深，
一语双关，将所见之景与所寄之情绾合于一体，而又浑然无痕，确实是匠
心独运。此句似是化用自唐代白居易《江楼晚眺景物鲜奇吟玩成篇寄水部
张员外》的"风翻白浪花千片，雁点青天字一行"③，但又翻新出奇，凝
炼自然。接下来，词中又下一转语曰"料因循误了，残毡拥雪，故人心
眼"，谓孤雁所带来的，不仅有"一点相思"，更有"故人心眼"，词中所
着力推举的，恰是"故人心眼"。那么这"故人心眼"，又为何物呢？

"故人心眼"的表征是"残毡拥雪"（"残"，有的本子作"餐"），这
明显是运用了西汉苏武餐毡啮雪的典故。苏武出使时，因故被匈奴拘禁，

---

① 〔宋〕张炎撰，孙虹、谭学纯笺证：《山中白云词笺证》附录二，第841页。
② 〔宋〕李清照著，王仲闻校注：《李清照集校注》，中华书局2020年版，第25页。
③ 〔唐〕白居易著，谢思炜校注：《白居易诗集校注》，中华书局2006年版，第1632页。

因于地牢，"单于愈益欲降之，乃幽武置大窖中，绝不饮食。天雨雪，武卧啮雪与旃毛并咽之，数日不死，匈奴以为神，乃徙武北海上无人处，使牧羝，羝乳乃得归。""武既至海上，廪食不至，掘野鼠去中实而食之。杖汉节牧羊，卧起操持，节旄尽落。"①苏武虽受百般凌辱虐待，但是自始至终风骨凛然，不改志节，不改对汉朝的忠心，"残毡拥雪"与"杖节牧羊"一样，都是苏武坚贞不屈，不忘故国的体现。词人在此，是谓世人常常因循致误，对于"鸿雁传书"的故事，仅看到孤雁带来的两地相思之情，而忽略了这故事本身所蕴含的"残毡拥雪"之志。在这首《孤雁》词中，作者恰恰是将世人所遗漏的特地标举出来，且整首词皆是据此生发。

"故人心眼"既是指冰雪志节，这与词人本身是否有关联？这是指的他人，抑或作者自称？据杨海明《张炎年表》，张炎生于宋理宗淳祐八年（1248）②，未及三十岁而遇家国鼎革（1276）③，这固然是他生命道路上的巨大变故，而南宋覆亡十多年后，他又遇到了人生旅途上的另一重要关口。元世祖至元二十七年（1290）秋天，张炎与友人沈尧道、曾子敬自杭州起程，北上元大都（今北京）抄写金字《藏经》，并于次年春天即回归南方。张炎友人舒岳祥在《山中白云词序》中亦谓张炎"自社稷变置，凌烟废堕，落魄纵饮。北游燕蓟，上公车，登承明有日矣。一日，思江南菰米莼丝，慨然襥被而归。不入古杭，扁舟浙水东西，为漫浪游。"④因思"菰米莼丝"而南归本是托词，真实原因是张炎未能忘怀故国，不愿为新廷效力。他在至元二十九年（1292）所作的《甘州》词中述及此事："记玉关、踏雪事清游。寒气脆貂裘……短梦依然江表，老泪洒西州。""玉关踏雪"，指的就是北上大都之事，"江表"指江南，"西州"系用东晋羊

---

① 〔汉〕班固著，〔唐〕颜师古注：《汉书》卷五四《苏武传》，中华书局1962年版，第2462—2463页。
② 见杨海明：《张炎词研究》，第247页。
③ 见杨海明：《张炎词研究》，第248页。
④ 〔宋〕张炎撰，孙虹、谭学纯笺证：《山中白云词笺证》附录二，第846页。
⑤ 〔宋〕张炎撰，孙虹、谭学纯笺证：《山中白云词笺证》，第44页。

昰于谢安逝后在西州门恸哭的典故，"短梦依然江表，老泪洒西州"，是谓自己一直未能忘怀南方故国，未能忘情昔日故人。张炎此番北上，是否如后来顾炎武在明亡清兴后借北上以观山川形势，以做将来恢复之资，因资料缺乏，不敢遽断，但他北上时间不长即毅然南归，则是事实，这实际上也摆明了他对元廷的态度。

宋元易代之际，"向南"实有特殊的政治内涵。因蒙元南侵，南宋覆亡，故对当时的南方士人来说，向南正是忠于大宋，不忘故国的体现。南宋覆亡之时，文天祥在奔走途中所作《扬子江》诗中就言道："臣心一片磁针石，不指南方不肯休！"[1]即是以南指的磁针，表达自己对国家的忠贞。张炎也是以南归的孤雁，表明自己始终不改的向南之心。再回看词中一开始所写的北雁南飞，正合于此处所言的"故人心眼"——雁从北方飞来，带来的不正是故人的心志和消息么。而张炎虽应召北上，并不贪恋荣华富贵，不畏道途艰险，毅然南归，与南归的大雁何其相似。于此，让人不禁佩服词人构思之精妙。这首孤雁词从写法上来看也就是托物言志，借雁抒怀，但是它超越了此前诸多咏雁诗词对自身命运的感伤，而在孤雁身上寓有对家国兴亡的喟叹，对故国的忠贞。一点"孤忠"，正是这首词的题旨所在，新意所萃。

三、漂泊身世

词上阕结尾点明孤雁身上所寄托的"故人心眼"，接下来具体描写北雁南来的一路艰辛，下阕一开始言"谁怜旅愁荏苒"，便直写孤雁之寂寞。"荏苒"本指时光渐渐流逝，这里"旅愁荏苒"是谓随时光流逝而旅愁加深，以"谁怜"设问，则显旅愁再深，也难为人所知。途中是如此，那么栖宿之地又如何呢？紧接着"长门夜悄，锦筝弹怨"一句，则用了多个典故与成句，渲染并加重了孤雁的悲哀。汉武帝时，陈皇后阿娇失宠后退居长门宫，请辞赋大家司马相如为之作《长门赋》，希冀能挽回圣心，长门

---

① 〔宋〕文天祥撰，刘文源校笺：《文天祥诗集校笺》，中华书局2017年版，第784页。

宫因此而知名，在后世也成了冷宫、冷落之地的代称。北宋王安石《明妃曲》诗中即云："咫尺长门闭阿娇，人生失意无南北。"①南宋辛弃疾《摸鱼儿》（更能消几番风雨）词中也道："长门事，准拟佳期又误。娥眉曾有人妒。千金纵买相如赋，脉脉此情谁诉。"②均以长门为伤心失意之地。另唐代杜牧《早雁》诗中就有"仙掌月明孤影过，长门灯暗数声来"③之句，以早秋雁声与长门灯影显示境界之堪怜可悲。唐代钱起《归雁》诗中也云"二十五弦弹夜月，不胜清怨却飞来"④，谓筝声中传达出的，是无尽的清怨。张炎于此合用了苏武、长门的典故与唐宋人的成句，尽显孤雁处境之堪怜，前加一"谩"字，"谩"通"漫"，为空或徒然之意，与前面的"谁怜"一样，都是写孤雁处境堪怜，心中凄苦，而无人能知。

孤雁自身如此，同伴又如何呢？"想伴侣、犹宿芦花，也曾念春前，去程应转。"词人以孤雁的口吻，悬想着雁群同伴，此时应该栖息在芦苇丛中，而自己却是离群孤飞，形单影只，不知同伴在何方，也不知哪儿才是自己的归宿。更想着来年春天到来之前，雁群又要离开此地踏上"去程"，那时更难与旧游的伴侣相见。在多方渲染孤雁的苦楚后，词最末又以春燕为收束："未羞他、双燕归来，画帘半卷。"燕子归来，正是春天，且是成双作对。这里的"未羞"，即不以为羞、无愧之意，词人是将笔触进一步从雁群延展到燕子身上，以秋日孤雁与春日双燕做对比，谓孤雁排除千难万险，毅然归来，尽管只是孑然一身，也无愧于春燕的成双作对；虽是置身于萧瑟凄凉的寒塘旷野，也不羡慕双燕栖身的画栋雕梁。这首词题为《孤雁》，词中也一再点题，多方用笔，突显雁之孤，一种孤高兀傲之气盘郁在词之始终。

张炎这首词笔笔皆写孤雁，又语语不离自身。张炎对雁情有独钟，其

① 〔宋〕王安石著，刘成国点校：《王安石文集》，第61页。
② 〔宋〕辛弃疾著，吴企明校笺：《辛弃疾词校笺》，上海古籍出版社2018年版，第527页。
③ 〔唐〕杜牧著，吴在庆校注：《杜牧集系年校注》，中华书局2008年版，第432页。
④ 〔唐〕钱起著，王定璋校注：《钱起诗集校注》，浙江古籍出版社1992年版，第299页。

传世的302首词①中，用《新雁过妆楼》（又名《瑶台聚八仙》）词调的就有9首，词中出现雁这一意象的则更多。他常以雁喻指自己不定的行踪，漂泊的命运，除上举数首写秋雁的诗句外，另如在《探春慢》词中云："投老情怀，薄游滋味，消得几多凄楚。听雁听风雨，更听过、数声柔橹。"②在《声声慢》题序中云："己亥岁，自台回杭。雁旅数月，复起远兴。余冉冉老矣，谁能重写旧游编合。"③而有一首《新雁过妆楼》词，恰与《解连环·孤雁》相似：

> 遍插茱萸。人何处、客里顿懒携壶。雁影涵秋，绝似暮雨相呼。料得曾留堤上月，旧家伴侣有书无。谩嗟吁，数声怨抑，翻致无书。　　谁识飘零万里，更可怜倦翼，同此江湖。饮啄关心，知是近日何如。陶潜尚存菊径，且休羡松风陶隐居。沙汀冷，拣寒枝、不似烟水黄芦。④

这首词也是檃栝了王维、杜牧、崔涂、苏轼等众多人的诗词成句，借秋日鸿雁而起兴抒怀，特别是这首词的题序，明确言明了作词的时间和主旨："乙巳菊日寓溧阳闻雁声，因动脊令之感"⑤。"乙巳菊日"为元成宗大德九年（1305）重阳，张炎时年五十八岁。脊令，即鹡鸰，水鸟名。《诗经·小雅·常棣》中有句云："脊令在原，兄弟急难。每有良朋，况也永叹。"毛亨注云："急难，言兄弟之相救于急难。"⑥后世即以脊令比喻兄弟友爱，急难相顾。这首客中之作，即以秋雁的孤独失伴，来比喻人世的暌隔，与友朋的分别。它与《解连环·孤雁》不仅有的句式相近，所表现

---

① 据吴则虞校辑：《山中白云词》，中华书局1983年版。
② 〔宋〕张炎撰，孙虹、谭学纯笺证：《山中白云词笺证》，第370页。
③ 〔宋〕张炎撰，孙虹、谭学纯笺证：《山中白云词笺证》，第345页。
④ 〔宋〕张炎撰，孙虹、谭学纯笺证：《山中白云词笺证》，第595页。
⑤ 〔宋〕张炎撰，孙虹、谭学纯笺证：《山中白云词笺证》，第595页。
⑥ 〔汉〕毛亨传，〔汉〕郑玄笺，〔唐〕陆德明音义，孔祥军点校：《毛诗传笺》，中华书局2018年版，第212页。

的思想也相类，如同用了崔涂《孤雁》诗中的"暮雨相呼失"①句意；"谁识旅愁荏苒"和"谁识飘零万里"，都是以设问句式，表现旅途的艰辛；《孤雁》词中想及同伴"犹宿芦花"，《新雁过妆楼》也言其同伴"拣寒枝、不似烟水黄芦"。《孤雁》词可谓是这首《新雁过妆楼》的姊妹篇，从头至尾写旅雁之孤单，伤慨亲友之离散，也感叹自身之漂泊。另外，张炎《甘州》（记玉关）词题序云："辛卯岁，沈尧道同余北归，各处杭越。逾岁，尧道来问寂寞，语笑数日，又复别去。赋此曲，并寄赵学舟。"②从此处也可见张炎自北南归后与友朋动如参商，难以相聚，离群的孤雁正是他漂泊无依生活的真实写照。

《孤雁》词下阕还有"暮雨相呼，怕蓦地、玉关重见"一句，此处的"玉关"，即"玉门关"的简称，是以玉门关指代北方之地，词人借孤雁怕到北方，表明自己不愿再回北地。与之相仿，《甘州》词一开始即云"记玉关、踏雪事清游，寒气脆貂裘"③，即回忆自己在宋亡之后，一度漫游北方的生活。另《清平乐·题平沙落雁图》词中也云"莫趁春风飞去，玉关夜雪犹深"④，也是以玉关雪深喻北方苦寒，道途艰难。词人就是身陷北地，也是心向南方，正如《甘州》词中所言"短梦依然江表，老泪洒西州"⑤，仍然眷怀故国，难忘江南山水。词人以孤雁自喻自励，也是借孤雁表明自己的向南之心，冰雪之志。这首《孤雁》词道出了孤雁经历的种种困苦，正因抱此志节，所以命运多艰，也正因怀抱孤忠，故可对所受苦难坦然承担。这冰雪志节，也使得词人的漂泊命运更显得风骨峻嶒，令人钦敬。

① 〔清〕彭定求等编：《全唐诗》，第7775页。
② 〔宋〕张炎撰，孙虹、谭学纯笺证：《山中白云词笺证》，第44页。
③ 〔宋〕张炎撰，孙虹、谭学纯笺证：《山中白云词笺证》，第44页。
④ 〔宋〕张炎撰，孙虹、谭学纯笺证：《山中白云词笺证》，第729页。
⑤ 〔宋〕张炎撰，孙虹、谭学纯笺证：《山中白云词笺证》，第44页。

四、词史意义

已明此词的内容和主旨，可再审视其在词史上的地位。《解连环·孤雁》刻画了孤雁的形象，铺叙了其所遭受的苦难，虽未明言，也可让人感受到蕴含在孤雁身上的一腔深情。前人有言："夫词非寄托不入，专寄托不出。"①咏物词的写作，既要有所寄托，又不能单凭寄托，在创作时既要有强烈真实的情感，又要有丰满鲜明的形象，"其寄托在可言不可言之间，其指归在可解不可解之会。"②对于诗词中的咏物，固不必字字寻寄托，句句求比兴，但也不能否认，作品中确实寄寓了作者本人的思想、情感、经历甚至志节。如从杜甫《旅夜书怀》诗中"飘飘何所似，天地一沙鸥"③，可看到诗人晚年漂泊不定的命运；从苏轼《卜算子·黄州定惠院寓居作》词中"惊起却回头，有恨无人省"④的孤鸿，可体会到刚脱缧绁词人的犹疑惊惧之心；从陆游《卜算子·咏梅》词中"零落成泥碾作尘，只有香如故"⑤的野外孤梅，也可感悟到词人百折不挠的坚贞。这首《孤雁》词也是如此，词人将感叹身世，伤怀故国之情，融入对孤雁的精心描绘中。

从创作来看，同是写雁之作，钱起的《归雁》、杜牧的《早雁》、崔涂的《孤雁》和苏轼的《卜算子·黄州定惠院寓居作》，笔下所咏之物，都具有作者本人的影子，反映了作者当时的心态与命运。张炎的这首《孤雁》词亦是如此，但是较之前人之作不同的是，在这首词所描绘的孤雁身上，不仅体现了词人本身的心态，也反映了南宋亡国后，有志之士眷怀故国的心理。也就是说，张炎的《孤雁》词，实超越了之前以雁表现一己之情思的格套，而以之寄托了当时广大爱国之士的眷怀故国之情，所反映的

① 〔清〕周济：《宋四家词选目录序论》，唐圭璋编：《词话丛编》，中华书局1986年版，第1643页。
② 〔清〕叶燮著，蒋寅笺注：《原诗笺注》，上海古籍出版社2014年版，第193页。
③ 〔唐〕杜甫著，〔清〕仇兆鳌注：《杜诗详注》，第1229页
④ 〔宋〕苏轼著，邹同庆、王宗堂校注：《苏轼词编年校注》，中华书局2002年版，第275页。
⑤ 〔宋〕陆游著，夏承焘、吴熊和笺注，陶然订补：《放翁词编年笺注》，上海古籍出版社2019年版，第174页。

现实更为广阔，情感也更趋深沉。对故国的忠贞，让词人不合于时，屡遭磨难。愈多艰难挫折，也愈益突显出词人的霜风傲骨。将故国之思贯注到鸿雁身上，增强了传统的鸿雁形象的丰富性和厚重性，这也反映了古代文学作品中鸿雁形象的转变，即由一己恩怨转为兼具家国情怀。这是张炎的创造，也是他对以雁为题材的作品的拓展和贡献。

再从历史来看，词中所言之物事与表达的情感，在当时及后世，也颇有代表性。与张炎同为宋遗民的谢枋得（1226—1289），宋亡后遁居武夷山中，坚不出仕，其自明心志的《武夷山中》诗曰："十年无梦得还家，独立青峰野水涯。天地寂寥山雨歇，几生修得到梅花。"①以晶莹孤傲的梅花相期许，意欲如梅花一样，傲然挺立于天地之间。谢枋得笔下梅花之"独"与张炎词中大雁之"孤"，相互辉映，共同反映出有志之士于故国覆亡后的心态与志意，可谓异曲同工。再如宋遗民郑思肖（1241—1318）擅画兰花，然其于宋亡后作兰花却不着土，人问其故，他答曰地已被番人夺去，意谓大宋的江山为胡虏窃取。元人尽括江南之地后，有民族气节的大宋子民，亡国失土，在苍茫天地间茫无所依，正与离群独飞、无处栖宿的孤雁相似。《孤雁》词中"离群万里"的孤雁，正是因为遇到了重大的变故，才"怳然惊散"。杜牧《早雁》诗中所写的大雁"金河秋半虏弦开，云外惊飞四散哀"②，还是因为一般的边境战争，而南宋士民，面临的却是胡人南下，连江南也沦于夷狄的乾坤巨劫。"自顾影、欲下寒塘，正沙净草枯，水平天远"，天地虽广，但是孤雁无处可以栖泊，也正像亡国后漂泊各地的南宋士人。与宋人相似，明亡以后，明遗民面对着山河变色，也是悲不自胜。清初阳羡词派名家陈维崧（1625—1682）在《点绛唇·夜宿临洺驿》词中云"悲风吼，临洺驿口，黄叶中原走"③，也是悲怆满怀，愁塞天地。明清鼎革后，怀有故国之心的汉族文士，正与秋风中的黄叶相

---

① 〔清〕吴之振等选：《宋诗钞·叠山集钞》，中华书局1986年版，第2868页。

② 〔唐〕杜牧著，吴在庆校注：《杜牧集系年校注》，第432页。

③ 叶恭绰编：《全清词钞》，中华书局2019年版，第209页。

似，凄惶无着，漂泊不定，"黄叶中原走"一句，正概括了明亡后士人的心境与处境。张炎笔下的长空孤雁，与陈维崧笔下的风中黄叶一样，都是亡国后士人心态的外现、命运的象征。由个人遭际而映射整体时代风云，使得这首词深具历史的穿透力。

要而言之，《解连环·孤雁》是张炎的托物言志之作，词人在孤雁身上，不仅寄托了自己的身世之感，也承载了家国鼎革之悲，和对故国的深深眷恋之情。作者继承了前人以比兴之法写雁的传统，同时又有所超越，正是对故国的忠贞，使得这首词情思厚重，特立杰出，有别于一般咏雁之作对自身命运的感叹，而富有更为厚重的时代内涵和更为深广的历史意义。词中所言孤雁失群之悲，不忘故土之思，正是以张炎为代表的南宋士人入元后的普遍心态，因而此词不仅在当时赢得人们的普遍青睐，于后世也获得人们的强烈共鸣。这首词无一语不写雁，又无一语不在写人，无一语不蕴含着时代的风云，艺术上的纯熟自不待言，"孤忠"之气贯注其中，更让这只离群"孤雁"孤标傲世，横绝古今。

（选自《古典文学知识》2019年第6期）

第三编 宋文与话本小说

　　本编向读者介绍宋代文章与话本小说的基本情况。前两编的诗与词，已用掉文章定额中的18篇，留给文章与话本小说这两大内容的篇幅已是捉襟见肘。因此，本编无法再像前两编那样依据文学史的发展脉络作相对完整的呈现，只能采用"择其要者"的选编思路。

　　《宋文发展整体观及南宋散文评价》一文，虽然并非旨在以时间线索综论宋文的发展历程，但实际达到了这样的效果，因此选为本编首篇，以使读者对宋代文章创作能有一整体性了解。

　　《宋代科场论述文论略》将向读者展示宋代的科举考试呈文，其可以类比为今天的高考作文与公务员考试的"申论"。这种应用型的文章或许并不具备充分的审美性，但其意义是不容忽视的。"文章"之于古人，更多指向实用性，即古人作文，以应用文为主，审美性的"美文"其实仅占极小比重。古人对于应用文的撰写，同样极为强调写作技巧，在说理的同时也不排斥抒情性，这是因为在古代的"人治"社会中，"以情感人"与"以理服人"一样是让自己的施政方略与政治主张得到君主认同的重要手段。因此，在中国古代的文学观念中，不仅不会把各种应用文类排除在"文学"的范畴之外，反而十分重视这类创作，这种"杂文学观"与西方文学的"纯文学观"是截然不同的。宋代文人在国家行政生活中占据核心地位，且崇尚理性、关注现实，因此应用文的写作对他们而言更加意义非凡。

《庆历党议与欧阳修的文学成就》一文，以个案研究形式介绍"一代文宗"欧阳修在散文创作领域的文学史地位，同样以"政论文"为主，略兼及《醉翁亭记》《丰乐亭记》等"美文"名篇。

当然，宋代文人创作的"美文"也达到了极高的艺术境界，因此在介绍过应用型的科场文与政论文之后，我们选择旨在解读宋代散文名篇——苏轼《记承天寺夜游》的一篇文章：《苏轼的水月境界：〈记承天寺夜游〉》，引领读者感受宋文之"美"。

《南宋的讲史和说经话本》是本编最后一篇文章，所介绍的内容是宋代文学中不可或缺的"民间文艺"。"话本"这种鲜活的文学形式，为宋代文学乃至整个中国古典文学注入了新的生命力，虽然在本书中因篇幅限制仅占1篇文章的份额，却不能因此低估其文学史价值。

宋文发展整体观及南宋散文评价

朱迎平

在宋代文学研究中，宋文相对于宋词、宋诗，显得较为薄弱，王水照先生主编的《宋代文学通论》则就宋文的流派演变、宋文题材体裁的开拓创新、儒道佛三教对宋文创作的影响及宋文文献等专题作了不少有开拓性的探讨。尤其具有卓见的是，著者在《文体篇》辨析"一代有一代之文学"的概念时，郑重提出："无论从体裁的完备、流派的众多、艺术技巧的成熟等方面来衡量，宋代散文确处于我国古代散文发展的一个巅峰阶段，是不应该被轻忽的。"[1]这是在经过宏观考察比较之后对宋文地位作出的一个总结性的论断。

诚如《宋代文学通论》后记所说，宋代文学研究格局上有"重北宋轻南宋"的不平衡现象[2]，而这种倾向在散文研究领域尤为典型。不少文学史著作主要评述以欧、苏、曾等六大家为代表的北宋散文，对南宋散文则很少论及，甚至只字不提；近年有些论著开始注意到南宋散文，但总体评价很低，或只述及一部分论政言事之作，余则语焉不详。其实，这种现象不自今日始，轻视南宋散文的观念由来已久。自北宋姚铉编选《唐文粹》，首开精选一代文学之先河，至南宋淳熙年间，吕祖谦奉诏汇论"中兴以前"之文，编成《皇朝文鉴》一百五十卷（即《宋文鉴》），"略存一代之

---

[1] 王水照主编：《宋代文学通论》，河南大学出版社1997年版，第48页。

[2] 王水照主编：《宋代文学通论》，第617页。

制"①，这样，便有了北宋文学的选本。但随后的南宋文学选本迟迟不见问世，不但南宋人未编，元人亦未编。元人苏天爵反倒跳过南宋，编出了《国朝文类》（即《元文类》），可见元人已看轻南宋之文。自明初朱右汇编《八先生文集》，到茅坤编成《唐宋八大家文钞》，唐宋散文以"八大家"为典范的观念深入人心，宋六家俱出北宋，南宋散文自更无可及。清代桐城派亦奉"八大家"为圭臬，而不提南宋之文；流传最广的选本《古文观止》竟不选一篇南宋文，而以"八大家"直接明文。直至晚清道光年间，才由庄仲方编成《南宋文范》七十卷，以弥补断代文选之缺，而此书亦流布不广。可见，轻视南宋散文是自元代直到清末的源远流长的传统观念。今人沿袭成说，对南宋文不作深究，也就不足为奇了。

然而，南宋立朝157年，几乎占到整个两宋的一半。南宋作家文集卷帙浩繁，数十、上百卷者比比皆是。如此长的时间跨度，如此巨大的作品数量，南宋散文果真就不值一瞥吗？笔者认为，正确评价南宋散文，首先应树立起宋文发展的整体观。《宋代文学通论》中"宋文流派绎述"一章，将宋文发展区分为北宋前期、北宋中叶、南渡前后、中兴时期、南宋后期五个时期，虽然具体年代的划分还可商榷，但它打破了以南渡为界的截然划分，表现出对宋文发展的一种整体性观照。笔者十分赞赏这一宏观的视野，并认为总体风格特征与唐文相异的宋代散文，其发展从北宋到南宋是一个不可分割的整体，而不应将其截然割裂为北、南两段。宋室南渡主要是民族矛盾促发的一次政权更迭，并不形成文学演进的绝对分野。我们可以按政治史分期在一般意义上叙述北宋、南宋的文学，但在专题研究中就不宜机械地以北宋、南宋划线。宋诗、宋词的发展均不以南渡为明显的界线，宋文的发展也理应如此。因此，在宋文研究中，应将自具特色的宋文作为一个整体来对待。

宋文的特征奠基于欧、苏开创的宋文优良传统，宋文的发展即应是这

---

① 〔宋〕周必大：《皇朝文鉴序》，王瑞来校证：《周必大集校证》，上海古籍出版社2020年版，第1671页。

一传统形成、发展、巩固、弘扬这样一个一脉相承的演进过程。如果抓住这一线索，并将分期的年代模糊化一些，宋文的发展可看作经历了五个阶段、两次高潮和一个尾声。从宋初开国到仁宋前期共80余年，这是承袭五代文风、时文流行，而同时复古之风再起、古文重返文坛的时期，也是宋文传统在骈散交锋中开始酝酿孕育的时期。从仁宗后期至哲宗末约60年间，是宋文发展的第一个高潮，欧阳修主盟文坛，首开平易流畅的一代文风，三苏、曾、王并驾齐驱，尤其是苏轼更将其发展到姿态横生、挥洒自如的境界，以欧、苏为首的北宋大家奠定了宋文的优良传统。南渡前后徽宗、钦宗、高宗三朝60年，由北宋党禁、靖康之变和宋室南渡构成的内忧外患，造成了宋文发展的低落，宋文传统的发扬遭到了抑制和干扰，但其影响仍绵延不绝。至孝宗、光宗、宁宗三朝60年间，欧、苏开创的宋文传统得到了大力巩固和弘扬，出现了全面中兴的局面，一时间名家荟萃，文备众体，文派滋生，文论勃兴，成为宋文发展的第二次高潮。理宗、度宗二朝50年，理学居于统治地位，文坛渐趋衰落，但仍有不少作家坚持并延续着宋文传统。而宋末元初的抗元志士和南宋遗民，则将这一传统融入其或慷慨悲壮、或凄婉苍凉的创作中，为宋文的发展续上了一个凝重的尾声。从这一起伏演进的全过程看，宋文发展在北宋、南宋各形成一次高潮，它们之间遥相呼应，紧密关联。没有北宋诸大家的开创，当然就不能形成宋文的特色和传统；而没有南宋作家们的巩固和发扬，这种特色也难以维持，传统就难以延续。第二次高潮是对第一次高潮的重要回应和支撑。反观唐代散文的发展历程，韩、柳古文虽也享誉一时，并在贞元、元和间形成一个创作高潮，但其后的近百年内，韩、柳古文的传统没有得到大力弘扬，创作上也没有再出现高潮，因而唐代古文最终未能取得文坛的主导地位。诚如宋末学者黄震所言："文公没未几，俳语之习已复如旧。天下事创之难而传之尤不易。"①从这样的角度看问题，宋文的整体

---

① 〔宋〕黄震：《黄氏日抄》，上海师范大学古籍整理研究所编：《全宋笔记》第十编，第10册，大象出版社2018年版，第304页。

成就能攀上古代散文的高峰，宋文平易流畅的基本风格能历元、明、清三代传演不衰，北宋、南宋作家们都做出了不可替代的贡献。

如果立足于宋文发展的整体观来考察南宋散文，其成就还是不可低估的，它主要表现在下述三个方面。

第一，南宋散文继承并巩固了北宋大家奠定的宋文优良传统，并使之发扬光大，始终占据着文坛的统治地位。南渡之初，党禁稍弛，苏轼文章的影响便开始恢复，陆游有云："建炎以来，尚苏氏文章，学者翕然从之，而蜀士尤甚。"①但全面推崇欧、苏则始于孝宗时期。王十朋开风气之先，其《读苏文》称："唐宋文章未可优劣。唐之韩、柳，宋之欧、苏，使四子并驾而争驰，未知孰后而孰先"②。他明确揭示唐宋古文的传承，标志着欧、苏传统全面恢复的开始。其后，孝宗亲自为苏轼文集撰序，称颂其"信可谓一代文章之宗"③。欧、苏的文选、文集广泛流传，如《欧阳文粹》（陈亮辑）、《欧曾文粹》（朱熹编，见王柏跋文）、《欧阳文忠公集》（周必大重刊）、《三苏文选》（吕祖谦编）、《苏门六君子文粹》（传为陈亮辑）、《经进东坡文集事略》（郎晔注）等层出不穷。欧、苏散文成为文人普遍师法的典范，"淳熙中，尚苏氏，文多宏放"④、"淳熙间，欧文盛行，陈君举、陈同甫尤宗之。"⑤这些都表明，至孝宗淳熙年间，欧、苏散文的优良传统已得到全面的继承和弘扬，且占据了文坛的主导地位，并延续不绝。

以欧、苏为代表奠定的宋文优良传统，主要表现为平易流畅风格的稳

---

① 〔宋〕陆游：《老学庵笔记》，上海师范大学古籍整理研究所编：《全宋笔记》第五编，第8册，大象出版社2012年版，第91页。

② 曾枣庄、刘琳主编：《全宋文》，第209册，上海辞书出版社、安徽教育出版社2006年版，第80页。

③ 〔宋〕宋孝宗：《苏诗文集赞》，曾枣庄、刘琳主编：《全宋文》，第236册，上海辞书出版社、安徽教育出版社2006年版，第299页。

④ 〔宋〕赵彦卫：《云麓漫钞》，上海师范大学古籍整理研究所编：《全宋笔记》第六编，第4册，大象出版社2013年版，第192页。

⑤ 〔宋〕吴子良：《荆溪林下偶谈》卷三，见洪本健编：《欧阳修资料汇编》，中华书局1995年版，第385页。

定形成、多种文体功能的全面开发和挥洒自如境界的自觉追求。前辈大家树立的这些典型风范，始终是南宋作家崇奉的准则。不但中兴时期的众多名家以其多姿多彩的创作展现了宋文再次繁盛的风采，就是宋季衰乱的文坛上，以永嘉文派和抗元志士、遗民为代表的一大批作家，仍然坚持着宋文发展的这一健康方向。当然，南宋文坛也出现过与宋文优良传统对立的颓波逆流。如从乾道、淳熙间开始，文坛上就形成了以纤巧摘裂、断续钩棘为特征的一派。陆游曾批评当时文人中"或以纤巧摘裂为文，或以卑陋俚俗为诗，后生或为之变而不自知"①。元人袁桷更谓"江西诸贤别为宗派，窃取《国策》《庄子》之词杂进，语未毕而更，事遽起而辍。断续钩棘，小者一二言，长者数十言。迎之莫能以窥其涯，而荒唐变幻，虎豹竦而鱼龙杂也。"②这一别派一直延续到宋末刘辰翁，其文"专以奇怪磊落为宗，务在艰涩其词，甚或至于不可句读，尤不免轶于绳墨之外。"③同时太学中也有人遥相呼应。但这一别派支流始终未成气候，平易畅达的风格仍然是绝大多数南宋作家认同并追求的目标。又如道学家之文对明白晓畅的文风有所推进，但其末流重道轻文，专务讲学，所作质木乏采，甚至流为讲义、语录之体。这一倾向至南宋后期愈演愈烈，淳祐间"全尚性理，时竞趋之，即可以钓致科第功名。自此非《四书》《东西铭》《太极图》《通书》《语录》不复道矣。"④这无疑也是文坛上的一股颓波。但更多的南宋作家在努力发展说理技巧的同时，大力开拓序记、题跋、日记等记叙、抒情类文体的创作，促进了多种文体的全面繁荣和作品文学性的加强。总之，南宋散文创作在总体上与宋文优良传统保持了一脉相承的联系，这就有力地支撑了这一传统的巩固和承传。

---

① 〔宋〕陆游：《陈长翁文集序》，朱迎平笺校：《渭南文集笺校》，上海古籍出版社2022年版，第788页。

② 〔元〕袁桷：《曹伯明文集序》，杨亮校注：《袁桷集校注》，中华书局2012年版，第1157页。

③ 〔清〕永瑢等撰：《四库全书总目》卷一六五《须溪集》提要，中华书局1965年版，第1409页。

④ 〔宋〕周密：《癸辛杂识》，上海师范大学古籍整理研究所编：《全宋笔记》第八编，第2册，大象出版社2017年版，第206页。

第二，南宋散文在北宋散文成就的基础上进一步有所开拓，表现出新的面貌特征。首先，民族危亡的特殊时代环境，孕育出一批充满爱国激情的不朽篇章。无论是南宋之初李纲、胡铨等名臣痛斥投降、力主抗金的奏疏，还是乾、淳年间陈亮、辛弃疾等志士规划战备、力图恢复的论议；无论是宋、元之际文天祥、谢枋得等烈士大义凛然、气贯长虹的名篇，还是宋亡之后谢翱、邓牧等遗民感叹兴亡、悲愤交加的杂文，他们或笔力雄健，或荡气回肠，共同以深沉凝重的爱国情怀，谱写了一曲高扬民族精神的正气歌。这些作品不仅较之北宋时主张抵御外侮的议论更为高亢、愤激、沉痛，而且在中国历代爱国诗文中，也是最为激动人心的一部分。其次，南宋文派勃兴，为北宋所不见，其形成和演进颇具典型性。有的文派依附儒学学派而兴起，如朱熹为首的"闽学"、陆九渊为首的"心学"、林光朝为首的"闽中学派"，都是既传学，又授文，学有统系，文亦自成一派。有的文派则由学派在演进中蜕变而成，如叶适为首的"永嘉学派"，由于"水心工文，故其弟子多流于辞章"①，由陈耆卿、吴子良的"文胜于学"，到舒岳祥、戴表元的"但以文著"②，数代承传直至宋季。有的文派依托地域而流传，"古文家乡"的江西，自北宋欧、曾、王开其端，南宋亦代有名家，自成统系，仅庐陵一地，胡铨、刘才邵、王庭珪、周必大、杨万里、欧阳守道、文天祥、刘辰翁等均以能文著称。前述"江西别派"亦自具特色，传演有绪。这些文派形态不一，风格各异，共同推动了散文创作的繁荣，并标志着宋文发展的进一步成熟。再次，南宋作家对各类文体功能的开发更为全面，不仅奏议、策论等专主议论的文体更为发达，而且序文、杂记、题跋、碑志、文赋、游记、杂文诸体，在题材、格局、表现手法上都有拓展，他们还进一步发展了日记、笔记、诗词文话等著述体式，扩大了散文的阵营。其中如题跋、日记、笔记、诗话等的创作数量都大大超过北宋，灵活多变的序记和讽世刺时的杂文的创作成就也十

---

① 〔明〕黄宗羲等编：《宋元学案》，下册，中国书店1990年版，第43页。
② 〔明〕黄宗羲等编：《宋元学案》，下册，第86页。

分突出。可以说，各种散文体裁在南宋社会生活的各个领域发挥的作用日益扩大。又次，南宋作家对散文理论的探讨更为自觉和全面，这也为北宋所不及。南宋文论广泛涉及文坛风会、作家风格、作品特色、文人佚闻、文章本事等，并进而深入到散文的命意布局、行文规则、文法修辞、文体辨析等领域；文论体式既有传统的文集序、论文题跋、书信、杂文、笔记、语录等，又新增了文选标注评点（如吕祖谦《古文关键》、楼昉《崇古文诀》、谢枋得《文章轨范》）、文论汇辑（如王正德《余师录》）、文话（如王铚《四六话》、谢伋《四六谈麈》、楼昉《过庭录》）及论文专著等形式。陈骙《文则》、李耆卿《文章精义》两部专著则初步奠定了文章学的基础。这些都标志着古代散文理论在南宋开始走向成熟。要之，南宋散文在继承前人的基础上有所拓展，在巩固传统的前提下有所创新，体现了宋文在新的历史条件下的新发展。

第三，从创作实绩看，南宋散文从数量到质量都不容轻忽。南宋散文创作更为普遍，作家、作品的总量都超过北宋。《宋史·艺文志》著录北宋文集约400种，南宋文集300余种，但止于宁宗初年，且遗漏了不少名家之集。又《四库全书》集部收入北宋别集122部，而南宋文集达277部，较北宋多出一倍有余，其中不见于《宋志》著录的有100余种。另据沈治宏编《现存宋人别集版本目录》①著录，今存宋人700余家别集中，北宋仅约200家，南宋则有500余家，亦大大超过北宋。故南宋散文总量超过北宋是可以肯定的。南宋散文名家荟萃，风格多样，呈现出百花争艳的景象。南渡之初，如李纲的"雄深雅健"②、胡铨的忠愤激切③、汪藻的"深醇雅健"④，都自成一家。中兴时期更是名家蜂起，王十朋之文严谨雅正，纡综婉转；张孝祥所作俊逸流转，不拘一格；范成大尚情思、重文采，风流潇洒；杨万里有求新尚奇倾向，但诸体均有典型；周必大之作婉转畅

---

① 沈治宏编：《现存宋人别集版本目录》，巴蜀书社1989年版。
② 〔清〕永瑢等撰：《四库全书总目》卷一五六《梁溪集》提要，第1345页。
③ 参见〔清〕永瑢等撰：《四库全书总目》卷一五八《澹庵文集》提要，第1360页。
④ 〔清〕永瑢等撰：《四库全书总目》卷一五六《浮溪集》提要，第1347页。

达，气质浑厚；陆游之文章秀雅凝练，情趣盎然。此外如辛弃疾的气势雄
放，陈亮的宏肆博辩，朱熹的醇和晓畅，陆九渊的深思简要，陈傅良的平
淡笃实，直至叶适的藻思英发、才气奔逸，无不是各具典型，各领风骚。
南宋后期至宋元之交，虽文坛衰微，仍不乏名家，如魏了翁的雄赡雅健，
陈奢卿的雄奇密丽，刘克庄的宏博雅洁，乃至文天祥的风骨凌厉，戴表元
的清深雅洁，刘辰翁的奇怪磊落，也都别开生面，足以成家。至于作品颇
富、自具特色的散文作者，更不下数十家。虽然南宋作家中未能产生像
欧、苏那样的散文巨匠，但如陆游之文自然稳健，秀雅凝练，注重抒写真
情，注重文人情趣；叶适之文内容切实，文备众体，风格多样，力求创
新，都是追踪欧、苏并可与北宋一些大家相颉颃。朱东润先生就曾认为，
陆游的散文成就"远在苏洵、苏辙之上"①，这是极有识见之论。可以这
样说，南宋散文创作沿着北宋大家开辟的道路继续繁荣发展，并作出了无
愧于前辈的实绩。

　　总而言之，南宋散文取得的成就值得充分重视。在中国散文史上，南
宋绝不是散文发展低潮、作家作品沉寂的萧条时期，而是从创作到理论都
十分活跃的相当繁盛的一个阶段。南宋150余年间的创作实绩是对北宋散
文的直接承继，也是宋文总体成就不可或缺的重要组成部分。

　　当然，在我们主张重视南宋散文成就的同时，也不讳言其明显的不
足，前人多以"冗弱"二字评价南宋文，是不无道理的。所谓"弱"，主
要指一部分南宋文缺乏宏大的气魄、雄健的笔力和峥嵘的气象，议论愈趋
于精细深微，抒情多流于悲凉失落，因而难与汉唐之文以至北宋之文相比
肩。这一方面固然同南宋小朝廷偏安一隅、日趋衰微的国势相关，另一方
面也是宋文化整体趋于内敛自省、重理节情的一种表现②。所谓"冗"主
要指南宋文多有冗长拖沓、芜杂散漫之作，缺少章法，有失严谨。这个现
象不仅充斥于碑志、传状等叙述文体中，在奏议、论说以至一些序记文

---

① 朱东润选注：《陆游选集》，上海古籍出版社2013年版，《序》第6页。
② 参见《宋代文学通论》绪论的分析。

中，也时有可见；不仅见之于一般作家的作品，不少名家也难以避免。南宋作家文集动辄数十、上百卷，与此也有关系。造成这一现象的原因，既有宋文追求平易风格发展到极致而走向反面、流于汗漫粗率，也有宋代讲学盛行而使文章写作受其影响，类似讲义、语录之体。然而，"冗弱"固然是一部分南宋文的明显不足，但用它来涵盖整个南宋散文创作，又无疑是片面的。如前述李纲、胡铨、陈亮、辛弃疾以至文天祥等的奏疏、论议，激情充盈，笔力遒劲，绝非"冗弱"之作；而杂记、序文、题跋、杂文以至日记诸体中，多有立意精警、章法谨严、情景交融、文采斐然的篇章，亦难以"冗弱"论之；甚至在碑志一体中，也有叶适这样的大家，继承韩、欧的传统，并多有创新开拓，使之成为表现力极强的人物传记，也与"冗弱"无涉。所以，从总体看，南宋散文既有明显的不足，也有突出的优长，一概以"冗弱"视之，不是实事求是的正确态度。

综上所述，宋代散文的发展是一个首尾相连的统一整体，欧、苏奠定的宋文优良传统是贯穿其中的一根主线。从这样的出发点看问题，北宋诸大家的开创奠基之功固然值得大书特书，而南宋作家们的呼应弘扬之功也不可磨灭。宋文的成就是两宋作家共同创造的，整体轻视、贬低以至全面抹煞南宋散文成就的偏见，不应再延续下去。《宋代文学通论》后记中提出，宋代文学研究中的重要前提是"调整研究观念，更新视角，开拓思路"①。立足于宋文发展的整体观，对南宋散文从宏观到微观进行深入的探讨，从而正确评价其成就、不足，以及在整个宋文发展中的地位，仍是宋文研究值得深入的一个重要课题。

（选自《复旦学报（社会科学版）》1998年第4期）

---

① 王水照主编：《宋代文学通论》，第617页。

宋代科场论述文论略

诸葛忆兵

宋代科举考试分为解试、省试、殿试三级，考试内容大致为诗、赋、论、策。北宋中期以后，诗赋与经义逐渐分科，又有经义考试[①]。发解试、省试都有论述一题，殿试一段时期内曾增加论述题。如此梳理下来，宋人科场论述文之创作数量应当非常庞大。然而，考场作文保留下来最多的是殿试策论，其次是省试之诗与赋，论述文则极少留存，因此，学界对这方面的了解和讨论也最少。

一、嘉祐二年省试论述文

宋代解试为最初级别考试，试场作文质量难以与省试相比，所以保留至今的宋人试场论述文，大都是省试文章。其中，嘉祐二年（1057）省试《刑赏忠厚之至论》有三篇作品留存，分别为曾巩、苏轼、苏辙三人之作，最能展现宋代科场论述文的风貌。是年，"唐宋八大家"中此三位皆登进士第，成就了一段文化史佳话。比较阅读三人的省试文章，对了解三位大家的散文风格，以及宋代科举制度和宋代散文的创作走向，都十分有帮助。

嘉祐二年欧阳修权知贡举，这一届堪称宋代"龙虎榜"，人才辈出，曾巩等三人则以文章知名，故其省试文章被有意识地保留下来。以年龄排序，首先来阅读曾巩的文章：

[①] 祝尚书：《宋代进士科考试的诗赋经义之争》，《宋代科举与文学考论》，大象出版社2006年版，第198—206页。

《书》记皋陶之说曰："罪疑惟轻，功疑惟重。"释者曰："刑疑附轻，赏疑从重，忠厚之至也！"夫有大罪者，其刑薄则不必当罪；有细功者，其赏厚则不必当功。然所以为忠厚之至者，何以论之？夫圣人之治也，自闺门、乡党至于朝廷皆有教，以率天下之善，则有罪者易以寡也；自小者、近者至于远大皆有法，以成天下之务，则有功者易以众也。以圣神渊懿之德而为君于上，以道德修明之士而为其公卿百官于下，以上下交修而尽天下之谋虑，以公听并观而尽天下之情伪。当是之时，人之有罪与功也，为有司者推其本末以考其迹，核其虚实以审其情。然后告之于朝，而加其罚、出其赏焉。则其于得失，岂有不尽也哉？然及其罪丽于罚、功丽于赏之可以疑也，以其君臣之材非不足于天下之智，以其谋虑非不通于天下之理，以其观听非不周于天下之故，以其有司非不尽于天下之明也。然有其智而不敢以为果有其通，与周与明而不敢以为察也。必曰：罪疑矣而过刑，则无罪者不必免也；功疑矣而失赏，则有功者不必酬也。于是，其刑之也，宁薄而不敢使之过；其赏之也，宁厚而不敢使之失。夫先之以成教以率之矣，及其有罪也，而加恕如此焉；先之以成法以道之矣，及其不功也，而加隆如此焉。可谓尽其心以爱人，尽其道以待物矣，非忠厚之至则能然乎？皋陶以是称舜，舜以是治其天下。故刑不必察察当其罪，赏不必予予当其功，而天下化其忠，服其厚焉。故曰："与其杀不辜，宁失不经，好生之德洽于民心。"言圣人之德至于民者，不在乎其他也。及周之治，亦为三宥三赦之法，不敢果其疑，而至其政之成也，则忠厚之教行于牛羊而及于草木。汉文亦推是意以薄刑，而其流也，风俗亦归厚焉。盖其行之有深浅，而其见效有小大也。如此，《书》之意岂虚云乎哉！①

该论述题目出自《尚书·大禹谟》中皋陶对舜的一段回答：

① 〔宋〕曾巩撰，陈杏珍等点校：《曾巩集》，中华书局1984年版，第759—760页。

皋陶曰："帝德罔愆。临下以简，御众以宽；罚弗及嗣，赏延于世；宥过无大，刑故无小；罪疑惟轻，功疑惟重。与其杀不辜，宁失不经。好生之德，洽于民心，兹用不犯于有司。"①

刑赏之间，体会出帝王治理天下忠厚之意，曾巩文章以此立论，以下分三层论之：其一，圣人之治，教之法之，有罪者寡，有功者众，君臣皆有道德，必能"尽天下之谋虑""尽天下之情伪"，很少存在"罪疑""功疑"等情况。其二，君臣偶尔"不敢以为果有其通""不敢以为察"之时，必须遵循"罪疑惟轻，功疑惟重"之原则，因为"罪疑过刑，无罪者不免""功疑失赏，有功者不酬"，刑赏必失其当。圣人之治，先教之，次恕之，尽心爱民，当然可以称其为"忠厚之至"。其三，举例说明。以上两层，非常简洁地论证"罪疑惟轻，功疑惟重"之精髓在于忠厚之道，以下就是具体例证了。如，舜治天下，"天下化其忠，服其厚焉"。周有"三宥三赦之法""汉文亦推是意以薄刑"，自舜及汉，刑赏忠厚之精髓代代相传。讨论至此，作者得出结论：刑赏忠厚，必然是圣人之治的内容，"《书》之意岂虚云乎哉！"

考场史论作文，"限五百字以上"②，即字数不得少于500，没有上限。因为时间的限制，文章又不可以写得过长。曾巩此文603字，长短适宜，有理有据，明白畅达，文从字顺，简洁明了地阐述了刑赏忠厚之原则。考场有此发挥，充分证明曾巩散文写作之功底。

曾巩为文，有"雄伟奔放，不可究极"者，也有"严谨醇正"一类③。文学性较强的记体散文，时有"雄伟奔放"之作风。相对而言，科场史论文就是属于"严谨醇正"者。刘熙载云："曾文穷尽事理，其气味尔雅深厚，令人想见硕人之宽。"④省试作文，有此风貌。曾巩议论文，大致都是

① 〔清〕王先谦撰，何晋点校：《尚书孔传参正》卷三，中华书局2011年版，第152页。
② 〔清〕徐松等辑：《宋会要辑稿·选举》三之二六，中华书局1997年版，第4274页。
③ 〔宋〕曾巩：《重刊〈元丰类稿〉序》，陈杏珍等点校：《曾巩集》，第811—812页。
④ 〔清〕刘熙载：《艺概》卷一，上海古籍出版社1978年版，第31页。

此类风格。如《论习》《说势》《说用》《说言》《说非异》等议论文，风格近似，皆得"严谨醇正"之妙。换言之，曾巩省试文章，代表其议论文之作风。对于多数作者而言，考场作文，限时限题，难以见其真实水平，往往与平日作品大相径庭。曾巩才华过人，命题作文，依然显示出独有的文章水平和风格，故得厕身"唐宋八大家"之列。

再来比较阅读苏轼和苏辙的省试文章。苏轼《刑赏忠厚之至论》，在嘉祐二年引起巨大反响。全文如下：

> 尧、舜、禹、汤、文、武、成、康之际，何其爱民之深，忧民之切，而待天下以君子长者之道也。有一善，从而赏之，又从而咏歌嗟叹之，所以乐其始而勉其终；有一不善，从而罚之，又从而哀矜惩创之，所以弃其旧而开其新。故其吁俞之声，欢休惨戚，见于虞、夏、商、周之书。成、康既没，穆王立，而周道始衰。然犹命其臣吕侯，而告之以祥刑。其言忧而不伤，威而不怒，慈爱而能断，恻然有哀怜无辜之心，故孔子犹有取焉。《传》曰："赏疑从与，所以广恩也；罚疑从去，所以慎刑也。"当尧之时，皋陶为士，将杀人，皋陶曰"杀之"三，尧曰"宥之"三。故天下畏皋陶执法之坚，而乐尧用刑之宽。四岳曰："鲧可用。"尧曰："不可，鲧方命圮族。"既而，曰："试之。"何尧之不听皋陶之杀人，而从四岳之用鲧也？然则圣人之意，盖亦可见矣。《书》曰："罪疑惟轻，功疑惟重。与其杀不辜，宁失不经！"呜呼！尽之矣！可以赏，可以无赏，赏之过乎仁；可以罚，可以无罚，罚之过乎义。过乎仁，不失为君子；过乎义，则流而入于忍人。故仁可过也，义不可过也。古者赏不以爵禄，刑不以刀锯。赏以爵禄，是赏之道，行于爵禄之所加，而不行于爵禄之所不加也；刑以刀锯，是刑之威，施于刀锯之所及，而不施于刀锯之所不及也。先王知天下之善不胜赏，而爵禄不足以劝也；知天下之恶不胜刑，而刀锯不足以裁也。是故，疑则举而归之于仁，以君子长者之道待天下，使天下相率而归于君子长者之道。故曰：忠厚之至也。《诗》曰："君

子如祉，乱庶遄已；君子如怒，乱庶遄沮。"夫君子之已乱，岂有异术哉？时其喜怒，而无失乎仁而已矣。《春秋》之义，立法贵严，而责人贵宽。因其褒贬之义以制赏罚，亦忠厚之至也。①

苏轼首先从圣贤"爱民之深，忧民之切"角度立论，民"有一善"，"赏之"而"勉其终"；民有"一不善"，"惩创"而"开其新"。由此推进到第二层论点："赏疑从与，所以广恩也；罚疑从去，所以慎刑也。"此即"罪疑惟轻，功疑惟重"之意。苏轼以新人耳目的史料为证，如"皋陶曰'杀之'三，尧曰'宥之'三"。因此再推进到第三层论点："赏之过乎仁"，"罚之过乎义"，"仁可过也，义不可过"。这也是"罪疑惟轻，功疑惟重"换一角度的讨论。最后，得出结论："《春秋》之义，立法贵严，而责人贵宽。因其褒贬之义以制赏罚，亦忠厚之至也。"全文548字，层层推进，议论纵横，结合新颖恰当的事例，非常具有说服力。

《石林燕语》载云：

> 苏子瞻自在场屋，笔力豪骋，不能屈折于作赋。省试时，欧阳文忠公锐意欲革文弊，初未之识。梅圣俞作考官，得其《刑赏忠厚之至论》，以为似《孟子》。然中引皋陶曰："杀之"三，尧曰："宥之"三，事不见所据，亟以示文忠，大喜。往取其赋，则已为他考官所落矣，即擢第二。及放榜，圣俞终以前所引为疑，遂以问之。子瞻徐曰："想当然耳，何必须要有出处。"圣俞大骇，然人已无不服其雄俊。②

史料可以杜撰，苏轼作文，随心所欲，挥洒自如，然其中包含着作者的谨严构思。李廌记苏轼言论云："论即《刑赏忠厚之至》也，凡三次起草，虽稿亦记涂注，其慎如此。"③前人论苏轼文章，大都认为其有战国纵横家

① 〔宋〕苏轼撰，孔凡礼点校：《苏轼文集》卷二，中华书局1996年版，第33—34页。
② 〔宋〕叶梦得撰，侯忠义点校：《石林燕语》卷八，中华书局1997年版，第115页。
③ 〔宋〕李廌撰，孔凡礼点校：《师友谈记》，中华书局2002年版，第24页。

之气概，如曰："东坡，文中龙也，理妙万物，气吞九州，纵横奔放，若游戏然，莫可测其端倪。"①省试文章，"豪骋雄俊"，即体现出苏轼文章的典型作风。又，苏轼殿试论述文也留存至今，其《御试重巽申命论》共547字，紧凑严谨。

最后阅读苏辙的《刑赏忠厚之至论》：

古之君子立于天下，非有求胜于斯民也。为刑以待天下之罪戾，而唯恐民之入于其中以不能自出也；为赏以待天下之贤才，而唯恐天下之无贤而其赏之无以加之也。盖以君子先天下，而后有不得已焉。夫不得已者，非吾君子之所志也，民自为而召之也。故罪疑者从轻，功疑者从重，皆顺天下之所欲从。且夫以君临民，其强弱之势、上下之分，非待夫与之争寻常之是非而后能胜之矣。故宁委之于利，使之取其优，而吾无求胜焉。夫惟天下之罪恶暴著而不可掩，别白而不可解，不得已而用其刑。朝廷之无功，乡党之无义，不得已而爱其赏。如此，然后知吾之用刑，而非吾之好杀人也；知吾之不赏，而非吾之不欲富贵人也。使夫其罪可以推而纳之于刑，其迹可以引而置之于无罪；其功与之而至于可赏，排之而至于不可赏。若是二者而不以与民，则天下将有以议我矣。使天下而皆知其可刑与不可赏也，则吾犹可以自解。使天下而知其可以无刑、可以有赏之说，则将以我为忍人，而爱夫爵禄也。圣人不然，以为天下之人，不幸而有罪，可以刑，可以无刑，刑之，而伤于仁；幸而有功，可以赏，可以无赏，无赏，而害于信。与其不屈吾法，孰若使民全其肌肤，保其首领，而无憾于其上；与其名器之不僭，孰若使民乐得为善之利，而无望望不足之意。呜呼！知其有可以与之之道而不与，是亦志于残民而已矣。且彼君子之与之也，岂徒曰与之而已也，与之而遂因以劝之焉耳。故舍有罪而从无罪者，是以耻劝之也；去轻赏而就重赏者，是以义劝之

① 〔金〕王若虚撰：《滹南诗话》卷中，人民文学出版社1962年版，第71页。

也。盖欲其思而得之也。故夫尧舜、三代之盛，舍此而忠厚之化，亦无以见于民矣。①

全文553字，论点和论据相对混乱。文章核心论点是"君子非有求胜于斯民"。因此，刑赏之举，皆"不得已者"，乃"顺天下之所欲从"。如此立论，就很难获得"忠厚"之结论。后文欲围绕这个议题展开，讨论过程比较牵强，上下文逻辑关联性也不强。一直到提出"刑之而伤于仁""无赏而害于信"，已经偏离"罪疑惟轻，功疑惟重"主题。三篇文章对读，高下立见。

苏辙此时年仅19岁，在规定时间内大致完成论述，虽然略有跑题，但是基本上能够自圆其说，在众多考生中已经是难能可贵，故亦脱颖而出。凡经历过当代高考者，对此皆有体会。这一年，曾巩39岁，苏轼21岁，此二人把控议题的能力应该强于苏辙。最后，值得讨论的还有嘉祐二年史论题目。科举考试选拔的是行政官员，好的考试题目还应该引导考生形成良好的行政思想，欧阳修等的命题就起到了这种作用。从《尚书》"罪疑惟轻"推至"刑赏忠厚之至"，其主张已经近似当代法治"无罪推定"原则。若政体能按照此种原则执政，确实有利于百姓和国家，近千年前古人有此观点，值得肯定。

《尚书》"罪疑惟轻，功疑惟重"思想，并没有引起后人多大关注。检索《四库全书》集部，唐代只有两次提及。宋代欧阳修等以之为科举考试题目且出现苏轼、曾巩等优秀文章后，其思想得以普及，宋人对此表现出极大的关注。首先，考生为准备科举考试，模拟写作，常常以此论题为蓝本。如陆九渊《程文·政之宽猛孰先论》云："其复于舜者，曰'御众以宽'，曰'罚弗及嗣'，曰'罪疑惟轻'，曰'与其杀不辜，宁失不经。好生之德，洽于民心，兹用不犯于有司。'呜呼！此吾所谓君之心而政之本

---

① 〔宋〕苏辙撰，陈宏天等点校：《苏辙集》，中华书局1999年版，第1347—1348页。

也。"①又，陈亮《问答》云："尧舜之治天下，不赏而民劝，不怒而民威，故'罪疑惟轻，功疑惟重。'岂亦知其效入人之浅乎？"②其次，宋人奏疏或政论文中，更加频繁地出现此种言论或思想，举三则案例：陈舜俞《治说·说宥》云："舜为君，皋陶为士师，天下宜无刑。犹曰'罪疑惟轻'，立法以教后世也。轻者，忠厚之道，非赦之谓也。"③邹浩《上政府书》云："夫罪疑惟轻，帝者之治也；刑罚之疑有赦，王者之治也。"④毕仲游《丞相仪国韩公行状》载徽宗登基，韩忠彦上言："罪疑惟轻，宽以御众，益推广仁恩德泽，以固结天下之人，则人心安。人心安，天下不足治也。"⑤因此，嘉祐二年省试史论题目，对宋代思想界产生了相当的影响。

二、其他科场论述文

宋代科场论述文留存至今的极少，能够确定的只有七篇。除上述嘉祐二年三篇之外，其他依次为：田锡《御试登讲武台观兵习战论》，王禹偁《省试三杰佐汉孰优论（太平兴国五年）》，王禹偁《省试四科取士何先论（太平兴国八年）》，田锡《开封府试守在四夷论》，全部是北宋作品。王禹偁多次参加科举考试，有文献留存的只有太平兴国五年（980）和太平兴国八年（983）两次。太平兴国五年，王禹偁省试通过，殿试落选；太平兴国八年，王禹偁以省元而登第，两次省试的论述文都得以留存⑥。先看其太平兴国五年之作：

> 夫百姓不能自治，命圣人以治之；圣人不能独治，生贤臣以佐之。粤自有天地，建国家，历代已来，固非贤而不乂也。在昔嬴氏之

① 曾枣庄，刘琳主编：《全宋文》，第272册，上海辞书出版社、安徽教育出版社2006年版，第180页。
② 〔宋〕陈亮：《陈亮集》卷四，中华书局1974年版，第40页。
③ 曾枣庄，刘琳主编：《全宋文》，第71册，第80页。
④ 曾枣庄，刘琳主编：《全宋文》，第131册，第191页。
⑤ 曾枣庄，刘琳主编：《全宋文》，第111册，第110页。
⑥ 徐规：《王禹偁事迹著作编年》，中国社会科学出版社1982年版，第24—29页。

有天下也，蚕食六国，虎噬兆民，君政猛于豺狼，人命轻于草芥。役五岭之戍，起阿房之宫，坑儒学之徒，惑神仙之事。筑城北塞，鞭石东溟，苍生嗷嗷，上诉求主。天命高祖，革秦之暴，纂尧之绪，斩蛇于大泽，逐鹿于中原。云飞丰沛之间，雷动崤函之地。将欲洗万人之涂炭，救六合之分崩，乃生三杰以佐焉。则有应炎汉之运，储昴宿之精，举不失贤，动无遗策。供转输于千里，约法令于三章，收图籍之书，令府库之利，使诸侯同反掌，定万国如走丸，此酂侯为一也。则有继韩国之裔，受黄公之书，解纷陈八难之谟，运筹决千里之胜。掉三寸舌，蔚为帝者之师；封万户侯，自是布衣之极，此留侯为二也。次乃勇冠三军，功深百战，下强齐如拾芥，虏叛魏如摧枯。七十阵征伐之劳光乎史策，四百年兴隆之祚垂之古今，此淮阴为三也。故高祖尝曰："此皆人之杰也，吾能用之，奋布衣而取天下，未为艰哉！"然则，汉犹鼎也，三杰为足以负之；汉犹天也，三杰为辰以烛之。鼎去一足，则有欹倾之虞；天阙一辰，则失经躔之度；汉亏一杰，则无霸王之业。岂非天之道启圣哲，救黎元，灭乱秦，殄强楚，而兴大汉哉！不然，何龙虎风云会合之若是邪！噫！辅弼则同，优劣斯异。故谓"韩信之功如猎犬，虽云有获，盖指踪在乎人矣。"如是，则萧、张，人之功也；韩信，犬之劳也。优劣之义，不其明乎？其或得名遂之道，其在子房乎！故萧公受絷，韩信受戮，虽成功于前，终贻感于后。未若定储君之计，从赤松而游，远害全身，垂名于万世者，不为优哉！①

佐汉三杰之说，出自汉高祖刘邦之口：

> 夫运筹策帷帐之中，决胜于千里之外，吾不如子房；镇国家，扶百姓，给馈饷，不绝粮道，吾不如萧何；连百万之军，战必胜，攻必

---

① 曾枣庄，刘琳主编：《全宋文》，第8册，第50—51页。

取，吾不如韩信。此三者，皆人杰也。①

三人功绩，史有定评；三人结局，见诸史籍。这种论述题目，既易又难。从易的角度而言，这是士人熟知的一段史实，依据史实敷衍，即成文章；从难的角度而言，必须在人们烂熟的史料中有所创新，甚至是令人耳目一新，才能创作出上乘作品。王禹偁所作，中规中矩。文章核心观点是："夫百姓不能自治，命圣人以治之；圣人不能独治，生贤臣以佐之。"而后叙说秦"政猛于豺狼"之失天下因由，以为当代借鉴。由此自然导引到"炎汉之运"和西汉三杰的历史功绩，其铺叙敷衍，反而不如高祖寥寥数言精练扼要。最后得出结论："汉犹鼎也，三杰为足以负之。"便有牵强附会之嫌。文章重点在"孰优"，三人生平事迹俱在，"孰优"已有定论，就看考生如何表述。首先，"萧、张，人之功也；韩信，犬之劳也"，相比而言，韩信最次。其次，"萧公受絷，韩信受戮"，张良"远害全身"，最优当属张良。

王禹偁此文缺点非常明显。文章重心并没有围绕着"孰优"展开，开篇之立论与结尾之结论相对疏离。行文大致依据史实敷衍，既与"孰优"论无关，又无出奇制胜之亮点。但是，文章在叙说秦汉历史过程中，有警示当代的价值；最后进入"孰优"讨论时，平实可信。全文550字，是年王禹偁27岁。

王禹偁三年之后的省试论述文《四科取士何先论》②，题目来自仲尼"授教者三千徒，于是设以四科，垂之万世"。文章开篇即提出"立身者莫若德，故德行以首之"，直接回答了"取士何先"之题意，全文围绕此展开，紧扣主题。最后归结云："非经邦论道、献可替否者，其言不取，则言语得其上矣；非化人利俗、致君寿民者，其政不用，则政事得其士矣；非经天纬地、通古达变者，其文不贵，则文学得其士矣。然后四科之名，总而归乎德。"逻辑层次清晰。行文中，频频引用孔子教诲，有理有据。

---

① 〔汉〕司马迁：《史记》卷八《高祖本纪》，中华书局1982年版，第381页。
② 曾枣庄，刘琳主编：《全宋文》，第8册，第52—53页。

这是一篇完整严谨的议论文，全文651字，与三年前之作不可同日而语。王禹偁这次省试获第一名，名实相符。

宋人发解试、殿试论述文各保留下来一篇，都是田锡之作。其《御试登讲武台观兵习战论》云：

> 《春秋》曰："天生五材，民并用之。"又曰："谁能去兵？"是知尧舜禹汤而下，迨于宗周之至圣，鲜不以仁义道德牢笼天下，而以甲兵武备以制海内。故仲尼曰："不教民战，是谓弃之。"故周有井田之法，春搜夏苗，秋狝冬狩，乘三农之隙，以教民战。夫武有七德，禁暴戢兵，安民和众之为用也。故古先帝王临御天下，持威制之柄于上，以制四夷，而齐万国，得不以兵为本焉。昔晁错上汉文之书曰："兵不坚利，与空手同。"是知兵不得不坚，而战不得不习。唐开元之际，海内无事，明皇幸于骊山，讲兵而阅焉，于时称为威盛。今国家自先帝临御以来，弭祸乱而安黎元，胜兵数百万，所谓霸王之器在手，故远戎畏服，诸侯恭肃。岂非甲兵之用善，弛张卷舒由圣人乎？今陛下乘乾坤交泰之时，而当寰海宴清之际，虽以诗书礼乐以化天下，而致民于富寿之域，然能遵尧舜禹汤之用心，而弗忘战。以是知卜年之祚方远，而卜世之基弥固。登崇高之台以讲武焉，讲武之大体，实观兵之威武焉。既威且武，而有习战之术，以是众战，则何敌弗克？夫是三令五申，虽古之习战之法，而《易》贵师贞之吉。今睿谋神武，以兵战之机以时习焉，天下畏天威而服圣德，岂非前书者云"善师者不阵"者焉？四夷之心，咸走梯航，玉帛而来朝者，由陛下德先胜而兵有威也。今论兵甲之利，府库之备，士卒之勇，土田之广，疆场之安，虽汉武承文景之美财而利甲兵者，弗能加焉；区域之安，蒸黎之泰，风雨时顺，天地气和，虽太宗革隋之余而善整武备者，亦弗能至焉。[1]

---

[1] 〔宋〕田锡著，罗国威校点：《咸平集》卷一二，巴蜀书社2008年版，第110—111页。

田锡太平兴国三年（978）登第，为该科进士第二名。是年，"帝御讲武殿，试礼部奏名进士，内出《不阵而成功赋》《二仪合德诗》《登讲武台观习战论》"①。《续资治通鉴长编》载："上御讲武殿，复试合格人，进士加论一首，自是常以三题为准。"②论述文在科场考试中地位相对不重要，于此可见。宋太宗即位后，积极准备对内和对外的战争，太平兴国四年（979）灭北汉，境内基本统一，同年又发动对契丹的战争。太平兴国三年殿试题目非常有时代特征。

田锡等考生处于当时历史背景下，论述文观点很鲜明，积极肯定朝廷的军事建设："以甲兵武备以制海内。"以下引经据典，证明此观点。既引用圣贤孔子言论，又证之以西周、西汉、盛唐、先帝史实，论据充分，辩说有力。进而歌颂太宗"登崇高之台以讲武"之功绩，称颂太宗成就已经超越汉武帝、唐太宗。全文508字，紧扣考试要求。这次殿试论述题，与当代时务紧密关联，故文章后半段重点在颂圣，以颂圣作为结论，与一般论述文格式不同。这一年，田锡39岁。

田锡另一篇《开封府试守在四夷论》应该是一篇拟作。咸平四年（1001）九月，"二十六日，命直集贤院田锡、梅询，直史馆孙冕，考试开封府举人"③。宋太宗两次发动对辽战争，皆大败，而后宋朝廷对外一直采取防守策略。真宗即位后，对外延续守策，"守在四夷"一题切合当时背景。田锡以考官的身份拟作，以为作文典范。这篇拟作多处使用当年自己殿试《登讲武台观兵习战论》句意或典故，如"故《春秋》曰：'天生五材，民并用之。'又曰：'谁能去兵？'……以时教战者，春搜冬狩，因农之隙，阅兵之实，俾民知御寇之教也。所谓安不忘危，理不忘乱。故仲尼曰：'不教民战，是谓弃之。'"④可见田锡对自己的殿试之作记忆深刻，

①〔清〕徐松等辑：《宋会要辑稿·选举》七之三，第4357页。
②〔宋〕李焘撰，上海师范大学古籍整理研究所等点校：《续资治通鉴长编》卷十九，中华书局2002年版，第434页。
③〔清〕徐松等辑：《宋会要辑稿·选举》一九之三，第4564页。
④〔宋〕田锡著，罗国威校点：《咸平集》卷一二，第109页。

引以为傲。这一年，田锡62岁。

宋人除了科举考场之外，仕途升迁过程中亦需论题考试，如入秘阁、入学士院等。《苏轼文集》卷二有《学士院试孔子从先论》《学士院试〈春秋〉定天下之邪正论》，即为入学士院考试之作；卷二又有《王者不治夷狄论》《刘凯丁鸿孰贤论》《礼义信足以成德论》《形势不如德论》《礼以养人为本论》《〈既醉〉备五福论》，自注云："六首俱秘阁试。"①即为入秘阁考试之作。宋人论题考试面是非常广泛的。宋人科场论述文留存至今的寥寥无几，但是，为准备考试而练习写作的文章或给考生示范的拟作，保留至今的则可称汗牛充栋。田锡《咸平集》卷十有《政教何先论》《妖不胜德论》《天机论》《复井田论》，卷十一有《伊尹五就桀论》《知人安民孰难论》《羊祜杜预优劣论》《直论》《晁错论》，卷十二除上述所引两篇之外，还有《水旱论》《断论》《问喘牛论》。《苏轼文集》卷二至卷五皆收录论述文，共77篇，虽然其中有部分非练习之作或拟作，但多数是与科举考试有关联的，其篇幅大致都在500多字至600多字之间。他人之作不再列举，这类文章在宋文中占很大的比例。

宋人科举考试，前重诗赋，后重对策。宋仁宗天圣五年（1027）正月，朝廷诏云："礼部贡院比进士，以诗赋定去留。学者或病声律而不得骋其才，其以策论兼考之。"②明确诗赋起决定作用，策论只是辅助性的。蔡襄《论改科场条制疏》亦云："进士虽通试诗赋、策论，其实去留专在诗赋。"③熙宁三年（1070）殿试，废诗、赋、论三题而试策，神宗云："对策亦何足以实尽人材？然愈于以诗赋取人尔。"④而后，对策迅速成为热门学问。科场论述文相对而言不够重要，故考试之作保留下来最少。

① 〔宋〕苏轼撰，孔凡礼点校：《苏轼文集》卷二，第43页。

② 〔宋〕李焘撰，上海师范大学古籍整理研究所等点校：《续资治通鉴长编》卷一〇五，第2435页。

③ 曾枣庄，刘琳主编：《全宋文》，第46册，第393页。

④ 〔清〕徐松等辑：《宋会要辑稿·选举》七之一九，第4365页。

三、科场论述文的特征和影响

与科场考试相关，这类论述文的特征相当明显。

首先，受限于"五百字以上"，形成短小精练的写作特征。科场论述文，大多只有五百多字，在如此短小的篇幅内，必须做到论点鲜明、论据充分、结论合理，平日的练习之作也都朝着这样的方向努力。上文列举的文章，都具有这种特色，尤其是曾巩、苏轼省试之作，更为典型。

受此影响，宋人所作论述文，字数大约在500至600字之间的优秀作品层出不穷。如苏洵《六国论》542字，欧阳修《朋党论》615字，等等。甚至平日论述之作，有不到500字者，也当与科场考试论述写作训练有关。如范仲淹《帝王好尚论》：

> 《老子》曰："我无为而民自化，我好静而民自正，我无欲而民自富，我无事而民自朴。"此则述古之风，以惊多事之时也。三代以还，异于太古。王天下者，身先教化，使民从善。故《礼》曰："人君谨其所好恶，君好之，则民从之。"孔子曰："上好礼，则民莫敢不恭；上好义，则民莫敢不服；上好信，则民莫敢不用情。"由此言之，圣帝明王岂得无好？在其正而已。尧设敢谏鼓，建进善旌；舜好问而成至化；禹拜昌言而立大功；汤王聘伊尹；文王躬迎吕望；周公握发吐哺，以待白屋之士；郑武公好贤而《诗·雅》歌之；燕昭王筑台募士，而智者归。斯圣贤好尚如是之急也。桀纣好利欲，不好谏诤，而天下亡；秦好兵刑，不好仁义，而天下归汉；隋炀帝好逸豫，不好恭俭，而天下归唐。使桀纣好谏诤，秦好仁义，隋炀帝好恭俭，岂有丧乱之祸哉！①

讨论帝王好尚对国家之巨大影响，论述相当充分。正面举例有尧、舜、

---

① 〔宋〕范仲淹撰，〔清〕范能浚编集，薛正兴校点：《范仲淹全集》卷七，凤凰出版社2004年版，第129—130页。

禹、汤、文王、周公、郑武公、燕昭王八位，反面举例有桀纣、暴秦、隋炀帝三则，正反两个角度反复论证，全文却仅有272字，短小精练，异乎寻常。

其次，史论特征显著。考场论述命题，大量出于史籍或古代典籍，如"三杰佐汉""刑赏忠厚""四科取士"等等，论证过程中，考生必定频频引用史实。所以科场论述文或为史论文，或近似史论文，都是通过对史实的叙述、归纳，总结出经验教训，以史为鉴，为现实统治提供参考。即使"登台观兵""守在四夷"等以当下政局为论题者，作者依然大量引用史籍，仍然具有浓厚的史论特征。上文列举和分析中，这种写作特征已经表达得非常清楚，此处不再赘言。为应对科场考试，宋人平日有大量的史论之作。如《苏轼文集》卷三至卷五基本上都是史论文，如《论郑伯克段于鄢》《论郑伯以璧假许田》《秦始皇论》《汉高帝论》《魏武帝论》《留侯论》《贾谊论》《晁错论》等，共52篇，即苏轼保留至今的论述文绝大多数是史论文。以《贾谊论》为例：

> 非才之难，所以自用者实难。惜乎贾生王者之佐，而不能自用其才也。夫君子之所取者远，则必有所待；所就者大，则必有所忍。古之贤人，皆有可致之才，而卒不能行其万一者，未必皆其时君之罪，或者其自取也。愚观贾生之论，如其所言，虽三代何以远过。得君如汉文，犹且以不用死。然则是天下无尧舜，终不可以有所为耶？仲尼圣人，历试于天下，苟非大无道之国，皆欲勉强扶持，庶几一日得行其道。将之荆，先之以子夏，申之以冉有。君子之欲得其君，如此其勤也。孟子去齐，三宿而后出昼，犹曰"王其庶几召我"。君子之不忍弃其君，如此其厚也。公孙丑问曰："夫子何为不豫？"孟子曰："方今天下，舍我其谁哉！而吾何为不豫？"君子之爱其身，如此其至也。夫如此而不用，然后知天下之果不足与有为，而可以无憾矣。若贾生者，非汉文之不用生，生之不能用汉文也。夫绛侯亲握天子玺，而授之文帝；灌婴连兵数十万，以决刘吕之雄雌，又皆高帝之旧将。

此其君臣相得之分，岂特父子骨肉手足哉！贾生洛阳之少年，欲使其一朝之间，尽弃其旧而谋其新，亦已难矣。为贾生者，上得其君，下得其大臣，如绛、灌之属，优游浸渍而深交之，使天子不疑，大臣不忌，然后举天下而唯吾之所欲为，不过十年，可以得志。安有立谈之间，而遽为人痛哭哉！观其过湘，为赋以吊屈原，纡郁愤闷，趯然有远举之志。其后卒以自伤哭泣，至于夭绝，是亦不善处穷者也。夫谋之一不见用，安知终不复用也。不知默默以待其变，而自残至此。呜呼！贾生志大而量小，才有余而识不足也。古之人有高世之才，必有遗俗之累，是故非聪明睿智不惑之主，则不能全其用。古今称苻坚得王猛于草茅之中，一朝尽斥去其旧臣而与之谋。彼其匹夫略有天下之半，其以此哉！愚深悲贾生之志，故备论之。亦使人君得如贾谊之臣，则知其有狷介之操，一不见用，则忧伤病沮，不能复振。而为贾生者，亦慎其所发哉！①

全文648字。中心论点："非才之难，所以自用者实难。"以下举孔子、孟子、周勃、灌婴、苻坚等事例，多迂腐之论，如言贾谊"不过十年，可以得志"等。结论为贾谊"不善处穷者也"，才不为君王所用，过在己身。所举孟子一例，最终不为当时君主所用，且过不在孟子，有文不对题或牵强附会之嫌。学者认为，苏轼"少年读书，专为应举……早年的进策和史论，议论都流于空泛"②，在这篇《贾谊论》中就有明显的表现。苏轼这些史论之作，似乎是将科场可能出到的题目都练习一番，以充分的准备对待考试。

论述一题在科举考试中虽然处于次要地位，但是对宋代散文写作的影响极其深远。翻检唐宋文人别集，宋人论述文写作大面积增加，并出现了欧阳修《朋党论》、苏洵《六国论》等诸多名篇。除了上文已经讨论的科场作文篇幅短小精练和史论特征显著两点对宋文影响之外，科场论述文对

---

① 〔宋〕苏轼撰，孔凡礼点校：《苏轼文集》卷四，第105—106页。
② 游国恩等：《中国文学史》，第3册，人民文学出版社2002年版，第54页。

宋代文风也有巨大影响作用，特别是嘉祐二年发生的种种事情。

嘉祐二年正月六日，朝廷"以翰林学士欧阳修权知贡举，翰林学士王珪、龙图阁直学士梅挚、知制诰韩绛、集贤殿修撰范镇并权同知贡举"[1]。欧阳修等利用科举取士的时机，在宋代文坛上掀起一场滔天巨浪，改变了宋文创作风貌，重新规划了宋代文学发展之走向。

嘉祐二年之前，科场流行"太学体"，对宋人创作影响广泛。欧阳修对"太学体"深恶痛绝，故借科举考试，大力排斥打击之。先读几则资料：

> 至和、嘉祐间，场屋举子为文尚奇涩，读或不能成句。欧阳文忠公力欲革其弊，既知贡举，凡文涉雕刻者皆黜之。[2]

> 嘉祐中士人刘几，累为国学第一人。骤为怪崄之语，学者翕然效之，遂成风俗。欧阳公深恶之。会公主文，决意痛惩，凡为新文者，一切弃黜。时体为之一变，欧阳之功也。有一举人论曰："天地轧，万物茁，圣人发。"公曰："此必刘几也。"戏续之曰："秀才刺，试官刷。"乃以大朱笔横抹之，自首至尾，谓之"红勒帛"，判"大纰缪"字榜之。既而，果几也。复数年，公为御试考官，而几在庭，公曰："除恶务力，今必痛斥轻薄子，以除文章之害！"有一士人论曰："主上收精藏明于冕旒之下。"公曰："吾已得刘几矣！"既黜，乃吴人萧稷也。[3]

> 二年权知贡举。是时，进士为文以诡异相高，文体大坏。公患之，所取率以词义近古为贵，凡以险怪知名者黜去殆尽。[4]

> 嘉祐二年，先公知贡举。时学者为文以新奇相尚，文体大坏。僻涩如"狼子豹孙，林林逐逐"之语，怪诞如"周公伻图，禹操畚锸，

---

[1] 〔清〕徐松等辑：《宋会要辑稿·选举》一之十一，第4236页。

[2] 〔宋〕叶梦得：《石林诗话》卷下，〔清〕何文焕辑：《历代诗话》，中华书局1981年版，第429页。

[3] 〔宋〕沈括：《梦溪笔谈》卷九，上海书店出版社2009年版，第78页。

[4] 〔宋〕苏辙：《欧阳文忠公神道碑》，陈宏天等点校：《苏辙集》，第1132页。

傅说负版筑，来筑太平之基"之说。公深革其弊，一时以怪僻知名在高等者，黜落几尽。二苏出于西川，人无知者，一旦拔在高等。榜出，士人纷然，惊怒怨谤。其后，稍稍信服。而五六年间，文格遂变而复古，公之力也。①

综合所引资料，嘉祐年间"太学体"的文风乃是"奇僻""诡异""险怪奇涩""僻涩怪诞"等等，诸家所言含义大致相同。从文献所列举的数句"狼子豹孙，林林逐逐""周公伻图，禹操畚锸，傅说负版筑，来筑太平之基""天地轧，万物茁，圣人发"来看，确实都属于奇僻怪涩令人无法卒读之作。

至此，可以下一定义：嘉祐年间的"太学体"，指在太学盛行的旨在科举录取的险怪奇涩文风。此文风不仅仅弥漫于宋文领域，对诗赋创作也有广泛的影响。总之，所有时文都在其影响笼罩之下。经欧阳修痛击，文坛风气陡然转变。宋人文献对此有大量记载：

> 先是，进士益相习为奇僻，钩章棘句，浸失浑淳。修深疾之，遂痛加裁抑，仍严禁挟书者。及试榜出，时所推誉，皆不在选。嚣薄之士，候修晨朝，群聚诟斥之，至街司逻吏不能止。或为《祭欧阳修文》投其家，卒不能求其主名置于法。然文体自是亦少变。②

> 是时，进士为文，以诡异相高，号"太学体"。文体大坏，公患之。所取率以词义近古为贵，比以险怪知名者黜去殆尽。榜出，怨议纷然，久之乃服。然文章自是变而复古。③

> 知嘉祐二年贡举。时士子尚为险怪奇涩之文，号"太学体"，修

---

① 〔宋〕欧阳发：《先公事迹》，见〔宋〕欧阳修撰，李逸安点校：《欧阳修全集》附录卷二，中华书局2001年版，第2636—2637页。

② 〔宋〕李焘撰，上海师范大学古籍整理研究所等点校：《续资治通鉴长编》卷一八五，第4467页。

③ 〔宋〕朱熹编撰：《宋名臣言行录·后集》卷二，《景印文渊阁四库全书》，第449册，台湾商务印书馆1986年版，第159页。

痛排抑之，凡如是者辄黜。毕事，向之嚣薄者伺修出，聚噪于马首，街逻不能制；然场屋之习，从是遂变。①

上文对读曾巩、苏轼、苏辙三人省试论文，确实都是属于文风平易流畅、"词义近古"者。甚至，欧阳修还混淆了苏轼与曾巩的文章。苏辙云：

> 嘉祐二年，欧阳文忠公考试礼部进士，疾时文之诡异，思有以救之。梅圣俞时与其事，得公《论刑赏》，以示文忠。文忠惊喜，以为异人，欲以冠多士，疑曾子固所为。子固，文忠门下士也。乃置公第二。复以《春秋》对义居第一，殿试中乙科。以书谢诸公，文忠见之，以书语圣俞曰："老夫当避此人，放出一头地。"士闻者始哗不厌，久乃信服。②

文坛名宿，都无法辨明苏、曾二人文风之区别，可见他们文风的趋同性。因此，嘉祐二年中第的曾巩、苏轼、苏辙等人，与欧阳修一起，领导着宋代文坛新的创作风气，此后，通达流畅、明白如话成为文坛新的风尚。他们也在"唐宋八大家"中占据半壁江山。

（选自《齐鲁学刊》2020年第1期）

---

① 〔元〕脱脱等：《宋史》卷三一九《欧阳修传》，中华书局1995年版，第10378页。
② 〔宋〕苏辙：《子瞻端明墓志铭》，陈宏天等点校：《苏辙集》，第1117—1118页

庆历党议与欧阳修的文学成就

马茂军

一、庆历党议

庆历年间，无论对于北宋历史，还是北宋文学史，都是一个重要的转折点。在政治上，适应建国之初巩固中央集权需要而建立的"内重外轻""强干弱枝""上下相维"的官僚体制，历太祖、太宗、真宗80多年，已陈陈相因，弊端百出，成为社会发展和进步的桎梏。强干弱枝，造成了机构臃肿，人浮于事；重文轻武，内重外轻，造成了边患不绝，与西夏、契丹的战争屡战屡败。国难当头，民不聊生的现实，激发了士人们忧国忧民的激情，更成了儒学复兴运动的催化剂，范仲淹等激进人士奋然而起，以儒家思想为武器向旧官僚发动了轰轰烈烈的斗争，一时间，以范仲淹为首的改革派与旧官僚吕夷简、夏竦为首的保守派激烈交锋，是为庆历党争（议）。在文学上，伴随着政治斗争的展开，改革派以古文和诗歌为武器，向旧官僚旧势力发起了进攻，范仲淹上《帝王好尚》《选任贤能》《近名》《推委臣下》四论，矛头直指政治保守派吕夷简。欧阳修作千古名作《上高司谏书》《朋党论》，抨击奸邪，为改革派呐喊助威，蔡襄作政治讽谕诗《四贤一不肖》，传诵京华，书贩了因此大发其财[①]，石介作《庆历圣德颂》长诗，讴歌庆历新政，贬斥奸邪，一扫雕章琢句，吟风弄月的西昆余习，

---

① 《宋史》卷三二〇《蔡襄传》："范仲淹以言事去国，余靖论救之，尹洙请与同贬，欧阳修移书责司谏高若讷，由是三人者皆坐谴。襄作《四贤一不肖诗》，都人士争相传写，鬻书者市之，得厚利。"见〔元〕脱脱等：《宋史》，中华书局1985年版，第10397页。

呈现出关切时政，词章慷慨，思想深刻，议论煌煌的庆历文学新貌。可以说整个庆历党议中，文学革新与政治革新是互为表里的，庆历党议的主题也就是庆历文学的主题。从时间上来说，庆历新政是短暂的，从庆历三年（1043）八月范仲淹任参知政事，富弼任枢密副使起，止于庆历五年正月，范仲淹罢参知政事，富弼亦同时罢免，所为新政多被废除，只有短短的三年。而庆历党议则由明道二年（1033）十二月谏废郭后一事，右司谏范仲淹与宰相吕夷简展开第一个回合的斗争始，直到庆历七年新政人员全部遭贬，保守派仍不满足，枢密使夏竦又炮制了石介诈死，私走辽国，诏令开棺验尸事件，历时十有五年。

关于党争的性质，过去人们以为："（宋代党争）性质极不分明，无智愚贤不肖，悉自投于蜩螗沸羹中""一言以蔽之，曰：士大夫以意气相竟而已。"①近年来台湾学者也认为"到神宗以后，新旧党争愈演愈烈……渐沦于意气之争"②。如以"意气之争"来看待庆历党争，则是简单化，肤浅化的。窃以为，考察庆历党争，必须放在北宋儒学复兴运动这个大的文化背景下，对庆历党议的重要议题进行仔细分析，才能对庆历党争作出定论。北宋的儒学复兴运动，经过太祖、太宗、真宗三朝的酝酿，至仁宗朝已硕果累累，不仅出现了宋初三先生胡瑗、孙复、石介这样的大儒，更造就了一批志于古道，以儒家名节自励，以天下为己任，关心朝政，忧国忧民，并群起同朝中保守势力做坚决斗争，奋起改革朝政的一批年轻士人（30岁左右），他们以范仲淹为首领，包括富弼、欧阳修、尹洙、蔡襄、石介、余靖、苏舜钦等人。庆历党议的实质即是这批年轻士子，高举儒家政治思想的大旗，讲操守，重节气，一心为公，向保守落后、自私卑鄙、误国殃民的旧官僚们发起的进攻，并把他们纷纷挑下马来，推行庆历新政，施展自己修身、齐家、治国平天下的政治抱负的斗争。是正义向邪恶、先进向落后、忠臣向奸臣、君子向小人的斗争。

---

① 王桐龄：《中国历代党争史》，北平文化学社1928年版，第83页。

② 李永炽：《历史中国》，（台湾）锦绣出版社1982年版，第165页。

二、庆历党议与欧阳修的文学成就

庆历党议是儒学复兴的产物。庆历党议又深刻地影响了欧阳修的文学创作，党议时期，文学功能之发挥、政治斗争之激烈、作家体验之深刻、人生痛苦之深重、哲学思考之深刻、心灵撞击之剧烈，都是空前的。庆历党议之后，欧阳修的生活与创作反而转入了一个平淡的时期，所以庆历党议时期，对欧阳修来说是一个极重要的时期，欧阳修政治上成熟于此期，文学上创作了大量名篇杰作，并且形成了被誉为"六一风神"的艺术风格，可以说，庆历党议玉成了文学大家欧阳修。下面分三个方面来讨论庆历党议与欧阳修的文学创作和文学成就。

（一）议政精神

宋初文坛可谓大雅不作，刚健不存，至欧阳修登上舞台，才大振文风，革尽浮靡，而这一切都是从庆历党议开始的。这一时期欧阳修的创作可以说是一切为了党议，一切服务于党议，坚决为现实服务，早在明道二年（1033），欧阳修在《与张秀才棐第二书》中就批评高谈阔论、脱离现实的文风："述三皇太古之道，舍近取远，务高言而鲜事实，此少过也。"[1]强调复古是为了"拔今"，明道是为了指导现实政治，文以明道也要有补于世："君子之学也务为道，为道必求知古，知古明道，而后履之以身，施之于事，而又见于文章而发之，以信后世。"[2]这种精神直承白居易："文章合为时而著，歌诗合为事而作"[3]的批判现实主义精神，使宋代文学从此走上格高气雄，有补于国的向上一路。虽然文学与政治联姻，很可能导致文学的悲剧，但对于宋初卑靡文坛，这又不啻是一份强刺激的兴奋剂。

早在庆历党议的初期，欧阳修就写下了议论煌煌的名篇《上范司谏书》《上杜中丞论举官书》《与高司谏书》，前二篇以儒家为国为民的大义

---

① 〔宋〕欧阳修著，李逸安点校：《欧阳修全集》，中华书局2001年版，第978页。

② 〔宋〕欧阳修著，李逸安点校：《欧阳修全集》，第978页。

③ 〔唐〕白居易：《与元九书》，谢思炜校注：《白居易文集校注》，中华书局2011年版，第324页。

激励朋友，后一篇则斥责阿附权贵的卑鄙小人，大义凛然，文笔犀利。到了庆历三年（1043），欧阳修知谏院时，他那长期压抑，积蓄内心的政治热情，更像打开闸门的洪水一样，奔腾激荡，一泻千里，在《答徐无党第二书》中，欧阳修的忧国忧民之情溢于言表："今岁还京师，职在言责，值天下多事，常日夕汲汲，为明天子求人间利病，无小大，皆躬自访问于人。"①在庆历二年三月至年底任谏官的短短 10 个月里，欧阳修总共上呈了近 70 篇奏议，平均每四五天即上一篇，表现出高度的精神兴奋和强烈的责任感。欧阳修这 70 篇文章都是为时而作、为事而作，和庆历新政的关系极大。首先是把保守派首领吕夷简拉下马来的《论吕夷简札子》，然后七月又上《论王举正范仲淹等札子》，再次把懦默不称职的参知政事王举正拉下马来，使仁宗任命范仲淹为参知政事，从而使改革派控制了朝政，新政的措施从而得以一一实施。范仲淹把庆历新政概括为十一件大事："明黜陟，抑侥幸，精贡举，择守宰，均公田，厚农桑，修武备，减徭役，覃遏负，重命令，更荫补"②。这十一个方面欧阳修几乎都有详细论述，在人事改革上，欧阳修大刀阔斧，敢说敢谏，不仅扳倒了吕夷简、王举正，推荐了范仲淹、富弼、还上了《论赵振不可将兵札子》《论郭承不可将兵札子》《论李昭亮不可将兵札子》《论罢郑戬四路都部署札子》《论凌景阳三人不宜与馆职奏状》《论苏绅奸邪不宜侍从札子》《论李淑奸邪札子》，这些文章从君子小人、才与不才的角度立论，任贤选能，大刀阔斧地进行人事沙汰。在边备上，欧阳修坚决反对妥协退让，在《论西贼议和利害状》中认为"和而偷安，利在目下，和后大患，伏而未发"③。在《论军中选将札子》中主张不拘一格选拔将才，抵御外侮。在经济上主张发展生产，勤俭节约，他向朝廷推荐孙琳、郭咨发明的千步方田法。他上《论葬荆王札子》《论葬荆王一行事札子》《论美人张氏恩宠宜加裁损札

---

① 〔宋〕欧阳修著，李逸安点校：《欧阳修全集》，第 1012 页。

② 〔元〕张起岩：《范文正公祠堂碑记》，李修生主编：《全元文》卷一一四一，江苏古籍出版社 1998 年版，第 122 页。

③ 〔宋〕欧阳修著，李逸安点校：《欧阳修全集》，第 1532 页。

子》提倡节俭。在内政上主张实行仁政，宽政爱民，他上《论乞不受吕绍宁所进羡余钱札子》反对"刻剥疲民进奉"①，他还给皇帝呈上《乞免诸州一年支移札子》，要求"少纾民困，大息怨嗟。"②朋党之议起，欧阳修又上《朋党论》为改革派大声辩护。可见在整个党议中，欧阳修都是改革派的喉舌和鼓手，在庆历新政中，欧阳修又以笔为武器，为新政大造舆论，并利用谏官的地位，荐拔了范仲淹、富弼等革新派首领，为庆历新政立下汗马功劳，再一次显示了文学在政治斗争中的强大社会作用。庆历新政虽然以失败而告终，可欧阳修的议政精神却并未褪色，并在元祐文学中再次放出璀璨光芒，成为宋代文学的主导精神和主要物质而为世人所公认。欧阳修的议论名篇，也和他记叙名篇、写景抒情名篇一起，成为构成欧阳修文学大师地位的三大基石之一而不可磨灭。

（二）纡徐委曲文风的形成

庆历党议历时一十五年，党议开始时欧阳修只有二十六七岁，党议结束时已是鬓发斑白了，其间欧阳修饱经了生活的曲折与仕途的波澜，文章也经历了一个动态的发展过程。大体上说，为官京城仕途上升时期，文风激越慷慨；贬谪外地时，文风低沉委曲。而这本身又是个螺旋式上升，由学韩而自成一家的过程。

早期作品，明道二年（1033）的《上范司谏书》，景祐二年（1035）的《上杜中丞论举官书》，景祐三年（1036）的《与高司谏书》都是"韩愈味道"很浓，纵横开合，充满激情与议论，以气势胜的文章。夷陵贬谪对欧阳修的打击太大了，他的文风气势逐渐收敛显出沉郁顿挫的风格来，这在《读李翱文》中露出明显痕迹，文章起首调子较低，极写李翱平淡无奇之处，"最后读《幽怀赋》"③见翱情操笔墨加重，至"然翱幸不生今时，见今之事，则其忧又甚矣"④感叹遂深，最后痛斥当权者尸位素餐，

---

① 〔宋〕欧阳修著，李逸安点校：《欧阳修全集》，第 1535 页。
② 〔宋〕欧阳修著，李逸安点校：《欧阳修全集》，第 1759 页。
③ 〔宋〕欧阳修著，李逸安点校：《欧阳修全集》，第 1049 页。
④ 〔宋〕欧阳修著，李逸安点校：《欧阳修全集》，第 1050 页。

还"禁他人"①忧国，沉郁之极。文章层层沉郁，步步顿挫，说尽忧国愤世情怀，林云铭在《古文析义》卷十四中赞美说："文之曲折感怆，能令古今来误国庸臣无地生活。"②庆历元年（1041）的《石曼卿墓表》对朋友沉沦不遇，抑郁而亡充满了惋惜和哀叹之情，同时的《释惟俨文集序》《释秘演诗集序》亦写得回肠荡气、沉郁曲折。这一期最著名的是《王彦章画像记》，文章尺幅千里，从五代写到现今，熔叙述、议论、抒情于一炉，时而愤发激越，时而悲慨低回，条分缕析，纡徐委备，把自己的忧国伤时之心表现得淋漓尽致。总的来说，景祐馆阁时期，文章更以韩愈，以气势胜。贬谪夷陵外放滑州期，由于政治气候的低沉，心情的沉郁悲痛，欧阳修的文章在气势上收敛了许多，转入了以说理分析擅长，以理服人，以情感人，沉郁顿挫的文风，文笔迂回曲折，一唱三叹，深沉感人。

随着庆历新政的到来，欧阳修的政治热情再一次被鼓舞起来，昂扬奋发，气势如虹，70篇札子大都激情饱满，议论煌煌，《论吕夷简札子》气势充沛，陈辞慷慨，直斥吕夷简"致四夷外侵，百姓内困，贤愚失序，纲纪大隳，二十四年间坏了天下"③，直指奸邪，一气而下。它如《论李淑奸邪札子》《论苏绅奸邪不宜侍从札子》也都写得慷慨激昂，酣畅淋漓。由于这一期多为议政文章，说理分析成分得到突出，总结历史经验教训，分析现实政治得失为其特色。这一时期的代表作是《朋党论》，《朋党论》的风格和馆阁时期、夷陵时期的文风是不同的。《与高司谏书》是年轻气盛，以气势性，讽刺挖苦，嬉笑怒骂，犀利刻薄。《读李翱文》《王彦章画像》是胸中积满愤怒，不得不发，却由于政治气候恶劣不能直发，百炼钢化为绕指柔，吞吐回环，欲说还休，委曲吐出，让人读来低婉悲怆，沉郁顿挫。《朋党论》创作之时，作者政治上、思想上、文学上都已成熟，说理对象又是当今皇上，因此必须以理服人。从时局来说，保守派反攻倒

---

① 〔宋〕欧阳修著，李逸安点校：《欧阳修全集》，第1050页。
② 洪本健编：《欧阳修资料汇编》，中华书局1995年版，第821页。
③ 〔宋〕欧阳修著，李逸安点校：《欧阳修全集》，第1542—1543页。

算，诬改革派为朋党，说革新派朋党惑主害国，因此必须驳倒保守派的谬论。欧阳修撰写此文是很费斟酌的，作者首先高屋建瓴，不正面说范仲淹集团无党而反立"小人无朋，惟君子则有之"①这一石破天惊的论断，然后从儒家义利之辨的理论出发，条分缕析，逐条论述，以理服人，以逻辑力量取胜。在论述了这一层论点后，作者又进一步把主题推进一步："故为人君者，但当退小人之伪朋，用君子之真朋，则天下治矣。"②这既驳斥了朋党误国之论，又从正面保护赞扬了革新派，体现了欧文用意深切，步步转进的特点。在论证方法上，作者又从逻辑论证法改用历史事实论证法，从尧舜直到唐昭宗，大笔开合三千年，正反事例，一步一层，鱼贯而出。纵观全文，立论新颖，思想深刻，思维清晰，条分缕析，富于逻辑力量，结构上层层递进，步步转深，体现了高度的理论思辨能力、深邃的思想深度及历史演绎能力，反映了欧阳修政论文的新风貌。所以同为纡徐委曲，馆阁时以气胜，贬谪时以情胜，庆历新政时以理胜。

（三）"六一风神"的形成

庆历新政失败了，庆历党人全部贬出京城，"国家不幸诗家幸"，欧阳修却因此创作了一系列名篇杰作，"六一风神"即成熟于此时，"六一风神"是历来评论家对欧阳修散文独特风格的艳称。

"六一风神"形成于整个庆历党议期，第一次贬谪夷陵期创作的《送田画秀才宁亲万州序》已露"六一风神"端倪，茅坤评点此文说："风韵跌宕"③，刘大魁评曰："此篇有苍古雄迈之气"④，吴汝纶更指出："此等跌宕，亦专取风神处。"⑤任职滑州时所作《释秘演诗集序》，茅坤评说："多慷慨呜咽之旨，览之如闻击筑者……以此篇中命意最旷而逸，得司马子长

---

① 〔宋〕欧阳修著，李逸安点校：《欧阳修全集》，第297页。
② 〔宋〕欧阳修著，李逸安点校：《欧阳修全集》，第297页。
③ 〔明〕茅坤：《唐宋八大家文钞·欧阳文忠公文钞》评语，见洪本健编：《欧阳修资料汇编》，第572页。
④ 高步瀛选注：《唐宋文举要》，上海古籍出版社1982年版，第690页。
⑤ 高步瀛选注：《唐宋文举要》，第690页。

之神髓矣。"①庆历六年（1046），欧阳修贬谪滁州时所作的《丰乐亭记》，被称为欧公诸记第一："以五代之滁与今日之滁相形凭吊，最有深情，而其旨归于宣上恩德，又何正也。公诸记此为第一。"②这篇文章主要是写出了丰乐亭的神韵，以五代之战乱衬今日丰乐之来之不易，以滁人之安乐，来写太守仁政爱民的儒家政治理想。俯今仰昔，曲折开合，层层扣紧主题，曲尽变幻之妙，极有神韵，所以储欣评为诸记第一。同时期作的《醉翁亭记》，历来被叹为"欧阳绝作"③，茅坤誉之为"文中之画"，又说："昔人读此文，谓如游幽泉邃石，入一层才见一层，路不穷，兴亦不穷。读已，令人神骨翛然长往矣。此是文章中洞天也。"④这篇文章是"六一风神"的典范之作，它借鉴了司马迁《史记》人物传记的传神写法，传出了游人之神，"至于负者歌于途，行者休于树，前者呼，后者应，伛偻提携，往来而不绝者，滁人游也"⑤，传太守之神，"苍颜白发，颓然乎其间者，太守醉也。"⑥不仅传人物之神，而且传自然之神，描写景物极传神：琅琊山是"蔚然而深秀"；酿泉"水声潺潺"；醉翁亭"翼然"⑦，难怪茅坤誉为"文中之画"。这篇文章的另一特点是情韵绵邈，全文流淌着一股发自内心的喜悦之情，渗入读者心间，章法上紧扣一个"乐"字，层层推进，从容婉曲，笔墨酣畅，变幻起伏，"读来令人神骨倏然长往矣。"这两篇文章堪为"六一风神"成熟的标志和典范。

三、"六一风神"的内核

"六一风神"是对欧阳修散文独特风格的艳称，它首先是指欧阳修的

---

① 〔明〕茅坤：《唐宋八大家文钞·欧阳文忠公文钞》评语，洪本健编：《欧阳修资料汇编》，第571页。
② 〔清〕储欣：《唐宋八大家类选》评语，见洪本健编：《欧阳修资料汇编》，第745页。
③ 〔清〕爱新觉罗·弘历等编：《唐宋文醇》评语，见洪本健编：《欧阳修资料汇编》，第946页。
④ 〔明〕茅坤：《唐宋八大家文钞·欧阳文忠公文钞》评语，洪本健编：《欧阳修资料汇编》，第574页。
⑤ 〔宋〕欧阳修著，李逸安点校：《欧阳修全集》，第576页。
⑥ 〔宋〕欧阳修著，李逸安点校：《欧阳修全集》，第576页。
⑦ 〔宋〕欧阳修著，李逸安点校：《欧阳修全集》，第576页。

散文情韵绵邈，"感恩悠扬"，以情韵胜。欧阳修虽然也主张"文以载道"，但他的"道"与柳开、穆修、石介所要复兴的"古道"不同，与程朱理学空谈的"性命"之道也不同，他认为圣人之道，本于人情。他认为"人事者，天意也"①，"圣人之言，在人情不远。"②在《纵囚论》中，他下结论说："尧、舜、三王之治，必本于人情。"③在庆历党议中，他也认为一切政治方针、政策必从人情出发，在《论慎出诏令札子》中，他说："朝廷每出诏令，必须合于物议，下悦民情。"④欧阳修政治观、哲学观上的"人情说"也贯彻到了文学中来，对《邶风·静女》"静女其姝，俟我于城隅。爱而不见，搔首踟蹰……"毛《传》、郑《笺》皆是比德说⑤，欧阳修指出其"乃是述卫风俗，男女淫奔之诗尔"⑥。《陈风·东门之枌》，欧阳修也指出它是反映"陈俗男女喜淫风"⑦。欧阳修也希望文学创作表现真实的情感，在《赠杜默》诗中他说："子盍引其吭，发声通下情。"⑧欧阳修还进一步提出了"文穷而后工"的理论，在《梅圣俞诗集序》中说："内有忧思感奋之郁积，其兴于怨刺，以道羁臣、寡妇之所叹，而写人情之难言，盖愈穷而愈工。然则非诗之能穷人，殆穷者而后工也。"⑨欧阳修作文其实就是这样，将一肚子忧思感愤发于文章之中，情感强烈，沉郁顿挫，"发论必以'呜呼'"⑩，李涂在《文章精义》中称赞欧阳修："此老文字，

---

① 〔宋〕欧阳修：《新五代史》卷五九《司天考第二》，中华书局1974年版，第706页。
② 〔宋〕欧阳修：《又答宋咸书》，李逸安点校：《欧阳修全集》，第1015页。
③ 〔宋〕欧阳修著，李逸安点校：《欧阳修全集》，第288页。
④ 〔宋〕欧阳修著，李逸安点校：《欧阳修全集》，第1549页。
⑤ 〔汉〕毛亨传，〔汉〕郑玄笺，〔唐〕陆德明音义，孔祥军点校：《毛诗传笺》，中华书局2018年版，第61页。
⑥ 〔宋〕欧阳修撰，北京大学《儒藏》编纂与研究中心编：《诗本义》，北京大学出版社2023年版，第20页。
⑦ 〔宋〕欧阳修撰，北京大学《儒藏》编纂与研究中心编：《诗本义》，第38页。
⑧ 〔宋〕欧阳修著，李逸安点校：《欧阳修全集》，第14页。
⑨ 〔宋〕欧阳修著，李逸安点校：《欧阳修全集》，第612页。
⑩ 〔宋〕欧阳发等：《先公事迹》，见〔宋〕欧阳修著，李逸安点校：《欧阳修全集》附录卷二，第2628页。

遇感慨处便精神。"①其《送徐无党南归序》沈德潜激赏说："文情感喟嘘欷，最足动人。"②其《江邻几文集序》刘大槐评曰："情韵之美，欧公独擅千古，而此篇尤胜。"③

"六一风神"的第二个特质是人物形象、风度塑造上的人物风神美。欧阳修的人物风神取法于"史迁风神"，茅坤用"风神"来评介司马迁的文章风格，在《宋大家欧阳文忠公文钞引》中，他说：

> 西京以来，独称太史公迁，以其驰骤跌宕，悲慨呜咽，而风神所注，往往于点缀指次，独得妙解，譬之览仙姬于潇湘洞庭，可望而不可近者。④

茅坤所言风神，一方面是笔法跌宕遒逸，含蓄蕴藉，另一方面便是人物形象鲜明活现，如鉴仙姬于潇湘、洞庭之上，神采照人。《史记》不仅是历史名著，也是传记文学的杰作，一大批文学形象栩栩如生，活龙活现，成功地"传畸人于千秋"⑤。欧阳修不仅是位文学家，也是位有特殊贡献的历史学家，他是《新唐书》的主要撰稿人之一，又独立撰写了《新五代史》，"二十四史"一人占二史，可谓成就突出，他的史笔主要得力于《春秋》《汉书》和《史记》，而《史记》的人物塑造法对他影响最大。《黄梦升墓志铭》只三四百字，而写尽黄梦升"以文章意气自豪"⑥的风神，刘大槐评曰："欧公叙事之文，独得史迁风神，此篇遒宕古逸，当为墓志第一"⑦。欧阳修不仅碑志、写人散文以风神擅性，写景散文也以风神清韵取胜。《醉翁亭记》写尽琅琊山的风采，明人茅坤誉之为"文中之画"，并说："昔人读此文，谓如游幽泉邃石，入一层才见一层，路不穷，兴亦不

① 洪本健编：《欧阳修资料汇编》，第369页。
② 沈德潜选评、于石校注：《唐宋八家文读本》，安徽文艺出版社1998年版，第385页。
③ 高步瀛选注：《唐宋文举要》，第683页。
④ 祝尚书编：《宋集序跋汇编》，中华书局2020年版，第260页。
⑤ 鲁迅：《汉文学史纲要》，《鲁迅全集》第九卷，人民文学出版社2005年版，第435页。
⑥〔宋〕欧阳修著，李逸安点校：《欧阳修全集》，第419页。
⑦ 高步瀛选注：《唐宋文举要》，第761页。

穷。读已，令人神骨翛然长往矣。此是文章中洞天也。"①

"六一风神"的第三层特质是它的纡徐委曲，风流蕴藉之美。欧文的风流蕴藉之美从主体精神看有一种"尧舜气象"。《论语·先进》篇，（点）曰："暮春者，春服既成，冠者五六人，童子六七人，浴乎沂，风乎舞雩，咏而归。"②夫子喟然叹曰："吾与点也！"③程颐在《论语集注》中解释说："夫子与点，盖与圣人之志同，便是尧舜气象。"④欧阳修醉情于山水，无论穷达，都有一种"在陋巷，人不堪其忧，回也不改其乐"⑤的情怀，使得他困处时作的《丰乐亭记》《醉翁亭记》等立意高远，神思飘倏，风神超逸，乃为旷世之作。文之风神超逸，得力于作者的风神绝代。欧文的含蕴委曲，还得力于作者的《春秋》学，欧阳修认为《春秋》是孔子的著作，是儒家的重要经典，下过苦功研究，欧阳修研究《春秋》的专论有《春秋论》三首、《春秋或问》二首。欧阳修曾从尹洙处学得《春秋》"简而有法"⑥的散文笔法，并加以发扬光大。朱熹曾评说欧文简淡，却又有法。有法，就是讲究章法，讲究抑扬、呼应、张弛、曲折的艺术技巧。魏禧曾评说："欧文之妙，只在说而不说，说而又说。是以极吞吐往复、参差离合之致"⑦。《樊侯庙灾记》唐顺之评为："文不过三百字，而十余转折，愈出愈奇，文之最妙者也。"⑧

（选自《赣南师范学院学报》1997年第2期）

---

① 〔清〕爱新觉罗·弘历等编：《唐宋文醇》评语，见洪本健编：《欧阳修资料汇编》，第946页。

② 程树德：《论语集释》，中华书局1990年版，第806页。

③ 程树德：《论语集释》，第811页。

④ 程树德：《论语集释》，第813页。

⑤ 程树德：《论语集释》，第386页。

⑥ 〔宋〕欧阳修：《论尹师鲁墓志》，李逸安点校：《欧阳修全集》，第1045页。

⑦ 〔清〕魏禧：《日录》卷二二编《杂说》，胡守仁等校点：《魏叔子文集》，中华书局2003年版，第1121页。

⑧ 〔明〕茅坤：《唐宋八大家文钞·欧阳文忠公文钞》载唐顺之评语，见洪本健编：《欧阳修资料汇编》，第369页。

苏轼的水月境界:《记承天寺夜游》

张海沙

宋元丰六年（1083）十月十二日夜，是一个月夜。近千年厚重的历史缓缓过去，这一夜的月亮还在照耀着我们，与月亮同辉的还有苏轼写于此夜的一篇文章《记承天寺夜游》。文章很短，只有80余字，却极富智慧的穿透力，成为苏文甚至宋文、整个古文中的名篇。这篇记夜游黄州承天寺的文章比人称短小精悍的柳宗元"永州八记"中任何一篇都短，其魅力何在？历代均有人探究。我们以为，若能领略苏轼心中的水月境界，便可领悟此文的妙处。以下是全文：

> 元丰六年十月十二日，夜，解衣欲睡，月色入户，欣然起行。念无与为乐者，遂至承天寺，寻张怀民。怀民亦未寝，相与步于中庭。庭下如积水空明，水中藻荇交横，盖竹柏影也。何夜无月，何处无竹柏，但少闲人如吾两人耳。①

这篇惜墨如金的短文，开头详细写出时间，因为这个时间是苏轼生涯中的一个节点。苏轼有一首诗总结自己的一生："心似已灰之木，身如不系之舟。问汝平生功业，黄州、惠州、儋州。"②苏轼一生被贬多处，以其中三个地点代表自己的一生功业，可见这三个地点对于苏轼有不同寻常的意义。更加值得注意的是黄州。因为惠州与儋州属于岭外，地点本就特别，

① 〔宋〕苏轼：《记承天寺夜游》，孔凡礼点校：《苏轼文集》，中华书局1986年版，第2260页。
② 〔宋〕苏轼：《自题金山画像》，孔凡礼点校：《苏轼诗集》，中华书局1982年版，第2641页。

儋州又是苏轼所贬最远且最后之地。黄州地理上处于中原地区，被贬黄州的时间处于苏轼生命的中期，为什么会在自题诗中第一个提及呢？因为是在黄州而且是到黄州两三年之后，也就是本文写作的时间段，苏轼真正地获得了心灵的解脱，他进入到智慧的水月境界。

嘉祐元年（1056）苏轼二十一岁时举进士，其所作之文为《刑赏忠厚之至论》，深得欧阳修赏识。熙宁年间，王安石变法，苏轼任监官告院兼判尚书祠部。宋神宗曾就变法之事交"两制三馆议之。先生献三言，荆公之党不悦，命摄开封府推官。有《奏罢买灯疏》，御史知杂事诬告先生过失，未尝一言以自辩，乞外任避之。除通判杭州。"①苏轼与当政者政见不同，外任杭州才是他被贬的开始。熙宁八年（1075），苏轼年四十到密州任，任上作出了豪放词；熙宁十年，苏轼年四十二改知徐州，于徐州任上有率民抗洪的壮举。元丰二年（1079），三月自徐州移知湖州。言事者以苏轼《湖州到任谢表》为谤，七月二十八日中使皇甫遵到湖追摄，这年，苏轼卷入"乌台诗案"，入狱坐牢，"锻炼久之"②，103天后被贬来到黄州。因为宋太祖曾定下不杀士大夫的国策，苏轼才留下一条命。

初到黄州，苏轼生活困顿，情绪低落，人生处于最低潮。正如佛教经典所说："譬如高原陆地，不生莲华；卑湿淤泥，乃生此华。如是，见无为法入正位者，终不复能生于佛法；烦恼泥中，乃有众生起佛法耳。"③在人生备受打击的黄州期间，苏轼读佛书、游佛寺、访僧人，其佛教活动在黄州达到最高峰。这既是生命最困顿时期苏轼的心灵需求，也是黄州团练副使这一闲职提供给苏轼的方便。"初到（黄州），一见太守，自余杜门不出。闲居未免看书，惟佛经以遣日"④，根据苏轼自己的记载，苏轼所读

---

① 〔宋〕王宗稷：《东坡先生年谱》，吴洪泽、尹波主编：《宋人年谱丛刊》，四川大学出版社2003年版，第2731页。

② 〔宋〕苏辙：《栾城集墓志铭》。见〔宋〕苏轼著，孔凡礼点校：《苏轼诗集》附录一，第2806页。

③ 高永旺、张仲娟译注：《维摩诘经》，赖永海主编：《佛教十三经》，中华书局2013年版，第151页。

④ 〔宋〕苏轼：《与章子厚参政书》，孔凡礼点校：《苏轼文集》，第1412页。

过的佛教经典有：《楞伽经》①、《金光明经》②、《妙法莲华经》③、《金刚经》④、《般若心经》⑤、《圆觉经》⑥、《维摩诘经》⑦。作为北宋时期著名书法家，苏轼亦热衷于抄写佛经。其所抄写的佛经流传甚广，据《夷坚志》记载："东坡先生居黄州时，手抄《金刚经》，笔力最为得意。"⑧笔力得意源自内心得意。苏轼在黄州期间，思想、文章、心态均发生变化。这从他的弟弟苏辙所作的墓志铭可以见到："既而谪居于黄，杜门深居，驰骋翰墨，其文一变，如川之方至，而辙瞠然不能及矣。"⑨苏辙亦为文学大家，"唐宋八大家"之一，对比兄长，其不能及的是苏轼在黄州所达到的智慧的水月观，表现在文中是水月境界。

黄州通判给予苏轼50亩荒地耕种，荒地位于黄州东坡，苏轼从此号为苏东坡。"公幅巾芒屦，与田父野老，相从溪谷之间，筑室于东坡，自号东坡居士。"⑩解决了最基本的生活问题，苏轼开始悠游于山水，也开始悠游于文章。

"解衣欲睡，月色入户，欣然起行。"这是文中夜游的起因，实际上是白天尘俗生活的结束，也是夜晚超脱境界的开始。苏轼脍炙人口的记游诗

---

① 〔宋〕苏轼：《书楞伽经后》，孔凡礼点校：《苏轼文集》，第2085页。
② 〔宋〕苏轼：《书金光明经后》，孔凡礼点校：《苏轼文集》，第2086页。
③ 〔宋〕王宗稷：《东坡先生年谱》引《乌台诗话》："熙宁二年，某在京授差遣，与王诜写诗赋及《莲华经》。"见吴洪泽、尹波主编：《宋人年谱丛刊》，第2730页。
④ 〔宋〕苏轼：《金刚经跋尾》，孔凡礼点校：《苏轼文集》，第2087页。
⑤ 〔宋〕苏轼：《小篆般若心经赞》，孔凡礼点校：《苏轼文集》，第618页。
⑥ 《答宝月大师二首》云："圆觉经云：'法界海慧，照了诸相。'"见〔宋〕苏轼著，孔凡礼点校：《苏轼文集》，第1887页。
⑦ 《石恪画维摩颂》云："佛子若读维摩经，当作是念为正念。我观维摩方丈室，能受九百万菩萨。三万二千师子座，皆悉容受不迫迮"见〔宋〕苏轼著，孔凡礼点校：《苏轼文集》，第584页。
⑧ 〔宋〕洪迈：《夷坚志》，上海师范大学古籍整理研究所编：《全宋笔记》第九编，第3册，大象出版社2018年版，第125页。
⑨ 〔宋〕苏辙：《栾城集墓志铭》。见〔宋〕苏轼著，孔凡礼点校：《苏轼诗集》附录一，第2813页。
⑩ 〔宋〕苏辙：《栾城集墓志铭》。见〔宋〕苏轼著，孔凡礼点校：《苏轼诗集》附录一，第2806页。

文基本都是夜游的记载。苏轼喜好夜游，黄州期间，他创作了各类文体的名篇，文中有前后《赤壁赋》、词中有《念奴娇·赤壁怀古》，这些作品在时空上有共同的特点：都是夜间之作、且都是夜游的作品。其实诗人或者说文人总是夜客。在那日出而作、日入而息的农耕时代，大部分社会成员在经过一天的劳顿之后，都会在缺乏照明方式的夜晚歇息了。可是，进行精神活动与文化创造的文人却在夜晚活跃起来。挑灯夜读、灯下苦吟、清夜冥想、秉烛夜游，这些活动都是文人在夜间进行的，苏轼也是一个夜间活跃的夜猫子。如他在夜晚读书："高人读书夜达旦，至今山鹤鸣夜半。我今废学不归山，山中对酒空三叹。"①他也在夜晚写诗："有客独苦吟，清夜默自课。诗人例穷蹇，秀句出寒饿。"②他还在夜晚参禅："幽寻未云毕，墟落生晚烟。归来记所历，耿耿清不眠。道人亦未寝，孤灯同夜禅。"③

苏轼更喜欢的是夜游，是在晚上欣赏美景。这是古人珍惜人生时光的精神体现，也是因为身兼政务的文人只有在晚上才有属于自己的时间。而对于苏轼而言，更重要的是夜景有其特别的美感。苏轼夜游时间经常会在夜半两更三更，甚至通宵达旦，"二更铙鼓动诸邻，百首新诗间八珍。已遣乱蛙成两部，更邀明月作三人"④。杭州夜游："新月生魄迹未安，才破五六渐盘桓。今夜吐艳如半璧，游人得向三更看。"⑤"三更向阑月渐垂，欲落未落景特奇。明朝人事谁料得，看到苍龙西没时。"⑥儋州夜游："参横斗转欲三更，苦雨终风也解晴。云散月明谁点缀，天容海色本澄清。空余鲁叟乘桴意，粗识轩辕奏乐声。九死南荒吾不恨，兹游奇绝冠平生。"⑦封建社会时期，民众夜游是被禁止的。《周礼》中规定了专门禁止夜行的

①〔宋〕苏轼：《游道场山何山》，孔凡礼点校：《苏轼诗集》，第405—406页。
②〔宋〕苏轼：《病中，大雪数日……》，孔凡礼点校：《苏轼诗集》，第159页。
③〔宋〕苏轼：《端午遍游诸寺得禅字》，孔凡礼点校：《苏轼诗集》，第952页。
④〔宋〕苏轼：《次韵述古过周长官夜饮》，孔凡礼点校：《苏轼诗集》，第513页。
⑤〔宋〕苏轼：《夜泛西湖五绝》其一，孔凡礼点校：《苏轼诗集》，第352页。
⑥〔宋〕苏轼：《夜泛西湖五绝》其二，孔凡礼点校：《苏轼诗集》，第352页。
⑦〔宋〕苏轼：《六月二十日夜渡海》，孔凡礼点校：《苏轼诗集》，第2366—2367页。

官吏职责："司寤氏掌夜时。以星分夜，以诏夜士夜禁。御晨行者，禁宵行者、夜游者。"①至唐代，夜禁制执行仍较为严格："郭旻醉触夜禁，杖杀之。"②夜禁制在宋代有所松弛。宋仁宗时，张观"知开封府，民犯夜禁。观诘之曰：'有人见否？'众传以为笑"③。这并非是张观不谙吏事，而是承平日久，自然政宽法慢。夜禁松弛给苏轼夜游提供了方便，他甚至可以交代城门不上锁以在月下看潮："定知玉兔十分圆，已作霜风九月寒。寄语重门休上钥，夜潮留向月中看。"④元代为加强统治，夜禁又严格了："其夜禁之法，一更三点，钟声绝，禁人行；五更三点，钟声动，听人行。有公事急速及丧病产育之类，则不在此限。违者笞二十七下，有官者笞七下，准赎元宝钞一贯。"⑤

晚上欣赏美景，月亮既是审美的对象，也是不可或缺的必要条件。苏轼喜对月、赏月、写月，月亮仿佛与苏轼有特别的感应。"月与高人本有期，挂檐低户映蛾眉。只从昨夜十分满，渐觉冰轮出海迟。"⑥苏轼最喜水中月，与朋友相约看月是看水中月："爱君东阁能延客，顾我闲官不计员。策杖频过如未厌，卜居相近岂辞迁。莫将诗句惊摇落，渐喜樽罍省扑缘。待约月明池上宿，夜深同看水中天。"⑦华堂赏月，也是欣赏经池水反照之明月，而堂中人与水月相通："明月入华池，反照池上堂。堂中隐几人，心与水月凉。风萤已无迹，露草时有光。起观河汉流，步屧响长廊。"⑧欲悟人间真谛，也从水月中寻："悟此人间世，何者为真宅。暮回百步洪，散坐洪上石。愧我非王襄，子渊肯见客。临流吹洞箫，水月照连璧。"⑨苏

① 〔清〕孙诒让：《周礼正义》卷七十《秋官·司寤氏》，中华书局2015年版，第3502—3503页。
② 〔宋〕欧阳修、宋祁撰：《新唐书》，中华书局1975年版，第5869页。
③ 〔元〕脱脱等：《宋史》，中华书局1985年版，第9766页。
④ 〔宋〕苏轼：《八月十五日看潮五绝》其一，孔凡礼点校：《苏轼诗集》，第484页。
⑤ 〔明〕宋濂等撰：《元史》，中华书局1976年版，第2594页。
⑥ 〔宋〕苏轼：《和文与可洋川园池三十首·待月台》，孔凡礼点校：《苏轼诗集》，第671页。
⑦ 〔宋〕苏轼：《次韵王海夜坐》，孔凡礼点校：《苏轼诗集》，第251—252页。
⑧ 〔宋〕苏轼：《和鲜于子骏郓州新堂月夜二首》其二，孔凡礼点校：《苏轼诗集》，第845页。
⑨ 〔宋〕苏轼：《游桓山，会者十人……》，孔凡礼点校：《苏轼诗集》，第923页。

轼的诗文中，水月总是交相辉映，它是苏轼最爱的境界，也给苏轼人生的
启示。

苏轼所阅读过和崇信的佛教经典，都推出了一个中心的意象：水月。
以水中之月的虚幻观照万物称为"水月观"，水月观的第一层含义是万法
虚幻，水月观又可称为虚幻观。佛教经典中反复重复"所有起法，犹如幻
化、电光、水月、镜中之像，因缘和合，假持诸法，悉分别知从业因起，
唯如来地是究竟处"①。以水月的虚幻譬喻诸法为妄，这层意义为大众所
接受领悟。苏轼及宋代文人推崇的《维摩诘经》亦复有水月观："诸法皆
妄见，如梦、如焰、如水中月、如镜中像，以妄想生。"②苏轼在黄州所作
之《念奴娇·赤壁怀古》就从万法虚幻的角度写了水月："人间如梦，一
樽还酹江月。"③

唐代玄奘所翻译的《大般若波罗蜜多经》以水月的假名，论证名相之
虚，试图从逻辑的层面证明万物的实相不可得："譬如梦境、谷响、光影、
幻事、阳焰、水月、变化唯有假名，如是名假不生不灭，唯假施设谓为梦
境乃至变化。如是一切唯有假名，此诸假名不在内不在外不在两间，不可
得故。"④这种论证充满辩证精神，对事物的现象（包括假象与本质的关
系、此一事物与彼一事物的）、人们的认识感知与感知对象的关系、事物
的指称与事物的本体关系等进行思考。水月观在推进人们的思维和认识水
平上，可称为智慧观，它引发文人的思维兴趣。苏轼的《前赤壁赋》中，
亦有水月描写，苏轼企图通过亘古变而又未变的水月揭示变化的现象与不
变的本质："客亦知夫水与月乎？逝者如斯，而未尝往也。盈虚者如彼，
而卒莫消长也。"⑤水月观促进了苏轼的辩证思维。

---

① 《大方广佛华严经》卷十五，《大正新修大藏经》，第9册，（台北）财团法人佛陀教育基金会
出版部1994年版，第494页。
② 高永旺、张仲娟译注：《维摩诘经》，赖永海主编：《佛教十三经》，中华书局2013年版，第
65页。
③ 〔宋〕苏轼著，邹同庆、王宗堂校注：《苏轼词编年校注》，中华书局2002年版，第399页。
④ 《大般若波罗蜜多经》卷四〇六，《大正新修大藏经》，第7册，第220页。
⑤ 〔宋〕苏轼著，孔凡礼点校：《苏轼文集》，第6页。

佛教的水月观更有一层涵韵，是水月相映并显现万物，来象征真谛的遍照遍及，"譬如盛满月，映蔽诸星宿。示现一切众，有增或有减。一切澄净水，月影无不现。世间群生类，皆悉对目见"①。水月观还是一种清净的心态，这种心态是在看空一切而又超脱一切之后的内心澄净。苏轼在黄州确实领悟到了这个境界。苏轼在黄州之所以热衷于游历寺院、读抄佛经、交往僧人，就是因为，他在这种活动中超脱了现实的羁绊、矛盾与痛苦，达到内心的宁静与愉悦。"喟然叹曰：'道不足以御气，性不足以胜习。不锄其本，而耘其末，今虽改之，后必复作。盍归诚佛僧，求一洗之？'得城南精舍曰安国寺，有茂林修竹，陂池亭榭。间一二日辄往，焚香默坐，深自省察，则物我相忘，身心皆空，求罪垢所从生而不可得。一念清净，染污自落。表里翛然，无所附丽。私窃乐之。旦往而暮还者，五年于此矣。"②

水月观的虚幻、智慧、超脱表现于这篇短文中是这样的："相与步于中庭。庭下如积水空明，水中藻荇交横，盖竹柏影也。"这一描写是文章的核心。简洁的描写、简短的文字中有丰富的涵韵。首先，没有明写月亮而一切普照在月亮之下。这是真谛的遍照遍及。第二，月光下的庭院竟然如积水空明，将作者脚下、世人眼中踏踏实实的庭院之地写得虚幻缥缈。这是水月观透视下的空幻表现，它较之月下看水之空幻更为透彻。第三，那摇曳的竹柏之影恍如水中藻荇。这是理事俱如、万法无碍、相入相即。

苏轼在这篇文章中所达到的智慧心境与宋代高僧相似。北宋元祐年间活跃着一位高僧佛眼和尚，他在赞叹水月的指陈对于领略佛教智慧的密切关系时，阐释观水月的四层境界：1."凡夫见闻，月皎水浑。"世人见月是月、见水是水，没有智慧观照，只有现象反映，如此则永在苦海沉迷。2."二乘闻见，如镜中面。"已经具有水月虚幻的观念，然而还是迷惑于现象与真理的关系。3."水澄月映，孤光迥迥。"达到了水月观的智慧，

---

① 《大方广佛华严经》卷三四，《大正新修大藏经》，第9册，第618页。
② 〔宋〕苏轼：《黄州安国寺记》，孔凡礼点校：《苏轼文集》，第391—392页。

领悟到了空幻,然而还需灭此化城,更进一步。4. "一月耀天,光吞大千。森罗顿现,亘尔无边。齐含宝月,交光廓彻。非中非外,一多融摄。"①既有水月观的智慧,亦有水月观的心境,领悟到了虚幻而又不执着于此,水月交融、万法自在。

这就是苏轼文章中所描绘的境界,是那一夜的月光下苏轼的智慧观察与感悟。"何夜无月,何处无竹柏,但少闲人如吾两人耳。"月下观竹、水中见藻,那飘逸、那透彻、那澄明、那精当,表现于文章,需要的与其说是清闲不如说是智慧。竹子本是苏轼的至爱,人们都熟知苏轼爱竹的名言:"可使食无肉,不可使无竹。无肉令人瘦,无竹令人俗。"②至爱之物,亦可混同于藻荇,苏轼的洒脱亦可见出。与苏轼一样洒脱的是他的朋友,深夜不眠一起步于中庭欣赏水月的张怀民。关于此人,史书没有记载,然而苏轼在其《东坡志林》中记载了一件轶事:张怀民与张昌言围棋,赌苏轼所书字一纸。胜者得苏轼书法,负者出钱五百,以作饭会之资。③这件事可见出张怀民作为苏轼的好友,其心境与品位足以让苏轼月下相寻,使苏轼有兴致记下这不朽的月光和月光下那瞬间的感动。他之陪伴苏轼,与王徽之雪夜访戴而何必见戴的相知,异曲同妙。千百年来不知有多少人读苏文、赞苏文、学苏文,又有多少人知苏文?乾隆曾作诗《碧照亭》:"六柱无十笏,峭嵿上若骞。天池临澈底,古镜是轩辕。荇藻梳演漾,松竹影在里。东坡张怀民,未免溷彼此。"④英明的乾隆有憾于东坡、张怀民混淆了荇藻松竹影,写诗意图在点醒世人,可使地下君子相视一笑。

以承天名寺者有多处,苏州、越州、杭州甚至朔方夏州都有承天寺。而黄冈县南的这座承天寺因苏轼这篇短文名扬千古。生活中不缺诗情画

---

① 〔宋〕赜藏主编集:《古尊宿语录》,中华书局1994年版,第558页。

② 〔宋〕苏轼:《于潜僧绿筠轩》,孔凡礼点校:《苏轼诗集》,第448页。

③ 〔宋〕苏轼:《东坡志林》,上海师范大学古籍整理研究所编:《全宋笔记》第一编,第9册,大象出版社2003年版,第167页。

④ 〔清〕爱新觉罗·弘历:《御制诗集三集》,《景印文渊阁四库全书》,第1035册,台湾商务印书馆1986年版,第471页。

意，不缺哲理禅悦，缺的是发现的眼睛和品悟的心境。《建中靖国续灯录》卷十曾记载宋代一位禅师的感慨："师云：'金风乍扇，松竹交阴。水月分明，游人罔措。还会么？若有人会，出来通个消息，山僧为你证据。'良久云：'布袋里锥子，不出头者是好手。'下座。"①看透松竹水月，山僧会，苏轼亦会。通过欣赏苏文，我们多么希望成为苏轼的知音，哪怕要走过再远的心路历程。

（选自《文史知识》2014年第5期）

---

① 〔宋〕惟白辑，朱俊红点校：《建中靖国续灯录》，海南出版社2011年版，第300页。

南宋的讲史和说经话本

张 兵

史载南宋"说话"有四家,"讲史"和"说经"是其中的两家。所谓讲史,是指"讲说前代书史文传,兴废争战之事";而"说经"则为"演说佛书",包括专演"宾主参禅悟道等事"的"说参请"①。它们虽然没有如"小说"和"说铁骑儿"话本那样,占据南宋"说话"的显著地位,但从可见的少量零星资料来看,也曾在瓦舍勾栏中活跃过一阵。今存南宋"讲史"和"说经"话本虽然不多,但其在我国小说的发展史上,同样占有较为重要的地位。

一

南宋时期,民族矛盾和阶级矛盾日趋尖锐,这对讲史话本的拓展十分有利。《资治通鉴》以及关联政权兴亡的历代军国大事,皆被"说话"艺人编成话本讲述。洪迈《夷坚志》丁集卷三《班固入梦》条说:"四人同书嘉会,门外茶肆中坐,见幅纸用绯帖尾云:'今晚讲说汉书。'"②又,刘克庄的《田舍即事》诗云:"儿女相携看市优,纵谈楚汉割鸿沟。山河不暇为渠惜,听到虞姬直是愁。"③这都是民间讲史盛行的证据。据《梦粱

---

① 〔宋〕耐得翁:《都城纪胜》,上海师范大学古籍整理研究所编:《全宋笔记》第八编,第5册,大象出版社2017年版,第15页。
② 〔宋〕洪迈:《夷坚志》,上海师范大学古籍整理研究所编:《全宋笔记》第九编,第5册,大象出版社2018年版,第331页。
③ 〔宋〕刘克庄著,辛更儒笺校:《刘克庄集校笺》,中华书局2011年版,第618页。

录》《西湖老人繁胜录》和《武林旧事》等书载，当时临安著名的讲史艺人有乔万卷、许贡士、张解元、戴书生、周进士、张小娘子、宋小娘子、王六大夫等二三十人。他们的演出，一般都有固定的场所。如北瓦子，是临安城内比较热闹的娱乐场所，共有13座勾栏，"常是两座勾栏专说书史"。绍兴年间，临安有位讲史艺人王与之，专在民间谈古论今，受到市民敬重。又，宋末元初人丘机山，也是一位著名的讲史艺人。他博学敏捷，对答如流。一次，南游福州，因讥笑当地秀才不识字而触犯众怒。他们殚精积虑，想出一副对联，其上对曰："五行金木水火土"，意欲叫他辞屈心服。没想到丘机山不加思索，随口而出，回答下联说："四位公侯伯子男。"众秀才惊诧不已。[1]可以想见，他的讲史表演也必十分精彩。

南宋时期，"讲史"也进入了宫廷。著名艺人王防御，号委顺子，也是一位如王六大夫那样的"御前供奉"。他以说书供奉得官，并曾得到皇帝的厚禄。晚年退居委顺堂，乐与士大夫们来往。他死后，友人方万里写挽诗赞曰："温饱消遥八十余，稗官原是汉《虞初》。世音怪事皆能说，天下鸿儒有不如。耸动九重三寸舌，贯穿千古五车书。《哀江南赋》笺成后，从此韦绝锁蠹鱼。"[2]王防御学问深厚，演艺高强，显然是讲史艺人中的佼佼者。

二

今存的南宋讲史话本仅存《五代平话》一种。《醉翁谈录》的《小说开辟》提到的《晋宋齐梁》，大约即指五代的历史故事。此话本又名《新编五代史平话》，作者已无考。全书分《梁史平话》《唐史平话》《晋史平话》《汉史平话》《周史平话》各上、下两卷，共十卷。其中《梁史平话》和《汉史平话》各缺下卷，实存八卷。此外，还有少量残缺。此书国内诸

① 事见〔元〕陶宗仪《南村辍耕录》，中华书局1959年版，第347页。

② 〔清〕俞樾：《茶香室三钞》引〔明〕李日华：《紫桃轩又缀》，中华书局1995年版，第1338页。

藏家未见著录，传为常熟张敦伯家所有。1901年，曹元忠游杭州时得之，"疑此平话或出自南渡小说家所为，而书贾刻之"，而断为"宋巾箱本"①。1911年，经董康诵芬室影印出版后，始得流传。然据影印本观之，已非原本，可能经元人增益刻印而成，但书为宋人所编则当无疑。

《五代史平话》叙述梁、唐、晋、汉、周各朝兴衰的历史。全书按照编年顺序，对《资治通鉴》记载的史事，有选择、有详略地作了节录和改写。《资治通鉴》叙事止于五代末，而《五代史平话》的结尾已有宋初赵匡胤立国之事，在成书过程中，作者似还参考了李焘《续资治通鉴长编》一书。话本中由《资治通鉴》等史书而来的文字，仍以文言为主，而各史开头的主要人物出身及发迹的经过，如黄巢、朱温、刘知远、郭威等，则大多出于"说话"艺人的口头创作，或是他们按照当时的民间传说的旧话本内容加以改编而成，其所用文字，都为通俗易懂的白话。两者风格分明。此书大约在"说话"艺人的口头创作上，由书会先生据史书增补而成的。

《五代史平话》各史既独立成篇，也互相关联，形成完整的体系。《梁史平话》的开篇，叙述黄巢出生之前的那节文字，是统摄全书的"纲"。其篇首诗曰："龙争虎战几春秋，五代梁唐晋汉周。兴废风灯明灭里，易君变国若传邮。"②接着自盘古开天辟地说起，直到唐末僖宗时王仙芝的揭竿造反，历历叙说分明。这是全书的引子。从《梁史平话》叙写的黄巢出身、经历至《周史平话》结尾的赵匡胤兵变陈桥驿，建立北宋，全书洋洋洒洒，几近15万字，五代争战的历史风云，各朝的主要历史人物，尽入其间。《梁史平话》以黄巢起义和朱温的崛起为主，虽仅存上卷，但烽火连天的唐末硝烟凸现面前。《唐史·平话》叙李克用的发迹。讨黄巢、战朱温、灭义子、封晋王，其一生倜傥风流。死后，李存勖袭为晋王，又即皇帝位，建立大唐，为声色所耽，致使李从阿举兵入京称帝。刘知远劝石敬

---

① 《新编五代史平话》，中国古典文学出版社1954年版，第294页。
② 《新编五代史平话》，第3页。

瑭反叛，在契丹相助下，石敬瑭建立晋朝。《晋史平话》叙石敬瑭灭唐后，向契丹上表称臣，涉东京，削刘知远兵权。石敬瑭死后，契丹大举入侵中原，晋主兵败降附之。《汉史平话》上卷为刘知远即位前的经历；下卷仅存目录，可知主要是记郭威事迹。他在刘知远死前入受顾命，死后发兵收三镇，乱军中汉主被杀后，被澶州军民推为皇帝。《周史平话》叙郭威建立周朝后打败北汉刘赟。后晋王继位世宗，励精图治，诏毁天下寺院，世宗殂，皇子宗训即位，命赵匡胤统兵北伐。遂生兵变，建立宋朝。全书在记述五代史事时，渗透着作者的强烈爱憎。

《五代史平话》着重描写了封建社会中割据者之间频繁的战争和动乱的局面。在尖锐的矛盾冲突中，反映人民的痛苦生活，富有进步意义。《梁史平话》中，王仙芝叙说揭竿而起之由时说："懿宗临朝听政，委用非人，奢侈亡度，赋敛烦急。连年水旱，州县不以实闻，朝廷不行仁政。百姓流殍，无所控诉，相聚为盗，岂得已哉！"①这只是唐末封建帝国政局的一个缩影。这类描写，在书中时有所见。话本用犀利的笔触揭示了封建帝国的真实世相，较具认识价值。

书名《五代史平话》，这"平话"两字，既是一种文体，大约专指讲史的话本之类，也有对话本讲述的历史事件和重要人物加以评论之意。"平话"之"平"，即评论、评议、评价和品评等。《梁史平话》在讲述王仙芝等人的造反行动时评论说：

> 这几个秀才皆是寒族，怨望朝廷。为见蝗虫为灾，天下饥馑，遂结谋聚众，在那郓、曹、濮三州反叛。在那地名长垣下了硬寨。真个是：不向长安看花去，且来落草做英雄。……盖是世之盛衰有时，天之兴废有数，若是太平时节，天生几个好人出来扶持世界；若要祸乱时节，天生几个歹人出来搅乱乾坤。②

---

① 《新编五代史平话》，第17页。
② 《新编五代史平话》，第7页。

有时，话本作者采用夹叙夹议的艺术手法，在史实的叙述中，不时穿插若干评论，或诗，或文，也有骈俪的词句，以点评史事和臧否人物。在各种评论中，作者直抒胸臆，犹如史家之"太史公曰"，颇有启迪作用和艺术感染力。

沿用《资治通鉴》的编年纪事体作话本情节发展的基本艺术结构，则较多地削弱了《五代史平话》的文学色彩。但在讲述黄巢、朱温、李克用、石敬瑭、刘知远、郭威等各朝的开国之君时，因较多从民间采撷创作素材，便较生动传神。这些历史人物的一个共同特点是出身微寒，且多为市井无赖之辈，后在群雄逐鹿中建功立业，成为一代帝王。如刘知远"年方七岁，父光赞早已丧亡，家贫母寡，无以自瞻"①，跟着母亲去慕容三郎家为养子。他生性顽劣，不看经书，终日外出闲走，被义父赶出家门，得李敬儒招赘为婿，出资助他经商，又遭败绩，只得去太原府李横冲帐下投军。从此刘知远时来运转。他"武艺过人，走马似逐电追风，放箭若流星赶月；临阵时勇如子路，决胜后谋似张良。不两月间，多立了奇功"②，与石敬瑭结为把兄弟，后一举登上后汉帝位。这类发迹的故事，与相关的小说话本一样，颇能吸引听众。南宋时代的城市市民，大多并不富裕，不少人甚至还处于贫寒的境地，《五代史平话》中的"发迹变泰"故事，正迎合了他们希望改变人生命运的心态。它在话本中占有显著地位的原因也正在于斯。

"讲史"艺人在表演这些发迹变泰故事时，能紧扣人物的命运，竭力描述他们的不同于凡人之处，其鲜明的性格特征袒露人前。《梁史平话》记朱温发迹前在徐州刘崇家放猪，刘子刘文政外出赌钱打死人入狱。话本是这样描写朱温的：

> 朱三（温）问刘崇觅钱二百文，待去徐州救取刘文政。一夜赶到徐州，撞着一个乡人，朱温请他入酒店买些酒吃。饮酒后，向乡人

① 《新编五代史平话》，第160页。
② 《新编五代史平话》，第166页。

道:"怎生有路人得左狱?"乡人道:"左狱皆是重囚。若折人一股,眇人一目,打落人双齿,便该重罪,即得入狱。"朱温便寻闹挥拳,打落了乡人两齿,被地分投解徐州,送左狱禁勘,恰与刘文政同匣。是夜三更,风雨骤作。温打开匣,脱了枷,同那刘文政跃身从气楼走出。①

一个为朋友甘愿投狱相救的江湖豪侠的艺术形象跃然纸上。

鲁迅说过:《五代史平话》"全书叙述,繁简颇不同,大抵史上大事,即无发挥,一涉细故,便多增饰,状以骈俪,证以诗歌,又杂诨词,以博笑噱"②,实乃谙此书三昧之言。相对说来,《五代史平话》叙史较实,而记人则虚,符合历史小说创作应有艺术虚构的基本规律。全篇以实为主,虚实相生,两者互相映衬,在简练中呈现情节的曲折变化。话本语言比较生动,富有生活气息,达到了"以博笑噱"的艺术效果。《汉史评话》写刘知远赌钱,可为其中的一例:

> 刘知远交领那钱后,辞了爷娘,离了家门奔前去。行到卧龙桥上,少歇片时,只听得骰盆内掷骰子响声,仔细去桥亭上觑时,有五个后生在桥上赌钱。刘知远心里要去厮合赌钱,未敢开口,只得挨身向前看觑。其间有一个后生,向知远道:"有钱便将来共赌,无钱时,休得来看。"知远听得此语,心下欣然,将那纳粮的三十贯钱且把来赌:"我心下指望把这钱做本,赢得三五十贯钱将来使用。"才方出注,掷下便是个输采。眨眼间,三十贯钱一齐输了,无钱可以出注。知远向五个后生道:"您每一人将一贯钱借我出注。"那人道:"有钱可将来赌,无钱便且罢休!"知远心下焦燥(躁),向他说:"我不赌钱,且赌个厮打。打得我赢,便将钱去;若输与我,我不还钱。"道

① 《新编五代史平话》,第20页。
② 鲁迅:《中国小说史略》,人民文学出版社1973年版,第91页。

罢，与五个郎君共斗。①

刘知远在赌钱前的"欣然"和输钱后的"焦躁"，以及与人"共斗"的泼皮无赖本色，被作者描摹得活灵活现。

不过由于《五代史平话》的作者受封建正统思想的影响较深，话本对王仙芝和黄巢的造反有歪曲的描写；全书采用史传体结构模式，也在总体上表现出艺术较为粗糙的弱点。对此我们也不应忽视。

三

"说经"作为瓦舍勾栏中的一种伎艺，显然与唐代寺院中的"俗讲"有着密切的关系。张政烺曾对"说话"中的"说参请"作讲解释说："参请，禅林之语，即参堂请话谓。说参请者乃讲此类故事以娱听众之耳。"并认为："参禅之道，有类游戏，机锋四出，应变无穷，有舌辩犀利之词，有愚昧可笑之事，与宋代杂剧中之打诨颇相似。'说话'人故借用为题目，加以渲染，以作糊口之道。若其伎艺流行于瓦舍既久，益舍本而逐末，投流俗之所好，自不免杂入市井无赖之语。"②这一见解较有说服力。

南宋"说经"著名艺人有陆妙静和陆妙惠等。他们常常聚集于天津园表演。今存明代长篇小说《金瓶梅词话》有《吴月娘听尼僧说经》一节，叙吴月娘等人在家团团围定两个尼姑，听她们说因果，唱佛曲。尼僧讲述《王祖黄莲梅宝卷》，采用大师父讲，王姑子唱的形式，内容较长，至一半处，吴月娘请尼僧吃点心。直到四更鸡叫时分，还没讲完。从这些描述中约略可见南宋"说经"的影踪。

今存南宋"说经"话本有《问答录》《花灯轿莲女成佛记》和《五戒禅师私红莲记》三种。

《问答录》一卷，共二十七则，今存日本旧抄本，题作《东坡居士佛印禅师语录问答》，又有《宝颜堂秘籍》本，题"宋苏东坡苏轼撰"，实为

---

① 《新编五代史平话》，第162—163页。

② 张政烺：《问答录与说参请》，见《历史语言研究所集刊》第十七本，商务印书馆1948年版。

后人伪托。全书记东坡与佛印的问答，彼此皆为嘲戏之语，其事荒谬无稽，其辞鄙俚猥亵。它冠以"语录问答"之体，大约是"说经"艺人为了迎合听众的趣味而有意为之。如《纳佛印令》云："东坡与佛印同饮。佛印曰：'敢出一令，望纳之：不悭不富，不富不悭，转悭转富，转富转悭；悭则富，富则悭。'东坡见有讥讽，即答曰：'不毒不秃，不秃不毒，转毒转秃，转秃转毒；毒则秃，秃则毒。'"①又，《为佛印真赞题答》云："东坡一日会为佛印禅师题真赞云：'佛相佛相，把来倒挂，只好擂酱。'别一日，佛印禅师却与东坡居士题云：'苏胡苏胡，比上不足，比下有余。'盖子瞻多髯也。"②显然，这类问答，互相嘲戏，目的乃以博笑噱，或者迫于维持生计，而等于迎合流俗而已，无多大意义。各则问答中，也多录赠答诗词及商谜行令，"然诗实俚拙之至，无足观也"③。不过，其中的有些诗词常被后人采入小说。如冯梦龙改编的拟话本小说《苏小妹三难新郎》就辑入了本篇中秦少游与苏小妹往来的全部诗歌，尚有某种艺术价值。

《花灯轿莲女成佛记》一篇，载入《六十家小说》之《雨窗集》中，作者不详。话本有"这八句诗，是大宋皇帝第四帝仁宗皇帝做（作）的"④以及称张元善为"侍诏"等宋人用语和其他宋代生活习俗的描写等，可定为宋代作品。全篇叙一个"女娘子因诵《莲经》得成正果"⑤的故事：在湖南潭州开花铺经商的张元善与妻子王氏虽结婚多年，但膝下无子女，常心中忧郁而虔诚信佛。一日，他见一盲婆在街上乞食，心生怜悯，带她回家，服侍得十分周到和体贴。这盲人老婆婆是个佛教徒，教张元善夫妇天天读抄《妙法莲花经》。三年后，婆婆坐化。王氏有孕，生下一女孩，即婆婆转世，取名莲女。她聪明好学，美如天仙，又懂得禅机。十八岁时，许婚李小官人。成亲之日，莲女在花轿中坐化而去。后张元善和王氏

---

① 《问答录》，《丛书集成初编》，第2987册，商务印书馆1937年版，第1页。

② 《问答录》，《丛书集成初编》，第2987册，第2页。

③ 孙楷第：《日本东京所见小说书目》，人民文学出版社1958年版，第142页。

④ 〔明〕洪楩辑，程毅中点校：《清平山堂话本校注》，中华书局2012年版，第305页。

⑤ 〔明〕洪楩辑，程毅中点校：《清平山堂话本校注》，第305页。

也因修持得道而成就正果。作者"奉劝世人：看经念佛不亏人"①这一创作主旨在话本中表现得十分明白。请看莲女的前身——盲婆"双目不明，年纪七旬之上，头如堆雪，即即之声，背诵念一部《莲经》，如瓶注水。"②张元善夫妇也在"早晚之间，烧一柱（炷）香，一只卓（桌）儿上安着经，共婆婆对坐了同看"③，这些叙写皆呈现出对佛经的笃诚。

《五戒禅师私红莲记》是一篇有争议的"说经"话本。经《宝文堂书目》著录，亦见于《六十家小说》，作者不详。胡士莹的《话本小说概论》将它归入"小说"话本。它的篇首有"话说大宋英宗治平年间，去这浙江路宁海军钱塘门外"④以及"哲宗登基，取学士回朝，除做临安太守"⑤等语，可证其为宋作。这是一则在社会上流传甚广的故事：宋英宗时，浙江杭州钱塘门外南山净慈孝光禅寺中，五戒禅师修行多年，道行高深，但经不住女色的诱惑，将红莲奸淫，破了色戒，坐化逝去。转生来世，即是苏东坡。同寺另一禅师明悟因点破五戒而得成正果，来世转为佛印和尚，与苏东坡相好如旧。很明显，这则话本是由《问答录》演化而来的。但它的思想和艺术价值绝非《问答录》可比。从作品的具体描写来看，它的创作主旨似乎并不在于谴责五戒禅师的淫恶与佛门的虚伪，因为他最终修成了正果，并转生为博学多才的苏东坡。然而，五戒禅师和红莲女的故事本身毕竟带有揭露宗教黑暗，尤其是虚伪的禁欲主义对人性摧残的某种意义，后人将它改编成杂剧《玉禅师翠乡一梦》和小说《明悟禅师赶五戒》等，发展了它的反禁欲主义的思想倾向。从艺术上看，此篇体制完整，结构严谨，情节发展脉络清晰，文字简练畅达，是一则较为著名的宋代话本。

---

① 〔明〕洪楩辑，程毅中点校：《清平山堂话本校注》，第319页。
② 〔明〕洪楩辑，程毅中点校：《清平山堂话本校注》，第306页。
③ 〔明〕洪楩辑，程毅中点校：《清平山堂话本校注》，第307页。
④ 〔明〕洪楩辑，程毅中点校：《清平山堂话本校注》，第230页。
⑤ 〔明〕洪楩辑，程毅中点校：《清平山堂话本校注》，第238页。

四

南宋的"讲史"和"说经"话本的概貌略如上述，但它们在元代的发展却走向异途："讲史"话本得到了迅速的发展，而"说经"话本则基本沉寂。这一现象颇可注意，它至少可以说明：文学的发展是和时代和民众的需求密切相关的。

从元世祖忽必烈定国号为"元"起，至明太祖朱元璋登基立明止，几近百年，在这近一个世纪中，风云变幻，世事沧桑，社会的长期动荡给人民带来了深重的灾难，连绵的战争也使传统文化遭到了严重的破坏。随着蒙古贵族的铁蹄在中原大地践踏，社会生产力遭到了极大的摧残。建立于血和火基础之上的封建专制政权，对人民实行严暴的统治和残酷的剥削，民族压迫和阶级矛盾的双重压迫，使民众几乎透不过气来。"似箭穿着雁口，没个人敢咳嗽"[1]，正是当时社会民情的真实反映。作为演述历史事件和历史人物的讲史话本的迅速发展，正是顺应了时代潮流的必然结果。时代需要讲史话本，因为它可以提供历史的借鉴。这对统治者来说，尤为重要。他们以古作镜，有利于稳固专制政权。而民众也可从艺人演述的讲史话本中获得对现实社会动荡的历史感知和理性体悟。而"说经"话本则以演绎佛经和宗教故事为主，在战乱频仍的年头，难免会受人冷落。如果说，它在唐代乃至宋初还有某种吸引力的话，那么，在南宋，它的艺术魅力早已烟消云散，至元代更几乎是销声匿迹了。随着历史的前进，民众的审美观也在发生着变化。枯燥无味的"说经"话本怎敌得过小说、说铁骑儿和讲史话本？它在激烈的艺术竞争中被迫败下阵来，也是一种合理的结局。

（选自《安徽大学学报（哲学社会科学版）》1999年第1期）

---

① 〔元〕马致远：《破幽梦孤雁汉宫秋杂剧》第二折，〔明〕臧懋循：《元曲选》，中华书局1958年版，第6页。

后 记

　　《知宋》系列图书的立意与设计非常新巧，以20余篇专业学者所撰写的论文向广大读者介绍宋代各个领域的历史文化，既保障了专业性，又不至于长篇大论，令普通读者读之昏昏然。因此，当责编朱碧澄女史约我编撰《知宋·宋代之文学》时，我欣然应命。但开始着手选篇工作时，才发现要实现《知宋》的构想并非易事。宋代文学体量庞大，内容博大精深，要用20余篇论文全面介绍，难免挂一漏万。而我又庶务缠身，一时难以集中精力专心去斟选论文篇目，于是请门下宋学达博士代劳。

　　当时，学达刚刚在香港浸会大学中文系完成博士后研究工作回到内地，正在求职。我将初步选篇的工作交给他，一方面是因为他在浸会大学工作时，负责《人文中国学报》的稿件初审，具有敏锐的学术眼光和很强的判断能力；另一方面是他正处于求职期间，虽有心理压力，但无教学与科研任务，应有闲暇做此工作。此外，作为学术新人的学达，此前虽发表了若干论文，但并无编写书籍的经验，这项工作对他来说也是一个不错的锻炼机会。

　　不出所料，学达很爽快接下这项任务。我们讨论确定大体的编选思路后，他依据不同板块的不同主题，挑选了40余篇文章作为备选；我们又依据切合文学本位、符合整体编选思路、有可读性的原则进一步采择，最终确定了本书所呈现的篇目。因此，本书在编撰之初，便凝结了学达的心血。于是，我将选篇目录呈交出版社审定时，提出与学达共同署名，幸得同意！之后，学达也被华中农业大学录用，并顺利入职。

　　后来，我因新冠肺炎并发症住院半月，出院后，体力不支，只好休笔，放下了所有与学术相关的工作，本书的编撰自然也随之搁置。到夏天，我已完全康复，连困扰多年的皮肤顽疾也已痊愈，再次询问学达有关本书的编撰进度时，才发现他已完成了本书主体内容的编写！原来，在我休养期间，学达并没有懈怠，而是主动扛起了本书的编写任务，从最初的文字转录、初步排版，到校订引文、统一注释体例，以及"导论"初稿的撰写，已然完工。作为新入职的青年教师，学达的教学与科研压力都很大，独自完成这项工作，其艰辛可以想象。至此，他更无愧于冠名本书编者之列！

书稿经进一步打磨、润色，由我完成统一修订后，呈交丛书主编和出版社审阅。这里要感谢包伟民先生的信任，让我们能有幸参与丛书的编撰工作；也要感谢责任编辑朱碧澄女史为本书的编校和出版所付出的辛劳与汗水；更要感谢本书所收文章的各位作者，不吝分享自己的学术成果，与我们共同完成这部《知宋·宋代之文学》！

王兆鹏

二零二三年八月一日

于重庆武隆仙女山

四川大学重庆武隆旅游国际化协同创新研究院